玉岡かおる

帆神（ほしん）

北前船を馳せた男
工楽松右衛門

新潮社

目次

装画　はぎのたえこ
表紙　国立国会図書館デジタルコレクション
「農具便利論　３巻」より

帆神

北前船を馳せた男・工楽松右衛門

前に立ちはだかるものがあれば知恵をめぐらし、工夫でそれを乗り越えようとする男がいた。乗り越えたところに、違う海原を、彼は見る。

男はそのようにして、裸の体をもとでに海に出て、どこまでも上り詰めていった。

女はずっと陸で彼を待ったが、やがてそれは風を待つようなものとわかった。

よい風が吹けば船は港を出ていき、また帰ってくる船もあると知る。女はそのようにして、風の吹かない日も陸にいて、倦(たゆ)まず自分の暮らしを織り続けた。

これはそんな男と女が残した声。風が伝えて聞かせる、定かな人間の船歌である。

第一章　金比羅船　播州高砂浦の巻

風が和らいで、波の音がいちだん遠くなった気がした。

午後になり、今は引き潮。どこまでも続く遠浅の砂浜からは、貝掘りをしている人々の声が時折風に乗って聞こえてくるが、点々と浮かんだ白帆の船からは音もせず、まるで全体、時の止まった絵のようだ。沖には海また海が西へ東へ広がるばかりで。

死んだら人は西の海のかなたに向かうのだと、祖母から千鳥（ちどり）は聞いていた。西の海のかなたには浄土という、目も眩むようにまばゆい光に満ちた、仏さまの国があるのだと。

ここから船出するなら、あの楽しげな人々を越えていかねば、水際まではずいぶん遠い。十歳を数えずに死んだ弟の新三郎（しんざぶろう）は、貝掘りの人々に気を取られることなく波打ち際まで行けただろうか。そして西をめざすどれかの船に乗り込めただろうか。

そんなことだけ考えながら海を見ていた宝暦八年、戊寅（いぬとら）の五月。この年月を千鳥が忘れることがないのは、弟の小さな墓碑に刻まれた文字が深く焼き付いてしまったからだろう。

江戸で幕府が開かれて百五十年。戦がなくなり世情は落ち着き、姫路藩で一、二を争う商港ここ播州高砂（たかさご）では、経済という活発な生き物の息吹が目に見えるかのような賑わいだった。むろん千鳥はこの町しか知らず、三つしか違わない弟の死も、また自分がこうして生きているのも、すべてこの湊町を舞台に起きることだった。

子供の葬送だから身内ですませるつもりが、家業が播州高砂で代々「カネ汐」の暖簾を掲げる蔵元であり、当主の父が町の年寄衆を務めているため、そうもいかない。本来は檀那寺である延命寺で取り行うべき葬儀が大寺の十輪寺の本堂になった。大寺は八つもの末寺を擁した浄土宗の古刹であるが、宗派によらぬ町衆のための菩提寺の役割を担っている。したがってこの日の葬儀では緋色の法衣をまとった大寺の老師と檀那寺の住職、二人による荘厳な読経が上げられた。

母はずっと泣いていた。

「千鳥、それじゃあおまえがこれを持って行っておやり」

儀式がすんで、大人たちがざわざわ動き始めた時になって千鳥が持たされたのは、鉦とそれを鳴らす桴だった。十二歳の千鳥には、ちょうど似合いの持ち物だったのだろう。

祖母も金襴の小さな幟のようなものを持っていた。老師との挨拶も焼香もまっさきに案内されるのは祖母だったが、そのつど目配せだけで息子である父や叔父に応対させる。

やがて銅鑼が鳴って行列が歩き出そうという時、先頭に立つよう指示されたのは叔父だった。父の弟で、いつもは「新宅」と呼んでいる裏の家の当主である。父の前を通り抜けていくときそっと目を伏せ、世話人から渡された白い頭巾をかぶった。野辺送りの先導役の印らしいが、その異形の姿によって、千鳥はこの行列が此岸に属さぬ死出の儀式であると印象づけられた。

大人に続いて本堂から石畳に降り、仁王さんが見下ろす山門まで歩いたところで、千鳥はようやく、母はどこかと振り返った。

母はまだ本堂の階の上にいた。涙でくちゃくちゃになった顔を喪服の袖で覆い、歩き出す気配はない。母さん、と戻っていきそうになったとき、祖母が千鳥の肩をぐっと引き寄せた。

「逆縁の子の野辺送りに、親はついて行かれへんのや」

はっとして本堂の方を見た。父が一瞬、痛みに耐えるように顔をゆがめるのが見えた。逆縁、という言葉に罪の重さを感じ取り、千鳥は怯む。だがそれで叔父が先頭に立った理由が腑に落ちた。歩き出せず留まるしかない父と母の姿が、溶けてしまいそうに不確かに映った。

「親より先に死んで親を泣かせるなんて、新（しん）はなんて不孝な子やろな」

吐き出すように祖母がつぶやいた。とっさに新三郎をかばってやろうと思ったが、言葉がみつからなかった。結局何も言えず、ただ念仏と鈴だけが鳴り響くのを聞いていた。

葬送の行列は、寺を出て西南にある墓地まで棺（ひつぎ）を担いで行き、そこで埋めるのだった。大寺の長い土塀を二つ曲がるだけの、たいした距離ではないはずなのに、わざわざ海辺に沿った松林に出て回り道を歩くのは、あとで死者がついてこようとしても家への道がわからないようにするためと聞いて、千鳥はまたしても胸が詰まった。

その間、先頭で老師が唱える念仏と鈴の音とで、町の人には葬列が通るとわかる。

「気の毒なこっちゃな。カネ汐の跡取り息子が、波止道（はとみち）から海に落ちて死んだとは」

「まあ新宅筋が控えとってやさかい、お店（たな）は大事ないのやろが」

「けど新宅はんも娘ばっかり三人やで。いずれ蔵元の年寄株も先細りとちゃうか」

道中、葬列を見送る町の人々が囁く声は千鳥の耳にも届いた。たしかに新三郎は、本家新宅二軒のうちでもただ一人しかいない男の子だった。新三郎はあの幼さで、これまで父にも母にも世間にも、はかりしれない役目を果たしていたことに気づかされる。

やがて人通りもなくなり、松林に囲まれた墓地まで来ると、一人の若衆が待っていた。元服前の証に前髪があり豊かな髪を後ろで髻（たぶさ）に結ってはいたが、その長身は大人をも抜きんでて人目を惹かずにおかない。後ろに引き連れているのは弟、もしくは子分らであろうか。

「宮本の牛頭丸か」

老師がその精悍な顔つきをした若者のことを知っていたのも道理、彼は、海で溺れた新三郎をいち早く発見し、船から飛び込み命がけで陸に助け上げた男だった。

「お悔やみ申します」

彼は丁寧に頭を下げた。なのに一家の代表である叔父が無視するように目をそらしたのが千鳥には気になり、かえって彼から目が離せなかった。

せっかく彼が救った命であるにもかかわらず、新三郎は飲み込んだ海水を全部吐き出しきってから床について高熱を出した。三日三晩、意識のないまま夢とうつつをさまよって、そして四日目、目覚めぬ人となったのだ。それでも彼が弟の命の恩人であることは変わらないはずだ。しかし叔父は、今後不要の客とみたのだろう。

彼はかまわず、小脇に抱えてきた風呂敷の包みをほどいた。画仙紙に墨で描いた帆船の絵が現れた。何本もの帆綱や舷側の模様まで細密に描かれた、見応えのある絵だった。

「新に、……新三郎さんに、これを。描いてやる約束だったんで、供えてやってほしいんです」

彼の声は、お悔やみの言葉やお経以外の生ある者の声として、みずみずしく響いた。

海から助け出されて床でうなされている間、船が船が、とうわごとを漏らしていた新三郎。彼はその年頃にありがちなように、浜辺で釣り糸を垂らし船を見るのが好きな少年だった。

牛頭丸と呼ばれるその若者はおそらく釣り仲間ででもあったのか、新三郎が好きだった船を描いてきてくれた。大きな帆を膨らませた勇姿は、沖を行き交う二百五十石船であろうか。漫然と眺めていただけではここまで細部を描けないだろう。よほどの観察眼、と千鳥は唸った。

「ほう。お前は器用やと聞いとったが、なるほど玄人裸足じゃ。これは新も喜ぶやろ」

老師もまた満足げにうなずき、背後の遺族を振り返る。叔父は相変わらず無反応だったが、

「せっかくのお気持ちや。千鳥、その船、お前が新に、供えておやり」

祖母にはどうやら彼の気持ちが伝わったらしい。許可が出たので、牛頭丸は千鳥に近づいてきて、鉦をとりあげ、代わりに絵を差し出した。年は四歳ほども上だけあって、そばに立たれると彼の長身にどぎまぎする。新三郎とのことを知らなければ、きっと千鳥は怖がっていた。

西田家の墓所ではもう穴掘りが始まっていた。思いがけなく小さな穴で、あらためて弟の小ささが胸に迫った。母は来なくてよかった。逆縁の子に親はついていけないという決め事は、ここで取り乱して泣き叫ぶ親の涙の数の上に成立した風習かもしれない。こんな寂しいところに一人葬られる我が子を、親はけっして一人置いて帰ることなどできないだろう。

そんな幼い新仏のために、この牛頭丸は、寂しくないよう、泣かないようにと、船の絵を用意してくれたのだった。そっと横顔を見たら、神妙な顔で穴掘りの様子をみつめている。

「さあ、船の絵を、新に置いておやり」

祖母に促されたが、足元が悪く、手が届かない。すると牛頭丸が横から千鳥の手先の画仙紙を広げて伸ばしてくれた。絵を棺の上に広げると、帆は満帆に張り、舳先は鋭角に尖って水を切る。ああ、これは新三郎の船出なのだ。船が大好きだった彼は、どれだけはしゃいで喜ぶだろう。少年の笑い声が聞こえたようで、会葬の者は皆、涙せずにはいられなかった。

ふしぎなことにその瞬間、時を待っていたかのように、風が吹いた。

続いて、海に続く松林でいっせいに枝が揺れ、葉が鳴った。頭の上から、宙の方から、まるで降るように注ぐ枝の音。地上の樹木が、いっせいに鳴って幼い魂を抱き取っていくような、そんな錯覚すらおぼえる劇的なざわめきだった。

するとそれが合図ででもあったかのように、鉦がケーン、と叩かれた。千鳥からそれを奪い取った牛頭丸だった。彼はそのあと、いきなり低い声を上げた。

「たーかーさーごやー」

伸びやかな声だった。がっしりとした胸板に包まれた彼自身の体が楽器であるかのように、声は響いて凪に乗る。

「この浦船に帆を上げてぇー」

はっと皆が我に返った。それは謡曲の『高砂』。めでたい席で好まれる曲だ。およそ葬送の場には似つかわしくない。だが誰にも非難の隙を与えず、彼はふたたび鉦をケン、と打ち鳴らした。

「この浦船に帆を上げてー　月もろともに出汐（いでしお）の　波の淡路の島影やー」

ケン、ケン。――けっしてふざけているのではない、それどころか、祝いの曲と思っていたものがこれほどしみじみ亡き者のために胸に響く。千鳥の脳裏にも、その絵の船にあどけない弟が嬉々として乗り込み、そして沖へと船出していく様子がまざまざと浮かんだ。

新三郎はたしかに親を泣かせたが、それまでにどれだけ多く喜びに満ちた日々をくれたことか。祝ったばかりの端午の節句、祭りの夜の太鼓に、節分の日の鬼。季節は彼の成長とともに回っていき、その折々で父や母の目尻を下げっぱなしにした。そのつど千鳥にも、姉ちゃんも一緒に、と寄り添いに来た優しい子だ。跡取り息子だから何事においても優先される彼を、羨みながらも大事に見守ってきた日々が、走馬燈のように回ってすぎた。

土が投げ入れられていく。どさっ、どさっと、たしかな重みを伴って、新三郎が地下の世界に収まっていく。棺の白木と土の色は、真新しいものと腐敗したもの、死んだものと生きて命を育むものとを対比させ、目に鮮やかすぎた。しかしそんな感傷にはかまわずに、土はずんずん棺を覆っていった。

「遠く鳴尾の沖過ぎて　早や住吉に着きにけりー」

棺の上に置いた絵の船にも土がかけられ、すでに帆柱の先端しか見えない。さらに土が容赦なくかぶせられ、固められて、小さな土まんじゅうができあがった。

ケン、ケン。彼が鳴らす鉦の音もそこで止む。早や住吉に着きにけり――。

新、もう行ってしまったの？　もう私たちの行けない場所に着いてしまったの？　だとしたら、自分たちこそ、彼のいないこちらの岸で、またもとの暮らしを続けていかなければならない。

千鳥は思った。父を助け、母を庇って、自分には自分の役目がある。いつか本当に海で、新三郎を見送ってやりたいと。


弟が死んで、千鳥の運命は変わった。弟は跡取り息子だったから、彼を喪った以上、誰かが代わりを務めなければならない。そして代わりは千鳥の他に、誰がいる？

「千鳥に婿を取って、カネ汐を継いでもらわんとあかんやろ」

祖母の、鶴の一声であったが、通例的に考えても、それが最善の方法だったろう。

そんなのいやや、と、もしも本音を言えば、祖母のことだ、

「他にどないするねん。志保さんはもう子ぉなんかよう生まんやろし、困ったことやな」

そんなつもりはないのだろうが母を横目で射すように見、続いて父にも、

「あんさん、今から外で子作りなんて、ややこしいことでっせ？」

などと責めるにきまっている。今から弟が生まれたとしても新三郎と同じ年で出現するわけでなくその子は赤子。成長するまで誰が空白をつなぐというのか。母が連日このことで自分を責め

ていたらしいのは千鳥もうすうす感じていた。弟の死がもたらした余波は大きい。

しかしともかく、千鳥がうんと言いさえすれば皆が納得し、家の空気が変わる。千鳥はさからうことをしなかった。ただし、交換条件は出した。

「おばあちゃん、ほんなら私を『常磐塾(ときわ)』に通わせて」

町人の子でも学問することについて誰もとやかく言わない風潮は、社会が落ち着き成熟していたこの時代なればこそで、特に商港として賑わう高砂では経済的にも余力があるため、学問熱が高いのだった。現に千鳥たちが老齢になった頃にはなるが、藩によって高砂町人のための学問所「申義堂(しんぎどう)」が設立されるほどである。

そういう土地柄であったから、千鳥に限らず多くの女子が寺子屋に通っていた。そこには町人の子も百姓の子も、男子も女子も通ってきていて、読み書きと計算を習う。しかし町の中にはさらに高度な学問を授ける私塾『常磐塾』があり、新三郎も七歳になるのを待って入塾した。千鳥が代理となる以上、その塾へ通うについては何の異論もないはずだ。

そこまでせんでも、と祖母は一瞬しぶったが、すぐに助け船を出したのは父だった。

「いや、お母はん。婿に水準の高い男を求めるなら、こっちも磨いておかんとな」

その一言で決まったようなものだ。

忘れもしない。それは四十九日の喪が明けた日のこと。神棚に貼られていた「忌」の封印がはずされた日だ。行ってまいりますと挨拶するよう言われて千鳥は手を合わせた。

「おや？　なんでお宝がないんやろ」

何かを探して神棚の奥まで覗き込む祖母の声。だが、かまってはいられない。神様まで平常の時にもどったなら、人も、平常の時を始めなければならなかった。

「おかしいなあ、金比羅さんの団扇で、お祓いしてやろうと思ったのに」

なおも神棚の上を手探りし続ける祖母を尻目に、千鳥は塾へと飛び出した。

私塾を主宰するのは木下玄蕃という六十手前の元僧侶で、塾といっても私宅を開放しただけの簡素なものだ。他の塾同様、素読と手習いを指南されるが、商人町という土地柄、本格的な『四書』の手ほどきは難解に過ぎるため、教導となる書はもっぱら『小学』だった。おもに善行の挿話や名言などが書かれており、具体的な例を引いてこういう場合は徳のある者ならどうふるまうか、また卑屈な者ならどんな行動に陥るか、人への対応や進退などの作法を明快に教えるのだった。おかげで千鳥にもじゅうぶん親しめる。

なにより、師匠の姪の多江が一緒に机を並べることになったのはうれしいことだった。

「今までは廊下で一人、聞いてたん。千鳥さんのおかげで、こうして日の目を見られたわあ」

その言いようが本当に日陰から出てきて太陽を見た人のようにはればれしていたので、千鳥は思わず笑ってしまった。千鳥より二歳上の多江は叔父の雑務を手伝うために通い出したが、いつのまにやら門前の小僧ばりに授業を理解してしまい、影学問を認められたのであった。

こうした寛容さは師匠の気性によるのか、あるいは商港高砂という町の緩さなのか、ともかく千鳥と多江という先例ができたことで、後から相応の商家の娘が一人二人と加わってくることになるのは他の土地では考えられないことだったかもしれない。

だがそれほどに、商人の町では家業を継ぐ者の育成が大問題で、相続を男だけに限っていてはおぼつかない現実がさしせまっている。新三郎を失ったカネ汐の家はその典型だが、この世に生まれてくる赤子は男女半々というのに、家を継げる資格が人口の半分にすぎない男児のみに限られるなら、先細りは目に見えている。跡取りとなった娘がやがて婿にとる男をじゅうぶん制御できるよう、賢くあらねばならないという発想はどこの家にもおこりうるものだった。

塾にはさまざまな家の子弟たちがいた。千鳥が祖母に彼らの名前を言えばいちいち、

「へえ、そら網屋の息子やがな。紺屋（こうや）立川の子も来てるんか。みんな、熱心なことやな」

彼らの屋号となりわいの解説になる。学問とは別に、祖母からこの町の商売や、カネ汐という家業について、成功と課題を教えられるまたとない授業ともいえた。

「うちはもともと塩で成功したのだす。それでカネ汐。塩の字こそ違いますけどな」

江戸時代初期のことである。高砂の西、荒井（あらい）の浜は広大な遠浅の砂浜で、雨が少なく晴天が多い気候を活かした入浜（いりはま）製法による製塩が発達した。かなり手のかかる天日干し製法であるが、質も味も、各地でほそぼそと作られる塩とは比較にならない上物だったため、どこに持って行っても飛ぶように売れた。瀬戸内から遠い出雲（いずも）や福井、金沢、酒田ではなおさらだ。そのためこの高砂からも大船が出入りしていたのだという。

「そら大変な航海やったはずでっせ。一年のうち半分以上は海の上や。親の死に目にも合えん。ご先祖様はそないしてカネ汐の基盤を築いてくださったのや」

言って、祖母が手を合わすので、千鳥も慌ててそれにならう。先祖ら商人の活躍により、荒井の塩は全国を制覇したとの歴史をかみしめながら。

ところが高度な製法の塩は瀬戸内の浜のいたるところで作れるようになってきた。赤穂などはその典型だ。質もよく、技術が上がって量産が可能になると、荒井の塩には競合相手が増えて、それまでのような希少価値が見込めなくなってきた。

「おかげで荒井の塩は値崩れしてきてな。危険を冒してまでも売るべき商品ではなくなってきましたのや。さて、ほんならどないします？」

生きるため、ご先祖たちは次なる商売を考えねばならなかった。それが米だ。ゆたかな播州一帯で生産される米は年貢として集められ、高砂に運ばれてきて蔵で預かったのち、大坂に回したりここで売りさばかれる。収穫時が秋と決まっている上、保存がきくので、商売としては安定している。そうした米専門の業者を蔵元といい、カネ汐もそのうちの一軒だった。

「米は人間の命のもとやから、これを扱うておるかぎり、商売もこけることはおません」

こんな話を死んだ新三郎も聞かされていたのだろうか。千鳥がお人形遊びをしている間にも、きっと弟への跡取り教育を怠ることはなかったはずだ。だからあの子は船が好きで、ご先祖が乗り出していった大船に憧れ、暇さえあれば浜へ船を眺めに駆けていったのだ。

「蔵では米を荷揚げして、蔵に入れれば蔵敷（くらしき）という代金を頂戴します。だいたい一石につき米五合というところだすな。年を越せば上乗せして二合加えていただくんが決まりや」

町を南北に割って流れる堀川沿いにずらり並んだ百間蔵（ひゃっけんぐら）へは、千鳥も折につけ父に呼ばれて出向いて行く。主になる蔵は姫路藩の御用米を納める蔵で、これは他の大蔵元の仕事であった。

「この高砂に集まる米がなんぼあるか、知ってるか」

父の質問は一見難しく聞こえるが、たえず堀川に入ってきては米俵を降ろす船々や、岸から蔵へ、その米俵を肩や背に乗せ運び込む人の活気を眺めていれば想像もつく。

「姫路藩だけで十万石。ほかから船積みされてくる年貢米が、合わせて一万石や」

播州平野を縦断して海に注ぐ大河、加古川は、その川筋に非領主国や遠隔地にいる大名旗本の飛び地などを持つ。これらを何軒かの大蔵元が請け負い、相場を見ながら売りさばく。町では同業の大蔵元どうし株仲間が結成されて、運上金や冥加（みょうが）金として姫路藩には銀三枚を上納している。月に一度は寄り合いを持ち、互いの利害や町の繁栄のために話し合い、何かことある時に対応できるよう定法まで取り決められた堅固な組織になっていた。

「いずれ千鳥が出んならん。婿殿（むこどの）が来てくれたなら婿殿や」

寄り合いでは、自分の家業を利することはもちろん大事であるが、高砂全体が潤うよう考えねばならないと、父は口を酸っぱくして言った。

「世の中が見える目を、見開くことや」

学問の必要性は、その機会を持たなかった父なればこそ説得力があった。かつての家業、塩が衰えたように、世の動きは定まらない。今は蔵元として遠国の殿様から年貢米を預かる特権を持ってはいるが、それは未来永劫続くわけではない。加古川流域は大藩の領国というわけではないため領主の交代も頻繁で、蔵元もしばしば交代した。中には株を売って町から消えた商家も少なからずあるのだった。

「なんせ生き残っていくことだす」

それが祖母の摑んだ人生訓なら、生き残れなかった新三郎は道に背いた子なのであろう。千鳥は自分の使命をひしひしと感じた。まず生き残り、何が何でも家業を存続させねばならないのだ。

「米を作るのはお百姓。それを動かして銭に変えるんは商人（あきんど）。何もせんでええのはおさむらい。——あはは、刀の時代ならいざ知らず、今のおさむらいは帳簿相手に大きな変化がないよう昨日とおんなじことだけしとったらずーっと安泰なんやから、結構なことだす」

うちら商人はそういきまへん、と結ぶ祖母は、武士を批判しているわけでなく、この町の商人みんなが抱く自負を語っているにすぎない。物流によって藩や世の中を落ち着かせているのはさむらいではなく自分たち。しょせんさむらいはそろばん一つ弾けないから、経済という大きな流れは自分たち商人が御すほかはない、そう思い定めていたのだった。

そのさむらいだが、高砂は商港ゆえに、武士階級はほとんどいない。町人だけで自治を行っているため、奉行のような支配者もおらず、わずかにいるさむらいといえば河口にある川口番所に駐留する姫路藩の役人だけ。全部合わせても十人足らずというところだろう。

そんな寡少な存在のさむらいの子が、一人、常磐塾にも通っていた。

「そやねん、さむらいの子が一人、おるねん。けど、見た目はどっこも変わらへん」

生前、新三郎が話していたのを千鳥も聞いた。髷の形が違うことで武士階級と見分けられるが、着ているものは回漕店の夷屋の吉次の方が立派だし、態度なら紺屋の平太の方が堂々としており、力自慢なら体の大きい牛頭丸の方がずっと強そうだ、と。

松崎與之助といって、やはりまだ前髪の残る十五歳。川口番所の役人の次男坊であった。長男ならば微禄の末端吏員とはいえ姫路藩士に数えられる将来があり、武家のならいとして父親から教育を受ける。だが継ぐべき家のない次男には、早晩、裕福な商家の婿養子になることくらいしか道はないだろう。いやいやながら町人の子にまじってそろばんなども習ったという。

よくも悪くも新三郎がたびたび家でも話題にしていたほどだから、おそらく親しかったのではないだろうか。千鳥から挨拶してしかるべきだが、ためらっているうち先に向こうで気づいた。

しかしその反応は意外だった。

「うわっ、なんだ。お前は新三郎の——。なっ、なぜこんなとこにいるんだ」

千鳥を誰と知っていたのも驚きだったが、腰でも抜かすほどの反応には面食らった。

「何しに来たんだ。俺は何もしてないぞ」

うろたえながらの大声にどう対応したらよかったのか。千鳥の方こそ何もしていない。

「これこれ、千鳥は本日より新三郎の代わりにここで学ぶことになったのだ」

師匠が現れなければ、彼はその先、何を言うつもりだったのだろう。蒼白な顔でためいきをつき、気持ちを落ち着けたらしい。千鳥をもう一度睨むと、それ以後は振り向きもしなかった。

寺子屋では百人もいる寺子の半数が女子だったが、私塾となると二十人足らずの中にわずかに女子が混じることに違和感があるのだろうか。千鳥は多江に隠れるようにして机をずらした。

與之助はその後も塾で千鳥と顔を合わせるたび、気難しく怖い顔になった。しかしそれ以外では、千鳥はだんだん塾に馴染んでいった。幼い少年は何のへだたりもなく話しかけてくる者がほとんどで、千鳥にとっては居心地の悪い場所ではなかったのだ。

塾通いは千鳥に大きな変化をもたらした。聞く話すべてが目を見張る内容だったからだ。

たとえば何気なく動かしているこの人体について。何年か前に京都で山脇東洋（やまわきとうよう）なる人物が解剖をしたという話にも仰天なら、後にそれを精細に著した『臓志』なる書籍が出ると知って目を見張った。読み物といえば草紙本しか手にしたことがなかったから、見てみたいという好奇心がつのり、飢えているような思いにすらなるのは千鳥だけではなかったはずだ。

「ほう。おまえは人体に関心があると言うか」

むろんそれは千鳥に向けての問いではなく、薬種商の息子に訊いたのである。

「先年、杉田玄白なる町医者が、阿蘭陀（おらんだ）流の外科を開業したと言うぞ」

そんな情報だけで昂ぶって、休憩時間はさっきの話で大騒ぎになる。

そんな中で千鳥が強く惹かれるのはやはり米の話だった。数年前の飢饉のことや、大坂で米の値段が高騰し不穏な動きが起ころうとしたこと、加賀藩では米に代わって銀札なるものを発行して対処しようとしたものの民の大反発を食らって一揆が起きたことなど、どれも、それまで覆い隠されていた布が引き抜かれて真実を知るような気がした。

そもそも江戸幕府というのは米を経済の基盤として成り立っており、藩の大小も米何万石、と米の取れ高で評価したし、武士の給与も米何百石取り、と米で判断する。それだけに米の豊作不作で経済全体が大きく上下するのは避けられなかった。増産が見込めない以上、どこの藩でも財政は苦しく、幕府から臨時の土木普請や饗応など通常外のお役目を言いつけられればたちまち火の車。米を担保に、商人に借金するしか方法がないという窮状に陥っていた。

「ではどうすれば米の値段を落ち着かせ、安定した取引ができるようになるか」

師匠は皆に考えさせるが、答えがわかるなら殿様だって苦労しないだろう。だがここでは十やそこらの子供らが机上で自在に夢想すればよい。

「豊作の年に米を貯めこんでおけばええんや」

「それよりもっと米が穫れるよう、新田開発するんや」

などなど意見は盛んで、最後は誰からともなく結論を預ける人物がいる。

「惣五郎が来たら訊いてみよう。どない言うやろな」

それはこの塾きっての秀才というから、千鳥もその少年の登場が期待されてならなくなる。

ともかく、米で人は生かされ、米で死ぬ。遠い東国には米の穫れない不幸な土地があることも知り、ぼんやりながらもこの国を意識したのは、塾に来たからこそだった。千鳥はここでの学びを通して、蔵元の跡取りたることを自覚していったと言ってよい。

そして、あの牛頭丸も塾に参加していると知るのは、一月ちかくが過ぎる頃だった。

「さあさ、ちゃんと行っといで。ウドの大木みたいに大きななりで、やたら喧嘩ばっかりするんじゃないよ？　まったく漁師の子が学問なんて、ありがたいどころの話とちゃうんやからね」

雨のそぼ降る日だった。大声で母親に追われて走ってくるのは彼だった。船や漁にたずさわる生業の家では雨天では何の手伝いにもならず、追い出されたものらしい。こんな大きな息子を産んだとは思えないほど小柄な母親だったが、気丈さが顔に出ている。さすがの彼も、この母親だけには弱いとみえて、簡単に追われて来る。そして塾の前で千鳥と鉢合わせる恰好になり、彼は、うえっ、と驚きの声を発して後ずさった。

「牛頭、まともな人間になれるよう、ちゃんと勉強してくるんだよっ」

母親は人影を見て、これ以上の叱責は恥になると思ったか、踵を返して去って行った。

「ちぇ。お母(か)んだけにはさからえんわ」

そっと傘をさしだすと、彼は体をそらしてそれを避け、表情をやわらげた。

「あんた——新三郎が来たのかと思ったよ」

姉と弟、他人の目には似ているところがあるのだろうか。彼には葬列の日にもらった船の絵のことがあるから、千鳥も何かお礼を言っておきたかった。あのせつは、と言いかけはしたが、後が続かない。彼も黙っているから、二人の間にやたら雨が無遠慮に落ちていく。その雨の音は彼が謳った『高砂』を思い出させるようで、傘を打つ音が優しく響いた。

すると、後から誰か来た。

「ああサカナ臭い。漁師が道を塞いでるのか？　邪魔だ邪魔だ。通れないぞ」

閉じた傘を大きく払う音がして、しずくが二人に飛んできた。與之助だった。千鳥の肩を小突くようにして路地の中央を行き、振り向きもせずに塾へ入っていく。

教堂では、先に座っていた油屋の息子が逃れるように机ごと前に移動した。その後へ、牛頭丸は机を持って入って、與之助の隣に座った。

「なんだっ、なんで隣に来る」

「見張り番はお手のもんでしょう、俺、居眠りするかもしれへんから、見張り番をたのんます」

暗に、與之助が川口番所で船を見張る役人の息子であるのを言っている。さむらいとは言うものの、港に入る船の通行手形を確かめたり積み荷の中身を検閲したりの平和な事務仕事。なのにどうして腰に大小がいるのか、以前、牛頭丸は何気なく尋ねて與之助を怒らせたことがある。それが侮辱というなら與之助が彼を漁師と見下すのは常のことで、師匠が割って入り、君子たるもの職業に貴賤をつけず、と諭して収めたが、彼は今もさむらいなぞより、海へ船をこぎ出す勇敢な男たちへの憧れの方が大きい。船に乗ればほれぼれするような頑健な男たちに出会えるのだ。

実際、父親の七兵衛（しちべえ）は漁師であり、自前の船や網で漁もすれば、客を載せて他所の港へ運んだりもする。母親が会所近くの魚市場で獲れた魚を売っており、屋号を宮本といった。高砂神社の宮のもと、の意であろう。家はお宮のそばの東宮町にあった。

幼い頃から群を抜いて体の大きかった彼は、十になるかならずで父親に連れられ海に出ているが、漁の最中、ふと仕掛けの方に気を取られるともうそれまでで、針や糸にさまざまな工夫をするのに夢中になって、時を忘れてしまうらしい。おかげで肝心の釣果ははかどらず、それで父親にまた叱られるのだが、艫綱（ともづな）の結び方や網のかけ方など、彼の考案はそれまでのものよりはるかにたやすく、歴年の漁師が舌を巻きながら教わりに来ることもある。父親にすれば、怒っていいのか褒めていいのか、ともかく扱いに困る息子であるには違いなかった。

浦の子はふつう、読み書き計算ができればいいため寺子屋止まりだ。彼には徳兵衛（とくべえ）という弟がいるが、勉強嫌いで、寺子屋も途中でやめている。ところが寺では和尚が牛頭丸の人並み外れた体軀はいずれ人の頭目となる資質ありと見定め、徳を身につけるべしと常盤塾を勧めたのだ。師匠の玄蕃は旧知の仲で、月謝は魚の物納でいいと入門を認めたそうだ。いわば周囲の厚意により、漁に出られない悪天候の日だけ通ってくるのだが、連続しない講義は楽しいはずもなく、また船上の激しい労働による疲れのせいでよく居眠りをした。それでもあの母親が、塾に来さえすれば息子が立派になると信じて、追い立ててくるというわけだった。

「ねえ。なんで牛頭丸っていうの？」

直接訊けない分、千鳥は多江に尋ねた。そもそも牛頭丸の「牛頭」とは、高砂神社にもともと祭られていた神で、疫病退散の祈願に応える天王の一つである。彼が生まれた年には疱瘡(ほうそう)が流行してたくさんの人が死んだと聞いているから察しもつくが、多江の答えは案の定だ。

「聞いた話だけど、生まれてすぐに疫病に罹り、なんとか治ったのはいいけど、拝み屋のお婆さんからよくない予言をされたんだって。それでおっ母さんが、氏神である高砂神社に願を掛けて、満願の日にその名をもらってきたっていうことよ」

それでも成長するにつれ、彼があまりに暴れ者なので父親は手を焼き、母親は今なお牛頭天王へのお参りが欠かせないらしい。だがそんな粗暴さなどみじんも見せず、彼が手習いに書いた文字はかっちりしており、最初、千鳥も、誰の筆跡かわからないほどだった。

「それ、牛頭丸さんの手蹟(て)よ」

生而知之者(うまれながらにしてこれをしるものは)、上也(じょうなり)。学而知之者(まなびてこれをしるものは)、次也(つぎなり)。困而学之(くるしみてこれをまなぶは)、又其次也(またそのつぎなり)。
困而不学(くるしみてまなばざるは)、民斯為下矣(たみこれをげとなす)

学ばなくてもわかる者は上(じょう)。学んでわかるのはその次。苦しんでわかるのはまたその次。苦しんでも学ぼうとしないのは下(げ)だ。——読み下して千鳥はため息をつく。右肩上がりの筆勢に剛毅な性格がうかがえるが、全体に勢いをおさえ、内へ撓(たわ)め込もうという息遣いが伝わる字面だ。

冬場は船を出せない日がふえるので、彼がやってくる日も多くなる。むろん親しく話したりできないが、後ろから眺める分にはいくらでも許される。彼の背中は大きくて、麻紐で結い上げた髱（たぶさ）の黒髪も、日に焼けたうなじも、今では多江に次いで親しい塾での仲間の姿だった。

漁には最適な晴天にもかかわらず、彼が塾にやってくる日が何度かあった。

たいてい不機嫌で、席についても仏頂面をして腕組みを解かずにいるのは、おそらく家で父親らと争った余韻だろう。天気がいいなら海に出て家業を手伝うのは当然で、それをしないで塾に来るというのは、親としても納得がいかず叱りつけもするはずだ。

それでもここに来るというのは、よほどの動機に違いない。それは月に三日、五飛びの翌日にあたる日のことで、決まって神爪（かづめ）村から惣五郎がやってくるからなのだった。

「惣五郎、お前、なんでお天道（てんとう）様を連れてきた」

晴れたのは彼のせいと言わんばかり。小さな体に勉強道具をくくりつけ三里はあろうという道のりを歩いてやってきた惣五郎には無体なことだ。そう、米の問題で皆が考えに窮した時、惣五郎ならどう考えるかと期待を託した塾一番の秀才とは、ほんの十歳すぎのこの少年なのだった。

「おいらのせいじゃないよ。雨雲はどうやらずっと西南の海の方だよ」

五歳も年下というのに大きな牛頭丸を恐れもせず、庭から見える西の空を指さすと、少年はちょこんと机の前に座って背中の包みから準備を始める。

「さっ、始めなきゃ。お天道様が黄道（おうどう）を回らないうちに」

だが牛頭丸は彼を解放せず、彼の机の前に座り込む。

「その黄道や。それを聞くため今日、来たんや。お前のためにええもん、作ってきたし」

「天文のことですね？　いいですよ。今は黄道は夏至（げし）軌に近い。たっぷり話しましょう」

周囲には彼らが何を言っているのかわからない。しかしどう見てもあの牛頭丸と惣五郎は対等。いや、むしろ年下の惣五郎が上に立っているかに見える。

年は、新三郎よりわずか上、元服前の前髪があどけなかった。農家の次男坊という質素な身なりは、特に人目を引かないが、彼は、村では神童と呼ばれるほどに頭が切れた。子供どうしのいさかいでは当意即妙に論語の言葉で場を収めるのが特技でもある。難しい言葉に呆気にとられ皆が毒気を抜かれるだけなのだが、いやが上にもその聡明さは強調されていく。

継ぐべき田畑もない次男だけに、いずれ親元を離れ商家に奉公に出るしかないにせよ、親戚じゅうがその才を惜しみ、常磐塾への月謝を出し合ってくれた。それでも月に三度ばかり、家の田畑の作業に区切りのついた時だけやってくるのがせいぜいなのだった。

牛頭丸との話が落ち着くと、彼は恐ろしい勢いで『四書』を筆記し、師匠の解釈を頭にたたき込んでいく。次に来る時にはすっかりそらんじており、師匠が口頭で試問を下すのだが、すべてにみごと答えては教室じゅうの者の舌を巻かせるのだ。

たぐいまれなこの秀才に、一見何の共通点もない牛頭丸が興味を持つのがふしぎだったが、大小、凸凹の姿が二つ並んで話し込めばきりがないらしく、塾だけでは話が尽きず、牛頭丸が惣五郎を送って彼の家にほど近い生石（おうしこ）神社までついて行ったこともあるという。海浜育ちの彼には初めて登る山。岩肌がむきだしになったその一帯は採石場だ。山に鎮座する神社では、ご神体は「浮き石」といって一個の巨石が池に浮かんでいるかのような不思議な形状をしており、俗に拝（はい）火教（かきょう）の神殿跡とも言われている。

「ここで採れる石は竜山（たつやま）石っていうねん」

博識の惣五郎は「石の宝殿（ほうでん）」とも呼ばれる由緒にも詳しいが、高台からは海が見え、今度は牛頭丸が島の名前を惣五郎に教えて得意になる番だった。ともかく二人はそのようにうまがあって、互いに故郷の地面の大きさを肌で知る経験を共有していた。

ある日、そんな惣五郎の方から千鳥に声をかけてきた。

「新ちゃんの姉上だったのですか」

塾に一人まぎれこんだ女の門弟にやっと気づいたという顔だった。

「お悔やみにも行けず、申し訳ありませんでした。新ちゃんは、残念でした」

礼儀正しい口ぶりに、千鳥は思わず頭を下げた。子供の葬儀だけに、弔問客も親のつきあい関係のみだったから、彼の言葉は新三郎の知己としての正式なお悔やみでもあった。

好都合にもうるさい與之助の姿がないので、千鳥は思いきって尋ねる気になった。

「惣五郎さんは新と年も近いし、仲良くしてもらってたんですか？」

「仲良くしてもらったのはおいらの方です。こだわりのない、気のいいヤツでしたから」

千鳥はほろりと嬉しくなった。新三郎は跡取り息子として甘やかされた分、他人にも優しかった。きっと少年どうし、心通わせた時間があったに違いない。

「亡くなった日も、一緒でした。おいらの大叔父が大坂から船で高砂に帰ってくるんで、その日は舟宿に泊まって翌日一緒に村に帰ることになっていて。それで、ゆっくりできるから、新ちゃんと、お宮の境内で遊んでたんです」

大叔父は大坂の商家升屋(ますや)で働いており、のちに惣五郎が丁稚(でっち)として入る先である。

千鳥には思いもよらない話だった。それでは彼は在りし日の新三郎を最後に見た一人なのか。

まだあどけない惣五郎を見ながら、千鳥は懐かしい弟のおもかげを見る気がした。

あの日、爺(じい)やの文吉(ぶんきち)が、新三郎の姿が急に見えなくなったとまっ青になって帰ってきて、皆で探し回った。流しの竿竹売りが子供が浦へ行くのを見たというので、後先も見ず駆けつけて、そして、河口の波間に浮かぶ人らしきものをみつけると同時に、海に飛び込む牛頭丸を見た――。

なぜ彼が浦へ行ったのか、どのようにして海に落ちたのか、事故に至る状況は誰も話していなかった。いや、そもそも父たちも、彼が海に落ちて牛頭丸に救助されたという事実の他に、いったいどんな詳細を知っているだろう。

「新は――、新三郎は、あの日、どんな様子だったんですか」

訊きながら、千鳥は我知らず胸の動悸が早まった。命が尽きるとも知らないで、最後にこの世の時間を生きた弟の姿とは、どういうものであったのだろう。

「いつもと変わらず、まったく明るく、元気でした。――でも気になることがあって」

とたんに眉をひそめ、惣五郎は素早く辺りを見回した。

どきりとした。何なのだ。千鳥は促すようにまばたきをした。

「そう、気になってるんですよ、今も。何か、何か交換条件があったようなのですよね」

やっと彼が言った言葉はなお意外だった。交換条件？　誰と、何を？

「惣五郎さん、教えて。どういうこと？」

思慮深い目をわずかに曇らせ、惣五郎はふたたび辺りを見回した。

「いや、おいらが勝手にいぶかしんでいるだけなのかもしれないんで」

それでもいい。弟の死にまつわることなのだ。ここまで聞いておいて後はお預け、なんて納得できない。秀才と言われる少年がひっかかることなら、じゅうぶん聞くに価する。

「塾の後、お宮まで来られますか？」

意を決したような惣五郎に、千鳥もまた真剣な顔でうなずいた瞬間、背後で與之助の声がした。

「こらあ、ここは女と喋っていいところか？」

あからさまに彼が千鳥に嫌悪の言葉をぶつけるのは今に始まったことではない。あたりの空気が凍りつき、多江がそっと千鳥を手招きした。

「男女七歳にして席を同じうせず。出しゃばる女は目障りだ」

謝りたくはなかった。でも面倒は避けたいから、千鳥は黙って後ずさった。

「ああ、女臭ぇ」

女の何が悪い。千鳥が退くと、彼の矛先はその場に残った惣五郎に向けられた。

「お前、ちっとばかり勉強ができるからといっていい気になるなよ。どん百姓の分際で」

教堂中が静まりかえり、触らぬ神に祟りなしとばかり、身を縮こめている。

じろり見回す彼の底意地悪い目。さむらいの子は彼一人だけに、いつも彼は一人でいる。孤独な分だけ鬱屈がたまっていくのか、虫の居所の悪い日にはこんなふうにささいなことで誰かの弱点をいじるのだ。彼の内に積み重なったものを発散させると言わんばかりに。

おそらく彼はこの塾が嫌いなのだ。さむらいの子なのに自分を町人たちと混同させてしまうこの塾が。自分よりすぐれた頭脳の惣五郎も嫌いだし、自分よりひいでた体と気骨の牛頭丸も嫌い。そして女というだけで、千鳥も。嫌いなものばかりで、気が休まらないにちがいない。

「こら真吉。そこの襖、閉めてこい」

そして最後はいつも気の弱い真吉少年に、下男のごとくに用を命じてのさばりかえる。

だが彼の傲慢もそこまでだった。反対側から襖が開いて、牛頭丸が現れたのだ。

「小人、閑居して不善をなす、ってな。小せえ野郎は困ったもんだ」

かすかに笑った牛頭丸の顔は、何かおもしろいことをみつけた悪童そのものだ。

「なんだとっ。俺が小人だというのか」

彼は思わず立ち上がって牛頭丸を睨みつけた。

だが立ち上がったことで、いっそう牛頭丸の上背の大きさが確かなものになっただけだった。

與之助は、彼を見上げなければならなかったからである。

「誰もそんなこと言ってねえよ。見ろよ、この鴨居（かもい）。俺がそっちへ行こうとしたらでぼちんをゴチン、だぜ？　いいよな、小せえ野郎は。そう思わんか？」

言っているのはあくまで身長の大きい小さいのことで、與之助のことなど関係ない、と言わんばかりにそらとぼけ、彼は自分のおでこをわざと鴨居にぶつけてみせる。

少年たちが笑い、與之助は苦虫をかみつぶしたような顔で座り込んだ。

もしかしたら、と千鳥は思う。生前の新三郎も、こんなふうに與之助の理由なきいじめにあったことがあるのではないか。そうでないことだけを願いたかった。そしてそうだとしても、今のように牛頭丸が守ってくれたと思いたかった。


その日、惣五郎と待ち合わせた高砂神社へは、多江にも一緒に来てもらうことにした。

道中、歩きながら二人で話す。多江は弟が家の外でも気立てのいい少年として愛されていたことを伝えてくれ、千鳥をほのぼのさせた。そして新三郎が亡くなる前日のことを語ってくれた。

「あの日、師匠が雑談で、大安宅船（おおあたけぶね）の話をなさったのよ。船が好きなのは新ちゃんだけじゃなくて、みんな大騒ぎだったよ。たぶん、この町の者ならみんなそうなるでしょうけど」

大安宅船？　おうむ返しに、千鳥は訊いた。

多江が答えてくれるには、それは姫路藩の御用船の中でも最大級の船という。つまり軍船なのである。そのため、一目でそのへんの海に浮かぶ渡船や廻船とは違っていた。艫（とも）に立てられた藩主酒井家の旗に敬意を払い、漁船などは近づきもしないため、しぜん、海の王道を行くかのごとき航行になった。その大安宅船が、播磨灘の巡視のために時折、高砂の川口番所に回されてくるのである。

「日本広しと言えどそんな大型船を有しているのは姫路藩だけですって」

城主が代わっても船は城付きであるため、代々引き継がれていくことになっており、西国鎮台の任務を負うのである。その大安宅船を、高砂の湊で預るのが御船手番（おふなてばん）で、川口番所はそのための役所であった。そしてその番所で船の番をするのが與之助の父らの仕事であった。

「戦国時代にはほとんどの西国大名たちが競って建造し、水軍を率いてたそうよ」

毛利や島津や黒田という戦国の猛将たちは軒並み強力な水軍を備えていた。それら西国の水軍が結集し、堂々、太閤秀吉の唐（から）入りに従った話は少年たちも知っている。皆の頭の中には西をめざして進む大小さまざまの軍船や、たなびく幟（のぼり）の色がたちまち浮かび、それらおびただしい船の群れに囲まれ堂々と航行していく軍艦も容易に思い描けただろう。秀吉の大安宅船「日本丸」は千五百石もあったといい、六十という艪（ろ）を一糸乱れず動かしながら海の王道を進んだはずだ。

十輪寺には今も、太閤秀吉の唐入りの折に徴用されて朝鮮まで船を漕いだ大勢の水主（かこ）らの墓が守られており、その末裔たちが今なお生きて、当時のことを語り伝えている。戦国の世では合戦は武士の働き場であったが、最前線で先鋒を務めるのはたいてい現地で徴用された農民であり、また海戦においては船を漕ぐことのできる漁師らだった。ゆえに、今のこの時代では農民漁民の身分であっても、武辺の者というのは自分たちだという気概が今なお受け継がれている。海を見、船を見、大きく強いものへあこがれるのは当然の結果だった。

だが戦国時代が終わりを告げて、もうそうした大船は作られなくなってしまった。

「師匠の話では、その理由は、お上から大船の建造を禁止すると命じられたからなんですって」

大船建造の禁。江戸幕府が創設されて間もない慶長十四年のことである。それまで西国大名が競うように保有していた巨大な軍艦は、すべて没収、あるいは破壊されて沖に沈められた。徳川の世になり戦がなくなった以上、戦うための大船は不要というのであった。争いの時代は去り、こうして泰平となって久しい。武士は幕藩の吏員となって収まり、農民から米を収奪することのみに明け暮れ、とうに戦う武の者たちではなくなっているというわけだった。

それでも多感な少年たちは大船へのあこがれをおさえられない。当然だろう。人は、人より巨大なものにはしぜんと頭を垂れて敬意を表す。そして少しでもそれに近づくための精進を怠らない。それが文明を推し進めてきた原動力だ。皆は知恵熱でも出したかのようにざわついたらしい。

「それでね。新ちゃんだけが、その後、興奮しながら與之助さんに近寄って行ってたの」

なんだか嫌な予感がした。

「何のためだろ」

「わからない」

大船が禁じられた後も堂々と海を航行できる姫路藩の大安宅船。沸騰したような空気の中で、もっと詳しく聞きたい、そう思って與之助に近づいていったのか。そんな無邪気な弟に、與之助は優しくしてくれただろうか。それとも邪険に突き放しただろうか。想像すると、せつなかった。

二人で町なみを抜けていく。町の南端にあるお宮までは、姫路藩が港を整備した時に職住一致で碁盤の目のように町割りされていた。職人が集まる細工町（さいくまち）に、染め物屋や紺屋が集まる藍屋町、渡船をなりわいにする船乗りたちが集まる渡海町（とかいまち）。どの町でも、早くも軒先で夕餉の魚を焼く匂いがたち始める路地を通り、やがてお宮の裏門に着いた。

　この高砂神社は一つの根から雌雄二本の幹をもつ相生（あいおい）の松があることでも名高いが、何より、歌枕ともなった白砂の浜に広がる松林の美しさでも多くの文人たちを魅了した。鳥居ごしに、その松林が惜しみなく見えていて、さらに向こうはもう海だった。

　広大な境内では、町の子供たちが駆け回っており、掃き掃除を奉仕する年寄りたちがゆっくり動く姿もあるし、男女の参詣客の姿もとぎれない。

　そして参道の始まりの灯籠の下に、惣五郎の小さな後ろ姿を見つけた。近づいてみると、そばにもう一人、座っていた。大きいからすぐにわかる牛頭丸だった。親にさからい漁に出ないで塾に来た手前、めいっぱい遊んで帰ろうというのか、ふたたび親と争うのがいやで帰れないのだろうか。二人、小さな提灯（ちょうちん）をかわるがわる手渡しあったりして、まるで幼い子供のようだ。

「なるほどこの提灯があると説明しやすいな。牛頭どんはこういうの作らせたら天才やな」

　提灯と見えたのは竹籤（たけひご）と紙で作られた毬（まり）のような球体だ。牛頭丸が発案して作ってきたもので、惣五郎はのちにこれを発展させて天球儀を作り、昼夜の長さを実際に測ることをやってのける。

「春はこんな感じ。黄道がこう傾くから、昼と夜の長さは同じだ。そして秋は逆になって、こう。やっぱり昼と夜の長さは同じになる」

　では夏は、と熱心に彼らが見入る球体の表面には何ヶ所も線が入れられており、傾けたり回したりしながら二人は夢中で話し込んでいるのだった。

「こんなん信じられるかよ。天には人間を超えた天帝がいて、気象は鬼神が動かしてるんやろ」

「鬼神？　あはは、そんなもん、おらへんよ。天を主宰する天帝も、さまざまな現象を起こす鬼神も、宇宙が自然に動いて創り出す現象にすぎないんやって」

「じゃあなんでお天道さんは沈むんや。星は昇るんや。天帝が動かしてるんやろ？」

ついにはイライラとして提灯球を投げつけるのを、惣五郎の方が落ち着いて、

「あれを見ろよ、あの船を」

と鳥居の外を指さす。海では、まるで静止しているかのようなたくさんの船の白帆が見えた。

「どの船だよ」

「どれでもええわ。いちばん遠くから現れるやつをじっと見てごらんよ」

会話はほとんど対等であり、言われたとおり遠くの船に視点を据える牛頭丸の方がむしろ従順だった。多江と千鳥も、つい、つられて沖を見た。

「じいっと見てて。帆のてっぺんしか見えてなかった船が、だんだん姿を現してくるやろ？」

言われればその通りなのだった。水平線のいちばん遠く、帆の先端しか見えていなかった船が、帆柱から甲板、船体とだんだんだん姿を現し、大きくなって近づいてくる。

「あれは、この地上が丸いからだよ」

そう言って、惣五郎は提灯球のてっぺんに落ち葉を立て、少しずつ回して見せた。

彼の言うとおり、葉っぱは最初は先端しか見えないが、提灯球が回るごとに全体の姿を現してくる。見えてくる。

牛頭丸は黙っていた。何も反論ができないのだ。そしてそれは千鳥も同じで、驚きでどんな声も発せられずにいる。この地面は、丸いのか？　海面が丸いように？

この時代、世間の誰もが地面は動かず天が回る天動説を信じている。公儀の学問である朱子学でも、宇宙を語る時には「天は理であり、気である」と煙に巻くような表現からは踏み出さない。

だが惣五郎はこれまでの学問が教える宇宙が、どうも正しいわけではないと疑い始めている。そ

してご禁制の地動説を試考し始めているのであった。とんでもない子供であったといえよう。

「ああーっ、わかんねえ。そりゃ俺も、天帝も鬼神も平気だけどよ」

牛頭丸が頭を抱え込むのを楽しむように惣五郎が笑う。生まれながらに知るのは「上」。学んでわかるのはその「次」。論語にあった人の才能の順は、まさに惣五郎と自分であるなと牛頭丸は思う。だから自分たちは学ばねばならないのだ。そんな惣五郎が、千鳥に気づいた。

「あっ、千鳥さん、来てたんですか」

牛頭丸も気づいて、提灯球をぺしゃりと畳んで立ち上がろうとする。千鳥は慌てて引き留めた。

「待って。一緒に惣五郎さんの話、聞いてくれる？　それに、あの――あの船の絵、ありがとう。新三郎も、無事に西方浄土に行けたと思います」

やっと彼に、あのときの礼が言えた。ほっとする千鳥、照れる牛頭丸。しかし惣五郎はくすっと笑う。

「西方浄土ねえ、……」

何がおかしいのだろう。見とがめたら、慌てて彼の方から口火を切った。

「それで千鳥さん、新ちゃんは、あの日一人で何をしに浦の方まで行ったと思います？」

「何をしに、って――。船を見に行ったんじゃないか、と思うんだけど」

「船？　何の船です？　船はそこらじゅうに浮かんでるでしょう？」

千鳥は多江と顔を見合わせた。これは尋問ではないか。千鳥は彼の話を聞きに来たのに。

だが気を取り直し、ここに来る途上に多江から聞いた話からの推測を思い切って口にした。

「新は、大安宅船――を見にいったんじゃないかという気がします」

大安宅船をねえ、と言って、惣五郎と牛頭丸は顔を見合わせた。そしてうなずき、

「おそらくそうかな。新ちゃんは、大安宅船が見たかった。ではそこでどうします？」

そうだ、千鳥が聞きたいのはここからだ。

「誰かにたのめば見せてもらえる、と考える？」

ごくり、生唾を飲み込んだ。ありうることだ。甘やかされて育った彼ならそう考える。

「大安宅船は、どこで誰が管理しているんでしたっけ？」

川口番所だ。松林の向こう、藩の船溜まりに係留されることになっている。そして番所の役人ならば、わずかな時間、子供を役所の垣の内に入れ船を見せてやることぐらいできるかもしれない。だが藩のお役人が、子供相手にそんな親切をしてくれるか？

普通はそこであきらめる。しかし新三郎は、與之助にたのめば見せてもらえると考えたかもしれない。與之助から父親にたのめば、川口番所の役人なのだから、子供二人にどこかから船を眺めさせてくれるのではと、安易なことを。そして無邪気にも與之助に近寄っていった——。

「もし見せてもらえるなら、それには何か報酬がいるでしょうね」

こちらの考えの動きを眺めるように間を置いて、彼は言った。たしかに、たのまれた者からすれば、ただで見せてやるわけにもいかない。それも藩の御用船という、一種危険を冒さねば目にすることもできないものであれば。

何であろう。何を交換条件にすれば見合うのか。與之助は報酬として何がほしいだろう。

考えてはみたが思いもつかず、千鳥は惣五郎にすがるように目をむけた。

「それは何？——教えて」

だが彼はすうっと息を吐いて、立ち上がった。

「おいらにもわかりませんよ。言ったでしょう？　これはおいらの勝手な推測だって」

なんだ、それは。――昇りかけた梯子をはずされた気がした。

「でもこれだけは確かです。新ちゃんはその川口番所と同じ東側の浦で溺れた。なぜそんなところに？　普通に海や船を見るなら、広く海に面した南の浜の方でしょう？」

はっとしたのは千鳥だけではなかった。現に新三郎を救助した牛頭丸は、帰港するべく船で渡船会所のある岸をめざし、東側の浦から河口へ入り番所前を通りかかって弟を発見したのだ。

「あいつがいたぜ。――あの場で、新が助かったのを、見ていたぜ」

あの日、新三郎が溺れた時の光景を、千鳥はまるで自分もそこで見ていたかのように想起できた。牛頭丸は身を賭して水に飛び込み新三郎を救い上げたが、その岸に、もう一人、いた。牛頭丸より早く新三郎の危機に直面しながら、何もしないで傍観していた同行者が――。

そこは水路と並行に長々と続く番所の松林。河口にあるため満潮時には水位が増し、東からの風に押された波が遡上するので、底の形状がわからず危険になる。そこを用心深く戻る漁船の上に新三郎を引き上げた時、牛頭丸は番所の前にたたずむ人影を見たのだ。こちらを呆然と目で追う、それは與之助だったのか。

「何が、何があったんでしょう」

助け上げられた新三郎が帰ってきた時、皆は救助のもようを熱心に聞いただけにすぎない。新三郎の迂闊さが招いた事故と思い込んでいたからだ。もっとも、與之助が現場に居合わせたことを知ったとしても、相手は下級役人とはいえこの町に居住する姫路藩士の息子。彼から口を開いてくれないかぎり、これ以上の真実は掘り返しようもない。

頭上で一声、鳥の群が鋭角になって松林の上を飛んで行く。その向こうでは、早くも空が茜色に染まり始めていた。

「これじゃあ新三郎を西方浄土から呼び戻すしかないじゃない」

むなしくなって千鳥がそうつぶやいたら、惣五郎がまた笑った。

「千鳥さん、さっきから西方浄土なんて言ってるけど、そんなの存在しませんよ」

宇宙を動かす天帝もいなければ鬼神もいないと言い切ったのと同じ明瞭さだった。彼はこれほど浸透しきった仏教世界の教えも否定するのか。

「だって、死者が全員そこに行くなら、釈迦が死んで数千年、もうそこは満杯ですよ」

なんということを言うのであろう。だが牛頭丸も驚かず、提灯球をくるりと回して言う。

「たしかに、西はないな。またもどって東になるだけだ」

千鳥は驚愕しながら提灯球をみつめた。その時、多江がそっと千鳥の袖を引いた。

「千鳥さん。新ちゃんは逆縁やから、まだ西方浄土には行ってないよ、そのへんにいるよ」

どういうことだ。目で尋ねる千鳥に、多江は教えた。

「こんなこと言ったらかわいそうやけど、逆縁の子は一人では浄土には行くことができなくて、親がやってくるまで、賽の河原で石を積んで待っているんだって」

なんということ。弟は日暮れても暗い河原に残り、たった一人、親が来るのを待っているというのか。

祖母は教えてくれなかった。千鳥が衝撃を受けるのがわかっていたからだろう。墓地に葬られた子が一人で帰ってこられないよう野辺送りの道を遠回りするというだけであんなに胸が詰まったのだ。母も、本当はなりふりかまわず葬列について行ってやりたかっただろう。そんな寂しい思いをあの子にさせるくらいなら。――思わず頰に涙が一すじ流れ落ちた。

西方浄土はない。惣五郎の断言が、今は千鳥に優しいくらいだ。新三郎は、いつでもどこでも千鳥が思い浮かべるその場所で、棺に置いたあの絵の船を浮かべて笑って遊んでいてほしい。千鳥は思わず涙があふれ、両手で顔を覆って泣いてしまった。

そんな千鳥を慰める言葉も持たず、少年たちはわざとのどかに空を仰いでこう言った。

「明日は雨か――。すごい夕焼けだ」

空には赫奕(かくやく)と燃える日輪が海のかなたに落ちようとしていた。その熱量で、空を覆い尽くすすべての雲を焼き天を赤く染めようという意志さえ見える。


與之助に話を聞きたい。千鳥の思いは募っていった。

けれど塾にあっては一切の者を寄せ付けず、まして女の千鳥を不浄のように払いのける彼であったから、近づくこともできなかった。

そして人は、自力ではかなわないとき、神仏を恃(たの)むのである。幼い頃から家ごと世間ごと神や仏が善悪生死の判断のよるべであった者には、惣五郎のようには割り切れない。だから父が金比羅さんに参詣すると聞いて、千鳥はむりやり連れて行ってもらうことにしたのだった。

それは祖母が毎日神棚に灯明を上げてお祀りしながら、今なお、

「それにしても金比羅さんのお宝、どないしてしもたんやろな」

と気に掛け続けているからで、父も、毎日それを聞かされうんざりするより、代わりの新しいものをもらってきた方が早いと思ったのだろう。新三郎の忌が明けた時、なぜかそこからなくなっていた飾り物は、どうやら祖母にはなくてはならぬものだったようだ。

それは、お宮で授かる団扇で、一見、金と見まがう華やかな黄金色の地(じ)に赤で○に金比羅の「金」の文字が書かれた派手な意匠だ。金比羅さんは海や航海の守り神で、カネ汐は代々船で商

いをしてきただけに深く信奉しているが、それを手に入れるには海を渡り、かつ千三百六十八段もある参道の石段を上ってお参りしなければならないのだ。

江戸時代中期以降、一般世間でも金比羅参りがだんだん広まり、やがてお伊勢参りに次ぐ人気となるが、各地で講まで組んで全国から参詣客が訪れるようになっていく。黄色い団扇はそうした人々の参詣の印であり、一種、あこがれでもあり、大流行となるのである。

旅は、四国の讃岐まで船に乗る、というのが醍醐味であった。高砂からなら四国までは海上二十八里。岸を見ながら進み、日比へ達し、瀬戸内に浮かぶ男木島、与島と伝いながら丸亀へ渡る。風と天気しだいでは、するすると一気であろう。そう、まさに有名なあの歌のとおりに。

　金比羅　船々　追風に帆かけてシュラシュシュシュ――

歌は伝える。金比羅参りの渡海船がたくさん、東からの追い風と、そして性能のいい「帆」のおかげで、すいすい行き交う風景を。

帆の性能が上がればさらに、瀬戸内の海のいたるところに白帆の金比羅船が行き交う繁盛ぶりとなるのは当然のことだ。千鳥もこの歌を口ずさんではいるが、まさか二十年ばかり後に、海に浮かぶ白帆のすべてを画期的な発明で作り替え、金比羅参りのこの風景をうちたてることになる男が近くにいるなど、想像すらできずにいる。

渡海船は、瀬戸内ぞいの港々をつないで毎日のように運航しており、高砂の浦にも二百艘を超す渡海船がある。金比羅参り専用の船ができるのはまだ少し後のことで、今は荷運びの合間に客も乗せるといった具合で、目的地が同じ方角の客を何組か集めて乗せていく。この日も四国遍路の装束の夫婦らのほか、金比羅参りとわかる客が二組もいた。

船は平たい中型で、後に金比羅船が盛んになると、より大勢の客を乗せるため大型化し屋形船へと進化していくが、今のところは上廻りに屋形はなく、天気が崩れれば苫(とま)掛けでしのぐ。

後方に席を確保してもらい千鳥たちが座ったところで、岸では男の大声が響いた。

「こらあ、どこに消えたかと思えばこんなところにおったのか、牛頭丸っ」

見れば、怒り心頭に発したかのように船上を睨みつけているのは牛頭丸の父親の七兵衛である。どうやらこの船に乗り込んだ息子を連れ戻しに来たらしい。

「すまん七兵衛。ちょうど水主が足りず困ってたとこへ牛頭丸が乗りたいと言ってきたんでな」

慌てて出て行くのはこの船の船頭の治兵衛だった。しかし父の七兵衛は引き下がらず、

「いやあ、治兵衛どん、厄介かける前に、そいつを降ろしてくれ降ろしてくれ」

彼を引きずり下ろしたいと言わんばかりだ。どこに牛頭丸がいるのか探したら、舳先(へさき)で立ち働いている水主が彼だった。その姿を見て、思わず千鳥は目を見張った。それは少し見ない間に彼の姿が一変していたからだった。

着ているものも後ろ姿も変わらない。だが、前髪は落とされ、青々と月代(さかやき)を剃り上げて、彼は大人の男の顔になっていた。会わない間に、彼は元服したのである。

「父ちゃん、今さら降りられん。客も乗り込んだし、もうすぐ出航や」

姿はそのように変わっても、中身は変わらぬようで、彼はしれっと口答えする。

「ほんまにお前というヤツは――。漁師の息子が漁を嫌ってどうするんじゃ」

牛頭丸は子分の伝蔵(でんぞう)まで連れてきていたから今さら連れ帰られてはこの船も困ることで、なんとか父親もあきらめたが、

「お前、ほんまに皆々様に造作(ぞうさ)かけるんやないぞ」

くれぐれも言い置くことは忘れなかった。戻っていく父親の背中に向かって伝蔵と二人、拳を

ぶつけあって喜ぶ牛頭丸に、船頭の治兵衛がぼやくのが聞こえる。

「漁師の倅の牛頭丸は漁が嫌いで、渡海屋の倅のうちの吉三は船に乗るのが嫌いときている。世の中うまくいかんもんじゃ。おまえらせいぜい、つるんどれ」

どうやら牛頭丸は、従兄弟の吉三にたのまれ、水主の代理を引き受けたようだった。

「漁が嫌いなんじゃない。船の方がもっとおもしろいだけじゃ」

笑って言い返すのに、治兵衛はもう何も言わず出航の準備を始めるばかりだった。

やがて船頭は後方の艫に立ち、牛頭丸と伝蔵は船首で綱や碇を守り、あと一人の水主が帆の係。元服したとはいえまだまだ下っ端というところだろう。

船が岸を離れた後は、千鳥は彼のことは忘れた。船があまりに物珍しかったからだ。後方に座ったおかげで艪をすぐそばで見ることができたのだが、それが船体に不釣り合いなほど巨大であることにまず驚いた。

「艪が大きいのはな、船が横風を受けて走る時、横に流されがちになるのを防ぐために、水が当たる面を広くして抵抗を強くするようになってるのや」

父が船のことをよく知っていることも意外だった。

そして何より千鳥の目を惹いたのは帆柱だ。どんな船にもそれは一本だけ。まるで船の主であるかのようにそそり立つ。そして出航に際し、これに長大な一枚の四角い白帆を上げるのである。平地に敷けば畳が数枚分になろうかという広大なものだ。

新三郎の墓に埋めた船の絵が思い出された。実物のそれを見上げると、今さらながらにあの絵がよく描けていたことに思いあたる。今、千鳥が見上げる帆柱の先端には、もしかしたら彼もちょこんと留まって一緒についてきているのではないか。船は西へ向かうのだから。

西方浄土が満杯だなんて惣五郎は言ったが、どうだ、この海の広さ、はてしなさ。千鳥は胸いっぱいに潮風を吸いこんだ。

西方浄土がそんなに狭いわけがない。未来永劫、洋々たる面積で、命を終えた衆生を次々と受け入れてくださるはず。今はそこに行けない弟をみつけ、いつか千鳥が連れて行ってやりたい。母とともに。

空は大きく、日はまぶしく、はるか遠い天の果てで見ている天帝さまの機嫌がいいのを、千鳥は肌で感じて、なおも帆柱を見上げていた。

金比羅、船ふね、追い風に帆かけて、と歌にも歌われる船の帆は、幅三尺の帆布を一反帆という単位にして船の大きさに応じて横に縫いつなぎ、一枚に仕立ててある。この船は五反帆だから五十石積みか。船の幅いっぱいの大きさで、そして長く重く、その面積を見ているだけで豪快な気分になった。みんなが船にあこがれるのは、この大きさにして白く優雅な帆があるからだろう。

木綿がまだ高級品だった中世には、船の帆には筵を使っていた。江戸期に入り木綿が国内で盛んに栽培されるようになってから進化し、下部の帆桁を取り去り、綱で留めて、十分なふくらみがつくよう改良された。これにより、追い風をしっかりつかみ、船の速度も上がっていったのだ。

それを上げ下げするのは人の手では無理で、屋倉の中にある一対の轆轤が使われる。本柱のてっぺんには蟬と呼ばれる滑車があって、らくに操作できるのが西洋の帆船との違いだった。基本的に、船はこれ一枚に風を受けて走るのである。

もっとも、順風を利用する素朴な帆走だけではないから、横風にしても逆風にしても、風をうまく受けられるよう船の向きを変えて進む。そのため船の艫にはあの巨大な面積を持つ木製の舵がついているというわけだった。これを操る技術も相当なものだろう。

目を見張りながら船をあちこち眺めてばかりの千鳥に、父が言った。

「千鳥には、兵庫津や大坂を見せるより先に金比羅まいりになったな」

家業を身につけるため、しかるべき港に出向き挨拶回りもせねばならないのだが、今回はまったく気楽な物見遊山の船旅だ。岸から眺めているとのんびり停まっているようにしか見えなかった白帆の船が、こんなふうに走る現実は、こうして乗ってみないとわからないものだ。

まわれば　四国は讃州　那珂の郡　象頭山　金比羅大権現　一度まわれば――

歌のとおり、遠くの海上からもそれとわかる特異な形をした象頭山が見えてきた。着岸に備えて立ち働く水主たちを眺めるのも楽しく、千鳥は何もかもに胸がはずんだ。

「父さん、あの船は何？」

気がつけば舷側の背後から、巨大な船が迫ってくるのが見えて、千鳥は訊いた。

その大きさたるや、周囲に浮かぶ漁船など比べ物にならない。魚で言えば鯵と鯨か。この船と比べても十倍の大きさはある。帆も、二十反帆はゆうに超えていた。

帆が大きいためにその面積いっぱいに風をつかみ、追い風がその巨体をぐいぐい押して、こちらの数倍の速度で、まるで走ってくるかのようだ。そう、何か、真白いその帆に、巨大な動力でも憑いているかと見まごう力強さで。

「あれは、北前船だ」

北前へ行くのか――。とすればこのあと瀬戸内を端まで進んで周防で針路を北に変え、日本海へと出るのだろう。それはよく祖母から聞かされた、我が家の先祖の行き先と同じだ。

「でかいなあ」

「ありゃあ千石船か」

他の客もざわめいた。

千鳥は自分で考えた。西に向かっているから、積んでいるのは米ではなかろう。西国からの米はすべて瀬戸内を東へ、大坂に向かって運ばれる。米は大坂で銭や必需品に変えられて江戸のお殿様のもとへ届けられるのだ。と、覚えたばかりの知識である。

とすれば西へ向かうあの船は何を積んでいるのだろう。その喫水線はどっしり沈んでいる。

「あれはな。行きは、木綿に古着、上方（かみがた）製の雑多な商品やろう。この国では上物（じょうもの）ゆうたらだいたい上方でしか作れんからな。だが帰りには蝦夷地三品（さんぴん）――昆布に鰊（にしん）、樺太経由の唐来（とうらい）物産をどっさり積んでもどる。無事に着いたら千両からの大商いや」

弾む答えからして、父にも、先祖の商売のことがよぎるのか。父とて、やはり大きな船にあこがれる少年だった記憶があるに違いないのだ。

名状しがたい感銘が千鳥の中に広がった。男なら、乗るべき船はあの船だ。新三郎、と胸の中で呼びかけてみる。自分たちのご先祖は、みんな北前をめざしたのだもの、と。さりとて、跡取り代理にすぎない女の千鳥に何ができようはずもないのだが。

「こらあ牛頭丸、何をよそ見しとるんじゃあ」

艫の方から船頭の治兵衛の叱責が飛んだ。振り返ると、牛頭丸が自分の仕事を放棄して突っ立って、北前船に視線を奪われているのだった。

千鳥は思わず微笑んだ。自分でさえ、あの船の勇姿から目が離せなくなった。まして同じ海で、船に乗る彼ならば、あの船は彼の体内で眠っている血をかきたててやまないのであろう。

「こらあ、聞こえんのか。牛頭っ、まっすぐ前を見てろっ」

船の上では船頭の命令は絶対であるだけに客をもはばからない大声だ。

「牛頭っ」

何度目かの叱責で、ようやく彼は我に返った。離れてはいたが、一瞬、目が合う。その間に、北前船は悠々と追い抜いていく。船がこれほど美しい造形物であると、千鳥は初めて知った。

船が視界から消えた後、ふたたび仰ぐ空の大きさ、海の広さ。この地上も宇宙も、おいらたちが思っている以上に巨(おお)きいんだ。——ふと、惣五郎の声が聞こえた気がした。この壮大な天上のさまが天帝でも鬼神でもない、もっともっとはるかに大きなものが回す摂理であるならば、千鳥は足元が傾くような錯覚すらおぼえる。

船旅は驚くべき時間の連続だった。

とはいえ、上陸してからも、刺激的なことは無数にあった。

金比羅参りは千を超す石段であっても、駕籠かきがいて、茶店があって、途中途中で難なく上れるように心遣いが尽くされている。また、麓(ふもと)の鳥居の周辺に集まる宿も賑やかで、湯も清潔でご飯も美味い。金比羅参りという信心深げな名目でありながら、お参りがすめばどう見てもこれは遊山だ。日頃の窮屈さからすっかり解き放たれた人々の歓喜が町にあふれていた。

「参詣には、これを着たらどうだ」

姐(ねえ)やに持たせてきたのは父が選んだ花模様の振袖だった。新三郎が死んで以来、華やかなものからは遠ざかっていたから、思わず頰が緩む。ごめんね新、とつぶやきながら袖を通した。

それは思いがけないほど明るくて華やかで、着ている千鳥を別人にした。どこに行っても、可(か)愛(い)らしい嬢さんと一緒でよろしいなあ、とお世辞を言われて、

「うちの跡取り娘なんや。どっかにええ婿がおったら知らせてや」

まるで千鳥を見せびらかすように笑う父の顔が意外でもあった。

「こうして新しいお宝もいただいて、うるさい婆さまにもみやげができたしな」

黄色い団扇をくるりと回すと、しぜん、「金比羅　船ふね」の歌詞が口を突く。

　金比羅　み山の　青葉のかげから　キラララ
　金の御幣の　光がチョイさしゃ　海、山、雲霧　晴れわたる
　いちど　まわれば　金比羅　船ふね……

金の御幣ならぬ黄色い団扇。たしかにキラララという表現は、他の表現に置き換えがたい。

「お祖母さまも、連れてきてあげればよかったね」

今頃母と、言葉を交わすでもなく奥の座敷で繕い物などしているであろう祖母を思い浮かべ、笑い合う。

着くまで一泊、詣でて二泊、帰りの船でまた一泊、というのが旅程だったが、四日目、天候が下り坂というので出航が見合わせられた。素人目にはわからなかったが、午後には彼らの言うとおり、にわかに空は雲に覆われ、たちまち海上には三角波が立ち始めた。

「さすがだな。海の男たちには、ちゃんとお天道様の都合がわかるんじゃ」

旅にはこんなこともあろうかと余裕をもって予定しているから、父も慌てない。ふだん父とゆっくり向かい合うこともないから、親子が今後を語るにもまたとない機会だった。

「婿取りの話を進めようと思うが、千鳥はどんな男がええ？」

湯上がりのお膳に一本つけてもらい、いつになく父の口が緩んで、そんなことを訊く。

「どんな、と言われても」

こちらは酒を飲んでいるわけではないから、千鳥には何とも答えようがなかった。

北前船みたいな人がいい、と言いかけて、千鳥はおかしくなった。やはり自分も播州高砂、浦

育ち。この血の中には、船に対する飽くなきあこがれが織り込まれているようだ。

「いい婿が、いればいいがなあ」

そう言ったきり、父は心よさげに目を閉じると、そのまま眠ってしまった。

自分で婿を選べる立場でないのはわかっている。だけど見知らぬ人なら不安があった。といって、自分が知っている男というなら、牛頭丸、與之助、惣五郎……。

溜め息をつく。これこそ自分の力ではどうにもならず、神仏に恃むほかはないのだ。

父の体の上に布団を掛けてやり、出窓の欄干越しに外を覗けば、町はまだまだ人の通りも多く、賑わっている。ふと、千鳥はその空気を吸ってみたくなった。

宿の丹前を着て下駄をつっかけ外に出ると、潮の香りが鼻腔を突いた。それに混じって、お宮のお山を彩る樹々の甘い匂いがたちこめている。船着き場まではそう遠くない。中心街の、宿屋、飯屋と、さまざまに灯る提灯を見上げ、そこに出入りする男女を見ているだけでも心がはずむ。女の嬌声と男の笑い声が聞こえるのは妓楼だろうか。そぞろ歩いて船着き場に来た。

たくさんの船が舫ってあるが、どれも帆を下ろしているから、乗ってきた船がどれかはわからない。船乗りたちも夜は陸に上がって、安い宿でくつろぐのだろう、人の気配はなく、波に揺れる船が時折、互いにぶつかって軋む音がした。

船が歌っている。そう思った。航海を終えて岸に繋がれ、それでほっとして安らいでいるのだ。千鳥は、自分は船が好きなのだとわかった。どこか浮かれた気分で、船を一つ一つ、まるで琴の弦でも検めていくように、こん、と下駄で桟橋を鳴らしながら、少し歩いた。

「ねえちゃん、一人かい？」

突然、船の暗がりから声がした時はぎょっとした。まさか人がいるとは思わなかった。大きな船では見張りのために若い衆を一人残しておくのが決まりだとは知らずにいた。

「へええ。暇かい？　そんなら遊んでやろうか？」

いつ船から降りてきたのか、背後からも、男の気配がした。千鳥は背筋が凍るのを感じた。こんな暗いところを一人でのこのこ歩いてくるなんて。旅の解放感が、千鳥を鈍感にしていた。

「結構です」

身を固くして踵を返した。するともう一人、船の中から影が飛び出し、立ちふさがった。

「待たんかい。――そう急がなくてもええやんけ」

右手は船宿の壁、左手は海で、ぎっしり舫った船は隙間も見せない。

「外は寒いで、こっちぃ来いよ」

「やめて、離して」

腕をひっぱられた時、大声を上げるしかなかった。だがそれはよけいに彼らを刺激したようだ。

「なんやねん、おとなしくせんかいっ」

ばらばらと男らが駆け寄り、千鳥の口を塞いで羽交い締めにした。

助けて。――誰に乞うでもなく、千鳥は全身で抗った。神様、と。

その時だった。

「やめたらんかい」

四艘ほど先の船から、大きな人影が現れた。

「なんじゃい、お前は」

ああ、神様はいる。塞がれた口の奥で溜め息が洩れた。だがそれは神様ではなかった。

「播州高砂、宮本松右衛門（まつえもん）じゃい」

牛頭丸ではないか。背中に隠れるようにして伝蔵もいる。――手習いの紙に書かれた力みなぎる楷書の文字が目の奥をよぎった。宮本松右衛門、それが、元服した彼の正式な名なのだ。

「あっはっは。聞いたことねえな。――で、その松右衛門が、何の用じゃい」

二十年ばかり後、彼ら海で生きる男どもが誰一人として知らぬ者などなくなるその名前。だがむろん、真っ暗な影の塊になった彼を、今は誰も知りはしない。

「その女を離したれや」

「あほか。お前が持って行く気かよ」

「違うわい。無難に話をつけようやないか。その女を離して俺の船で酒でも飲もう。灘の酒やぞ、親方の」

牛頭丸の声はきわめて落ち着いていた。ゆとりさえ感じられた。

「ふざけとんのか、おまえ」

言って、先にとびかかったのはこちら側の男だった。それはそうだろう、親方の酒を飲んだら後でどれだけ叱られるか、そのことの方を恐れる彼らなのだ。伸ばした腕は牛頭丸の左頰を殴り、彼が一瞬よろめいた。桟橋に立っているため足元が定まらないようだ。

「痛てぇ」

殴られた頰の痛みを確かめるように、牛頭丸はしばらく掌でさすったが、それは先に手を出したのがどちらであるかを確認する時間でもあった。

「そうか、そう来るんなら、しゃあないな」

つぶやいてすぐ、彼の反撃が始まった。迷いなく近づく大股な足音。裸足なのに桟橋が彼の体重を受けてどんどんと鳴った。そしてまっ先に狙いを定めたのは、千鳥を羽交い締めにしている男の顔だ。体の大きい牛頭丸は腕も長い。しゅっと伸ばした利き腕は、千鳥の頭上をかすめて背後の男の顔を正確にとらえ、命中した。後頭部で、ぐきっと骨がくだけるような凄みのある音が響く。と思ったらうめき声とともに男の腕がほどけた。

「今や、千鳥さん、逃げるんやっ」

名前を呼ばれたことに驚いた。彼が助けようとしているのが通りがかりの女ではなく、自分と知ってのことなのだと実感した。

たしかに今なら逃げられる。よろめきながら牛頭丸を見た。すでに別な男が彼をめがけてとびかかっている。——神様。仏様。どうか助けて。そして牛頭丸を無事に守って。

千鳥は堅く目をつむると、そのまま必死で駆け出した。待てっ、と声が上がって、一人が追いかけてくるのがわかったが、背後で、桟橋の上にどうと倒れ落ちる音が続いたのは、おそらく牛頭丸がとびかかって阻止したからだろう。ともかく後も振り返らずに逃げなければならなかった。

全力で逃げる。桟橋のはずれで下駄が片方脱げたが、かまわなかった。走って走って、ただ走って、宿に着いた時は息も激しく、肋骨が大きく上下した。いつか涙が流れていた。

走りに走って乱れたこの恰好では人目につく。千鳥は一息、大きく肩で息をついて裏口から入り、片方だけの下駄を脱いで丹前を整えると、そっと部屋にもどった。何も知らずに酔って眠っている父を見たとき、初めてほっと全身から力が抜けて、壁にもたれて泣いた。

牛頭丸はどうしただろう。一瞬、彼が心配になったが、次の瞬間にはまた涙がこみあげた。

婿なんかいらん。男なんか嫌いや。——さっきの父の問いに、千鳥は泣きながら答えたかった。ただ疲れ果て、身も心もくたくただった。

「なんだ、気分でも悪いのか」

昨日あれだけはしゃいでいた千鳥だから、お通夜のようにしょげかえった翌日は、さすがに父も異変に気づいたらしい。

「父さんが酔って先に寝ちゃったから、私もつい、余ったお酒を飲んでしまったの」

あとは言わなくてもよかった。父は相好を崩し、あほやなあ、と笑った。

「ええか、酒を飲んでつぶれたことはお互い秘密や。婆さんや母さんに絶対言うなよ?」

むしろ千鳥と共通の秘密を持てたことで父は上機嫌だった。帰り船に乗り込む時にも、娘が具合が悪いので、と後方に二人で並んで座れるようにしてくれた。金比羅さんに詣でてきた者どうし、優しい連帯感が船にはある。

どうやら昨夜のことは父に隠蔽できたが、牛頭丸はどうなっただろう。何があったか誰にも言えず、千鳥は生きた心地がしなかった。

やがて帆が上がる。出航のための作業に、彼が舳先に姿を現したのがわかった。動き回る彼の後ろ姿はきびきびとして何の変化もないように見えたが、その顔を見た時、千鳥は息を飲んだ。赤紫色に腫れ上がった目、擦り傷だらけの腕、膝、脛。あの後の乱闘の激しさを物語るなんとも無残な相貌に、震え上がる思いだった。

「まったく、みっともない顔で申し訳ございません。血の気の多いやつで、昨夜、他の船乗りと一戦やったらしくて」

船頭の治兵衛はさかんにぺこぺこ謝った。そして牛頭丸には、

「やいっ、この阿呆。そんなボコボコのみっともない顔、お客さんにさらすな」

前だけ見てろ、と腹立たしげに追い立てる。きのうはそばにいながら何の掩護(えんご)もできなかった

伝蔵が、間で小さくなっていた。

「いやあ、こいつときたら相撲取りなみの力をしたヤツですからね。相手は三人だったらしいが、全員おシャカにしちまって、相手の船は人手が足りるかどうか」

船乗りどうしの諍(いさか)いはよくあることで、収め方にも前例があり、事情をよく聞き、双方折り合いをつけるらしい。今回は先方の男たちは臨時で雇い入れられた下っ端だった上、普段の素行が悪く、船頭としてももて余していただけに、たいして牛頭丸が責められることはなかったようだ。

「ほんまに困ったヤツで。七兵衛の嬶(かかあ)は俺の妹だから、こいつは俺の甥なんですがね。こんな乱暴者、高砂でちんまり納まるんかどうか、みんな、気が気でないというわけでさ」

船まで彼を連れ戻しに来たほどだ、あの父親がどれほど彼を案じているかは痛いほどわかる。だが今回のことは千鳥が原因なのだから、居所がないほどすまなく思った。

「たのもしいじゃないか。ところで牛頭丸っていう命名はいったいどういう謂われだい？」

煙管(きせる)をふかしながら、父が治兵衛と話しだす。どうやら彼に興味を持ったようだ。

「いえね。実はあいつが赤子の時に、拝み屋の婆さんから、とある予言をされてしまって」

「ほう。どんな？」

おもしろくなって、父が先を促すと、治兵衛は大きな溜め息をついた。

「絶対に口外しないでくださいよ。これは七兵衛ん家(ち)の恥になるんですから」

彼は続きを話すかどうか思案したあげく、父を信じて語り出した。

「それがね。疫病退散のお祓いをしてもらううち、なんと、こいつが牛頭天王の依(よ)りましになった、と言うんでさ。牛頭天王といえば、旦那、手に斧を持った恐ろしい顔の神様だあ。いえ、確かに見えた、と拝み屋は言うんですよ。そしてこいつはいずれ天下に名を知られる男になるだろう、ってさ」

ほう、と父は煙をふかす。なんとめでたい話ではないか。生まれたばかりの赤子にそんなことを言われて喜ばない親はないだろう。だが漁師の家にしてみれば、考えも及ばないことだった。

「とんでもない。きっとこいつぁ、天下に悪名とどろかす極悪人になるんじゃないかと。みんな、それが心配で心配で、母親なんざ牛頭天王に日参して、許して下さいと祈ってますよ」

思わず父も千鳥も吹き出した。彼が大悪党に？　名を残すと言われて大人物になる方を考えなかったところがいかにも素朴といえるが、いくらなんでも悲観的にすぎる。

「だって旦那、天下に、ですぜ？　こんな片田舎の漁師の倅が、天下にどう名を知られましょうや。天下に、ですぜ？　おそれたとおり、大きくなるにつれての暴れ者。まったくとんでもないヤツですわ」

治兵衛は真顔だ。おそらく一同、本心からその予言を信じ、彼のことを案じているのだ。

「そりゃ心配のしすぎだ、治兵衛さん。牛頭丸は、きっと何か大きなことをやらかすんだろうよ」

父は心からおかしそうに笑い、煙管で煙草盆を鳴らした。機嫌がいい時の癖だった。

しかし千鳥は、牛頭丸にどんな償いができるか、そのことで頭がいっぱいだ。痛かったはずだ、きっと今もどこかが軋むだろう。申し訳なくて、彼が見えても眼を合わせることもできない。

深呼吸して空を見上げた。昨日の午後は荒天だったが、今日は打って変わった上天気。どこまでも、空が高い。その尽きぬ先に、千鳥はやっぱり人知を超えた天帝の気配を感じている。

人が自力ではどうにもできない浮世のあれこれ。弟を失った我が家の未来も、牛頭丸という未完の男の将来も、すべて、親きょうだいの願いや思惑を超えて動いていく。人にできることなど天の力に及びもつかず、そのつど右往左往しながら、風を待ち日和を待って進める船のごとく、よりよい航路を選び取って進むしかないのだろう。

船はもう飾磨（しかま）津の沖、家島（いえじま）の西を進んでいた。高砂までは眠る間もない。いくつか散らばる島々が現れては消えるさまを眺めていたら、ふいに乗客から声が上がった。

「おんやあ、あの船。ありゃ座礁しとるんとちがうんか」

船上の客がざわついた。見れば、家島群島でも西に位置する無人島の海岸に、大きな船が傾いて着岸していた。いや、そこは係留設備のない砂浜だから、波に打ち上げられたとみるのがいいだろう。まごうことなく座礁であった。

「あっ、ありゃあ御用船だぜ」

よく見れば船の尻に上がった旗には、剣片喰（けんかたばみ）の家紋が見える。

「姫路藩の船だ」

皆がざわめいたのも無理はない。百石積みほどの関船（せきふね）で、新三郎が見たかった大安宅船ではないが、いかにも御用船らしく威厳を保った外装だ。昨日の悪天候に無理して航行したのだろうか。ならば時間も相当たっている。目をこらせば、船上で手を振っているさむらいたちが見えた。

「何やってんだい、あのザマは」

決して相手には聞かせられないつぶやきとともに、治兵衛は碇を投げ込み帆を下ろすよう、水主たちに命じる。幕府の法度（はっと）で、海難事故の場合、通りかかった船や付近の漁民はこれを救助するべきと定められているのだ。この時代、各国にも例を見ない優れた立法といえよう。乗客もそれを知っているから、高砂を目前にしながら船を止められても、救助であるなら反論はできない。

その間に、左右前後を行く船が同じように座礁船に気づいて集まってくる。

「困ったお方たちだぜ」

御船手の役人たちならば操船にも長けていてほしいものだが、さむらいは船のことも海の天気も何も知らない。船の航行は雇った水主にすべて任せ、自分の都合優先で命令するだけだから手に余るのだ。水主たちにすればとりたてて日当をはずんでくれるわけでなし、見当違いの命令に四苦八苦させられ閉口するばかり。しかもこんな海難となれば責任をなすりつけられるのが落ちで、御用船から徴用がかかって喜ぶ者など一人もいないというのが現状だ。

集まった船は三艘。たがいに渋面を見合わせながら、船頭どうし、話し始めた。

四方を海に囲まれたこの国の、しかも海の廊下ともいえるほどおびただしい船が行き交う瀬戸内では、海難事故は日常茶飯事だ。しかし船乗りにとって、建造に莫大な費用をかけた船の損傷は身を切られるように痛い。まして藩からの預かり物なら厳罰だろう。自分たちの責任を棚上げにして、水主たち相手にごねてくることは想像に難くなかった。

案の定、進み出てきたさむらいは、三艘の船から綱を掛けて引けと命じているらしい。だがどの船も荷や客を乗せている以上、無理な話だ。せいぜい、さむらいたちをこちらへ分乗させて岸に送り届けるのがせいいっぱい。浦奉行に届け出たり番所に救護の船をたのんでくるのが先で、船については後で手を打てばよい。押し問答が続いている。

「ああ、でっかい轆轤があれば、難なく引っ張ってやれるのにな」

舳先で綱をまとめながらふと牛頭丸が洩らす。そのつぶやきどおり、後年、彼は本当に轆轤の機能だけを備えた工事用の船を考案する。その船によって、諦めざるを得なかった重く大きな物体が引かれて動くのだ。けれども今は、無力であった。砂浜に打ち上げられてしまった船は、引っ張ったところで船底などに損傷が生じ、水漏れを起こして航海に耐えられない。

客らは辛抱強くつきあったが、その間も船はゆらり、ぐらりと動き続け、千鳥はだんだん気分が悪くなるのをこらえられなくなった。船が走っている間は平気だったが、こうして海上で止まると横波を受け、ずいぶん揺れる。それは絶えまがなくて、早く揺れない地面に立ちたかった。

「大丈夫か。早く港に帰してやりたいが、もう少し辛抱しろ」

父が千鳥の背中をさすってくれる。他の客も、最後尾の方が揺れないからと場を譲ってくれた。

結局さむらいたちを諦めさせるのに二刻（こく）もかかり、千鳥はとうとう船縁に身を乗り出して吐いた。酸っぱいものが絞り出されていったが、それでも少しも楽にならず、苦しくて生きた心地がしなかった。船酔いがこんなにつらいものとは思わなかった。船縁にしがみついたまま、長い長い時間が過ぎたように思われた。

「何を手間取ってんだい。早くしておくれよ、ねえ」

客らの苛立ちも頂点に達し、誰かが毒づく。せっかくの金比羅まいりの帰参の船旅が台無しだった。みな同じ思いであったに違いなく、御用船の災難への同情よりも、迷惑感が主になった。

「さてさて、ちいと場所を空けてやってくださんし」

ようやくさむらいたちがあきらめて乗り移ってくることになったが、彼らの動きと体重で、船はぐらぐらまた揺れた。それで千鳥は二度目を吐いた。死んだ方がましな気がした。

さむらいたちのために帆柱より前の位置が空けられて、そこに三人、どっかり座った。艫の方には何人かの客が押し出されてきて、皆で少しずつ譲り合うことになる。

「出るぞ。帆を上げろ」

さむらいたちは、すまない、の一言もなく命令し、しぜん乗客もみな押し黙った。島の砂浜で不安な夜を明かして疲労が募っていたのだろうし、船を捨て置いて行く不名誉に言葉もなかったのでもあろう。また、姫路藩の母港である飾磨津に帰るはずが、飾磨行きの船は満杯で、しかたなく高砂行きのこの船に分乗しなければならなかったことへの不満もあろう。それでも海の上の主導権はこちらの船にある。治兵衛にしてみれば、客を予定通り帰してやることを優先した。

　しばらくたって、前方で大きな声が聞こえた。

「うああ。吐くなら外にしてくださいよぉ」

　皆の迷惑声に押され、どたどたとこちらへ走り込んでくる足音がした。どけ、とも言わず、船端にいた千鳥を押しのけるようにして、小柄なさむらいが駆け込んできて、同時に船縁から身を乗り出して吐いた。饐えた臭いに、千鳥はまた胸がむかむかとして、並んで吐いた。手拭いで口をおさえてうずくまると、父がまた背中をさすってくれる。

　やがて、そのさむらいは胃の中のものをすべて吐ききったのか、顔を上げた。千鳥はその顔を見てまた吐きそうになった。それは與之助だったのだ。

　驚いたことに、彼もまた会わない間に元服をすませたようだ。そこにあった前髪はなく、青々とした月代が剃り上げられている。腰にはしっかりとした拵えの脇差しもあった。

　ああ少年たちは、こうして次々大人になっていくのか。新三郎も、生きていたなら、やがてこんな姿になって父母を喜ばせたことだろうに。

　後で聞いたことだが、彼がここにいるのは、元服の祝いに代えて、父親の上司が姫路までの短い航海に同行させてくれたのだという。

　目と目が合った。むっ、と苛立ついつもの顔をそこに見る。しかしここは船の上。千鳥の父もそばにいることで、居づらいと感じたか、彼は青い顔をしたまま立ち上がろうとした。

「おっと、まだそこにいなされや」

いつそこに来たのか、彼の前に立ちはだかったのは牛頭丸だった。手に帆綱を握っているのは、何かの作業の途中だろう。

なんだ、とばかりに與之助が無言で見上げたが、胸のむかつきにはまだ勝てないようで、腰を落とす。牛頭丸は彼の前にのしかかるようにしてしゃがみこみ、

「いい機会だぜ、そこに居なさるのが新三郎のお父っつぁまだ。話してやんな、何もかも」

空いている手で千鳥の父を指し、顎で與之助を促した。体を押しつけるように迫っているのは、彼が逃げないようにするためか。與之助の顔が蒼白になり、唇が震えている。

「何のことだ」

「あんた、新三郎の最期を見てただろ?」

目の中を覗き込むように牛頭丸は言った。

「な、何を言ってる、ぶ、ぶ、無礼者が……」

言いながらもこみあげるむかつきを抑えようもないのだろう、彼の声は弱く小さい。

「いったい何の話をしているんだ?」

父が姿勢を変えた。ただならぬ話題であるのが二人の会話から察せられたからだろう。

「新三郎が溺れた時、こちら與之助さんは番所の岸にいて、見ていたそうなんで」

牛頭丸のりんとした声に刺激され、思わず千鳥は割って入った。

「與之助さん、お願いです。教えてください、その時のこと」

ずっとそう願ってきたのにできずにいた。しかし今、牛頭丸がこうして機会をくれた。

「何を言ってるのかわからんな」

激しく與之助の目が泳ぐ。父が姿勢を正した。

「もし、おさむらい様。娘の話が本当なら、私からもお願いします。どんなことでもいいので、新三郎のこと、ご存じならば話してください」

父は、ただ息子の話を聞きたくて言っている。與之助に対する態度は丁重だったし、見るからに裕福な商家の旦那であるのは見て取れただろうから、場合によっては息子の供養にいくばくかの礼を惜しまないであろうことも想像はついたはずだ。なのにそんなにうろたえるとは、やはり何か人に言えないことを知っているのだ。千鳥は確信する。それは何だ。話してほしい。

彼は追い詰められた者の目をしていた。どうしたらこの場を回避できるか、それしか考えていない。逃げ出したくとも大きな牛頭丸が退路を塞いでいるし、助けを求めたくても、前のさむらいたちはそれぞれ苦渋の思案中で、同僚の小倅になどふりむきもしない。

窮地に陥った與之助は、吐くふりをして追及をかわそうとした。もう吐き気どころではないはずだが、うえっ、うえっと、さかんに声をたてて船端に体をかがみこませている。

するると突然、牛頭丸がその背中を蹴りこんだ。

「うわあっ」

止めるまもなく彼は海に落ちた。どぼん、と大きな音をたて、與之助の体が波に消える。

父も千鳥も息を飲んだ。

與之助が落ちた、海に落ちた——。だがすぐに顔だけ浮かび上がってきた。いつのまに結びつけていたのだろう、牛頭丸の手に握られた帆綱があり、それで彼の体を引き戻したのだ。

「うっぷ……た、たすけて……うがっ、たすけてくれ……」

波の間から顔を出した與之助が、必死に懇願している。

乗客たちが、人が落ちたと騒ぎ出す。牛頭丸はそれに向けては笑顔で言った。

「なに、ちゃんと命綱をつけてますからご心配なく。さすがはおさむらいだ、船酔いが苦しくて、顔を洗うと言って泳いでますんで、しばらく好きにしてさしあげましょう」

その手に握った綱には與之助の全体重がかかっているのだろうが、後ろで伝蔵も加勢しており、踏ん張る彼にはなにほどのこともなさそうだ。それに、彼の声が明るいから、客たちはまるまる信じ、綱の先の落下者をいぶかしみながらもまたもとのように身を寄せ合う。

「なんぼ船酔いが苦しいゆうたかて……。やっぱりおさむらいさんは考えることが違いますな」

「ほんま、うちら商人にはでけんこっちゃ」

などとささやきあいながら。

ここにきて客たちが思うのは無事に我が家に帰り着くことだけだ。これ以上厄介なことはこりごりなのだ。ややこしそうな落下者は見て見ぬふりがいい。

「どうだい、溺れるってのは苦しいもんだろ?」

ふたたび牛頭丸が船尾を覗き込む。

「うっぷ、……うがっぷ、……たすけて、……」

與之助はなおも必死でもがいている。父が、やりすぎではないかという顔をして膝立ちになり、牛頭丸の顔を窺った。そう、本当に死んでしまったら大変なことだ。

牛頭丸は頃合いをはかっていたらしく、船端に足をかけ、全身で踏ん張って綱をたぐり寄せると、艫に引き寄せられてきた與之助に手を差し出した。

與之助は必死でその手を握り、もう一つの手で船端をつかみ、足をかけ、またもう一本の足をかけ、ずりずりと上体を上げてきた。最後に牛頭丸が彼を抱えるように船傍へ抱き上げる。だが睨むその目は與之助から離さず、彼の態度いかんではもう一度海に突き返すぞと脅していた。

「わかった、わかったから助けてくれ、……」

與之助がすっかり降参したのを見て取って、牛頭丸は力一杯、彼を船に引きずり上げた。あたりはびしょびしょになり、客達がひゃあと顔をしかめてのけぞった。ようやく前方でも、さむらいたちが何事かと振り返ったが、それにも牛頭丸はにこやかに手を上げると、

「さすがですよ、船酔いを、海に入って治しちまった」

と取り繕う。感心の声、顔。さむらいたちはそれ以上気にも掛けずまた腕組みをして前を向く。

命からがら海から這い上がった與之助はずぶ濡れで、せっかく結った元服の髷もだいなしだ。まだ呼吸も荒く、とても何かを話せる状態ではない。しかし牛頭丸の追及には観念したようで、もはやさっきまでのように逃げようとする気配はなかった。そんなことをしたら、また牛頭丸に海へ突き落とされると悟ったのだろう。

左舷に、遠く続く松林と白くきよらかな砂浜が見えてきて、誰からともなく、金比羅ふねふね、と歌い出した。

　お宮は金比羅　船神さまだよ　キラララ
　時化(しけ)でも無事だよ　雪洞(ぼんぼり)や明るい
　錨(いかり)を下して　遊ばんせ　――いちど　まわれば

神様より自分たちの力を過信したさむらいたちには耳の痛い歌であろう。だが庶民は確信する。海の神、航海の神である金比羅さんが旅の明暗を分け、自分たちを無事に帰してくれたのだ、と。

船はまもなく高砂の浦に入る。


彼の口からすまないという一言はなかった。ずぶ濡れのまま、牛頭丸と千鳥に向かって話し出

したのも、もう逃げられないと悟ってのことだったし、妨げにならないよう背後で聞いている父を意識してか、話す内容はすべて言い訳に終始していた。

「あんなことになるとは思わなかったんだ」

それが彼に言える最大限の反省だったのだろう。しかし彼の話は千鳥の胸を締め付けずにはいなかった。あの日、新三郎が彼のもとに寄ってきて、大安宅船を、與之助の父にたのんで見せてもらえないかと言ってきたというのはやはり推測どおりだった。

「そんなことできるわけがないと突き返したんだ。そうだろ？　藩の御用船だぜ？　なのにあいつときたら、一生懸命たのんで通じないことなどない、って顔してるんだ。目なんかキラキラさせてよ。きっと家でもそうなんだろ。あいつがたのめば何だってかなったんじゃないのか？　めでたいヤツさ。でなきゃ、あんな脳天気な考え方できっこない」

思わず千鳥はかーっとしたが、彼の言う通りだった。跡取りとして甘やかされて育った彼は、世の中はすべて善意で成り立っていると疑いもなかった。千鳥は唇を噛んだ。

「あんまりあいつがくどいもんだから、ふと、からかう気になったんだ」

つまり、タダでそんなことできないのが世の中だ、何か報酬はあるんだろうな、と彼は訊いたのだった。新三郎は考えこんでいたそうだ。そして、わかった、と晴れやかにうなずいたらしい。

「じゃあうちの〝お宝〟を持ってくるから、ってね」

あっ、と千鳥は息を飲んだ。お宝。もしかしてそれは――。

父を振り返って確かめるより先に、與之助は言った。

「家の婆さんが大事に神棚に隠しているお宝だって、得意げな顔であいつが持ってきたのは、何のことはない、チンケな団扇じゃねえか。ふざけんな、と突き返したよ」

ずきっとどこかが痛んだかのように、千鳥は顔をしかめ、目を閉じた。

「それでも追いかけてくるんだよ。これはたやすく買えない神通力の品なんだってね。あほらしくなって、一喝して、突き飛ばしたんだ。そしたら団扇が海に落ちて、……」

ひらり、海に舞い落ちる団扇が頭に浮かんで消えた。黄金と見まがう黄色の地に、赤で〇に金の字を染めた金比羅さんの団扇。彼はあれを本物のお宝だと信じていた。そして、慌ててそれを拾うために手を伸ばし、誤って足を滑らせたのだ。

「あそこの松林は、波が削ってがたがたで、歩くには足場が悪いんだ」

だから人も近づかないため、取引の場には最適と考えて新三郎を呼んだらしい。

「なぜすぐ助けなかった。あの場所なら浅い。飛び込めば簡単に引き上げられただろう」

頭ごなしに牛頭丸が責めた。彼もずっと言いたかったのだ。放置したから引き潮にさらわれ、沖へと流された。岸にもどろうとあがけばあがくほど体力を消耗したはずだ。救い上げた時の新三郎の、消え入るばかりのはかなさをその腕で知っているからこそ怒りも大きい。與之助はすぐには答えられず、うなだれて震えた。

もういいと千鳥は思った。涙が止まらなかった。彼の心理は簡単に想像がつく。怖かったのだ。ただそれだけのことだ。

「塾で習ったろ？　小人の過まつや、必ず文る、ってな。臆病者め。お前なんか、さむらいどころか、男じゃないぜ。一生、おのれのしたことを悔いながら生きていくんだな」

言い放った牛頭丸に、父がそっと頭を下げた。そして與之助にも。

「よく話してくれました。……あの子の最期を聞いて、ようやく諦めがつきましたよ」

そのとおりだった。もう新三郎は帰らないとわかっていても、なぜ死んだのだと彼を責める日もあった。だがこれでようやくふんぎりがついた。千鳥は涙が止まらなかった。

「與之助、もう船酔いはおさまったか」

何も知らずに前でさむらいが呼んでいる。

「行きなされ」

父が言う。前方にいるさむらいたちにも彼の親にも何も言うつもりはなかった。あれは不幸な事故だった。それがわかったから、じゅうぶんだ。

與之助は這うようにして、牛頭丸の足元を通り抜けていった。

「なんだお前、ずぶ濡れじゃないか」

さむらいたちが呆れた声で與之助を迎え、彼はみじめに体を縮こまらせる。だがそれ以上、誰も彼をかまわない。彼らにとってはオマケで乗せた部下の倅だ、数の内ではなかった。

「牛頭丸さんよ。感謝する」

父がもう一度、頭を下げた。千鳥も、追いかけるように頭を下げた。彼は、いえ、と言っただけで、ぐりぐりと綱を巻き始める。その背中に、ふと思い立ったように父が問う。

「さっき論語を引いて小人のあやまちを言ってたね。では、君子のあやまちはどうなんだね？」

彼を試すつもりなのであろうか、千鳥は続きを思い出せずにどきりとしたが、牛頭丸が難なく、

「君子のあやまちは日食や月食のようなもので、珍しいことだから皆が見るけれど、それを改めたなら、また人は皆、おおいに尊敬する、っていうんでしょう？」

さらりと答えたから、父も満足げに煙草を吐いた。だが牛頭丸の答えには続きがあった。

「あの松林のあたりは川が土を運んで積もらせてるし、もろに東の風を受けるし、たしかにがたがたです。船もおちおち入れやしない。誰か君子が、沖に波止(はと)でも作ってくれれば助かるんです

けどねえ」

まるでそれこそが君子のあやまちの原因だとでも言いたげなつぶやきだった。後年、それが現実のものとなり、百年も揺るがぬ頑丈な波止となって出現するのを、彼自身、自分がその手で築くなどとは想像もしてはいないであろう。やがて船は、浦に着く。

「早や高砂にー、着きにけり」

謡では到着するのは住吉だが、今は千鳥たちが日々を暮らす地面が帰り着く湊だ。

ここがふりだし。そして千鳥の出発地点だ。

西の空では太陽がみせる壮大なまでの夕景が始まっていた。まぶしくて、団扇を取り出し空に向かってかざしてみる。

金比羅　石段　桜の真盛り　キラララ
振袖島田が　サッと上る　裾には降りくる　花の雲
いちど　まわれば　金比羅　船ふね……

千鳥は思う。自分は立派にカネ汐を存続させられるだろうか。何も知らず、父が自慢げに「娘です」とひけらかした自分の振り袖姿を、後々、千鳥はよく思い出すことになる。あれは、死んだ弟の役目を担おうと懸命に悩み続ける日々の始まりの儀式でもあった、と。

金比羅参りから持ち帰ったお宝は、さっそく神棚に祀られ、祖母は上機嫌だった。

「千鳥の婿が決まりさえすれば、金比羅さんで扇子を作って、引出物にしてばらまきますで」

なのに、早い春の朝、卒中で倒れ、その日が来るのを見ることなく亡くなるなど、誰が予想しただろうか。葬儀は黄白饅頭(まんじゅう)まで配られる盛大なもので、むろん墓地までついて行けない親族は誰一人なかったが、喪中で千鳥の婿取りが足踏みとなってしまったのは皮肉であった。

仏事に追われるうちに塾にも行けなくなった千鳥は、店で、蔵で、また台所で、父母から家業の指導を受ける毎日だった。よく外の世界に思いを馳せたが、塾に通った日々や金比羅参りの記憶は、どれをとっても輝いていた。とりわけ、牛頭丸のことは、しじゅう思い出しては、ため息が出た。

彼にはあれ以来会っていない。会えないとよけいに過去の記憶が鮮明になるものか、十五になった夏の宵、高砂神社の祇園祭は人混みで境内がごったかえしているというのに、千鳥はまちがいなく彼を見つけることができた。女中のお里に、鳥居の前で待っているよう言いつけて、千鳥は人をかきわけ、彼を追った。たやすいことだ、彼は頭一つ分、大きかった。

祇園祭は疫病封じの例祭で、彼の幼名の由来の牛頭天王を祭る。彼も氏子の若衆で揃えた浴衣を着ており、白地に散らされた藍染めの「牛頭天王」の文字が、自らを名乗るかのようにきわだっていた。

祭囃子（まつりばやし）が響き、煌々と明るい神灯の下で、いよいよ彼の背中が近づいたとき、千鳥は「牛頭丸っ」と呼び捨てにして声を上げた。狐のお面を斜めにかぶった彼の顔が振り返る。

驚いているのは、こんなところで再会したからか、呼び捨てにされたことか、そのどちらもか。周囲のざわめきは消え、千鳥はただ二人で向き合っているかのように彼だけを見上げた。海の労働が彼を鍛えたのだろう、顔つきがますます精悍になっていた。そういえば彼はもう十九。仲間の伝蔵や弟の徳兵衛らが彼に、先に行くぞ、と背を向けて行く。

なんだよ、とでも言いたげなその顔に、千鳥はどぎまぎして言いつくろう。

「あの、……そのお面」

これか、と気づいて、彼は頭に手をやり面をはずすと、やるよ、とその手で千鳥にかぶせた。違う、とは言えず、手ではずす。お面の狐が、おかしそうに笑っていた。

すると突然、遠からぬところで、賑やかなかけ声とともに大きな茅の輪が担ぎ上げられた。輪の中をくぐれば無病息災という、人の背よりも大きな作り物だ。人混みを、そろいの浴衣を着た男たち数人が担いでいくのに、彼も参加するはずだったのかもしれない。群衆がどよめき、波打つように押されていく。浜の男たちにかかっては定置の神具もまるで御神輿。人々は茅の輪が頭上を通り過ぎるのを歓声で迎えた。二人も押されて、ぎゅうと体を寄せ合うことになる。

「危ない。こっちへ」

牛頭丸が千鳥を庇いながら引き出してくれなければ、人混みに押しつぶされていたかと思うような、そんな激しい祭の活気。そのまま北門の外へ出るまで、彼は手を引いてくれた。

「お供の人は？　あんたを探してるんとちゃうんか。送っていこか」

ここまで来ればもう群衆もない。牛頭丸が手を放した。そこは神社のそばを流れる堀川に面した通りで、岸沿いに舟がずらりと泊まっていた。この季節、水面には夕涼みの舟がいくつも浮かんでいるのが特徴だ。千鳥も何度か家族で乗ったことがあるが、その風流な舟々のために物売りの舟や客を喜ばす落語舟も多数、出て、夏の楽しい風物として退屈することはないのだった。

「あれに乗りたいの。だって今日はお祭でしょ？」

なぜそんな大胆なことが言えたのか、千鳥は、ここまで聞こえてくる祭の賑わいのせいにしたかった。祖母の死以来、はりつめて家業を学んできた日の感覚が、たしかに祭で緩んでいた。

彼は一瞬、は？　と眉をひそめたが、祭囃子の盛り上がりに、それも一興と思い直したか、

「祭の相場は、舟も祝儀で高いんやけどな」

と言うと、彼の自由にできる舟へと近寄っていく。そして、これでいいか？　と尋ねるように小首を傾げた。千鳥はうなずくよりも先に、迷わず舟に跳び乗った。潮位が上がっていて岸と船とは高さもほぼ同じだったから、苦もなかった。ひゅう、と牛頭丸が口笛を鳴らす。

艫綱がほどかれると、彼の漕ぐ櫓で舟はとろりと水音をたて月夜の水面に浮かんでいった。

あたりの舟は、子供を乗せた賑やかな家族連れもいるが、艶めいた雰囲気の静かな男女もあった。自分たちはどう見えるだろう。白地に貝殻の大柄を染めた、お気に入りの浴衣を着て来てよかった、そんなことを思った。大冒険にも等しいことをしている興奮が千鳥を包んでいた。

舟を堀川の端まで進ませて、彼が櫓を止める。その水域からは大川につながり、先には海だ。

「塾はその後、変わりない？」

こんなところまで来て、話すことは世間話。だがそれほど長く会わずにいた。

「辞めたんや。船の仕事が忙しくて」

父親から古い舟をまかされて、彼が単独で渡海船を始めたことは、千鳥の認識外のことである。

「それなら……、私のために絵を描いてくれない？　新三郎に描いたような船の絵を」

うーん、と返事を渋る牛頭丸。照れるのだろう、話題を変えるために、あのな、と言う。何？と身構えたら、彼は千鳥をみつめてこう言った。

「おれはもう牛頭丸じゃない」

さっき、呼び捨てにしたことを言うのだろう。千鳥はそんなことか、と笑い、

「だって、ここに書いてあるもの。ここにも。ここにも」

彼の浴衣に染められた文字を、千鳥は手でつついた。牛頭天王のお祭だから、肩にも胸にも背中にもその文字がある。

やめろよ、と牛頭丸が身をよじるから、ますます千鳥はおもしろがってつつきやめない。弟がいた頃は、よくこんなふうにふざけあった。千鳥は久しぶりに自分が解放されていると思った。くすぐったかったか、牛頭丸は千鳥の悪戯をやめさせるために手首を摑んだ。思いがけない力だったから、「痛い」と声を上げたら、彼は驚いて手をひっこめた。

会話らしい会話はそれきりだった。満月には少し足りない、けれどじゅうぶんまどかな月が、天空と水面とに二つ、ある。そんな美しい光景の中で、会話など必要とも思えなかった。

二人、黙ってそれを眺めていたのは、どれだけの時間だっただろうか。父に叱られ店の者に気遣い、懸命に働いた日々が頭をかすめ、いっそこのままこの舟で遠いところに漕ぎ出していけば楽になるのに、そう思う。見知らぬ港めざして、牛頭丸は舟を漕いでくれないだろうか。

思い切って彼を見上げたが、とてもそんなことは言い出せず、しかし額に残る傷は視線に留めた。金比羅さんの時の傷だ。あのときのような赤み青みは引いているが、まだ生傷のようだ。

「これ、痛かった？　――ずっと、謝りたかったの。私のために、ごめんなさい」

千鳥はそっと指を伸ばし、彼の額に触れてみた。彼はさからわず、傷跡を指でなぞられるままにしている。目が合った。しかし牛頭丸は手で千鳥の指を押さえ、低い声でつぶやいた。

「もう治ったから。――こんなの、全然、痛くもない」

じゃあなぜそんなつらそうな目をしているのだ。牛頭丸が何かをためらい、迷うのがわかる。

「俺なんか、どうにでもなる。でも、あんたが傷ついたりしたら、きっと痛くて耐えられなかった」

千鳥は微笑んだ。嬉しかった。自分を全力で守ってくれた男の誠意がかけがえもなく貴かった。

「私は大丈夫。牛頭丸さんのおかげで、大丈夫」

また牛頭丸と言った。嫌がるかと思ったのに彼はそっと微笑んだだけだ。そうか、ここでは千鳥が舟の雇い主で、大蔵元の娘、というのに遠慮するのか。千鳥の方では何でもないことなのに。だから無言で、頭を牛頭丸の肩に載せた。彼が身を固くするのがわかったが、そのままでいた。やがて彼が千鳥を引き寄せ、そっと肩を抱いた。やさしい時間が満ちてくる。

空には月。あと二日もすれば形を全うするのに今は少し足りない月。ずっとこのままでいたいと思った。

「もったいなさすぎる」

千鳥がずっとみつめているから、彼はそう言って顔を近づけ、唇で千鳥の目をふさいだ。痺れたような感覚が千鳥の体を縦に割る。牛頭丸の唇は少しざらつき、潮の香りがした。

牛頭丸の首に両腕を回すと、あとはしぜんに、彼は大切な荷をおろすように、自身の腕を下に敷いて千鳥を横たえた。舟が揺れたが、不安はなかった。彼が自分を傷つけたりしないことは確信できた。

千鳥はまばたきもせず真上にある彼の顔をみつめた。彼もまた信じられないことが起きているかのように千鳥を見下ろす。

月の光の下で、千鳥は貝殻にでもなったように開かれていった。大きな胸板、がっしりとした腕、それは千鳥が想像した以上に完成された男の体だった。重なり合えば甘い波がたちまち二人の体を溶かし、あとは夢中の時間だった。

千鳥は自分の肌がまるであの浴衣のように、いたるところに牛頭丸の吐息を刻印して彼を乱れ包むような気がした。

やがて背後で大きな男の声がした。周囲の舟がざわつきだす。夢から覚めたように牛頭丸が体を離す。時折見回りに来る川番所の役人たちであろう。起き上がると同時に彼は櫓をつかみ、振り返りもせず岸へと漕ぎ始めた。遠くで舟上の客の顔を改めていく提灯の灯が水面に揺れた。

帰らなければ面倒なことになる。迫り来る危機は察したが、さっきまでの甘い時間はすべて夢で、夢なら続きはもうないのだろうか。千鳥は思わず彼の袖を引いた。

「次の満月、家の裏口の戸を開けておくわ。だから、——来てね」

牛頭丸がたじろぎ、また迷うのが視線の揺れでわかる。当然だった。今の千鳥は大胆に過ぎる。だがそうでもしなければ、どうやって二人、もう一度会うことができるだろう。

彼は櫓から片手を放して、千鳥の頬を撫でた。優しい目だった。しかし返事は聞けなかった。すぐに千鳥にお面をかぶせ、誰と知れぬように眼前を塞いだからだ。

彼の漕ぎ手は早く、あっというまに岸に着いた。そして急いで千鳥を降ろすと自分はまた水面へと漕ぎ出して行く。あくまで一人であったと取り繕うためだろう。水上の暗がりに出た時、わずかに千鳥を振り返ったのは、送っていけなくてごめん、とでも言いたかったのか。

祭囃子はまだ明朗に響いている。頭上では何事もなかったように月が冴えて輝き、笑っていた。岸辺に一人残されて、あれはやはり夢だったのだろうかと千鳥は思った。狐のお面も笑っていた。

祭は終わった。

そうとわかっても、千鳥は勝手に、月が欠けてまた満ちるのを眺めて待った。

そうして次の満月はめぐって来たが、彼は裏戸にやって来なかった。後日、港で面倒を引き起こし、さらに次の満月過ぎまで番所に拘束されたことを知った千鳥の失望は言い尽くせない。

「やっぱりあいつは乱暴者じゃ。なんと、川口番所のさむらいを殴ったんやからな」

町で騒ぎになっているのを、蚊帳の外で立ち尽くすように千鳥は聞いた。

彼からは何の弁明も連絡もなかった。もったいない、そうつぶやいた彼の声がよみがえり、そっと自分の唇に触れてみる。だが、何も彼の痕跡など残っていない。あれはやはり夢だったのか。

その後、お寺の老師を通じて千鳥に縁談がきたことを知らされた。相手は與之助で、なんと彼は新三郎を通じて千鳥を見初め、ずっと思い続けていたという。あれほど邪険に千鳥を避けた態度は何だったのか、千鳥は理解に苦しんだが、好きな娘に対して裏返しのように意地悪をしたくなる男心だと聞かされた時には、男とはなんとわからないものだろうと啞然とした。言うまでもなくこの話は父がその場で断った。

それから何年もたって、父が牛頭丸を千鳥の婿候補の一人に考えていたらしいことを知った。そして彼の父が笑ってそれを断ったことを、むなしく聞いた。

――旦那、ご冗談を。あいつを婿にした日にゃ、お店がどうなるかわかったもんじゃありませんぜ。なにしろあいつは天下に名を残すヤツなんですからね。

あくまでも息子を負の方向で案じる父親は、彼がどんな迷惑をかけることになるか、それだけを心配していたのだろう。

それでよかった。そのとき聞かされていたなら千鳥も心が揺らいだだろうし、また少なからぬ傷を負ったかも知れない。

ただ、絵だけは塾の多江を介して届けられてきた。二十反帆はあろうかというまっ白い木綿の帆が、追い風を受け、大きく膨らんでいる。そこにはカネ汐の帆印が描かれていた。歳月のなす成長というものなのか、新三郎に贈ったのよりずっと巧くなっていた。

ひとりでに目頭が潤んで困った。これがわたしの船か。その帆印を背負ってこの海を走れと彼は言うのか。千鳥一人で。沈まず停まらず、ご先祖たちの思いを載せて駆け続けるのは千鳥のほかにいないのだから。彼がもう自分の前に現れないことだけがわかり、絵を前にうなだれた。彼に何が起こったか、知らないということは平和だった。ただ自分が受け入れられなかったという悲しみを癒やすだけでよかったから。

彼が高砂を出ていく日、父に挨拶するため堀川の蔵を訪ねて来たらしい。父が彼との縁を惜しみ、兵庫津の知り合いに紹介状を書いたと知るのも後のことだ。背中にわずかな荷物をくくりつけ、あとは蓑笠一つ。数日程度の渡海船に乗るかのような身軽な姿を、長の別れとは知らず千鳥は蔵の格子窓から認めていた。なにしろ体格の大きさで一目で彼とわかるのだ。けれども、今さら自分から追って出られようはずもない。

午後の日ざしが晴れやかで、彼がまぶしげな目で振り返った。蔵の暖簾の内に千鳥がいるとも知らず、小さく頭を垂れてお辞儀をするのが見えた。

照りつける日ざしが頬にまつげの影を落としている。彼はそんなに穏やかな顔をしていたろうか。もっと怖い顔をしていてもいいのに、とても父親が案じたような極悪人の顔には見えなくて、なぜか目頭が熱くなった。それが千鳥の、彼を見た最後だった。

絵はその後も時々取り出して眺めた。そのたび、あの謡曲がよみがえるようだった。

高砂やこの浦船に帆を上げて　月もろともに出汐の　波の淡路の島影や――

彼は東へ、千鳥はここに。彼はこの浦にちんまり納まる男ではないのだろう。父親が案じた予言のとおり、天下に名を残す男となるには、彼は帆を上げ、出て行かねばならない。

今日も安寧に日はすぎて、西の空がいちめんに燃えている。明日の風はどうなるやら。頭を返せば東の空に、海の夕日にあらがうような、一番星が光っていた。

第二章　唐船（からふね）　兵庫津の巻

水平線に白帆がひとつ、見えてくる。

楼の上で船見張りはいち早く望遠鏡をかざし、和田岬（わだみさき）の方角を見据えた。船体に対し数倍もあろうかと見える巨大なその帆から判断して、ゆうに三百石（こく）積みを超える廻船だ。船首をこちらに向けたところで帆をおろし始めたのは入津（にゅうしん）する意志表示である。

「入り船ぇー」

高らかに声が上がる。一瞬と置かず、下の浜寄場（はまよせば）の見張りが聞きとどめ、

「ハイヨー、入り船」

音量を増しながら次々と別な持ち場へ伝わっていき、聞いた順から目覚めたように、廻船問屋のあちこちの部署が揺り起こされていく。

「帆印は、加州橋立、石田屋の利栄丸」

「迎え船、出発」

「おう、附船（つけふね）、用意」

船の動力は風であるため、帆を下ろしてしまえば船は自力で動けなくなり、代わって浜寄場から数艘の附船が出動して大船を投錨（とうびょう）場所まで曳いてくることになっている。そして固定されると、廻船から伝馬船（てんません）が降ろされ、賑やかに荷おろしが始まるのだ。

「次に入り船、伯州境（さかい）の伏見屋、天台丸」

「続いて雲州惣津（そうづ）、山根屋の豊旗丸」

瀬戸内を西からやって来る廻船ならほとんどが大坂行きだが、その手前の兵庫津まで来ればあとにわずか十数里を残すばかりの航海だ。午後には沖に、無数の白帆が往来することだろう。

ここ鍛冶屋町にある北風家では、まるで眠っていた巨人が蘇生するかのように店の中のさまざまな機能が動き始め、小浪（こなみ）たちのいる大台所にも船が来たことが伝わってくる。

「さあ、入り船だよ。みんな、用意できてるかい？」

上女中頭のお梶（かじ）がきびきびと襷（たすき）をかけると、七人ほどの女中たちは「へえっ」と返事し、動き出す。湯を沸かしにかかる者、飯を炊く者、酒の準備を確かめる者。二日ほど時化（しけ）が続いたが、今朝は日の出前から晴れとわかって海上の風もいい。瀬戸内の湊々で息をひそめるように風待ちをしていた船も、いっせいに出帆してくるだろう。船が着いて荷揚げがすめば、仕事を終えた船乗りたちがどっとこちらにやってくる。大台所は大忙しだ。

「お民、あんた、その襟、抜きすぎだよ。お糸、あんたは化粧が濃すぎだ」

今日もお梶は一人一人に目を光らせる。小浪は指ですいっと襟の線を確かめた。

兵庫という地は北から山が迫って、海に面した東西の域もわずか半里ほどの狭い土地だが、約二万人が住んでおり、人口規模なら十万石の城下町に相当する。北側には西国街道（さいこくかいどう）が通っていて宿場町として古くから栄えたが、南側の海もまた、大坂に次ぐ商港として大いなる賑わいをみせていた。浜に面した地域は、住人のほとんどが船にからんで生計を立てており、曳船（ひきふね）業に始まり廻船業者、各種問屋に仲買人など商売人はもちろんのこと、倉庫業や船の修理にまつわる鍛冶屋や造船、それに船宿や歓楽街と、職別に密集している。

入り船は、単に港を眠りから覚ますだけでなく、これら町の産業すべてを起こしていく。大坂は江戸時代になって全国から物産が集まる天下の台所になったが、出入口の河口は水深が浅く、大船は満潮にならないと入れない。そこで兵庫で潮待ちをするか、大坂には入らず兵庫津で上荷船（うわにぶね）や茶船など小型船に積み替えて運びこむものもあるのだった。

荷揚げ後は、問屋の前に仲買人らが集まってきて市が立つ。売れ残ったものは蔵へ入れて預かることになるが、この日は久々の入り船だけにほとんどすべて売り切れたようだ。

「完売、完売。さあさ、どうぞ、湯にでも浸かっていきなされ」

荷揚場では船乗りたちが満面の笑みで背を伸ばし、番頭たちも笑顔で店へといざなう。

「ほんなら一つ、北風様で休ませてもらおかい」

兵庫津の北風、北風の兵庫津、と謳われるとおり、ここに寄港した船が降ろす荷はすべて北風の扱いになった。したがって、仲買人は船からではなく北風から買い取るわけで、定められた口銭（こうせん）を納めることになっている。売れ残った品は船頭から蔵敷という預かり料をとるが、浜にずらりと並ぶ蔵は十、二十と他の海商とは段違いの数を誇るだけに、時価に応じて蔵の中のものを売買すれば莫大な儲けになろう。古代からこの地に根を張る名家という由緒もさることながら、今ではこの家だけは大坂の豪商たちと比肩できる存在として全国にその名をとどろかせていた。

「兵庫津に行けば北風の湯があるからな」

どの船乗りも口を揃える兵庫津の人気の所以はそこにある。北風家では大きな板間の大台所を開放し、誰でも湯に浸かってくつろげる場にしてあった。

湯屋は十数人が一度に入れる大きなもので、ゆっくり船旅の疲れと汚れを落とせる。湯から上がれば大台所で大勢の船乗りたちがくつろぎ、白いごはんと酒が一本、供される。もちろん一銭もとられない。おまけに寝起きも自由とくれば、船乗りたちも一度は兵庫津に寄りたくなるのだった。小浪たち女子衆はその世話のために立ち働く要員である。

「ようお越し。お疲れでしたやろ。ちょうど湯かげんもよろしおます」

「さあさあどうぞ。ご飯にお酒、遠慮なく」

色町の女のような厚塗り白粉とは縁のない、こぎれいな身なりの堅気の娘たち。それだけで男たちには目の保養で、長い航海で生死を分ける艱難をかいくぐってきた者たちが、

「ありがたや、ありがたや。生きて北風様に戻れたとは。おまえさんが天女に見える」

などと小浪たちを拝むこともある。他の港であれば、船乗りが陸に上がれば何かと散財してしまうところ、ここでは銭がかからないのも彼らの心身を緩めて癒やすことになった。

「ほんに、ようお帰りで。さ、さ。おあがりなさいまし」

船を湊に呼び込む大きな引力になっているこのもてなしは、決して北風家一軒のためだけにあらず、船が入津することですべての生業が賑わい町が栄えることにつながっている。それはいつしか、北風家の私利が兵庫津という公の益と一体になった結果ともいえた。

むろん女中たちにはそんな深遠な考えはわからないまでも、つねづね、船乗りたちのことは宝の船に乗ってきた福の神も同然と思って笑顔で迎えろと教えられていた。

「ほらほら色目を使うんじゃないよ。ここは妓楼じゃないんだからね」

お梶の叱責が飛ぶのは、女中の一人が、湯から上がった船乗りと戯れ合うような嬌声をあげたからで、飯や酒の給仕はしてもそれ以上の接待は仕事の内ではないとされている。つまり、これ以上の歓待がほしいなら近くに色町もあることで、銭を出して厚化粧の女を買えばいいとの線引きだ。若い女中たちはそんなお梶の監督をすり抜け、銚子を載せた盆を持って軽やかに大広間を

往来する。小浪も足早に出ようとしたら、ちょっとお待ち、とお梶に呼び止められた。

「今日はたくさん入り船がありそうだ。ちょっとは愛想よくしてやっとくれよ」

他の女中たちとは反対に、小浪が船乗りたちにそっけないとの判断だろう。

「はいはい、わかっています」

「わかっているなら『はい』は一回でいいよ」

終わらぬお梶の小言に、小浪は肩で大きく溜め息をついたが、それがまた引っかかった。

「あんたねえ、ここで働かせてもらえることをありがたく思ってないのかい？」

思っていない、と即答したら、この中年女中はまっ青になるだろう。だが小浪の本心だった。

船乗りなんてしょせん田畑も家も持たない、体一つの海乞食。父が船乗りだったから、小浪は彼らの身のはかなさは痛いほど見知っている。そんな者を相手にどうして愛想をふるまえようか。

だが言い争う方がくたびれるから、黙ってお梶に背を向ける。そりゃあもっとみじめな境涯の女もいるだろうが、逆に、もっといい場所で花を咲かせている者があるのを小浪は知っている。

それはたとえば、初めて北風家へ挨拶に上がった日、お屋敷の縁側から見た、あの娘だ。

年はその頃小浪と変わらぬ十七歳。跡取り息子であった弟が急死したとかで、彼女が代わって商売を引き継ぐことになり、同じ日、北風様に挨拶に来ていたのだ。

高砂の浦の蔵元の娘だそうで、付き添ってきた旦那風の父親が、北風様によき婿養子をお世話願いたいと頭を下げているのが聞こえていた。北風様の奥方の茂世さまが同じ浦の出身だとかで、ずいぶん親しく話が盛り上がっていた。むろん小浪にはどちらの顔も見えず、端に座った彼女の後ろ姿だけを遠目に眺めながら、中の会話がとぎれるのを待った。おかげで彼女が着ていた松の柄の友禅の着物がやたら目に焼き付いてしまった。

彼女と視線を交わしたのは一瞬だった。温厚そうな、いかにも世間知らずなお嬢さんで、座敷の外にいる小浪にまで律儀に黙礼をしてくれたのは、今思えば彼女も北風家に来て緊張していたのかもしれない。ともかくその着物がよく似合っていた。

自分には無理か。あんなおべべを着ることなど一生かなわないか。――北風家では女中にしては上質なお仕着せはもちろん足袋まで支給され、世間から北風様の女中は違うねと羨ましがられているが、小浪は世の不公平をじかに見てしまった気がしていた。

母のお朝も北風家の上女中だった。父親はいない。母娘二代、ここで仕事があることは、お梶の言うとおりありがたいと思わねばならないのだろう。しかしあれから二年。毎日まじめに働いても、何一つ変わらない現実がそうありがたいとは思えない。

「おいおいおいおい、やっと帰ってきたぞい、小浪どん」

気がつくと一人の若い水主がにやけた顔で駆け寄ってきた。真っ黒に日焼けして、笑う口元が開いていなければ表か裏かわからない。山蔵という、御影屋の船に雇われている下級水主だ。

「またお前に会えて、やっと生きた心地にもどったよ。ほれ、阿波の土産だぜ」

小浪が何も答えないうちから、藍染めの袋に入った鏡を出してきた。しかしこれもお梶に見とがめられれば大問題だ。小浪は、困ります、と拒否を示した。それでも山蔵は手を摑まんばかりに迫ってくる。潮臭いったらありゃしない。風呂へどうぞ、とまた小浪は後ずさる。

「な。もらってくれ。俺の気持ちや」

山蔵は手鏡を小浪の手に押しつけ、離れていった。まだ男の体温が生ぬるく残っている。思わず小浪は前掛でこすって拭いた。山蔵ごときの下っ端では大出費だったろうが、こんなもので恩に着せられる方が割に合わない。悪いがどこかで処分するまでだ。そっと袂にほうりこむ。

なにわ大坂　目の前なれど　上がって行こか兵庫津で　ヨイショ
北風様には及びもせぬが　せめてなりたや船持ちに　ハーヨイショ

勝手口からは、風向きのせいで水主たちの歌が聞こえてきた。はるばる運んだ物産を大船から岸におろすまでが船乗りたちの仕事だが、肩に荷物を担いで働く間、彼らに歌は欠かせない。後に長崎商館長付きの医師ケンペルが書き残した『日本誌』には、西洋や中国の水夫は無言で重労働に耐えるのみだが、日本の水夫は常に何かを歌っていると書いているとおり、唄は彼らにとって、揺れる艀（はしけ）の上で均衡を取ったり、肩に食い込む重さをまぎらしたりする何かしらの知恵なのだった。歌は、港から港に伝わり少しずつ土地の色を加えて変化していくからだろうか、初めて耳にする唄の中にもどこか懐かしさが漂っていたりした。

かつて父もこの荷揚場でそのように歌い、働き、そして勇んで母の元へ帰ってきたのだろうか。小浪は時折、船乗りだった父を思う。もっとも、父の記憶はわずかしかない。船が北前のどこやらで破船（はせん）して、二度と兵庫津にはもどらなかったから、無理もない。

「小浪には、陸の人と一緒になってもらいたいよ。船乗りだけは、だめだ」

父のことを尋ねても、母はあまり話したがらず、代わりに必ずそう言った。父はどこかで生きているはずだが、どうやら他の湊に本当の家族があるらしかった。

湯には全国から船乗りがやってきたから、どこかで父の話が出ないか、小浪はいつも彼らの話に耳をそばだてる。破船は船乗りたちがもっとも忌み嫌うことだけに、おおっぴらに語られる話題ではない。まして北風様のお声がかりで遠く北前にまで航行していた船となれば損失は大きく、口にするのもはばかられるだろう。それでも小浪は、父の乗っていた船が朝日丸という名だったこと、北風様が雇った蕨（わらび）屋という廻船問屋の船であったことなど、いくつか突き止めていった。

ここにいればいつかそこの船がやってくるのではないかと人知れず待ったが、いまだ楼の見張りがその名を呼ぶことはない。あるいは破船によって廃業に追い込まれたのか。北前に向かう船があればたのんで探してきてもらいたかったが、探すにしてもその程度の手掛かりでは難しかった。
そんなこと知ってどうすると母は言う。母はもう自分が捨てられたことを納得しているのだろう、それは正しい。情け深い北風様は、破船という大打撃を与えた船乗りたちにもその後の仕事を与えてくださった。附船（つけふね）屋の番頭をしている亥助（いすけ）がそうだし、船頭の家族だった小浪たち母娘もそうである。船乗りから足を洗うと決めた者にも十分な餞別を与えたそうで、だから誰も北風様の悪口を言う者があろうはずもない。ただ、小浪だけは、自分の居場所がわからない。

女中たちはこの先、惚れた船乗りがいれば一緒になって兵庫津に住み、子が生まれればまた船乗りになる。そうでなければお梶のように独身のまま女中頭となって北風の家に忠誠を捧げる。いずれにせよ、北風家の掌から出ることのない人生。それがいいのか悪いのか、兵庫津の他を知らない小浪には何とも言えない。なのに海が、これほど広く大きくはてしなく開いて、父のもとにも波を打ち寄せているような錯覚をさせる。

「小浪っ。ぼんやりしてないで、飯のお運び、しとくれよ」

またお梶の声が飛ぶ。はいはい、とまた二回答えたことに気づいて小浪は肩をすくめた。

すでに三々五々と、仕事を終えてやってくる船乗りたちがふえていた。彼らはここで、航海で聞いた四方山話をあれこれ降ろしていく。今日の話はこれだった。

「このたびは天子様が御代替わりなさったそうじゃ」

「おう、女子（おなご）の天子様なんやとな」

「そうや。女子の天子様は、なんでも百十九年ぶりのことらしいで」

兵庫津は都にも近いだけに、かしこき方のできごとが伝わってくる。そしてまたここから、船で全国に拡散されていく。宝暦十二年、天皇と摂関家との内紛を残して桃園天皇が崩御。非常事態だけに、幕府にも事後報告という恰好で、女帝が誕生した。後桜町天皇である。

「ご即位の大嘗祭は、男の天皇さんと同じ恰好で行われたっていうやんか」

「へえー、男装なさった女帝はんか」

男たちに飯を配膳したついでに、小浪は耳をそばだてる。

「そういえば赤間ケ関で聞いた話やが、近々、朝鮮国から使節が来るらしいで」

「おう、聞いた聞いた。長府のお殿様が、江戸御馳走役を命じられたとか」

「なんと。朝鮮通信使が来るというからには、その、女の帝をお祝いに来るってことか」

「違うやろ。それやったら江戸まで行かんでも京ですむ用事や」

「そやな。……ってことは将軍様の代替わりの方か」

通信使とは、信を通わす使節という意味で、幕府の将軍代替わりなど、めでたいことに際して訪れる。今回は、十代将軍家治の襲封を祝って国書をたずさえてくるというのだった。

しかし将軍の代替わりは二年も前のことで、国と国との外交だけに準備に時間もかかり、実際の行列が来るのはまだ二年先。それまでこの話題はさぞ皆をかしましくすることだろう。

なにしろ朝鮮からの一行は対馬から玄界灘を渡って豊前に入り、瀬戸内の海路を東に進んで、鞆ノ浦や牛窓、室津などに停泊しながら、この兵庫津にも碇を下ろす。大坂で船を降り、陸路で京都・名古屋などを経て江戸まで行くが、道中、沿道に大勢の民衆が見物におしかける人気沸騰ぶりは避けられない。

「前回ゆうたら十四年前になるんか。ワシは生まれとらんな」

「嘘つけ、お前もう四十やないか」

指を折ってみれば小浪は五歳、たいして記憶になかった。しかし母が小浪の髪を朝鮮の童子風に結い、近所でもてはやされた話は何度も聞いた。庶民はまったく、他愛ない。

西国大名の参勤交代でも、船団が兵庫津に上陸して浜本陣で立派な行列を整えた後、西国街道を京へと上って行くことがある。兵庫津が瀬戸内の海路と陸の西国街道が交錯する要衝であるためで、その逆行路もしかりだった。おかげで町の者はもはや少々の船団には驚かないが、朝鮮通信使といえば異国のもの、朝鮮国王の使節団という特別なものであるから別格だった。

「盛り上がっとるとこ悪いな。邪魔するでえ」

もっと聞いていたかったが、表の方に、二人連れの男がやってきた。よく知っている兵庫津の船乗りで、四十代の中堅どころの寅二（とらじ）だった。ここに上がるのも慣れた様子で、

「さ、上がらせてもらえ。先に湯にでも浸かってこい」

と後ろの男を促した。初めて見る顔で、背の高い、若い男だ。年は自分と同じ頃だろうか。

「こっちですよ。湯屋に入ったら、まず蒸風呂の方にどおんと座って汚れを浮かして、次に洗い場でごしごし汚れを流してきれいになって、そのあとゆったり湯船に浸かるんですよ」

新参者は湯の使い方も知らないだろう。丁寧に説明してやり手拭いを渡すのも女中の仕事だ。どおん、で、ごしごし、と口の中でつぶやきながら、小浪の顔も見ないで入って行く。大きな柄が、子供みたいでおかしかった。それが松右衛門に会った最初である。

「湯の中ではじっくりと、せいぜいいろんな兄さん方のお話を聞いておいでなさい」

湯は、そこに飛び交う情報を拾う場でもある。彼が振り返りもせず、はい、と返してきたから、小浪はなんだかいいことをしてやった気になった。

「なんやなんや小浪どん、こっちにも酒を持ってきてもらえんかいのう」

山蔵がやってきて不機嫌そうに言った。おそらくずっと小浪を見ていたのだろう。

「はいはい、あとでね。お持ちしますよ」

「なんでや、なんで俺は後なんや、え？」

するりと離れようとしたら袖をつかまれた。ちょうど背後から寅二の声がしたのは幸運だった。

「おう、山蔵やないけ。お前、ぬけがけして言い寄ってもあかんぞ。ここの女中は堅いぞ」

小浪に対しては目を剝いて脅す勢いだったのに、寅二の前では猫のように縮こまる。つくづく小さい男だ。寅二の周囲では先に湯から上がった年配の船乗りたちがくつろいでいる。羽織を着ているのが船頭の佐之介(さのすけ)で、積年の潮焼けで赤銅色の顔をした縮れ髪の男だ。あぐらをかいて車座になっているのは次の航海に乗り組む水主たちだろう。

「おう、新入り。さっぱりしたか。こっちやぞ」

やがて湯から上がって来た松右衛門を、寅二が手招きして呼びつけた。きれいに洗った顔は、てかてか光って、さっきとは見違える。若さの特権であろう。

「こいつがさっき話した松右衛門ですわ。高砂の出やそうで」

佐之介の鋭い視線が彼に移る。この時代、初対面の人間にはどこの誰であるかが重要な判断材料になる。幕府の監視体制は巧妙で、出身地に行けばすぐ親類縁者が明らかになり、村の連帯責任の機能が働く仕組みがあるからだ。彼の場合、カネ汐の旦那が北風荘右衛門の妻、茂世(もよ)と同じ地縁をたよって紹介状を書いてくれたから、その信頼度は疑いようもなく、水主を募集していた御影屋では、茂世のご機嫌取りもあって、彼を雇い入れてくれたのだった。

「けっ、お前、廻船に乗ったことはあるんかい。渡海船とはわけが違うぞ？」

新入りはふつう、炊という賄い役から入るのがならいだが、松右衛門はこれまでの経験についての紹介状もあることで、平水主からの出発になる。そのことが、一からの叩き上げである彼にはおもしろくなかった。他の水主たちも、値踏みするかのように彼を無遠慮に見た。

「ま、飲めや。明明後日からは海の上じゃ」

自分の杯を勧め、他の者にも次々と注がせたのは新入りいびりで、とことん酔わせてつぶす儀礼であった。だがどうしたことか、松右衛門は顔色一つ変えず、ぐいぐい杯を空にしていく。ちっ、と舌打ちして佐之介が止めたのはもうかなり飲ませた後で、それでも酔ったそぶりもみせない松右衛門に、

「もうええ。酒がもったいないわい」

と不機嫌に顔をそむけた。彼はとんでもない酒豪のようだった。

潮が引くように彼らが帰った後、片付けに入った小浪はそこに何か落ちているのに気がついた。誰かの忘れ物のようである。それは一本の扇子だった。そういえばさっき松右衛門がぱたぱた煽いでいた。広げてみると、黄金と見まがう鮮やかな黄色の地に真っ赤な○に金の一文字。金比羅さんの印である。柄には金字で「播州高砂　西田屋　カネ汐」と入っている。何か祝儀の引き出物であろうか。

しゃあないな。そうつぶやいて、小浪は彼が取りに来るまで預かるつもりで帯に挿した。

それからは、特に気をつけているつもりはないが、彼の情報がよく耳に入ってきた。

「御影屋の佐之介が長崎へ航く今度の船に、新入りの松右衛門が乗るらしいな」

たかが平の水主が噂になるなど珍しいが、それには悪い噂が付随しているからだった。

「高砂で、丸亀に行く金比羅船やら渡海船やらに乗ってたそうやが、何やら厄介なことをしでか

して、高砂にはおれんようになって兵庫津に来たらしいぞ」

驚くべき噂とも思えなかったのは、それまで小浪もさまざまな過去を持つ船乗りの噂話を知っていたからだ。そもそも船乗りたちは陸地に根付くべき土地を持たないがゆえに海で働く。そのため陸地で何か問題を起こした者も流れ着いた。犯罪者なら紹介状などあるはずもないから、松右衛門の場合は、さしずめ喧嘩や博打で身を持ち崩したか、色恋沙汰のすえに家を追われたか。特にめずらしいことでもなく、小浪にはそれ以上立ち入って聞く気もなかった。

御影屋は三艘の船を持つ回漕問屋で、問屋からの雇船として諸国に買い積みの荷を運ぶ運賃稼業を主にしていた。この日、蔵の前では船の荷積みが始まっていた。沖に泊まっているのは持ち船のうちでも大きい弥栄丸(いやさかまる)で、五百石積みの弁財船(べざいせん)。長崎で、言わずと知れた唐物といわれる陶磁器や朝鮮人参、書物などを運んでもどる船である。松右衛門たち若い水主は上半身裸になって、荷を肩に担いで伝馬船へと積み込んでいた。これを沖に停めた大船へ運んで積み替えるのだ。

歌とともに荷積みが終わり、翌日の出航が決まった日の宵、やっと松右衛門が小浪の前に姿を現した。船頭以下年長者に連れられて湯に入りに来たのだ。出発前には彼らは同じ場所で寝泊まりして結束を固めるのがならわしで、ここの湯はそういう意味でも船頭たちの貴重な場だった。

「ちょっと、あんた、これ。忘れ物」

扇子を渡すと、彼はなくしたことに初めて気づいたらしく、呆然とそれを見ながらつぶやいた。

「礼を言ってええんか悪いんか。――なくなればいっそ縁も切れたのに」

開けたり閉じたり、扇面に現れる黄地に赤の丸金はやはり派手だ。なんだ、嬉しくないのか。

「いらなかったの？　じゃあ、あたしがもらいましょうか？」

岸から艀に荷物を運び、またそれを廻船に積み変える労働は、三日も続けば頑丈な男も激しく消耗する。彼もそれですり減ったのか、元気なく、いや、と首を振って扇子を細帯に挿した。

「ねえさん、今の俺、どう見えます？　なさけない顔、してますか」

おや、そんな顔をする男なのだと、小浪はつい目を惹かれた。

なさけなくはない。彼はどうやら、ただ力自慢の船乗りではなさそうだ。その男ぶりはきっと色町でも女たちを騒がせることだろう。

だが自分は別だ。彼とてしょせん船乗り。父と同じではないか。あかん、と小浪は頭を振った。母が言うとおり、自分にはずっとそばにいてくれる男がいい。小浪は毅然と言い放つ。

「言うとくけど、うち、ねえさん違うし。あんたより下かもしれんし」

「ふうん、二十？　そんならあんた、名前は？」

まだ十九で小浪だと、するり人のことを聞き出して、彼はうれしそうに笑う。やられた、と小浪は慌ててその場を離れるつもりが、なぜか彼が気になった。これだけ大人数の男たちが共同生活をしながら何十日にもおよぶ航海を共にし、時として命を預け合うこともある中で、彼らの新入りいじめときたら陰惨をきわめると聞く。おそらく彼もその体格からして喧嘩には自信があるようだが、海に出れば陸上の法など通じない。新入りが集団で闇討ちされて暗い海に消えた話など珍しくないのである。小さな船で気心の知れた仲間とのんびり暮らしてきた彼に、そんな危機の気配を教えてやるのは少なくとも親切というものだろう。

「あのな。丑三（うしぞう）っていう積み荷の長、それに小者だけど山蔵には、気をつけなあかんよ」

松右衛門はいぶかしみながらもぺこりと頭を下げる。

「小浪さん、案外、親切なんやな」

案外？　しかし事実だ。小浪から他人に親しく話しかけることすら珍しい。

彼の正直さに打ち解け、小浪はふと父のことをたのむ気になった。

「あんた、もし北前へ行くことがあったら、訊いてきてくれん？　破船した朝日丸のこと」

「北前？　朝日丸？　それ、どういうことや」

不思議そうな彼の表情によって、小浪は自分の愚かさに気づく。新入りの彼が北前へ行くなど、いつの話になることやら。

なんでもない、と打ち消して、慌てて松右衛門を追いたてる。

「ほれ、早く親方のとこにもどって。何年先か、北前に行くのが決まったらまたたのむわ」

それで仕事にもどろうとしたのに、彼は立ち去りがたそうに小浪を見た。

「北前に、行けばええのやな？　あんたを連れて行ってやれんが、それでええのやな？」

どきりとして彼を見返した。あたりまえだ、女の自分が、北前になど。彼はかまわず、

「わかった。そんなら行くで。いつか、行って、あんたのたのみを聞いてきたるわ、小浪さん」

名前を言われてまたどきり。何なのだ、彼のこの単純明快さは。

阿呆や、北前のどこであるかもまだ定かでないのに。だが小浪は思った。彼が本当に北前へ向かう時までに、もっと手掛かりを集めておこう。本当に彼が父のことを探しだせるように。笑顔を向けて去る松右衛門の背中には、何やら希望が開けて見えた。

しかしこの日は惨憺たる仕事終わりになった。女中部屋に戻ると荷物が見当たらない。お仕着せはここで脱いで帰らねば規則破りだ。おそらく誰かが故意に隠したのだろう。

表で愛想のよさを売りにしている北風女中も、裏ではたまにこんなこともある。理由は単に顔が気に入らないだの態度が生意気だのという次元のことで、もとより人と和すのが苦手な小浪はよくもめごとを起こす。かわいげがない、愛想が悪い、と言われるとおり、幼い頃から「父（てて）なし

子」と言っていじめられるたび、それが小浪を強くしてきたのだ。だが今回はどうしたことだ。

新入りの頃は何度かやられたことだから、見当をつけて探したら、裏の井戸端に包みごと捨ててあった。拾い上げるとずぶ濡れだ。泥も付着し、とても着替えられたものではない。小浪は溜め息をついた。振り返ると、壁の陰で笑い声が聞こえた。

「ふだんお高く止まってるくせに、いい男と見たら、みんなをだしぬいちゃってさ。最低の女」

「そうよ、あの新入りと、誰が一番先にしゃべれるか、みんな楽しみにしてたっていうのにさ」

そうか、そんなことが理由か。早くも松右衛門は女中らには注目されているらしい。

小浪はもう一度溜め息をついた。こういう時はどんな反応をしても相手を喜ばせるだけだ。無言で濡れた包みを抱えなおし、そしてお仕着せのまま北風家を出た。あの連中は、明日は小浪が叱られる姿を見て笑いたいのだろう。それでよかった。北風の女中なんかやめてやる。——そう思ったら体のどこかが軽くなった。

空を見上げると西日が赤い。明日は少なくとも晴れそうだった。

「帆を上げろーっ、面舵(おもかじ)いっぱい」

朝日がまだ昇りきらずに東雲(しののめ)が赤紫に染まる中、弥栄丸は兵庫津を出航した。茅渟(ちぬ)の海と呼ばれる大坂湾がしなやかに凪ぎ、泉州の海岸線がきわだって明るい朝だった。

船は基本的には岸に停泊する時は帆を下ろしており、また帆柱も倒したりして、実際の大きさはつかみどころがないが、誰の目をも驚かせるのは、廻船から附船が離れ、するすると白帆が上がっていく時だった。なにしろ船体をそれ一枚で動かすのであるから帆はとてつもなく広大で、大きなものなら六畳ほどもある。それを見れば誰だって胸が晴れる思いがしたし、満帆に風をはらんださまは意味もなく勇気を駆り立てられたりもする。

その実、船上ではとほうもない労力が費やされていた。帆は、太い柱の下に据えられた轆轤（ろくろ）の回転による動力で上がる。今まさに轆轤は硬い回転音をたてて回り始めていた。

「もっと強う回せ。早う早う帆を揚げんかいっ」

船尾で寅二が怒鳴っている。帆を上げるだけでもこの規模となれば三人がかり。松右衛門は全身の力を掌にこめて帆綱を右手左手と引きに引いた。みんな鬼の形相である。

現場の必死さとは裏腹に、真白い帆が静かに優雅に上がっていく。いっぱいに昇りきると、たちまち背後からの風を受けて膨らみ、船は押されるように走り出した。

出航の時期をこの日この時間に定めたのは船頭の慎重な観天望気によるが、弥栄丸の他にも次々と沖の船から帆が揚がるのは、誰の目にも今日が絶好の日和であるからだ。

帆綱を固定し終えると汗ぐっしょり。風の中で顔を上げた時、船はすでに快走しており、前方にはもう淡路島の大きな緑の固まりが迫っていた。だがまだ景色など眺める暇はない。

「そこ、綱はようまとめておけよ、足を取られてぶっ倒れても知らんぞ」

「おい、蛇腹が緩んでるんちゃうか。確かめとけ」

前からも後ろからも指令が飛んでくる。

弥栄丸のように積み荷の運賃を稼ぐ買積（かいづみ）船は、ともかく荷を大量に運ぶことを主目的とするため、構造上、蓋（ふた）となる甲板がない。船底から山をなすようにめいっぱいに荷物を積むためであり、その方が積み降ろしもしやすいからだ。実に経済性優先の船といえよう。その反面、甲板がないため荷はむきだしになり、天候が崩れれば積み荷が濡れる。そこで積み方には慎重に順番が考えめぐらされる。最後には山盛りの荷を固定するため蛇腹という覆いも考案されていたが、船が動き出してそれが緩まないよう、最後の確認となるのだった。

荷積みの宰領は知工といわれる船頭の補佐役が担当し、船内会計や帳簿づけまで商売全体のことを請け負うが、今回は小浪に注意された丑三という男がその役に就いていた。

対して操船については表が当たり、碇捌きや操舵など伍助が務める。彼の補佐をする片表には源太と悦三。そして航行全体を掌握しすべての決定権を握っているのが船頭だった。これら上の役から自在にこき使われて、「追い回し」と別名のある平水主が松右衛門たち若い衆だ。他に山蔵、紀兵衛、玄五と四人。それに、もっと若い炊が一人おり、それら水主を監督する親仁が寅二であった。総勢十一人の大所帯である。

俺はそういう大きな廻船に乗っている。――松右衛門があらためて自分の乗った船を見回したのは、順風によって問題なく走り出してからだった。こういう天候ばかりであれば水主たちは船上でまったく仕事がないに等しい。見上げれば広大な白帆が頭上でいっぱいに膨らみ、今さらながらに弥栄丸の大きさ、推進力が松右衛門の胸に迫った。

堂々たるたたずまいで海原を帆走するこれら日本の帆船は、型でいえば弁財船という。造船史上、日本の船はこの型をもって最終形態とし完成をみた。俗には千石船と呼ばれるものだ。実際には積載量が千石に満たない船でも、またゆうに千石を超す船も、この型のものはひっくるめて千石船と呼ぶのである。つまり江戸時代以前のように櫓を漕ぐという過酷な重労働から人を解放し、大洋を吹く風の力を利用して海を走る型の帆船を総称する。

どの船も広大な面積を持つ一枚の四角帆を使い、それを揚げるための太い帆柱を一本、有している。大量の荷物を遠方に運ぶにはこれ以上のものは考えられず、大小の差はあっても全国の海で花形というべき普及を見ている船であった。

それまでは小舟にすぎない渡海船しか乗ったことがないのだから、松右衛門にしてみれば長屋の一間から御殿に上がったにも等しい気持ちがした。帆ですら十倍の広大さなのだ。

「こらあ、ぼやぼやするな。明石と淡路の間の海峡は船が多いぞ」

新入り水主はのんびり景色を眺めることも許されないが、流れの速い明石を過ぎ、大きく開いた加古川の河口を超したならそこは高砂だった。右舷に白く輝く砂浜と松林の緑とが延々と続くさまが見えてくる。松林の間には、高砂神社の鳥居が少しずつ姿を現して、まるで松右衛門を見守るように彼の視界についてくる。

「たーかさごやー。……いつ通っても見とれる景色やのう。どうや、故郷が恋しくないか」

知工の丑三が近寄ってきて声をかけた。松右衛門は黙っている。小浪から用心するよう言われた男だが、そうでなくても抜け目のなさそうなその顔は好きになれそうにない。

「お前、もう帰れんようなことして来たんやろ。せめてよう見とかんかい」

いや、見たくなかった。つい三月前までそこに浮かんでいる小舟に乗っていたのはこの自分だった。父と漁をし、伯父の渡海船にも乗り込んで、弟徳兵衛や従弟の吉三、伝蔵はじめ幼なじみらと、したいほうだいやっていた。そしてそこには初めて好きになった女もいた。昔のことだ、と言えば自分が年を取った男のような気がしたが、今は他に言葉が見当たらない。

立ち寄ることもできず通過する今、故郷が美しいというのは幸せなのかそうでないのか。古来、歌枕にされるほど印象的な白砂青松のこの浜は、そこに根を下ろす者にとっては誇りであろう。だがはじき出された身には、そこに所属できないという一点で悲しい場所でしかなくなる。

「あんなきれいな浦を捨てて兵庫津に来たからには、よほど欲があるのやろ、稼ぎたいか」

ほうっておいてほしいのに丑三は執拗だった。積み荷の責任者だけに、凪の航海では暇なのだ。

松右衛門はまだ無言でいる。たしかに人は、賑わう兵庫津に出て来た理由を、こちらの方が稼ぎがいいからと思うだろう。だが実際はそんな理由で故郷を捨てられるものではない。幕府が宗門(しゅうもん)人別改(にんべつあらため)という厳格な制度で人を土地に縛り付けている以上、生まれた土地を離れるのは面倒のきわみ。行く先々で出身を訊かれ、よそ者扱いが消えないばかりか、故郷を名乗れなければ無宿となり非人とされる。誰がそんな面倒を好むだろう。

　まして高砂は豊かな港だったから、よそに行かなくてもじゅうぶん食べて行けた。気候は温暖で大きな台風が来るでなし、広い播磨灘を岸から島へ、島から岸へ行ったり来たりするだけの渡海船にはたいした災厄も考えられない。普通に気をつけさえすれば安泰に暮らしていられたから、いつか父のものでなく自分の船を持ち、できれば二艘、三艘と増やしていくというささやかな夢も持てた。仲間もいたし、協力すればたいがい実現できただろう。そしていつかそれなりの男になって、彼女の前に――。

　考えまいと思っていたのに、やはり松右衛門は思い出さずにはいられない。あのできごとさえなかったなら。

　思い出しても無駄だ。だから今は丑三の無神経な声は救いになる。

「なんやなんや、ふられた女のことでも思い出しとるんか。シケた面しやがって、どっかの港で妓(おんな)でも買えばすぐ忘れるわい。銭なんぞ、持っておっても海では役にはたたんからな」

　もう考えまい。松右衛門は背を向ける。故郷も千鳥も失ったが、こうして大船に乗るという少年の頃の密かな望みはかなった。海を枕に生きる船乗りならば、小さな舟で岸辺をせせるより、こうして海の王道を悠々と進む千石船に乗る方がいくらか楽しいではないか。

　自分を慰めながら飾磨(しかま)を過ぎ室津を過ぎ、赤穂、牛窓そして備讃瀬戸(びさんせと)の塩飽(しわく)諸島を通過する。

丸亀から金比羅さんへは何度も船を動かしたから、このあたりまでは松右衛門も熟知している海域だった。海は優しく穏やかだった。しかしそこから先はまだ見ぬ海だ。

「こらあ、ぼやぼやするな。左舷に船や。すれ違うぞ」

これまで何度か、船の衝突や座礁を目にしてきた。瀬戸内は庭というほど馴染んだものだったが、大船の速度は速く油断ができない。瀬戸内はゆたかな漁場に恵まれており、沿岸からの漁船の数もおびただしいのだ。したがって左にも右にも多数の船と行き交うことになるが、帆船は急には止まれる制動力を持たないため、気を抜くことができなかった。

備後灘を通過すればそこは広々とした燧灘（ひうちなだ）。天候もよく、船はおもしろいほど走ったが、やがて瀬戸内の真ん中を二分するかのように塞いで浮かぶ伊予大島が見えてきた。来島（くるしま）海峡である。ここは鳴門（なると）や関門海峡と並んで三本の指に数えられるほどに潮流が速いことで名高く、今治（いまばり）と大島の間だけでも来島、小島（おしま）、馬島、中渡島（なかとしま）に武志島（むしじま）と、飛び石のように島々がつながっていて、水面下の地形が複雑なため得体の知れない渦が涌き、しばしば霧も湧いて見通しが悪くなる。古代から海の難所といわれ、海賊が跳梁した海域だった。

「潮はどっちや。――順潮やな？　ほんならこっちや、中水道を行け」

艫に立った船頭の佐之介が、表や親仁の確認をとりながら進路を決める。

「ええか。よう覚えておけよ。ここでは潮流に乗って航行する場合と、逆らって航行する場合とでは、それぞれ違う水路を選んで進むのや」

親仁の寅二が言った。松右衛門にはむろん初めて教わる航海術になる。

来島海峡を過ぎると潮の流れが著しく変わった。瀬戸内は外海とも繋がっているため、潮の干満によって大きな流れができるのだ。鳴門の渦潮（うずしお）はその象徴だが、かの源平合戦も潮の流れが勝敗を左右したとは有名な話だ。実物を目の当たりにし、松右衛門は冷や汗が出た。

「風が横風になったぞ。帆を回せ」

「ほぼ逆風や。間切(まぎ)って行くぞ」

帆船は、順風ならば海上を滑るように快適に走る。横風、逆風でも帆を七十度まで傾ければぎざぎざに進路を刻みながらも風上に向かって進んで行けるのだ。

「そらっ、帆を西へ。岸の尖った山の方へ帆を向けろ」

「今度は北じゃ、向こうの岬を目指して舵を切れ」

船頭から次々と発せられる指令もせわしく、意味がわからずもたもたすると容赦なく丑三からも寅二からも叱責が飛ぶ。経験豊かな佐之介や寅二には沿岸の風景がすべて頭に入って、目印になる山や岬がわかっているが、松右衛門ら若い水主はゆっくり景色を見ている暇もない。

「早く帆綱を引かんかい、お前ら素人かっ」

たしかにここの水道を通過するのは初めてのことで、いくら十の年から船に乗っている松右衛門でも、弁財船では素人も同然だった。ゆえに船の中では絶対と言われる上下関係の中で、上の者には従うほかない。だが同じ平水主の山蔵に偉そうにされると、むっとした。

「ったく、女には手が早いが知らんが、蟻みたいに小さい渡海船とは違うんやぞ」

二人がかりの作業でわざと松右衛門の足を払ったり綱や帆を邪険にぶつけたり。どうやら小浪のことで妬んでいるらしい。立ち話が長かったくらいで、どうしてこうなる? たしかに小浪は目を引く女だが、まだ何でもない。体格が勝る松右衛門に対してさえそれだから、紀兵衛のような小柄な男には何かにつけて山蔵が命令口調や責め立てる口ぶりになるのは日常茶飯事だった。

「けっ。これやからグズは困る。蟻ンコ船に、帰れ帰れ」

最年少の炊事役、清太におよんでは、理由もなく殴ったり蹴ったり、とても人間扱いとは思えぬ暴力を振るって憂さ晴らしの対象にするありさまで、彼を庇えば大きな目をぎょろりと剝いて、鬱屈の反動をこちらに向ける。

「なんや、腰抜け。何か言いたいんなら言うてみい。女の前でしか格好つけられんのか」

山蔵はなおも挑発するが、松右衛門は目を伏せる。どこにもこういう小さいヤツは必ずいる。今は腹を立てないようにするのが松右衛門には一番の修行といえた。高砂でも、結局はこういう性質の男をうまく扱えず敵に回したことがわざわいした。ついこらしめてやりたくなる癖を、今度こそ封じなければならない。松右衛門は握った拳をそっと降ろす。

追い回し達は休む間もなく追い回され、港に入って、船掛かりして夜を過ごす時にはくたくただった。むろん松右衛門ら若い水主は上陸もさせてもらえず船中で雑魚寝するのだ。

その夜ははるか頭上に月が出ていた。海面を広やかに照らす光を見上げていると、胸が締めつけられそうになる。あの満月の夜、千鳥は待っていただろう。裏木戸を開け、彼がやってきそうな物音に耳を澄ませ、胸を震わせていたに違いない。会っても何が言えたかわからないが、ただ、前よりもっと優しく抱いてやりたかった。

だが松右衛門は行けなかった。行けなくなった理由すら伝えてやることもできなかった。囚われの格子窓からこぼれる月の光に、何度も彼女の名をつぶやきながら壁に額を打ち付けたことが思い出された。

「なあ。――揺れない床で、寝てみたいなあ」

寝たと思っていた紀兵衛が愚痴をこぼした。思えば兵庫を出てからずっと波の上だ。波枕とは風流にも聞こえるが、ずっと足元が揺れているのは本来、人間に適さないものだ。

陸が恋しや　揺れない床で　生きてあの子に会えたなら　もうやめましょか　船乗りは

歌にそんな悲哀に満ちた文句が盛り込まれるのも痛いほどわかる。

そのかわり飯には困らなかった。船には水主らの食べる分が計算されて積み込まれており、炊（かしき）という最下層の若い水主が調理する。まずいと言って殴られることの方が多かったが、陸では飢饉や貧困に苦しみ、口減らしのために海に追いやられた者たちだけに、夕陽に向かって帆走しながら皆で釜を囲むひとときは、胸がじんとするほど生きていてよかったと痛感する時間でもある。

こうして生きて、食べて寝て。それでいいのかもしれない。多くを望まず、恋もせず、陸に何一つ持つでない最下層の暮らしでも、今のおれにはじゅうぶんかもしれない。自嘲の溜め息がこぼれたが、高砂を出たときぼろぼろだった自分が癒やされているのを知った。

「紀兵衛、お前はなんで故郷を出てきたんだ？」

金比羅さんへと渡るとき何度も通過した塩飽諸島は、紀兵衛の故郷であった。古来、日本でもっとも優れた水主を輩出した地でもある。そもそも彼ら海の民の氏神だった金比羅さんを全国に広めたのは船乗りたちの功績である。しかし彼の答えは明快だった。

「そりゃ貧しいからだ。土地が狭くて田んぼもない。食っていけないから兵庫津に来た」

たしかにそこは山また山。磯を洗う波のしぶきをかぶるような寒村だ。ゆたかな播磨平野を後背地とする高砂とは根本的に違う。松右衛門は深く納得した。陸に居場所のない者でも、海はなんとか食べさせてくれる。船に乗ればここには天と海しかない。至極単純な話だった。

しかし本当にそれだけでいいのか。先輩船乗りたちから虫けらのように罵られ追い回され、それでも食べてはいけるのだから満足か。松右衛門は空を見上げた。

まどかな月が煌々と輝き海を照らしている。おれは何をするために生まれてきたのだ。これまではただ親を嘆かせ世間を騒がせてきただけのことだった。好きな女との約束も果たせなかった。たしかに海では生きていけるが、そんな人生でいいのか。

月が、惑わすようにただ明るい。

やがて船は伊予を過ぎて安芸に入り、尾道、竹原、呉と潮の速い海峡を抜け、島影をよぎり、無数の船と行き交わしていく。そして本州の尻、赤間ケ関から彦島を回って響灘へ。

そこからは松右衛門が初めて体験する外海だった。

船乗りの験担ぎで、船が北前に出た時は帆を三分下げ、船乗り全員、神妙な気持ちで海に敬意を表し無事を祈る。海を航く者にとって、神は、空にも海流にも風の中にもいた。そしてそれらはよき帆を選んで先端に宿る。

これが外海か――。

前にはどんな陸地の姿もなく、洋々たる海は、かつて惣五郎が言ったとおり地面が球体であると教えていた。のみならず、既存の理論では説明のつかないことだらけの天体や海象を、松右衛門は肌で学んでいくことになる。

その時だった。背後からの追い風で、ぐうんと迫り来る船影がある。

「舵を戌亥の方角へ。帆を三分下げろ。――早うせいっ、ぶつかるぞ」

振り返れば帆は一目で二十反帆あまり、ゆうに七百五十石を超える廻船であった。弥栄丸は瀬戸内航行では一般的な五百石積みだから、追いつかれれば東にある太陽が塞がれ完全にその船の陰に入った。あわやというところで船体を西へとそらせば、鳳のように追いついてくるその船とわずかに並走する格好になり、互いの船上の人間が認められた。

「兄貴だ、桐太の兄貴だ」

無口な連中だと思っていた追い回しの紀兵衛や源太が立ち上がり、高い声で手を振った。

桐太って誰だ、そう尋ねたら、興奮している紀兵衛が振り返りもせずに答える。

「おう、俺ら塩飽（しわく）衆の星だよ。あの若さで天神丸のオモテをまかされている桐太の兄貴や」

権力者から水軍として徴用されるほど航海術に長けた塩飽衆。その中でも「星」とまで言うからには彼は図抜けた存在であるらしい。

向こうの船では船端から身を乗り出している男がいる。紀兵衛の背後から松右衛門はその男をみつめたが、逆光になって顔はまったく見えない。代わりに、半裸の肩にまとった刺子の肩当てが星柄であるのが見えた。桐太と呼ばれた男が大きく手を振るのがわかった。

やがて双方うまく舵を切ったのが功を奏し、二艘の船は大きくそれて離れていった。

大きな引き波を蹴立てて離れていく廻船を目で追えば、今さらながらにその船の大きさがわかる。角島（つのしま）の東北へ去って行くのを見れば、北前からはるか松前をめざすのであろう。

「ちくしょう天神丸め、接近しすぎや。こっちを舐めとんちゃうか」

舵をとっていた伍助が本気で怒っている。天神丸が、同じ兵庫津の船どうし海上で出会った表敬のつもりとはいえ、今の接近は下手をすれば危険であった。

「なんじゃなんじゃ、お前ら魂吸われたみたいなツラしくさって。持ち場に戻れ」

寅二ががなりたてる。松右衛門も我に返った。あれが北前から蝦夷地に向かう船――。少年の頃に何度か遠目に眺めたが、そこに乗る男の存在を見たのはこれが初めてだった。

「ケッ、早う持ち場に戻れと言うとんじゃ」

言いながらいきなり丑三に蹴られた。均衡を崩し、松右衛門は船上に倒れた。

「なんぼ見とれたところでお前らが蝦夷地へ行くなんぞ百年早いわい。働け、雑魚（ざこ）ども」

潮臭い船板に両手をつき、したたかに膝を打った。だが反論の余地もない。自分はこの廻船を動かすのにいくらでも換えのきく部品のような水主であり、雑魚であるのに違いない。

緊張の航海は続いた。どれだけ進んでも陸があり人がいる。そのことが彼にはただ驚きだった。幼なじみの新三郎が死んだ時、死者は西方浄土へ向かうという伝承をもう一人の幼なじみ惣五郎が否定したが、これだけ遠いのならば生身の体ではたどりつけない気がした。やはり西方浄土は、この波濤のはるかな先に存在するのではないだろうか。

積んできた積荷は、干鰯や木綿は途中の港でほぼ完売。代わりに壱岐でどっさり魚介類を積み込んだ。江戸時代初期頃までは日本の輸出品といえば銅だったが、この時代には銅山は枯渇しており、代わりに唐人たちは煎海鼠や乾鮑といった海産物の俵物を需めた。これらを積み降ろしする労役を通じ、松右衛門は商品を学んだが、中に、最後まで動かない木箱があった。

「こらあ、それには触るなよ？　ええか」

近づくと恐ろしい勢いで丑三に怒鳴られたが、どうやらそれは店の公の商品ではなく、船乗りが駄賃として個別に売買する商品のようだった。本来は船頭である佐之介だけに許されるものだが、彼は手下を機嫌よく働かせるために一箱だけ認めてやっているのだった。

松右衛門も渡海船時代は行く先々で不足している品目を聞いておき、次に来る時、届けてやると喜ばれたから、そうした小商売については不思議でなかった。一箱だけなら、嵩は低くても利潤の多い品を選ぶなど知恵を絞らねばならないだろう。そう考えていたら紀兵衛がそっと、

「何をやるにも、おれら雑魚では始まらん。けど、桐太の兄貴はもっと上に行く」

諦めとも強気ともとれずつぶやくのが聞こえた。なるほど星の男も同様のことをやって儲け、彼ら子分に敬われているのか。ふと高砂に残してきた弟の徳兵衛を思った。金魚の糞と言われる

ほどしじゅう松右衛門と一緒だったから、一人になってどれだけしおれているだろう。子分として慕ってくれた連中も肩身が狭いに違いない。――星になれなくて、すまん。今は会えない彼らにつぶやけば、また千鳥が思い出されて、松右衛門はぶんぶんと首を振った。

航海はなおも西へ向かって続いていた。ところが平戸から対馬沖に臨んでつかのま、急に風向きが変わった。空も海も真っ暗になり、海上には白い三角波が激しく立って、きりなく押し寄せる。いぶかしむ間もなく、海はやがて嵐となって弥栄丸に牙を剝いた。

「帆をおろせ。早くおろさんかいっ」

「荷を守れっ。絶対、濡らしたらあかんぞ」

壱岐であと少し日和見をするべきところ、早く平戸へ着きたいという焦りが佐之介の観天望気を誤らせたか。長く晴天が続いたことが油断の一因ではあった。しかし後悔は先に立たない。船頭以下、全員が蒼白になって動き回る。折からの雨で、誰も全身ぐしょ濡れだ。

晴天下では海の花形となる弁財船は、ひとたび海が荒れて波が大きく上下するような天候になると帆はおろさねばならない。となるとしょせん帆のない船は、どんなに大きくともただの板きれの集まりにすぎなくなる。波に弄ばれて揺れに揺れ、高波が立っている時など、大きな一枚帆を降ろすことさえ至難の業であった。

弁財船には甲板がないため、こんな嵐に遭えばたちまち大波が船内に入る。水主は息も継がず船底に溜まった海水を汲み上げるが、追いつかなければ最終的には船上に高く積まれている荷物を捨てることで重心を下げるしかなかった。そうすることで船の揺れはいくらか安定するが、それは最後の最後までやりたくない。その一心で彼らは動く。

瀬戸内の海とは比較にもならない荒れようの激しさに、松右衛門は、友だと信じた海が容赦なく牙を剝くようにも思え、慄然とした。船乗りなんてもうやめる。そんな弱音は各地の舟歌に歌われているが、それは船乗りそのものの弱さではない。海という大自然があまりに強く巨大であるということなのだった。

「流されているぞ。綱を垂らせ。一本じゃあかん、三本、投げろ」

足元も定まらない揺れの中を、めいめい分担を果たすことに必死だった。この海域には対馬海流という大きな海流がある。乗り上げれば朝鮮か中国、運が悪ければロシアまで、ともかく異国へ流されることもある。そうなれば国の禁制を犯したこととなり、二度ともどってこられない。

「うあっ、しまった」

大声は紀兵衛のものらしく、誤って轆轤の綱に巻き込まれたらしい。腰に巻いた命綱が船の揺れでもつれたのだ。呻いて倒れ込むのを見れば轆轤から伸びた綱が容赦なく締め上げている。帆を降ろすために綱を巻き続ければ彼も体ごと絞りあげられてしまうだろう。

苦痛に歪む紀兵衛に、待ってろと一声、松右衛門は轆轤を逆回しに戻す。一刻も早く帆を下ろさなければならないが、紀兵衛を解放するには他に方法はない。渾身の力を込めて綱を引いた。

綱はすでに雨で濡れて堅く締まり、掌に食い込んで、皮膚を切る。たちまち鮮血が掌を伝う。

「山蔵、手伝え」

一刻の猶予もならないから応援を求めたが、姿が見えない。さっきまでいたのにと、思わず舌打ちしたが、皆が自分の持ち場で必死に動いている以上、一人でやるしかない。南無……さん。誰に祈ったつもりもないが、ほどなく綱がほどけ、紀兵衛が解放された。

「すまん、松どん、助かった……」

全身の力が抜ける。よかった、松右衛門は掌の出血を舌で舐めて癒やした。

しかし、今度はすぐさま轆轤の太綱を引いて帆をおろさねばならなかった。帆はこの間にも雨を含み、さっきよりずっしり重くなって、一人では降ろしたり畳んだりできないような重量になっていた。それを、まだ食い込んだ綱の跡が痛ましい紀兵衛も懸命に手伝った。

「帆を始末したら、後ろへ回って、艪を守れ」

弁財船では帆柱も舵も船体の大きさには不釣り合いなほど長大に作られているのが特徴だが、嵐の中ではあだとなる。後ろからくる荒波に打たれて舵が壊れることもあり、小さな損傷でも走行不能。ゆえに早々と船上に引き上げ保護することになるが、そうなると制動をかける機能がなくなってしまい、ただのお椀も同然だ。また、船体に比して長すぎる帆柱も、強風にあおられて転覆の危機につながった。倒せる構造にはなっていたが、緊急時には間に合わないため、やむを得ず帆柱を斧で断ち切ってしまうしかないのである。よく、板一枚下は地獄、と言われるのはこうした状況をさすのであった。総出の力で、なんとか大事な装置を死守しにかかる。

「舵は引き上げた。――帆柱も、倒したぞっ」

けれども、帆も舵もない船は自力走行は無理。それどころかもはや蓋のない木箱に過ぎず、均衡を失って揺れに揺れ、転覆の危機は何度も繰り返し襲って来た。

「これはもう、対馬の方へ流されているんとちゃうか」

大波で船は波頭を上へ下へと揉まれ続け、横殴りに吹き荒れる風は容赦がない。どんより黒い空と海には何の目印もなく、進路を見定めるなど至難の業だ。一つ波を越えてもまた次に見えてくるのはもう一つ大きな大波。まるで得体の知れない獣の背がうねるようで、水主らは海に投げ出されないよう船端にしがみつくのがせいいっぱいだ。泣く者、手を合わせて祈る者、もう自力では何もなすすべもなくなった。

「大将、もうあかん、こうなったら皆で髻を切って海神にたのむほかにあらへん」

それは人にできる最後の祈り。操船の首領である伍助が涙を浮かべて懇願した。

佐之介は恐ろしい形相で天を仰ぎ雨のつぶてに打たれるにまかせている。船も水主も命運はすべて船頭に握られていた。

彼の横顔を見ながら、松右衛門は、嵐の前には人はなんと無力であるかを思い知った。髻を払って皆でさんばら髪でひたすら嵐が去るのを祈って助かっても、次の日にはのっぺり晴れた広大な海原で方角を見失い、じりじり日に焼かれながらの漂流が待っている。次の地獄の始まりだ。そうなればもう、帆柱の下から船霊様とともに埋め込まれた賽子を取り出して振り、どちらへ進めばいいかを決めるしかなく、つまり、もう人の力でできることはないのである。運を天にまかせるとの博打言葉はここから生まれた。

祈れども嘆けども嵐は収まらない。きりなく暗い海がのたうつだけだ。

船はなおも横殴りの雨に叩かれ、大波の上から下へと揺さぶられ続けた。


陸の兵庫津は快晴だった。

きらり、鏡の上で反射した太陽の光は、まっすぐ見張り楼を射していき、見張りの背中でちらちら踊る。小浪は手鏡を傾け、光の飛ぶ先を目で追った。真昼の太陽が楼の真上を横切っていくこの時刻、浜では遊んでいる者など一人もいない。小浪は、今度は海へと鏡を向けた。沖で、誰かが気づくだろうか。ここに自分がいること、生きていることに。

「こら。何をそんな悪さをしよる」

背後から声がして、飛び上がってしまう。手鏡を袂に隠すと、それは丈吉だった。同じ長屋に住む飾り職人で、年は七つも上だが気心の知れた男だった。小浪などには手の出ない櫛や簪を作っており、時々、本家の上女中たちの注文品を届けに来る。小浪は、なーんだ、と微笑んだ。

「お前、北風の湯を辞めたんだってな」

そう、あの低俗な同僚女中たちなど顔を見るのもいやだった。二度、三度と嫌がらせが続き、堪忍袋の緒を切らして小浪は井戸端で相手の娘をひっぱたいた。相手も負けずに向かってきて、皆が慌てて止めに入る騒ぎとなった。喧嘩は両成敗と決まっているが、どちらも母親が病気なので辞める、ということになったのは、お梶にできる最大の厚意だった。喧嘩でやめたと知れれば再度の雇われ口などみつからないが、母の病気であれば回復すれば働ける望みがあった。

「で、これからどうするんだ？」

どうやって生計を立てるのか、それが大きな問題で、母は仰天して、たしかに自分は病弱だが娘に看病させるほどではないと小浪を責めた。北風家の女中であることに誇りを持っていた母だから、辞めてしまうなど、考えられなかったのだろう。

「丈さん、嫁にもらってくれない？　あ、母さんの方を、だけどね」

「阿呆。俺なんか甲斐性がねえ」

大まじめに断るのもおかしかった。宮川屋という廻船問屋の息子に生まれながら、船に乗るのが嫌いで、不孝者だのできそこないだのと言われて育った丈吉だが、それを負い目と思わず、きれいなものに目のないことと手先の器用なことを存分に活かし、のびのび人生を楽しんでいる。身なりも一風変わっていつも粋で、今朝も、白地に紫の絞りで麻の葉を大きく染め上げた着流しだ。それがまたよく似合って、世間は彼を洒落者などと呼ぶけれど、ふしぎと小浪は心許せた。

「折よく、女中を探してるお屋敷があるってことで、今、番頭さんから紹介状をもらった」

紹介されたのは網屋という、浜本陣にもなっている海商の分家筋で、網も作れば船にまつわる各種の整備も請け負う業者の家だ。今度は三人ばかりの女中しかいない小さな場であった。

「へぇえ。辞めた女中の次の働き口だなんて、えらく手厚いな、北風様は」

それは小浪も感じた。番頭は、ワシが特別に旦那様にお願いしたんや、と恩着せがましく言ったが、彼にそんな力がないのは知っている。

「お母ちゃんの人徳だな」

そうかもしれない、あるいは父が残した何かの恩か。ともかく北風様の温情に違いなかった。

その意味では丈吉も、いや、兵庫津の者ならみんな北風様の恩恵を受けている。この頃、「灘目」といわれる酒造業を後ろに控える西宮や尼崎の泊も大いに賑わっていたが、兵庫津は特に北風家が主となり同業者が連携、他の浦々と競合し、彼の実家も大いに繁盛していた。なのに彼は家業を嫌がり陸に逃げたわけだが、親の嘆きはともかく、それもよしと容認されているのは北風家による兵庫津の余裕というものであった。

「入り船ぇー。帆印は、江差岸田屋の栄寿丸」

二人が話している間にも、楼の上では見張りの声が響いていた。

「ほう。遠く蝦夷地からの廻船だな。この季節だと積み荷は鰊に昆布、干鰯、ってとこか」

「あら、船なんか嫌いなはずなのに、えらく詳しいのね」

「触ったりするんが嫌いなだけや。磯臭いのもあかん。船も、酔うからあかん」

それではいくら船問屋の息子でも船乗りにはなれなかっただろう。小浪は呆れる。

関西では食べる魚より肥料となる魚が大量に必要で、それらは畑に入って土を肥やし、木綿という金を生む。木綿は人ある限り必要とされる消耗品の原材料だが、東日本では穫れないのだ。

もっぱら気候温暖な西日本一帯で栽培されているが、良質なものを大量に生産するには肥料は欠かせなかった。そのため蝦夷地からの魚肥は「金肥（きんぴ）」とさえ言われていた。

ここで降ろされ売りさばかれた魚肥は、今度は四国や西国へ運ばれる。そしてそれらの地で生産された木綿がまた大坂に集まってきて、大消費地江戸へと送られるのだ。この時代、まさに大坂、兵庫という上方の港が拠点になって日本の物流を回しているといえよう。

「でもどうして兵庫津は大坂を追い抜けないの？」

「それはお上の考えや。江戸の相場を重視するなら、品物は一手に大坂に集めて値段を統制したらやりやすいからな。そやから兵庫津や他の港がばらばらに値段を決めたり大量に売買したりして大坂を妨害せんように制限している」

淡々と彼は言う。だが経済はお上が考えるほど単純なものではなかった。これだけ商品流通がさかんになれば、各地で競争しあって値を定めるのが自然なこと。それゆえに北風家は奮闘してきている。

浜揚げ場では荷下ろしが終わったようだ。これから北風の湯は大忙しだろう。

するとその湯屋の方から、見慣れた男が血相変えてやってくる。

「小浪どん、そこにおったんか、おい、なんでや、辞めたってほんまか」

鼻息も荒く迫ってくるのは山蔵だった。どうやら弥栄丸もさきほど帰り着いたらしい。

「おや、お帰り。ちょうどよかった。これ、返すわ。もうここにはおらんようになるし」

さっきまで持って遊んだ手鏡をさし返す。彼にまとわりつかれてはたまらない。

「なんでや。死にそうな嵐に遭って、無事に長崎に着けたらこれをお前にと思ったのに」

引き下がるどころか、彼はあらたに簪（かんざし）を差し出してきた。職業柄、丈吉が目ざとく視線を走らせるのがわかる。そして、ふっと微笑み、じゃあまたなと小浪に告げて背を向けた。

「おい、待てや。そいつ今、俺が買うてきた簪を見て笑ったな」

「違うわよ。この人、飾り職人だから、つい目が行っちゃったんでしょ」

「この人？　はっ、お前、男がおったんかい」

なんという短絡思考。そもそも小浪に男がいたとして山蔵には関係ない。だが丈吉は下手から、

「すまん。気に触ったんなら悪かった。俺は、その簪、琉球渡りの品かなと思って」

穏便にことをおさめようと笑って言ったが、山蔵はいきなり袖をまくって怒鳴った。

「琉球やろうが薩摩やろうがおまえに関係ないやろがっ」

山蔵は小浪など簡単に押しのけ、落とした手鏡さえも踏みつけて、いきなり丈吉の頬を殴った。

悲鳴を上げて駆け寄ると、地面に尻餅をついた丈吉の唇の端からは血が出ている。美しい飾り物を作り出す大事なその手を痛めでもしたら大変だ。だが山蔵はますます逆上した。

「お前ら二人して俺をコケにしやがって。舐めんなよ、オラァ」

ふたたび殴りかかられる、と身構えた時、通りかかった男が駆けつけてきた。

「おう、山蔵やないか。――おまえ、こんなとこで何しよるんや」

すたすたと近寄ってくると彼の肩を抱く。と思ったらそのまま腕で彼の首を絞めた。

「何するんじゃ、松右衛門。おまえ、また小浪どんに言い寄る気か」

「あほか、おまえと一緒にすんな」

山蔵より頭一つも大きなその男は、あの松右衛門だった。山蔵が目を剝いて、ぐ、と声を上げてのけぞった。そのまに丈吉は立ち上がり、すばやく鬢の乱れを掌で直す。

「あーあ。これやから俺は船乗りなんかになりたくなかったんよな」

そんな余裕を言ってる場合か。蒼白になって立ち尽くすばかりの小浪に、松右衛門が言った。

「おう、小浪さん。達者やったか？　すまんな、この野郎を積んどくのを忘れとったわ」

山蔵が何か言いたげに身をよじるが、松右衛門はかまわず銭袋を取り出し、小浪に押しつける。

「そっちのにいさんの、薬代のたしにでもしてくれんか」

おそらく手にしたばかりの航海の報酬ではないか。それをこの場を収めるために？

しかし丈吉が、すい、とそれを受け取ったからなお驚いた。彼は唇の傷を抑えながら言う。

「しゃあない、もろとく。あんた、二度とこの人に手を出さんよう、きつく言うたってくれ」

えっ？　自分のために受け取るのか？　小浪は目を丸くした。兵庫津には町方が整えた御法度(ごはっと)があり、自治組織も徹底しているため、水主の暴力など訴えられればすぐに厳罰が下される。だが惣会所に訴え出るのは時間も手間もとられ面倒なだけで、円満に収まるならそれにこしたことはない。ましてこのことが周知の約束となって山蔵が小浪に近づかないなら願ってもないことだ。

「ほな、そういうことで」

そう言って、山蔵の頭を肘で封じ込めたまま、松右衛門は背を向ける。と思ったら、振り返り、

「小浪さん、あんたがおらんで寂しくなるんはこいつだけやないんやで」

そんなことを言う。丈吉の判断の速さにも驚いたが、彼は先だって忘れ物を届けたあの男なのか？　扇子を開いて閉じて、情けない顔かと訊いた、同じ男か？　小浪は言葉も出ない。この航海で彼はいったい何を体得したのだろう、出掛ける前と今では、彼は見違える男になっていた。

ともかく示談は成立。松右衛門がひきずるように山蔵を連れ去っていく。

「誰や、今の男。――歌舞伎の『暫(しばらく)』でもやってるつもりかい」

丈吉は、もめごとの場に現れて解決して去る正義の味方にたとえる。やっと小浪は笑えた。

「山蔵とかいうヤツの方は、あれはかなりお前にホの字や、ちょっとかわいそうやったか」

「やめてよ、丈さん。あんなのにもてたところで何にもなりゃしない」

「ふうん。暫のヤツの方はええんかい。お前も、きっぱり美醜の区別がつく女子なんやな」

それは褒め言葉なのか嫌味なのか。ともかく丈吉の顔の、殴られた傷がいたましい。

「もうしゃべらないで。何もないけど、お詫びに今日はうちで晩ご飯でも用意するわ」

事情を知れば母もとやかくは言うまい。

「そいつぁ、いいな。〝薬代〟もあることだしな」

丈吉は片目をつぶり、銭袋を顔の傷にかざしてみせた。

「あらっ、それがあったわね。――じゃあお礼代わりに松どんも呼んであげようか」

えっ、と手を引っ込める丈吉から、小浪は素早く銭袋を受け取った。


北風の湯では、弥栄丸の水主たちがそろって背中を流していた。

山蔵も頭が冷えたようで、詫びも言わずに湯船に沈んだままだ。松右衛門は紀兵衛と並んで蒸風呂の簀子（すのこ）に座り、流れる汗に耐えていた。隣には先に入津した尾張（おわり）の船の水主たちがいて、垣根なく話しかけあうのもここならではの光景だった。

「そうかい玄界灘で嵐に遭ったかい。外洋は、凪はいいが、荒れると恐ろしいからな」

ここでは互いの経験談がどんな塾で学ぶよりも有益な情報として入ってくる。今回の航海で髷（まげ）を切らずにすんだのは、皆が祈るうちに波が鎮まり船の向きを変えられたからで、単に幸運だったからにすぎない。松右衛門は一生分の経験値を得たと思えるほど多くを学んだ気がした。

湯につかると、嵐を切り抜けた記憶もさることながら、長崎で見た唐人船が頭から離れずにいる。阿蘭陀船は遠目にしか見えなかったが、福州からの唐船は同じ泊の続きに係留されていた。唐船には何本も帆柱があることに目を見張った。絵では見たことがあったが、出航前、それら複数の帆柱に実際に帆が上がるのはまるで花が咲いたみたいだった。

「本柱のほかに弥帆柱も艫帆柱もあっただろ？」

「それどころか中帆に伝馬帆、本帆の脇には副帆まで張られていたはずだぜ」

すぐに他の水主らも話題に加わる。そうか、あの帆柱にはそんな名がついているのかと、これもまた松右衛門には新しい知識になった。だがあんなにたくさん帆があれば、どれを降ろしてどれを揚げるか、風を見ながらその調節にしじゅう帆綱を気にしていなければならないだろう。

「一枚しかない帆に、オレらあれだけ苦労してるちゅうのに、唐人さんもよくやるもんだ」

湯には、諸国の船乗りたちの見聞と感慨が浮かんで交錯していた。どれを拾って自分の血肉とするかはそれぞれの器量であろう。

「さあお前ら、次は江戸やでえ」

突然、ざばっ、と背後から水をぶっかけられて、水主らは縮み上がった。寅二だった。

「なんやその顔。船乗りは船に乗ってナンボや。喜べ、今度は海の王道を行くんやぞ」

玄界灘で生きるか死ぬかの嵐に遭って、無事に生還したばかりというのにもう次の航海。わかってはいる、海で飯を食べさせてもらう者に休みなどない。

「嵐から生きて帰ってすぐは、船乗りなんかやめたくなるもんや」

「じゃが、尾張から江戸への海路は殿様気分じゃぞ」

彼ら尾張船の衆がこれから帰る遠州灘も、松右衛門にとっては未知の海。どれだけ日本の海は広いというのか、北風の湯は、まだまだ自分など井の中の蛙であると思い知らせる。

兵庫津から江戸へは、江戸時代の初期に河村瑞賢によって開かれた西廻り航路の一部として組み込まれ、今では大坂から年に七、八回も廻船が往復するこの国の主要幹線となっていた。尾張から江戸への航路もその内で、早くから往来があっただけに彼らも詳しい。

「わかるか？　陸でも伊勢から東海道が江戸に向かう。だが、あれだけの荷物を汗水たらして車に積んでガタガタ引いていけば、手にも足にも豆ができ、牛馬なみにくたびれるでな」

「それを、わしら船乗りは、同じ道を船に乗って江戸まで走るんじゃから楽なもんよ」

事実、この時代には陸路としては五街道が定まっていたものの、途上、大きな川には橋が架けられておらず、そのつど川船に積み替える作業も面倒な上に、すべてが人力だけに重くてつらい荷運びだった。それにひきかえ船は東海道と並行に、天気が良ければ海の上を船に座ったまま風に吹かれて行くのである。

「どうだい気が楽になったろう。ついでに教えると、熊野灘を回って遠州灘に乗り入れてからは岸には広々とした砂浜が続くんだ。だから嵐になっても岸に逃げ込むことは難しい」

そこが彼らの本拠地だけに、それは得がたい情報だった。松右衛門は何気ない顔でうなずきながら彼らの話を頭にたたき込んだ。風待ちには御前崎から石廊崎、そして一気に下田をめざしていけばすぐ浦賀。瀬戸内生まれの松右衛門には東国の地名は異国のように遠く感じられた。

「江戸はすごいぞ。さすが将軍様のお膝元。そりゃ町の大きさが違う」

江戸、と言われて、松右衛門は湯気に当てられたかのようにぼうっとした。それは日本の政治の中心地。一年前には自分がそんなところに行くと思いもよらずにいた地であった。

百万の人口を有する一大消費都市、江戸は、幕府が開かれて以来、急速に開けたものの、その人口のほとんどが何も生産しない武士階級やそれにまつわる町人で構成されている。そのため、衣食住すべてにわたって物資は大坂から運ばないと回らない。

「つまり百万の民が口を開けて、上方からの物資が運ばれてくるのを待ってんだ」

大坂からの荷は「下りもの」と呼ばれ、米はもちろん衣類に材木、箒のような荒物から下駄や履き物、紙、刀まで、人の生活に必要な品なら何でも運ぶ。良品はすべて上方の産だった。ゆえに江戸への廻船は最大の輸送量を誇る大動脈。これが止まれば江戸はてきめん壊死してしまう。

「あんたら、菱垣廻船（ひがきかいせん）に乗るんだろ？　うらやましいねえ、花形じゃないか」

菱垣廻船――。浜揚げ場で対面したとき、松右衛門は大きく端正な船の様子に、しばし見とれたものだった。さすが廻船の中の廻船。すでにこの時代には兵庫津の膝元にある伊丹や灘の銘酒の名声は高まり、酒だけを運ぶ樽廻船（たるかいせん）もあって、しだいに雑多な物も運ぶようになっていたが、それら二つは、日本の大動脈を往復する双璧をなす海の王者であった。

御影屋も大坂の問屋の雇船として菱垣廻船を運行している。今回は主人の平兵衛みずから乗り組み、江戸まで同行するらしい。彼は陸の座敷で算盤をはじいているだけの旦那衆とは違い、みずから船に乗り込んで各地へ商談にも乗り出す。そのためしばしば浜揚げ場にも姿を現し、船の具合や船乗りたちの様子を見ていくことがあった。

三日にわたって松右衛門らは休む間もなく荷積みに追われていたが、その日、平兵衛は羽織の裾を風になびかせ浜揚げ場に立って、裸の水主らの働く様子を眺めていた。

「誰やった、あのでかいのんは」

柄の大きい松右衛門はすぐに目につき、注意を引く。佐之介がそばで腕組みしながら、

「播州高砂から来た松右衛門です」

と説明したので思い出したか、ああ、と平兵衛はうなずいた。

「北風様からのお声がかりのヤツやったな。茂世奥さまの実家の、高砂の出じゃと」

そしてしばらく彼の働きぶりを吟味するかのように眺めたあとで、声を潜めてこう尋ねた。

「どうや、厄介は起こしとらんか」

佐之介はそれがどういう意味であるのかすぐ察し、今のところは、とあいまいに笑う。高砂からは定期的に渡海船が入ってくるので船乗りたちと接触があり、松右衛門の父親が兵庫津で息子が何かしでかしてないかと気を揉んでいることが聞こえてきている。親が心底案じるのだから相当な暴れ者であったのだろうと察しはついたが、別な噂によれば、番所の役人相手に喧嘩をしたというのだった。話には尾鰭がつくためどこまで本当かわからなかったものの、さむらい相手に譲らず番所に留置されたというのだからよく無事でいられたものだと感心もする。

「ま、よう面倒みたってくれ」

どんな先入観があるにせよ、船の上では本人の実力しか信じるものはない。長崎までの航海をともにして、佐之介には、新入りいびりにも耐えた松右衛門への評価ができあがりつつあった。

水主は、航海ごとに船頭から呼ばれて雇ってもらえればよかったが、そうでないなら陸で荷役の拾い仕事につくぐらいしかない。だから下級水主は上の者に名前を覚えられるだけで上出来だった。さらに船頭を雇う店の旦那に直に覚えてもらえるなど願ってもない。

もっとも、そのことが松右衛門への妬みとなって跳ね返るのは当然だった。丑三のしごきは加速したし、次の江戸廻りの船に指名がかからなかった山蔵も根深く彼を嫉んだ。誰と名前すら知らない水主らにも、ことあるごとにつまらぬ嫌がらせや皮肉を吐かれもした。

俺はよほど嫌われるたちらしい。——そうあきれたくなるのも当然で、高砂にいた頃なら誰であろうがいちいち反応しては喧嘩になって、相手をたたきのめすことで答えを出した。おかげで高砂浦では怖いもの知らず。誰一人として彼を軽んじる者などいなかったし、同時に彼自身もけがや生傷が絶えず、父や母にまたか、と嘆かれたものだ。

だがあの一件以来――彼を高砂から去らせることになった役人殴打事件以来、彼はもう喧嘩はしないと心に誓った。そうでなくともこの兵庫津に来て、自分がなんと愚かでちっぽけな存在だったかを思い知っている。この大きな港でいちいち相手のやりかたにむかっ腹などたてていたら身が持たないし、第一、あの巨大な海が嗤（わら）うだろう。

松右衛門は無心で荷を運んだ。こうやって苦役を続ける働く意味は何か。銭ではない。銭なら山蔵の代わりに路上で他人にくれてやっても惜しいという感情は湧いてこないのだ。では何のため？　ともかく、今はこうして生きていく。荷はいくらでも彼の往復を待っていた。

江戸への旅も、また彼を鍛えた。松右衛門にとってはこれが初めての東廻りである。走り始めた船上に立てば、自分たちが向かおうとする大海原ははてしなく広く大きく、それなのに右舷にも左舷にも白帆を上げて走る船の姿が絶えることはない。風をつかみ光をはらんで満帆に膨む大いなる帆。この国の海運力の底力を知るのには、やっぱり海の上に出るべきだった。松右衛門は、誰が乗るとも知れない白帆に向かって、まるで友にするかのように手を振った。

志摩のあたりの入り組んだ海岸線は、瀬戸内の多島海のあたりとは似ていてもまた違う顔で、来島（くるしま）同様、熟練の水軍を生んだ理由が納得できる難しい海路が続いた。

潮の流れの速さ、船の多さ、そして島々の多さ。そんな難所を通過するのにどれだけの技術がいるか。来島では安全に通過するのに海賊とも水軍とも呼ばれた連中に通行税を払わなければならなかったというが、支払うことで風や潮の情報も教えられつつ水先案内もしてもらえるなら、命の代償としては安いものだという気がした。

「紀兵衛、そっちはたのんだ」

「まかせとけ」

いつか松右衛門には、全部を自分がやらなくても困難な仕事には紀兵衛に協力を求められるようになっている。単独ではなしえない航海が人と人とに信頼を築いてくれたわけだ。

「なあ、マツ。聞いていいか。あんたはなんで故郷を棄てた？」

天の川が頭上にさざめく夜だった。船上に二人並んで寝転んでいる時、紀兵衛が訊いた。しばらく前ならそのまま黙り込んだだろう。しかしもう昔を思い出しても胸は痛まなくなった。

千鳥と約束した日のあの夕べ。空は晴れ、満月を置くにふさわしく澄んでいた。松右衛門は少し早めに海からもどり、堀川の奥へ奥へと舟を進め、会所の前につなぎ泊めて岸に上がったのだった。するとそこにいたのは川口番所の役人だった。

——宮本松右衛門。ちょっと来てもらおう。

何のことかわからなかった。何です、とぞんざいな口のきき方になったのは事実だが、態度が不敬ということでいきなり十手で叩かれた。目から火花が散るかと思う痛みであった。

何をするんです、とつい勢いで叫んで立ち上がったが、体格に勝る松右衛門は何をしても威嚇ととられる。怯んだ役人は、抵抗するか神妙にいたせ、と及び腰で十手を構えた。

それはちょっとした行き違いにすぎなかった。松右衛門が何もしていないと主張すればするほどおかしなことになり、役人は三人がかりで彼を取り押さえることになった。右腕を背中でつかまれ首を地面に押しつけられるという屈辱的な恰好になった時、痛さのあまり無意識に彼らの腕をはねのけたのだ。それが役人たちには「反逆」となった。運悪く軽量の役人がのけぞったはずみで頭を柱に打ち付けた。それが松右衛門の「殴打」とされた。

松右衛門は取り調べと称して縄を打たれ、棒で小突かれ、番所の土間に引き据えられた。まるで凶暴な犬に対するようで、人としての扱いではなかった。

始まりは番所の当番が與之助の兄であったことによる。家督を継いだ彼の兄は、かつて松右衛門が金比羅参詣の船上で弟をとっちめたことを根に持っていた。少しばかり松右衛門を痛めつけようと思って呼び止めたのが弟の復讐としてはじゅうぶんだったはずである。

ところが彼の拘留を知り、港ではこれ幸いと勝手に松右衛門の舟を持ち出した男がいた。松右衛門が仲間と信じて疑わなかった伝蔵である。ずっと一緒にやってきたし、いつか自前の渡海船を増やす夢も、彼と一緒に実現させるはずだった。なのに兄貴分の松右衛門がいなくなって一人で仕事もできずにいたところ、悪いやつらにそそのかされた。瀬戸内の小島から庵治（あじ）や北来島（きたぎしま）の石を売りにくる商人で、よりによってその男は、家島の陰で徳島の船とこっそり、藩の専売である藍の売買を行ったのだ。いわゆる抜け荷だ。目立たぬ舟を雇っては、たびたびとそれは行われていたらしい。千鳥と会った祇園祭の夜、堀川に浮かぶ舟が取り調べられたのはそのためだ。

不運なことに二人を目撃した者がいた。体の大きな松右衛門だけが確定され、お面をかぶった千鳥は誰とわからなかったらしく、逢い引きを装って他国の者と抜け荷の相談をしていたのだろう、ときめつけられた。無実を晴らしたくとも、彼女の名を出すわけには絶対にいかない。黙り通せばいっそう疑いを深めることになり、容赦なく棒で叩かれた。

「まさかあいつが、牛頭天王の祭の現場で、そんな大罪を犯すはずがない」

父は驚き、母は哭（な）いた。だがくだんの抜け荷は彼が番所で拘束されている間のこと。彼が海上へ出られるはずもないのは明白だ。息子の無実を信じ、大寺の老師を通じて町の名主にすがって嘆願し、やっと放免となったのは拘留されてから一月後のことだった。両親に涙で迎えられた時、彼は見る影もなく痩せ衰えていた。

狭い町のこと、悪い噂は尾鰭がついて広まった。いつもつるんでいた伝蔵だけが咎人となり、松右衛門が自由でいれば誰しも不審に思う。魚を売り歩く母は行く先々で皮肉を言われ悪口を浴びた。町の治安を願う名主たちからの圧力もあった。

――こんな乱暴者の名が知れては、高砂の浦全体が悪う思われる。

ふだん仕事をもらう旦那方に呼びつけられて、父の七兵衛は身の置きどころもなく身を縮めた。それでも町じゅうの白い目に耐えた彼らだが、ついに屈する時は来た。

「牛頭よ。お前、高砂を出るか」

誰より彼がまっとうに生きることを願い、時にいさかうことがあっても同じ海で働いてきた父親が、ある日、まばたきもせず、故郷を去れというのであった。老い先短い自分たちはここで生きるしかない。どんな誹りにも耐えていく。だがお前は別天地で別な人生を生きよ、と。

母も肩をふるわせ泣いていた。誰を恨むこともできない。すべては自分がまいた種だ。

「俺は自分が思う以上に憎まれ者で、自分で思う以上に慈しまれていたのかもしれん」

それが、松右衛門が兵庫津に来た顚末だった。

「そうか。つらかったな。――けど、船に乗れて、よかったな」

治りかけの傷に海水がしみるように胸がひりついたが、そんな慰めをくれる友を陸に持たなかったことも事実だった。海には、共通する運命を背負う仲間があった。

千鳥もこんな自分と知れば愛想がつきただろう。もとより自分にそぐわぬ高嶺の花、別れすら告げることができなくて当然だった。今は陰ながら、彼女が継いだカネ汐の繁盛を祈るのみだ。

波が彼の心を洗い、過去をすすいだ。彼の前にはただ海、海しかない。太平洋を前にした時、波の色さえにわかに変わり、ここで俺も生きていくのだ、そんな感慨が迫った。

「俺は故郷を捨てたんやないし」

声に出せばそれは確かに真実だった。東へ向かう今、ふるさととはさらに遠ざかる。なのに海は、彼がどこにいても常にあの美しい浦につながっていることを教えてくれた。

「おい、そこで何を喋っとる。松右衛門、こっちに来てみろ」

感傷を打ち破る濁声(だみごえ)で平兵衛旦那が松右衛門を呼んだ。日中、海上が穏やかで、ずっと船室に籠もっていたくせに、夜になると船上に出てくる。船は天候さえよければ夜でも沿岸を見ながら走るため、水主は交代で眠り、ちょうど松右衛門が立ち番だった。

なんでしょうか、と進み出ると、平兵衛が夜の暗がりに浮かぶ岸の山地の輪郭を指さした。その中腹に篝火(かがりび)が焚かれている。

「ここは志摩の菅島(すがしま)あたりだ。あの篝火で位置がわかるようになっている」

なるほど、と松右衛門は小さく揺れる赤い篝火を見た。

西廻り航路が開かれた時、河村瑞賢が重きを置いたのが海難の予防だった。また発生してしまった海難についても、主要泊地に番所を設けて対処できるようにし、狼煙(のろし)台を整備するなど、常に船と陸が連携を保てるよう整えた。おかげで港々では船の発着が正しく把握され、船乗りたちの状態や船体の点検など、運航状況は綿密に確認できるようになっていた。この時代、海陸一体となった高度な海上輸送の制度が確立していたのは、海洋国日本の必然であろう。

「一つ一つ、この景色をおのれの血の中に覚えさせておけ」

なぜ自分にだけ言うのであろう、不思議に思ったが、空は満天の星。そして月が煌々と波間を照らし、どこまでもたゆたう波濤をはるかに彩るこんな夜は、誰かに話しかけずにいられなくなるものかもしれない。松右衛門も素直に「はい」とうなずいている。これもなぜであろうか、海は彼を素直に、謙虚にさせる。それは海があまりに大きくて、自分の卑小さを思い知るからか。

「お前、囲碁はできるのか」

平兵衛が訊いた。いいえ、と首を振る。船が快走する日中は、彼が親仁（おやじ）の寅二を相手に対局を繰り返している姿がふしぎでならなかった。船が揺れれば碁盤の上で白黒の碁石がずれてしまうというのに、それでも囲碁をやりたい気持ちがわからない。

「そうか。そんならええ」

それだけのことだった。松右衛門にとっては、叱らない、殴らない、大声を出さないという点だけで、安心のできる大人に思えた。


弥栄丸の出航を、小浪は数日後に知った。行き先は江戸で、まだ北前ではないと、すこし寂しく確認した。同時に山蔵が陸に残されているということも知る。前の航海で、何か船頭に気に入られぬことでもあったのだろう。ともかく小浪の新しい勤めは始まっていた。

網屋吉兵衛の家は南浜の、材木を扱う問屋が集住した一角にある。本家の網屋が三軒持っている分家の一つで、本家は代々兵庫津の自治に関わる名主として重職を果たしており、分家はそれをささえるという位置づけだ。

「あんた、北風の湯にいたなら、こんな裏方仕事ばかりじゃもったいないねえ」

古株女中のお駒には残念がられたが、接客が苦手な小浪にはこちらの方がよほど気楽であった。木訥（ぼくとつ）な気性のお駒の他には十三になったばかりの子守のお光がいるばかりで、小さな所帯だけに自由もきいて、気兼ねがない。

「さっそくだけどお客さんにお茶を出してくれるかい？　あんたが出る方が映えるしね」

客は誰と知らされないが、座敷に茶を運んでみると主人の吉兵衛が対面しているのは若い夫婦者だった。夫の方は、面識はないがこの家から養子に出したという次男坊らしい。

「治助、お前もそうして並ぶといよいよカネ汐の若旦那らしく見えるなあ」

父親の吉兵衛にからかわれてもおとなしく、また伴ってきた女房にも気遣いをみせる温厚な息子のようだ。父親としても、まるで夫婦雛を見るかのように満足げに見えた。

「それに、千鳥さん。――いやさ、ご新造（しんぞう）さんと言う方がよろしいやろな。新造いうんは、船から出た言葉なんでっせ。船乗りにとっちゃ、運命をともにする連れ合いやからね」

千鳥と呼ばれた新妻の方にお茶を出し、小浪は気づいた。今は既婚者らしく髷や着物を改めているが、彼女は以前、北風様の家に初めて上がった時に出会った、あのお嬢様ではないか。

「二人でカネ汐さんを繁盛させていったらええが、まずは跡取りを作ることが先やなあ」

早く孫を見せてくれと言われているのだ。恥じらって、千鳥がうつむく。

そうか、あの時は父親と兵庫津を訪れ、北風様によき婿養子のお世話をと頼んでいたが、こうして網屋から婿を取ったのか。

めでたいことであった。小浪は今日は彼女の着物ではなく簪の方にしばし見とれた。鼈甲（べっこう）であろう。南の海でしか獲れないものを瀬戸内の女が身につけるのも、船がもたらす仕事であった。

襖を閉めて小浪が下がろうとした時、吉兵衛が何気なく扇子を取り出すのが見えた。

「引き出物の扇子、重宝しとるで。港じゅう、水主にいたるまで配ったそうやな」

黄色地に赤で丸金、金比羅さんの派手な柄。――あれと同じだ、そう、松右衛門の忘れ物と。

それでつながった。松右衛門が持っていたのも、この慶事を祝う品だったのか。同じ高砂出身、彼もきっと誰かに婿取りの祝言を知らされ、あの扇子を配られたのだろう。

客間から再度呼ばれて替えのお茶を出した時、千鳥の姿はもうなかった。網屋の奥様に呼ばれ、女同士で柳原の戎（えびす）さんにお参りに出かけたという。残った父子が交わす話が聞くともなしに耳に入ってくるが、意外にも吉兵衛は渋い顔で息子に苦言を呈している。

「ほんまにお前、心を入れ替えて務めるのやぞ。カネ汐はんは、お前の過去を何一つご存じない。北風様の保証があるのやからな。わしは千鳥さんに足を向けて寝られんわ」

何のことか、治助は小さくなってうなだれたまま、聞いている。

「ともかくおまえが落ち着いてくれてよかった。くれぐれも千鳥さんを大事にするのやぞ」

念を押すような父親の声に、治助のうりざね顔がうつむいた。どういうことかわからないまま、小浪は座敷を下がった。

こんなことも、おしゃべり好きな女中たちなら恰好の話題であろうが、小浪にそんな話し相手がいるわけでなし、けがの見舞いついでに立ち寄る丈吉に喋るのがおちだった。

「今日お屋敷に来たお客さん、丈さんが見たら目が吸い付くような簪をしてたわ」

長屋の狭い住まいを区切っての仕事場は、最近の繁盛ぶりからすると手狭に見える。丈吉は小さな作業台の上で、印籠に細かい彫り物を施しながら小浪の話につきあってくれる。

「鼈甲やったわ。あんなの、丈さんじゃ材料すら高くて手に入らないんでしょ」

「よけいなお世話や。代金前払いならどこかで手に入れて作ってみせたるわ」

たしかにどんな希少な材料も、商人を当たれば手に入らないものなどないのが当世だ。

「そういえばお前にホの字のあの男も、いい簪を持ってたな。ありゃ珊瑚（さんご）だぜ」

軽く話題を変えられ、小浪は憮然とする。そんなの見てもいないと言いたかった。

「あれだけはもらっときゃよかったのに」

馬鹿、と口をとがらせ、この会話を終わらせようとしたら、丈吉が真面目な顔で言う。

「長崎みやげが珊瑚って、ありゃあ南国との取引でないと無理な品。あるいは抜け荷かい」

さらりと恐ろしいことを言われ、「まさか」と言ったきり小浪は青ざめた。

「冗談だよ。船頭級でなけりゃ抜け荷なんてできゃしないよ」

すぐに丈吉は否定したが、小浪の胸はざわついたままだ。もしもらっていたなら自分も同罪になる。丈吉はさらに、彫り物の手を休めずに言う。

「けど、何も唐人さんや阿蘭陀さんと直接取引するだけが抜け荷じゃないからな」

「抜け荷にもいろいろあるの」

外国との貿易が長崎に限られているのは周知の事実だが、貿易額や品目などは制限されており、奉行所の検閲でこれにはみだしたものは持ち帰らされた。丈吉の話では、そうした船はすごすご帰る途上で、こっそりどこかの船に売り払うこともあるのだという。

「命がけではるばる運んでったものを、またぞろ持ち帰るなんて、そりゃ無念だろう？」

つまり、弥栄丸がどこかの港でそういう船に遭遇し、そして山蔵が買ったというのか。

「いや、悪いが、とても水主に買える代物じゃない。あるいは盗品かもな」

さらに恐ろしいことを言われて小浪はぞっとした。

「そんなものを、よくも、もらっとけばいいのに、なんて言えたわね」

思わず叩こうとしたら、丈吉はごめんごめんと逃げながら、別の話を切り出した。

「それより、今年の新綿番船（しんめんばんぶね）、兵庫津から二艘も出るって知ってるか」

えっ、と小浪の手が止まる。そういえば風は晩夏になっている。田畑を持たない港の者には実感は薄いが、播州や河内、泉州などでは一円の畑で綿の実がはじける頃であった。やがて綿を収穫した農家では昼夜を問わず機織りの音が響くことになる。

綿の実から糸をつむぎ、染めをほどこして織物にするまでは大変な手間がかかったが、それだけに木綿は高価で、この時期まだ全国的には民のすべてが身にまとうほどにはいきわたっていない。関東ではよほど裕福でなければ手が出なかった。それでも従来の麻に比べて暖かく、吸湿性のいい木綿は年々需要が高まっている。だがいかんせん、東国はもとより江戸周辺では良質の木綿を栽培できないのだ。江戸が消費する膨大な量の木綿はすべて大坂に発注されるのである。

江戸には大坂からの木綿を売買できる十組問屋というのがあり、対して大坂には二十四の組問屋があった。彼らが扱う取り引き高は国の経済の根底をなす大商売だが、それを一手に輸送するのが菱垣廻船の組合だった。

木綿は、海上輸送で濡れたりすれば商品価値がなくなる取り扱いの難しい品であるが、中でもとりわけ、その年収獲された新綿で織り上げられた木綿には特別な意義があった。初物を喜ぶこの国の民の心理は揺るぎなく、時期もちょうど正月を控えていることから、毎年、一番船の木綿には高い値がつくのである。つまり、船の到着の速さがそのまま綿の価格に大きく影響する。そのため木綿問屋も廻船問屋も、船頭たちに航海技術のかぎりを尽くさせ、早い到着を奨励した。

「北風様は、もちろんどえらい数の木綿を請け負うが、兵庫津の名を揚げるために毎年、雇い船も出していなさる。さあ今年はどこの船が一番をとるやら」

船は浦賀に到着する順位を一番、二番と、番を付けて競うため新綿番船と呼ばれる。

元禄時代から長く続く伝統の行事だけに、船頭が番をとるのは大きな誉れであり、問屋も全国的に名を揚げる好機であった。もっとも、大坂から熊野灘を回って太平洋に出、東海を通過して江戸までの危険を伴う航海を、速さで競うからには命がけだ。ゆえに、勝てば名誉だけでなく相応の褒美が用意されている。番船の船頭には金一封、十二名程度の乗組員にも全員に着物など賞品が用意されたし、問屋には翌年の番船で積み荷の順が有利になる特権も与えられた。こうした結果、皆が競って、いかに速く航海するかに知恵をしぼっていくのは自然なりゆきで、これが廻船業の繁盛に大きく寄与し、ひいては海運の大いなる発展につながっているのだった。

おかげで昨今では、番船が出発する大坂の安治川河口には見物人がぎっしり押しかけ、ほとんどお祭り騒ぎの様相を呈するまでになっている。

「ここのところはずっと今津屋が一番をとって大きな顔だ。さて今年はどうなるやら」

「ねえねえ、安治川まで、見に行こうよ。丈吉さん。連れて行ってよ」

たかが木綿を輸送するだけになんとも遊び心いっぱいのこの行事、まさに上方の人間の、何事も祭りに変えてしまういちびり気質が作った伝統行事といえよう。

「そうだな。ほんじゃあ、お母ちゃんも、連れて行ってやるか」

聞くだけで小浪はわくわくした。陸の庶民は平和そのものであった。

海では松右衛門を乗せた船が江戸に向かっている。航海は順調だった。難儀といえば鳥羽の沖で激しい風雨に遭ったが、嵐も二度目だけに松右衛門の気も据わっていた。

帆をおろすため帆綱を引くのは寸分も気を抜くことのできない命がけの瞬間だ。ここは遠州灘。流されれば南には黒瀬川と呼ばれる日本海流が流れていて、下手をすれば大きく外洋に持って行かれる。北風の湯で聞いた、こんな時とるべき作業のあれこれがよみがえり、松右衛門は全身で反応した。それら一つ一つの経験が彼の大事な血肉となって積み重なり、頭と体に刻み込まれる。何度かこうした危機をくぐりぬけ、下田の燈台が見えた時は、言い表せない達成感が船に満ちる。いよいよ江戸だ――。松右衛門は、岬の高低をしっかりと目に刻んだ。

浦賀には海の関所である浦賀奉行所があり、江戸に入る船はここで荷物の検閲を受ける。積荷の種類、量を調べるとともに、武器などを運んでいないか入念に点検されるのである。

そしてようやく江戸へ到着。幾多の品を運んできた菱垣廻船は貨物船としての役目を終える。岸からは附船が何艘もやってきて御影屋の多聞(たもん)丸を曳航し、係留後には松右衛門ら水主は最後の仕事、艀(はしけ)を下ろして荷を積み替え、岸へと漕いで運んでいくのだ。

「あいつ、なかなかの漕ぎ手やのう」

船中央の高みから水主たちの働きぶりを見ていた平兵衛が船頭の佐之介に言った。艀は、誰も同じ漕ぎように見えて、艪を水面に挿し入れる速さ、角度に、微妙な技術の差が顕れる。

平兵衛が何を考えて彼の漕ぎっぷりを眺めているか、佐之介には予測がついたが何も言わずにおいた。もし推測が当たっているなら、彼もまたその考えに賛成だったからである。

そう、番船の勝負はまず艀を漕ぐのに屈強な漕ぎ手を用意するところから始まるのだ。

何も知らず、松右衛門は全身を汗で光らせ船を漕ぎ、荷を運んだ。苦役は褌(ふんどし)一丁の若い男の肉体を無駄なく筋肉だけでかたどっていく。それは男の平兵衛が見ても飽きず美しかった。

荷下ろしが終了すれば、次の仕事の荷積みまでは水主たちは自由であり、松右衛門は初めての江戸を見聞した。さすがに公方(くぼう)様のお膝元、その賑わいには驚嘆した。

これが江戸か。この国の行政の中心か。高砂を出なければ触れられなかった大きな世界に、彼は心底目を見開く感がした。

平兵衛は戻りの船には乗らず、問屋回りをすませて後の船で帰ることになっていた。御影屋の船でなくとも、北風の船が江戸の港にないということなどありえないため、どのようにしても兵庫津へ帰れるのだ。また、船自体、江戸からは積むものが少なく、たいてい五割から八割程度で戻る。松右衛門は、物流とは西へ東へ、必要とされるものが人の手から手へ、船でつながれ運ばれる大きな営みであるのを把握した。血液が止まればたちまち人の体が病むように、船が来なければ江戸百万の人口はたちまち飢えるだろう。そしてこの国の経済自体も病んで死ぬ。廻船乗りがいかに不可欠な仕事であるか、彼は江戸への航海を通じて目の当たりにした。そして列島の沿岸には、こうした船が日々慌ただしく運行して、白帆の影が絶えることなどないことも。

兵庫津は、新綿番船のことで浮き立っていた。

　番船や　枯れ伏す蘆（あし）も起き上がり

上島鬼貫（おにつら）が詠んだのは、彼自身が造り酒屋の出であっただけに、これより後に発足する新酒番船を見たのであろうか。だがふだんは枯れてしおれた浪華の岸辺の蘆までが起き上がって勝負を見守りたくなるほどの活気とは、どちらの番船にも見られる光景であったろう。

小浪は、御影屋の新綿番船の水主に松右衛門が選ばれたことを耳にした。思いがけなく山蔵が、小浪の帰りを待ち伏せした時、ぼやきの中で吐き出していったのだ。

「ちぇっ、みみっちい渡海船の水主に艪を握らせるなんぞ、菱垣廻船も落ちたもんや」

まだ日は高いのに泥酔していた。何かおもしろくなくて昼から飲んでいたのだろう。ぼやきの大半は自分が徳島や高松といった内海を行き来する船にしか乗せてもらえないことで、それこそ彼が蔑む渡海船と変わりない。何にせよ小浪は走って逃げた。

乱暴の始末を松右衛門が銭で収めて、もうかかわらないはずなのに、油断のない男だ。だが今回に限っては番船を楽しみにしている小浪にうれしい情報をくれたことになる。

「番船に乗り組むなんて、新米の松どんにしてみれば願ってもない幸運だよねえ。ここで名を挙げたなら、たいしたもんだわ」

「なんだよ小浪。お前がホの字なのはあの松右衛門とやらか」

丈吉にからかわれ、小浪は口を尖らせ言い返す。

「そうね。彼が船乗りじゃなかったらね」

きっと今頃、北風の湯の女中たちは大騒ぎだろう。番船は例年になく盛り上がっている。

安治川は浅くて大船は入れないため、代わりに艀が川を上って中之島から町なかへ進み、会所まで達して公儀の許可証である「切手」をもらってくることから始まる。白い封書に入ったおごそかな書類である。

会所は堂島川の岸に臨時にしつらえられた櫓（やぐら）だが、紅白の幔幕（まんまく）で賑々しく飾り立てられ、紋付（もんつき）袴（ばかま）で礼装した問屋の旦那衆が居並ぶ様は錦絵にもよく描かれた。むろん川には見物の舟が多数出ていて、その賑わいと言ったらない。艀はこれらとぶつかることなく、いかに早く会所に漕ぎ着け切手を手にするか、そしてふたたび舳先を返して沖の廻船へ持ち帰るかにかかっている。

兵庫津でも、番船の用意が調った。五百石積みの堂々たる菱垣廻船には船体を覆う賑々しい幔幕が張り巡らされ、艫には兵庫北風と描かれた旗が上がり、さらに赤いみごとな吹き流しが二本、風に煽られなびいていた。遠くからでも一目で新綿番船とわかる印である。

兵庫津から二艘、大坂は四艘。尼崎でも数を加え、安治川河口には総勢七艘もの船が並ぶことになっている。どの船も船首寄りの舷側にある表垣立（かきだつ）に「富士に鷹」や「二見浦に日の出」といったいめでたい柄の装飾板を飾り、華々しいことこの上ない。

このところ連勝の栄誉に輝く今津屋の船の幕は絵の組み合わせでも目を引いた。

「あれは何と読むんや。——葉っぱに矢が一本、ほんで、橋の絵に、文字で『レ』とは」

「葉で『は』、矢で『や』、橋で『はし』、れ。早や走れ、と書いてあるんじゃわ」

こんなところにも遊び心があり、うまい、と観客を喜ばせた。船首で赤い褌一丁になった水主らが腕組みをして立ち並ぶのも、歌舞伎役者顔負けの見栄であった。

「あそこに兄ぃがおる。桐太の兄ぃや。たのむでぇ、早う走ってくれやぁ？」

「しっ。お前は今津屋やのうて御影屋に雇われの身やろ。大きな声出すな」

興奮して思わず声を上げる若い源太を、同じ塩飽衆が肘でつついてたしなめる。とはいえ、兵庫津の船は兵庫津どうし、大坂勢に勝つことが目標だった。

何ヶ月も前から準備され艤装された菱垣廻船は、二艘並んで悠々と大坂めざして出港していった。岸では人々が、はたして一番はどの船かと、早くも賭けが始まるのだった。

大坂に着くと番船は一番澪から安治川橋まで入って舳先を並べて停泊し、艀を下ろす。川沿いに見物の船も多数集まり、飾り立てた七艘の大船が一列になって波に揺れるさまは壮観で、かつて瀬戸内でくりひろげられた名高い海戦もかくや、と思わせる壮麗さだ。

小浪は丈吉に連れられて母を伴い、安治川べりの岸の人混みの中に場所を確保した。

「えらい人出やねえ。こりゃ戎っさんよりすごいねえ」

兵庫津では柳原戎くらいしか賑わいを見たことがない母は、この比類なさにたまげている。

まずは艀の勝負である。番船はどの船も、艀を速く漕げる屈強の水主を送り込んでおり、御影屋の多聞丸には松右衛門の他に、塩飽から雇い入れた若い連中が四人、乗り込んでいた。それら若い水主が褌一丁で艀に乗り込み、合図を待っている。川岸の群衆も、視線を沖へと向けて静まる。なのに皆が息さえ殺す静寂を破り、母親が「あっ」と唐突な声を上げたから、小浪は顔をしかめて肘で小突いた。

だが母親の視線は沖ではなく、魂でも抜かれたように川の対岸に吸い寄せられているのだ。たどってみれば、同じく人混みの中に、こちらを見たまま静止している男がいた。

「それっ、出発や」

隣で丈吉が叫んだ。同時に周囲で派手な鳴り物が響き出し、人々が振り上げる腕や拳で視界が揺らぐ。廻船の前で待機していた艀が一斉に漕ぎ出したのだ。それに視線を奪われてしまい、ふたたび対岸を見た時には、群衆の中にさっきの男は見当たらなかった。

「母さん、知り合いでもいたの？」

尋ねると、母は首を振って視線を群衆へとそらし、小浪の問いには答えない。

「急げ急げ。負けるなーっ」

「もっと漕げもっと漕げ」

大声援以外、何も聞こえず耳に入らず、興奮に飲み込まれた小浪はすぐにそのことを忘れた。

群衆で埋まった岸を二つに分けて、川が一筋、流れる水面を、水しぶきをたて競っていく艀、艀。下帯一本、たくましい体つきの男たちは、全身全霊、漕いでいた。しかし大接戦で、どれがどの船の艀か、まったくわからない。会所の前まで激しい混戦だった。

すぐに白い封書に収まった切手を竹竿に挟み取り、舟を折り返させてくるが、今度は目が慣れ、漕ぎ手の形相や、隆々とした肩や腕の筋肉まで、大迫力で見て取れる。

「松どんが、いた。あそこ、赤い旗印が御影屋の艀や、一番や」

周囲に負けず、小浪は興奮の声をおさえることができなくなる。競争も応援も、すでに沸点に達している。河口で待機する親船にたどりつき轆轤で艀が引き上げられれば出港だ。廻船の上からは水主らが身を乗り出すようにして艀の帰りを待ちかねていた。

「あっ、赤が到着した。――あれが一番や」

見れば、それは誰より早く廻船の舷側に到着していた。松右衛門たちが、やったのだ。漕ぎ手を一人知っているだけで小浪は飛び上がるほどその勝利が嬉しかった。

多聞丸が艀を吊り上げ、同時に碇が巻き上げられる。続いて、帆が勇ましく上がる。他の船でも艀が到着し、遅れてなるまじと、するすると大きな帆が上がっていった。

「おお、白い帆が、咲いた咲いた」

「みごとなもんや。船は男の花やなあ」

それはまことに、青い海に描いた絢爛たる絵巻のようだ。どの帆も真白く大きく、たっぷりと風をはらんで膨らむ花だ。そして船首を東に向けて、次々、滑り出していく。

咲かせた白帆に風を受け、七艘の廻船は競い合いと見えない優雅さで出航していった。

居残る見物客は、青い空と海の間で小さくなっていく白帆の群れを遠眼鏡(とおめがね)で追い続ける者もある。ふと、小浪は母を見た。興奮が静まるにつれ、さっきの男は誰だったのかと気になってきた。日に焼けた顔の中年の男。それ以上には特徴をつかめなかった男だったが。

それに気づかず、まだ熱気の冷めない丈吉が、はぐれないようそっと小浪の手を引いた。

番船の勝負は海に出てからが本番だった。

兵庫津には、情報は逐一、大坂からの入り船によってもたらされてくる。

「川船の一番は御影屋がとったが、泉州沖の見張りによると、もう抜かれたらしい」

「一番は今津屋の貴和丸、二番は和泉屋の普賢丸やと」

御影屋の平兵衛は次々飛び込んでくる情報に苛立っていた。

「なんで艀が一番やったというのに、もう抜かれとるのじゃい」

庶民には遊びでも、勝負の結果に商売の運がかかっている彼は平静でいられない。最終結果は早飛脚が陸路を駆けて知らせてくることになっていた。飛脚の代金もばかにならないが、それだけ大坂の問屋たちがこの行事に力を入れている現れである。

結局、川船の切手争奪戦は御影屋が一番を取ったものの、本船では北風が雇った今津屋の貴和丸が浦賀に最初に到着し、御影屋は五番に終わった。平兵衛の落胆といったらなかった。

「しゃあない。来年またがんばってくれ。――お前ら、たのむで」

五番でも、番は番だ。気をとりなおし、平兵衛は佐之介らをじゅうぶんねぎらった。

「すまんことです、旦那」

船頭の佐之介は、常とは違う沈んだ声で、恐縮しながら定められた報酬を受け取った。だが平兵衛がいなくなるとがらりと態度も形相も変わり、部下たちを怒鳴り散らした。

「また今津屋の貴和丸にしてやられた。桐太のヤツ、三連覇して、飛ぶ鳥を落とす勢いや」

杯を一気に飲み干すのも当然で、北風の湯の大台所は彼らの祝勝騒ぎに独占されていた。褒賞もただごとでなく、その勢いを駆ってこれから皆で色町に繰り出すらしい。

「おう、行くぞ。みんな俺についてこいや」

中央で大笑いしているのが桐太であろう。今日も星の大柄を染めた羽織を着ていた。勝利の手柄は船頭のものというのに、まるで桐太一人が英雄と見紛うような気前のよさだ。いったい褒賞はどれだけ出たのか、おこぼれを狙ってついていく水主も少なくない。

「お前ら、策はないんか、策は」

彼らが出て行くのを待って佐之介が苦々しげに言った。どの船も選りすぐりの水主を乗り込ませているからにはどんぐりの背くらべ。出し抜くには何か策がなくては不可能だ。

「ええか。来年の番船までに、ええ知恵が浮かんだ者は俺に言うてこい」

貴和丸の連中が去ると大台所は妙にがらんとした。佐之介はふと松右衛門を見た。

「どうした、マツ。もう飲んでええぞ。お前はまああ、ようやった」

負けはしたが、艀が一番に切手をもぎとったのは彼が漕ぎ手であったからだ。佐之介は健闘を評価していた。なのに彼は好きな酒も飲まずぼんやり考えこみ、こんなことを言う。

「親方。千石船では、帆は、一枚しか揚げたらあかんのですか」

唐突な松右衛門の言葉に、佐之介は鳩が豆鉄砲をくらったような顔になる。普通、船とは巨大な一枚帆を揚げるものと決まっている。

「決まってるんですか?」

念を押されて、うっ、と佐之介は言葉に詰まった。

唐船や阿蘭陀船は三本の帆柱を持っている。日本の船だけが一本帆柱になったのは、特にお触れが出ているわけでも何でもなかった。幕府は西国大名たちの水軍力をおそれて五百石以上の「軍船」の建造を禁じたが、民間の船はこの範疇にはないし、船をよく知らない幕府の役人が商船の建造を細かく規定すべくもない。ただ、外洋に出てはならないという縛りだけは厳然として残っており、逆に言えばそのことは、荒れる外洋を走る必要がないため帆柱が一本しかない方が手間が楽、という理由にすぎない。

　思えば日本の海運は、この縛りの内で船を進化させねばならなかった。つまり、海洋国でありながら、造船技術の発展を国策によって封じ込められてしまったのである。そしてその不自由さの中で、最終形態として行き着いたのが一本帆柱の弁財船だ。これがもっとも日本の航海に適した形式であり、定着してしまえばこれ以外の形を考える必要性もなかった。今では誰も、これ以外の型を考えようとする者はいない。この松右衛門以外には。

「昔、まだこの国の船が呂宋（ルソン）やシャムに乗り出していった時、船には弥帆（やほ）や艫帆があったんです。横風の時はもちろん、逆風でも、本帆（ほんぽ）だけにたよらずこいつらで風を調整できる」

　それも北風の湯で船乗り同士の会話の中から得た知識だ。横から誰かが口を挟む。

「そないにようけ帆が立っていたら、唐船と間違われるやないけ」

　これはすぐに隣から紀兵衛が頭を叩いて黙らせた。新綿番船争いに朝鮮や中国の船が参加するわけがないのである。番船には、公認の幟を艫に上げることになっているが、大海原を行く他の一般の船と区別するための威厳あるその幟は、番船乗りの誇りでもあった。

「つまり、マツ、お前は複数の帆を揚げるというのか？」

　外野の騒ぎをよそに佐之介は訊いた。だが無礼講の場だけに口を開いたのは山蔵だった。

「ふん。帆を何枚も揚げて具合ええんならとっくに誰かがやっとるやないけ。そやのにそれをせんかったのは、やっぱり一本帆がよかったいうことやないか」

　それもまた的を射ているようで、皆はまた考えこむ。そして結局、先送りだ。

「まあ来年までまだ時間はある。もっと考えろ」

　佐之介が杯を差し出せば、松右衛門はやっと微笑み、一気に空けた。

小浪の家にも、新綿番船は少なからぬ影響をひきずった。数日後、帰宅すると母が、見慣れぬ大きな木箱を前に、呆けたように座り込んでいたことに始まる。

「お母ちゃん、それ、何？」

　小浪の声で母は夢からさめたように振り返り、なんでもない、という。なんでもないどころではない、それは木箱と言うよりどっしりとした小簞笥のようだ。枕三つ分を積み上げた大きさで、角、角に錆びた鉄の補強金具が嵌まっており、前面には錆びつきながらも頑丈そうな大きい錠前がかかっているし、全体の木目には塩を吹いたように薄白く粉がまとわりついていた。たった一間しかない家の中で、それはあまりにも嵩高く、ただものでない存在感を放っている。さらに何度もしつこく尋ねると、やっと母はしゃべり始めた。

　留守中、父のことを知る人が訪ねて来て、置いていったという。遠い越後から来た男で、こんな嵩高いものを港から風呂敷に包んで背負ってきたという。

「持って帰るには重いし、鍵もないし、今度は鍵を持ってくるから預けておく、って」

「はあ？　鍵がないって、ふざけないで。こんなの預けられても踏み台にもなりゃしない。いったい誰なの、その人。もしかして、番船の時、安治川の岸辺で見たあの人？」

　すぐには母は答えなかった。なお放心したように空（くう）を見つめ、溜め息をついた。

「もしかして、あれは、あの男の人は、お父ちゃんなの？」

　つい吐き出すように尋ねたが、母は小浪の目を見ず落ち着かず、ただ首を振る。

「違う。ただの昔の顔見知りや。それよりこれ、畳をめくって床下にしまいこもう」

「嘘でしょ。いくら邪魔やゆうても、そんなこと」

「ならどこに置いておくのさ、こんな狭い家で」

話をすり替えられた気がしたが、母が突き返すように言うから手伝うしかなかった。黴臭い床下が見えた時、何かよこしまなことをしている気分になった。とんだ新綿番船の置き土産だった。

それだけではない。附船屋の番頭亥助が、小浪を訪ねて網屋に来たのにも驚いた。

「お母ちゃんを訪ねて来た男がいるんだってな」

亥助は父と一緒に破船し北風に引き取られた男、と教えられてはいたが、小浪が北風に勤めていたときでさえ親しく口をきいたこともない。

「知りません。あたしは会ってないんだから」

強気で押し返すが、亥助は蟇蛙（ひきがえる）のような細い目をちろりとめぐらせ小浪を凝視する。

「近所のおかみさんにでも訊いてみな。商人風の男が背中に荷物を背負ってきたそうだ」

たしかに、おかみさんたちは彼を物売りと推量し、何を買ったと好奇心で訊いてきた。

「人探しなら、宿屋を調べて訪ねる方が早いんじゃないの？」

言い返すと亥助は黙った。彼の目的は客ではなく、あの小簞笥なのだろう。母があれを隠したのは、あるいはこの男に知られたくなかったからではないだろうか。

「亥助どん、いい機会だから教えて。お父ちゃんも乗ってた船が破船した時のこと」

逆に小浪は亥助に訊いた。ずっと知りたかったことである。亥助は、船では知工（ちく）（積荷や会計係）を務めたことから、船乗りをやめても陸で「岡廻り（おかまわ）」と言う銭勘定の仕事はできる。そのため今の仕事についたと聞く。そうでなければ、破船時の怪我で片足の悪い彼に、まともな職などなかっただろう。

「どうして北風の旦那様は、破船した船乗りにそんなに手厚くしてくださったの？」

「何の話や。そりゃあ北風の旦那様が、徳のあるお方やからじゃ」

答えながら、亥助はたじろぎ、後ずさる。質問しに来たのは自分なのに、という顔で。

「朝日丸が破船した時、浦手形をここへ持ってきたのは亥助どんなんですよね？」

遠い日本海で破船したなら、沿岸の浦奉行に届け出て検分を受け、海難事故を証明する浦手形を船主まで持ち帰らねばならない。その役割が亥助だったかと確認しただけだったのに、彼は項に矢でも刺さったように静止した。

何のことはない、浦手形というのは、何が原因でどういう結果になって責任はどこにあるかということを第三者によって明らかにされた公式の書類である。むろんお上が出すものだけに手間も時間もかかるが、破船は、乗っている船乗りの命をおびやかすだけでなく、船主、荷主に大損害を与えるため、船頭は自分に責任がないこと、不可抗力な悪天候のせいであったことを証明するため是が非でも必要な書類だった。でないと賠償責任がのしかかってくるからである。

「亥助どんが浦手形を持って帰って、破船はしかたなかったと説明したのでしょう？」

それは確認にすぎなかった。これを口火に亥助から、嵐の激しさを聞き、父がどう動いたかを伝えられれば断片でもよかったのだ。なのに亥助はそれだけのことを拒んだ。

「そんな昔のこと、もう忘れたわい」

そして早々に背を向け、帰ろうとする。小浪は逆に追いすがった。

「お母ちゃんを訪ねて来たのは誰？　もしかしてお父ちゃんなの？」

「知らんわい。知りたかったら、出雲……に行け」

「出雲？　出雲のどこ？」

出雲が破船した場所なら、港の名前だけでも知りたかった。しかし亥助は答えもせずに去って行く。足の悪い亥助だから追いかけることもできた。しかしそこまでだった。

「小浪さん、座敷で奥様がお呼びですよ」

子守のお光が呼びに来た。ふいに現れた小箪笥は、小浪の中で暗くどっしり居座った。

冬の瀬戸内は曇天も増えるが、船の姿は絶えることがない。沖には大小、幾多の船の白帆がいつもどおり行き交った。年の瀬を迎える時期はいっそうせわしないし、年が明ければほんの三日ばかりの静けさの後に、初荷で港は晴れやかに賑わう。ここは海ながら天下の幹線路で、昔も今も、どの季節にも輸送の動きがとだえることはないのだった。

冬場も、松右衛門は片手を超える回数、船に乗った。冬でも大都市江戸が積み荷を待っているからだ。一方で、日向(ひゅうが)や宇和島、芸州竹原というような港へ買積船での往復にも駆り出された。行くたび天候は彼を嘲(わら)うように変化し、帆の扱いで苦しませたし、移ろいやすい風の強弱もまた綱の操作で悩ませた。それでも経験が少しずつ彼に知恵を与え、技術を蓄えさせて進化させていった。常に潮の流れる方向や波の高さに注意を払い、それに対して加える人の力を考えていく。

春が近づいていることが実感されると、陸の上でも船に関わる人々はじっとしてはいない。海が暖かくなれば動き出す北前船や遠く蝦夷に向かう船に乗せていく物、買って帰る物、積みの算段をして先に注文を取って回るのもこの時期の仕事だ。

「おい、マツ、ついてこい」

何を思ったか御影屋平兵衛は、大坂や西宮といった近場への岡回りに松右衛門を伴った。

「なんじゃろ。平兵衛の旦那はマツを知工にでもするつもりかい」

彼の体格や力に注目していた者たちは、平兵衛の予想外の行動に面食らう。

「けっ。体がデカいから、旦那も番犬代わりに連れ回すだけやろ」

何につけ松右衛門を快く思わない山蔵などは、そんなふうに皮肉った。

平兵衛が特に何かを教えることはないが、問屋の店頭を回ればどういう品がどんな規模で動くか、松右衛門には実際の市場が把握できた。たとえばどこの港でも飛ぶように売れる灘目の酒は仕入値がいくらか、売り値の上限はどのあたりか。また、伊予の大洲で買い入れた蜜蠟や阿波から運ばれてきた藍玉が大坂ではどれほど上乗せされてさばかれるか。なるほど商売とはこういうことかと理解していくには何よりの現場であった。もしも自分が商人ならどうやって儲ければいいかを実地で学んだと言ってよい。

とはいえ、商売の仕組みがわかったとしても一介の水主の収入ときたら江戸廻りでせいぜい二両、一年に六往復できても十二両。腕のいい職人よりは多少上だが、とても商売を始める資本にはならない。そんな皮算用を知ってか知らずか、平兵衛は言った。

「若いうちは、なんでも体が覚えよる。よう見とくこっちゃ」

人には相性というものがあるが、平兵衛は自分でもそうとわからず松右衛門という規格はずれな若者が気に入ったようであった。丑三や山蔵が理由なく彼を嫌ったのと正反対に。

その一例か、あるとき平兵衛が巾着に入った碁石をくれた。囲碁を覚えて相手になれとの含みだろう。数日たって、松右衛門は碁盤を持って平兵衛の前に現れた。

「なんじゃい。もう覚えたか」

手ぐすねを引き、平兵衛はにやりと笑ったが、違っていた。普通の者は碁石をもらえばその打ち方を考えるが、松右衛門はただ碁盤の改良と工夫だけに頭をめぐらし続けたのだ。

「旦那、これは船が揺れても対局を続けられるよう考案した盤です」

二枚の板を蝶番で留めて繋いだ折りたたみ式の盤だった。小浪を通じて知り合った飾り職人の丈吉にたのんで作らせたもので、枡目が一つずつ彫られてへこんでおり、そこに丸い碁石をはめ込むようになっている。これなら少々の揺れでも石が落ちることはない。しかも丈吉はただ言われたとおり作るのでなく、碁盤の裏の四隅に亀、龍、朱雀、虎と四神の絵柄で台脚も付けていた。無駄に美麗に仕上げるのは職人の性かもしれない。

これはみごとな、と平兵衛も感嘆し、ためつすがめつ眺めている。むろん松右衛門も大満足だが、これができあがった時のことを思い出したら笑わずにいられなかった。

たいしたものだ、と心から褒めたのに、丈吉は当然顔。それが小憎らしくて、代金を手渡す時にちょっと悪戯をする気になった。掌にフナムシをしのばせ、銭と混ぜて手渡したのだ。そしたら彼は子供のようにギャアと声を上げ、虫も銭も放り出して飛び退いた。

――フナムシは美しくないから嫌いなんだよッ。

泣きそうな彼の顔に、松右衛門も小浪も大笑いした。落ち着くと彼は、櫛を取りだし乱れた鬢を整える伊達男ぶり。あれでは海に出るのはとてもじゃないが無理だったろう。

それでも職人の腕は確かだから、この後も松右衛門は小さな細工を思いついた時、しばしば彼に製作をたのむようになる。無粋な実用品の鉤輪などはその場で拒否されるものの、皆の目に留まる場で使う輪環ならとてつもなく美しく仕上げてよこす。何もそこまでしてくれなくていいと思うが、作るならとことん美しく、という彼の姿勢は嫌いではなかった。

平兵衛はさっそく次の船上でこれを使った。

「どうや、今年の番船は、勝算はあるか」

佐之介相手に碁を打ち始めると、話題はやはり番船のこと。昨年の悔しさを忘れていない佐之介には、こうして船主と語り合うのはまたとない機会だ。そこで、松右衛門を呼びつける。

「お前、あれを旦那に話してみろ」

事前に皆から意見をつのった中では、大胆ながらも松右衛門の提案がもっとも目新しかった。だがかなりの経費がかかるため、雇われ船頭の佐之介では決定できない。却下されて船主との関係がまずくなっては台なしだ。そこで佐之介は用心深くも、直接彼に言わせようというのだった。下々の水主なら、叱られればそれですむし、水主などいくらでもいるが船頭はそうはいかない。そうとは知らず松右衛門は願ってもない機会をもらい、弾んで、思うままを申し伝えた。

「旦那、番船は神がかった特別な船です。多聞丸の艤装に、少々、細工してもらえませんか」

旗や幟、幔幕を装備するについて、あと少し手を加えてほしいというのである。

どういうことだ。平兵衛は顔をしかめて佐之介と松右衛門の顔を見比べた。とんでもない策を聞かされようとは思いもせずに。


陸では似たような日が繰り返されていくばかりだが、時に西国からの参勤交代の船団が来れば日常は一変する。大名の水軍は大編成で航行してくるから、海上を通行する多数の民間船は早めに避けておかねばならず、動線を妨げられて厄介きわまりない。

その日、見張楼から響く声は、船団の通過ではなく、入津(にゅうしん)を知らせていた。

「伊予松山様の帆印。――ご入港ぉー。松平様のご入港ぉー」

すでに岸からも、葵の幔幕で飾り立てた重々しい船団がこちらに向かう姿が目に入っている。大名の船には軍船の名残はあったがこの時代には軍事訓練など廃れており、藩にとっても三年に一度の大航行そのものが一大事業であった。

伊予松山藩は、ここ兵庫津では網屋本家の佐左衛門(さざえもん)宅を浜本陣としている。兵庫は陸路でも西国街道沿いの宿駅であるため本陣が整備されているが、浜本陣はそれとは別に、西国大名と個々に結びついた海商が自分の邸宅を宿泊や休息に提供するものだった。むろんその対価に藩の物産を一手に扱う特権を与えられているわけだ。

分家に勤める小浪も数日前から駆り出され、手伝いは泊まり込みになっていた。

「そりゃもう旦那さんはじめ、みんなぴりぴりしてすごいのなんの。くたびれちゃった」

一行が網屋を出立（しゅったつ）していき、その片付けがすむと小浪らも解放されるが、あまりに張り詰めた勤務であったから、気分を変えたくて岡方にある小物町へと足を延ばしてみる。丈吉が先月から「椿屋」という小間物屋の一角に小さな工房を貸してもらっているのだった。

「いやあ、たいしたもんだったな。こっちでもえらい騒ぎだったぜ」

松山藩は兵庫津で上陸し陸路をとって江戸に向かう。今朝方、浜本陣で全容を整えた行列は、兵庫宿の総門にあたる七宮神社の東門から、下に下にと、威儀を正して出発していった。庶民が大勢見物に出たが、どうやら丈吉も、麗々しいその行列を見送ったらしい。

「前に見たが、お殿様の乗る艀、あれは贅沢なもんやなあ。あんな美しいもんが船とは」

浜では不要の見物は禁じられていたが、海上の大名行列を見ることができるのは兵庫津の民の特権といえる。船が嫌いな丈吉でさえ、ちゃっかり見に行き、漆にみごとな蒔絵までほどこされた殿様専用の小舟のことをしきりに褒めた。各大名家はそれぞれに専属の船大工や水主を抱えており、技術は棟梁の家にだけ代々伝えられる機密であるから、いっそう興味深いのだ。

それにしても、と小浪はやっと大名行列の余韻から覚め、店を見回す。

「総門に近い町方の真ん中に店があるなんて、ほんとに夢みたいね」

まだ借り物だ、と丈吉が首を振るのはわかっていたが、採光窓に面した作業台、半畳ほどの陳列台など、小さいがまぎれもなくそこは丈吉が根を下ろす場所だった。これまで気ままに自分の調子でやってきた彼は、特に将来にこれといった欲もなかったが、小浪と会って少し変わった。小浪は、丈吉の腕なら町の目抜きに店を持てばもっといい仕事が舞い込み、名も上がるだろう、と言うのである。いい仕事とはまさに丈吉が挑みたい美しい作品だ。彼も、そらそうだなと、心が動いた。山蔵のことがきっかけで二人の気持ちが近づいたのは、災難から出た福ともいえるなりゆきであろう。現に、これまで扱わなかった宝物のような工芸品が持ち込まれていた。小浪は早速それに気づいて目を留めた。角ごとに頑丈そうな金具が打たれ、大きな錠前をつけた四角い小箪笥。はて、どこかで似たようなものを見たような。

「ねえ丈さん。あれって、いったい何をするためのもの？　何かの備品？」

金具や取手の飾りは違うが、それは母が床下に隠したものと同じたぐいのものに違いない。

「あれか？　船箪笥（ふなだんす）だ。あれに飾りを付けてくれとたのまれている」

船箪笥――。食い入るように眺める小浪のために丈吉が説明を補った。船箪笥とは、文字通り船頭が航海に出るとき船に持ち込む金庫のようなもので、往来手形や書付書、仕切書に印鑑、お金など、命と同じくらい大切な重要品を入れるそうだ。そのため百年も変質もせず生き続けるような頑丈な材木で作られており、職人にとっては宝だという。

「もし海難事故に遭っても船と一緒に沈んだりしないよう、まっ先に海に投げ入れられるんだ。船が沈んでも、船箪笥は浮くように作られているから、拾い上げられる」

驚いた。ではうちの床下にあるあの小箪笥は、本来ならば陸にあるべきものではなく、船頭室に納められてずっと海上にあるべき設備だったのか。ということは、あれが陸にあるというのは、破船して海に投げこまれ、長いこと波間を漂って、そして拾い上げられたものということか。

そんなものが、なぜ、母のところに？　小浪は青くなった。鍵がないというが、みつかればまたその男はやってくるのか。そして亥助がどうやらあの船簞笥を探しているが――。

急に胸騒ぎがした。どうした、と丈吉が心配するのをおしとどめ、小浪は足早に家に向かった。浜本陣にお殿様が泊まった間、家は留守にし、母一人だった。何事もなかっただろうか。

はたして小浪の不安は適中した。

戸を開いたとたん目に飛び込んだのは、開け放たれた押し入れからひきずり出された衣類が散乱する中にぼんやり座りこんだ母の姿だった。これはまるで、家捜しされた後ではないか。

「母さん、いったいどうしたの、これ」

質素な暮らしで、家具もなければ金目のものなど何もない。泥棒に入るにもこんな昼日中、どうして母は声も上げなかったのだろう。

そして気づいた。泥棒でないから声を上げなかったのだ。

「ああ、小浪かい。帰ったんだね。……ちょっと捜し物をしてね」

この状況を前にすれば不自然すぎる言い訳だった。

「あの船簞笥でしょう？　あれを探しに来たのね？　亥助どんがやったの？」

亥助でないなら、越後の男が返せと言ってきたのか。いったいあの船簞笥は何なのだ。

「小浪、悪いけど休ませてもらうわ」

おもむろに言い、母は青ざめた顔で布団を取り出し寝込んでしまう。

どうしてだ、どうして何も話してくれない？　小浪はもどかしさに歯ぎしりしながらも、それ以上、母を追及することはできなくて、一人、散乱したものを片付ける。

母と亥助に何か秘密があるのはまちがいない。そしてあの船簞笥にも、何かある。それはこれまで何事もなく守られてきた秘密であろう。だが何かが動き出している。いったい何だ。

小浪の脳裏に、大きな荷物を背負って母を訪ねてきた男の姿が不気味に拡大されてゆらめいた。


ふたたび新綿番船の季節がめぐってきた。

あれ以降、母との間の空気がぎくしゃくして、小浪は今年は見物には出掛けなかった。その代わり兵庫津を出て行く船を岸から見物した。今年も北風の雇船として今津屋はじめ、御影屋、和泉屋と三艘に増えた船が出る。平兵衛は船大工町にある造船所で番船用の船を修理させており、この日が海に降ろす最初であった。浜にはもう人だかりができている。

ところが船囲いから水上に滑り降りた船を見て、見物人から素っ頓狂な声が上がった。

「なんやぁ、あの船。あれが御影屋の番船かい」

船が沖合に出て全貌が明らかになると、岸では大騒ぎになった。

「あんな船、見たことないぞ。唐人の船みたいやないか」

皆がざわつき始めるのも無理はなかった。船には、どの船にもある中央の本柱（もとばしら）の他に、小さいが前に一本、後ろにも一本、合計三本の帆柱が備わっていたのだ。

「弥帆にしてはちと大きいぞ。ええのか、あんな船でも」

「しかし多聞丸は艤装修理を終えたら番船に出ると登録されている」

岸での騒ぎをよそに、平兵衛は難しい顔をしたまま店の奥から一歩も出ずにいた。今年こそ勝つようにと船乗りたちの策を取り入れた。松右衛門の案は、帆を三枚にすることでしじゅう変わる風にもこまやかに対応でき、効率よく速度が上げられるというのだったが、平兵衛は違う視点でその策をよしとした。番船は戦いとはいえ祭のようなもの。戦国武将が戦場に出て目立つ緋色の母衣を背にして駆け回ったように、また、兜に奇抜な装飾をほどこしたように、戦う船にも、いやでも存在感を指し示す華美な飾りがあっていい。ここは技術より、見栄えであった。

——行け。おのれらは神輿に乗るんやと思って行ってこい。

華々しい姿の船が注目を浴びれば、一番でなくとも話題にはなる。今回の平兵衛の魂胆はそこにあった。とはいえ結果が出るまで、人はさんざん質問するだろう。それが煩わしかった。

主人の見送りがないまま、多聞丸は他の廻船と舳先を並べて、悠々、兵庫津を出航していった。

桐太が率いる今津屋の船のように気の利いた垂れ幕はないが、奇抜な三本の帆柱は、住吉大社の幟を掲げただけで華々しく、皆の注目を集めずにはいなかった。浪華津の見物衆は大喝采でこれを迎えた。御影屋の派手好み、というのはこの時から浸透した。

番船競争の火ぶたが切って落とされるのは翌日午前だが、午後には早くも切手争いの結果が兵庫津に知らされてきた。しかし平兵衛はなおも店の中から出ないでいる。

「旦那。今年も安治川の艀争いでは御影屋が一番を取ったそうで」

川での切手争いは、またしても松右衛門ら若い者が漕ぎ抜いた。しかし平兵衛は喜ばない。

「勝負は浦賀に着いてのことや」

もとより彼の目的は番争いにはないのである。あの派手派手しい船を見て、江戸の問屋衆の度肝を抜ければそれでいい。次からは「あの三本柱の船の主」として大いに宣伝効果があるはずだ。

しかし松右衛門の本意はそんなことにはない。あくまで早く江戸に着くための工夫であり、航海時間を縮めるための改良であったから、他にも提案したいことはあった。

「大将、遠州灘からは、陸伝いに行くより直線距離を走った方が断然、早いんとちゃいますか」

日本では、沿岸づたいに陸を見ながら航行する「地乗り」という沿岸航海が主なのである。たとえば瀬戸内ではたえず陸地が見えて、針路も自分の居場所も目で確かめられる。港から港へ伝っていけば安全で、もっとも確実な航法といえよう。しかしそれだと、くねくねと出入りの多い湾や入江をなぞっていくため、どうしても遠回りになる。一日でも早く江戸へ到着する必要にせまられる番船では、航路の無駄を省くことが時間短縮の肝だった。ゆえに、次の岬がわかっているなら直進するのが早いとは、誰でもわかることだった。

「沖乗りをせえ、ゆうんかい」

勝つための策を皆からつのると言いながら、航法となると、佐之介は船頭としての自負から、新しい意見を受け付けなかった。松右衛門の策が正論とわかっても、危険が大きすぎる。なにしろ「沖乗り」となると、鳥羽で天気を見定めた後は、途上どこにも寄らず一気に外海を横切っていくわけだから、目印はどこにもなく、一つ間違えばまったく違う方向に突っ走っていたということもありうるだろう。

「あかん。そんなもん、旦那に迷惑はかけられんやないか」

佐之介は却下した。本来、積み荷を安全に運ぶことが廻船の目的だ。帆柱だけでも平兵衛には寛大に応じてもらったばかりなのに、これ以上冒険はできないというのが彼の答えだ。

松右衛門はがっかりした。これがどれほど大勢の人間に利便性をもたらすかもしれないのに。冒険なしに、新しい道はみいだせるのか。ああ、自分が船頭であったなら。――全権をまかされる船頭でありさえすれば、誰をはばかることなくこの手で新しい道を拓くことができるのに。平兵衛や佐之介が考えるような、船を単なる海上の飾りとするのではなく、船こそが人をゆたかにするために働く大きな手段であると、示せるものを。

拳を開き、じっとみつめる。それは松右衛門に初めて湧いた出世欲であったかもしれない。

ともあれ、こうした過程を経て、番船はすでに、浦賀水道をめざして進んでいた。

着順が江戸から陸路で大坂にもたらされるのには六日かかる。兵庫に伝わるのはその後だ。

「来た来た来た、飛脚が、来たでぇっ」

物見櫓から西国街道を駆けてくる飛脚の姿を認めた者が、大声で報せをもたらした。

例によって平兵衛は店からは出ず、奥で煙草をふかしていた。最悪の結果であってもしょげてはいけない。たいしたことはないと平常心で皆を帰さねばならない。自分にこんな気苦労をさせる船乗りたちが平兵衛は心の底から憎かったが、なんとか静かに報せを待った。

北風から来た使いの者は、まろぶように店の敷居を踏み越えるや、満面の笑みで告げた。

「旦那、おめでとうございます、御影屋、多聞丸がとりましたでっ。一番、一番でっせ」

うおお、と店の衆はいっせいに歓声を上げた。平兵衛は、ふらついた。

「やりおったんか。……あのけったいな船が、一番とったんか」

兵庫津は、御影屋多聞丸の快挙に沸き立った。


北風の湯では、さっぱり汗を流した男たちが、あの航海を振り返る話に花を咲かせている。他の者もみな武勇伝を聞きたがったから、多聞丸の船乗りはあちこちでひっぱりだこだ。

「そやけど、一番を取ったはええが、御影屋の船は〝訓告〟らしいで」

「なんやったんや、その訓告とやら。何かしでかして注意を受けた、っちゅうことやろ」

「決まりでは、灯明台の鼻を回れば番船は帆を下ろさなあかん。それを無視したんやと」

皆は番船の最終航路を頭に浮かべた。船は、浦賀に達すれば北上し、鼻と呼ばれる千代崎(ちよざき)の突端にある灯明台が見えたら針路を北西に変えて港をめざす。ただ、港は奥深くて大型船は入りにくいため、入り口にあたる灯明台に見張り船が置かれてあり、そこが実質の終着点となっていた。番船はこの灯明台の鼻を回ったところで帆を下げることになっており、見張り船に切手を渡すことで順位が確定するしくみであった。夜に日を継いで疾走してきた番船は帆をおろすことで失速し、激しい競争を終える。そしてまるで番船を労るように附船が近づいてきて、ゆるゆる船番所前まで曳いていってくれるのだった。

「ところが多聞丸のヤツ、止まらんかったんや」

本帆はおろした。しかし残りの補助帆がなおも風を受けていた。多聞丸の速度は衰えず、附船が来ても自力で湾内深く進んでいってしまったというのである。しかも間の悪いことに、競い合っていた今津屋の貴和丸がほんの少し前に灯明台に到着していた。規則どおり帆をおろし惰性でゆるく走っているところを、御影屋の多聞丸がぶっちぎる恰好で入港してしまったのだった。

これには港の見物人たちが大喜び。大喝采で快走を讃えやまなかった。彼らの目にはどう見ても三本柱の華やかな船が一番だったのだ。

しかしおさまらないのは貴和丸だ。規則は規則。先に灯明台の見張りに切手を渡したのは自分たちである。なのに多聞丸は港まで入り込んで直接番所に手渡してしまい、役人たちもうっかりこのみごとな帆走に一番切手を渡してしまった。貴和丸はじめ今津屋と契約していた問屋たちが抗議に押しかけ、それを、あふれかえる見物客が多聞丸を勝者として庇い、番所の前はあたかも暴動のような騒ぎになった。

「そらもうえらいこっちゃ。けど、おさむらいは自分の間違いを認めたりはせえへんからな。多聞丸があくまで一番や。貴和丸はおさまらん。そこで訓告となったわけや」

なるほど、同じ兵庫津の廻船どうし、禍根を残すことにならねばよいがと皆は案じる。

しかしともかく、御影屋は狂喜して褒美もはずみ、船頭の佐之介はもちろん、水主にいたるまでが大出世。松右衛門も次の航海では片表（副操船士）をやらせてやろうと言われている。なのに当の本人は浮かれずにいた。彼としては、三本の帆柱は何も飾りのために立てたのではない。あくまで帆走の効率化が目的だった。ところが航海中、雨では帆が一枚でも苦労するのに、二枚増えれば手間が三倍になり、手間取ればすぐには船が停まらず訓告を受けることになってしまった。来年は真似をする船も出てくるだろうが、安定性を考えれば多檣船は問題が多い。やはり日本の船には一本柱が適しているのだろう。では改良点はどこだ。何をどうすればいい？

「どうした、マツ、飲んどるんか？」

皆が祝杯に酔う中、一人むずかしい顔をしている松右衛門に気づいて、佐之介が声をかけた。

「いや、大将、考えたんですけど、やっぱり決め手は『帆』ですかね。帆の材質やと思います」

風力で走る帆船である限り、船の走行は風の力を最大限に使う帆にかかっている。数ではないと今回でわかった。改良をほどこすべきは、巨大な面積のあの一枚の帆そのものではないのか。

「なんや、今の帆の材質ではあかん、ゆうのか」

はい、とうなずき、松右衛門は考えを口にした。

この時代の帆は「刺し帆」といって、薄い生地の木綿を二枚重ね、それを太い四子糸で刺して縫い合わせたものだ。おそろしく手間がかかる割にはさほど強度がなく、嵐に遭えばてきめん縫い目から破れ、穴があいて使い物にならなくなるのもしばしばだ。今回もまた、さんざんに風を受けて前へ後ろへはためいたせいでほつれができ、帆全体の修理が必要だった。

「板のように堅くて雨に強く、それでいて布の扱いやすさを失わない、そんな帆でないと」

「けっ。そんな幻みたいな帆があるかいな」

その通りだ。幻だから、考えれば考えるほど松右衛門は好きな酒を飲む気にもなれないのだ。

「マツ、おまえ、船のことを考えとる時は、さっぱりガキじゃのう」

佐之介は松右衛門になみなみと酒を注いだ。すでにしたたかに美酒に酔っている。

「かまわん。おまえはようやった。さあ飲め飲め」

すでに呂律も回らなくなって、酒だけ注ぐと浮かれた足取りで去って行く。

そこへ招きもしない客がやってきた。

「お前かい。松右衛門ゆうんは」

あたりにかまわず正面に仁王立ち。松右衛門を見下ろす目はやはり酔っている。だがそれは浮かれ酒ではなく、どうやら負の酒だ。隣にいた紀兵衛が気づいて正座しなおす。

「桐太の兄貴、このたびはえらいことになりまして……」

「おまえは黙っとれ紀兵衛。俺は今、この松右衛門と話しよる」

一喝されて紀兵衛は黙った。これが桐太か。目を上げると、思ったより線の細い男がいた。皆が祭り上げるとおり、その目力には並でない強さが窺える。松右衛門は黙っていた。

浦賀の灯明台に先に着いていながら松右衛門らに追い越され、規則破りで一番をかっさらわれた不満と恨みを言いに来たのか。だがそれならなぜ佐之介や他の上級水主ではなく自分に？

周囲では何が始まるのかと二人を見守っている。

だが何も始まらなかった。

「今津屋の桐太や。覚えといてくれや」

それだけ言って、彼は松右衛門をもう一度睨みつけると立ち去った。

同じ出身地の源太が慌てて彼を追いかけて行った。紀兵衛は気まずく居残っている。敬愛する桐太のことは気になるが、さりとて自分は一番をとった御影屋の側だという自覚はあるらしい。

「星にしてはそっけないのう」

松右衛門は急に酒がまずくなった気がして杯を投げ出した。そこへ、平兵衛から使いが来た。

「旦那さんがお呼びじゃ。今から北風さまのところへ行かれるらしい」

えっ、と驚きで酔いが冷める。一番をとったおかげで御影屋の積荷には値打ちが増し、木綿問屋は儲かり、船の名も高まった。おそらく北風家からもお褒めがあるのだろう。とはいえ平兵衛一人が行くならいいが、末端の水主が連れられて行く場所ではない。

「奥様のところへ行くのじゃ。北風さまの奥様が高砂の出やというのは知ってるな？」

平兵衛は無表情に言った。今回の快挙が奥様のお耳にも届き、ぜひ同郷の水主に会ってみたい、と思われたそうだ。膝丈までしかない労働着のまま北風の座敷に座るのは気が引けたが、着物はこれしかない。待つほどもなく、奥からほっそりと上品な人が現れた。

「お前様が松右衛門さんですか。このたびはみごとな活躍でしたね」

穏やかな口ぶりだった。着物の裾をおひきずりにした、見るからに上流の女性を、松右衛門は初めて間近に見る。ついでに言えばその膝に抱かれている白い狆（ちん）も初めて見た。最初、甲高い声で吠えて松右衛門を脅したが、撫でてやると逆にすり寄ってきて離れなくなり彼の着物の膝は毛だらけになった。話し相手をする平兵衛の背後で彼のような大きななりの男が犬の相手をしている図はどうにも滑稽だったが、彼女の記憶に残る高砂の景色について、質問されれば言葉少ないながらも懸命に答えた。十七で北風に嫁いできて八年になる茂世（もよ）は松右衛門より四つほど年上になり、子に恵まれないせいか、年々故郷が恋しく思われるのであろうと窺えた。

「船乗りの世界では同郷の者どうし、堅い結束があるそうですね」

「はあ。塩飽なら塩飽、熊野なら熊野、同郷だと裏切ることがなく『一統』が組めます」

平兵衛が答えたが、茂世は「一統」という言葉をつぶやき返し、松右衛門に微笑んだ。

「では我々も、高砂一統とやらを組もうではありませんか」

子供のような提案に、平兵衛も松右衛門も苦笑しながら顔を見合わす。

「お前様の今後の活躍しだいで、もっと高砂からはたくさんの人材が兵庫津に来ますよ?」

なるほど港町はその地に生え抜きで棲み着いた者よりも、他所からやってきた者で構成されてたえず入れ替わる。彼女は自分の周辺に小さな故郷を作りたいのかも知れない。

「しっかりお励みなされ。故郷の人々のためにもね。楽しみにしていますよ」

故郷のために。——そんな発想は松右衛門にはなかったから目を見開く思いがした。言われてみると自分も番船勝負で名を揚げ御影屋に足場ができた。弟の徳兵衛を呼び寄せ雇ってもらうくらいはできるかもしれない。ありがとうございます、心から頭を下げた。

「この後、私が仲人になってお世話した若いご夫婦も来てくれるのですよ」

女中が次の客の到来を知らせてきたので、平兵衛にならって松右衛門も頭を下げる。どうやら奥様にも狆にも気に入られたらしく、茂世からは紅絹の縮緬を一反、いただいた。男に紅絹とは高価すぎて派手派手しいが、無一物の裸一貫で働く船乗りにとってはそれが正装となる一本褌を作る贅沢な反物だ。普通の下着とは意味が違う。押しいただくように受け取り、座敷を出た。

入れ違いに、廊下で次の客がやってくるのに出会った。役者のようにのっぺりとした若旦那ふうの男で、背後からうつむきがちについてくるのは女房だろう。先を行く平兵衛に続き、松右衛門は軽く会釈をして過ぎようとした。その時、女の方が小さく声を上げたのがわかった。つられて女を見た松右衛門は息を飲んだ。

互いの目に浮かぶ驚き。――それは、千鳥だった。

子供っぽかった頬のあたりがすっかり大人びて、結い上げた髷に気品すら漂っている。

もう一度、隣を行きすぎる若旦那を見、そして千鳥を見比べた。

兵庫津浜本陣網屋の分家の次男と高砂の大蔵元カネ汐の跡取り娘。なるほどそれ以上の良縁はないだろう。年の頃も釣り合って、似合いの夫婦、とはこのことか。今日は二人して茂世に挨拶に来たというところらしい。

千鳥の瞳が激しく動揺しているのを見て取ったが、松右衛門は立ち止まってはならない。何も言ってはならない。本来なら自分はこんなところに出入りできる身分ではなく、その若旦那のような粋な着物どころか一枚きりの労働着を着たままなのだ。せめて卑屈にならず、長身の胸をそらして頭だけ下げた。あの日行けなかった理由を詫びようにも、千鳥の方ではもう知る気もないだろう。言ったところで意味がない。そのように立派な身分の婿を得た今は。

座敷では若旦那の姿を認めて狆がけたたましく吠えた。千鳥が夢から覚めたようにお辞儀を返し、慌てて男の後を追う。そして二人、すれ違って、行きすぎた。


小浪が長屋から松右衛門を送り出したのは暮れ六つの鐘が鳴り終わるのを聞いた後で、もうどの家も火を灯す時刻だった。床下にあんなものがある限り、家にまた誰かやってくるのかと怯えねばならず、戸締まりを厳重にしたいと思っていたところ、朝方、町ですれ違って立ち話をした松右衛門が、それならちょいと細工をしてやろうと言ってくれたのだ。番船の評判高い彼が来てくれるなど破格のことに思えたが、彼は気安くやって来て、つっかい棒だけでは激しく叩けば振動で簡単にはずれてしまうところ、ほんの一工夫、金輪を付けて固定するという技を施した。

「はあー。さすがやな。松どん、こういうの考えさせたら右に出る者ないって、ほんまやな」

母娘して感心して眺めた後、心ばかり、夕飯でねぎらった。彼はひたすら白飯だけを食べる豪快さで、女二人の食卓ではそれがすべてという酒も簡単に空にした。山蔵の一件以来、出会えば気軽に言葉を交わす仲にはなっていたが、彼のような知り合いがいるのはたのもしい限りだった。

「なんやったら今夜、泊まっていってもろたらどない？」

浮かれて母がそんなことを言い出すから、二人同時に、慌てて立って長屋の外へ出た。母には言っていないが、丈吉から、長屋の隣へ、用心のため親子で引っ越してこないかと言われている。

「松どん、ありがと。そこまで送っていく」

「そんなんかまわん。おふくろさんのとこへ帰っとけ」

とは言いながら、松右衛門もそれ以上は小浪を押し返さず、一緒に歩いた。小浪は丈吉の提案にまだ迷っていて、ふと、松右衛門のような隣人がいたらと思うのだが、年中海に出ている彼には家など不要であったし、それに、何より、丈吉が気を悪くする。あのひねくれた口調で、そうかいそうかいと袖組みをしてそっぽを向くのが目に浮かんだ。小浪にはそういう丈吉もいとおしく思えるのだ。といってそれを相談するには、どうも松右衛門が元気がないように見える。

「なあ。ほんまは泊まっていきたかったん？」

からかったら、あほか、と松右衛門は顔をそらした。

「実は、これから酒を飲みに行くか、迷ってるんや」

「なんやそんなこと。飲んだらええやん」

笑って返すと、どうしたことだ、彼は肩を落とし、うつむいている。小浪はどないしたん、と訊くのも野暮なようで黙ったが、松右衛門から口を開いた。

「こうやって一緒に歩いてくれるのはありがたい。……今夜は一人になるんが怖いようで」

本当に、いったいどうしたのだ。

「ええよ、ずっと一緒に歩いたげるよ。一緒に飲みにはよう行かんけど」

そう言って笑い飛ばそうとしたら、小浪はいきなり抱きすくめられた。

「松どん、ちょっと、……」

いつもなら強気で突き返すのを、そうしなかったのは、あまりに彼がたよりなく力なく、病んでしおれた人のようだったからだ。それは抱きしめられるというより寄りかかられたという具合で、小浪はただ驚きで受け止め、路地の奥の板塀に背中ごと押しつけられた。こんな憂いに満ちた松右衛門なんて、——そうだ、忘れ物の扇子を届けてやった時にもそんな顔を見た。

彼には何か深い心の傷があるのだろう。そう思ったら、しばらくの間、こうしてやっていてもいいと思った。欲情でそうするのではない、彼は今、母親に求めるような肌のぬくもりを求めるだけだ。ぽんぽん、と背中を優しく叩いてやった。よしよし、かわいそうに、と。

すると瞬間、松右衛門が腕に力を込めて小浪を抱きしめた。それも嘆きか、不安からか。それでも彼のなすがままにさせていたら、そっと小浪の顔を持ち上げ唇を重ねてきた。

声を上げるまもなかった。松右衛門の動きは優しくて悲しくて、一瞬、頭がくらっとした。

ああ、だがここからは母親の代理などではないだろう。小浪は目を開けて松右衛門を見た。彼も何かを間違えている。自分ではない。

とっさに小浪は彼の胸を押し返し、きっぱり顔をそむけた。

「松どん、あかんねん。——うちは」

船乗りはあかんねん、と続けようとしたのに、思いがけず小浪の胸をよぎったのは丈吉だった。

ええのや俺は海は嫌いや。そう言いながら悲しげに背を向ける丈吉。彼を傷つけたくなかった。

はっと我に返って、松右衛門が体を離す。そこにも小浪をみつめてうろたえている悲しげな顔がある。いったい男たちはどうしてこうも傷つきやすいのだろう。

「すまん、小浪どん。俺、あんたを」

「ええねん。行って、松どん。うち、あんたにお酒を出し過ぎたみたいやね」

男心を傷つけてしまったことは自覚していた。小浪は背を向ける。もう一度、すまん、と言って去って行く松右衛門の足音が、後悔や自己嫌悪という感情でどろどろに彼をひきずるのが伝わってきた。小浪は初めて目を閉じた。それでも女は、母のままでいてやることはできない。

そんなことがあった翌朝のことだったから、丈吉が、ちょっと手を貸してくれと小浪を呼びに来た時、まさか松右衛門にまつわることとは考えもしなかった。

「今朝、長屋の前に血まみれの頭で倒れている男を発見してみれば、なんと松どんなんや」

とりあえず家に引き入れてみたものの、どうしていいかわからず小浪を呼びに来たらしい。独り身で気楽に暮らしてきた彼も、今では小浪が何かとたよれる存在なのだ。

「喧嘩でもしたんか、額が二寸ほども深く割れて血糊がべったり付いとるんや」

血を見るのが怖くて丈吉は苦い顔だが、それなら傷の手当てが先だろう。ともかく駆けつけた。

小浪がやって来たのを見て松右衛門は慌て、

「すまん、いや、なんでもないんや。ちょっとふらついて壁で頭を打ったんや。俺も阿呆やな」

呂律の回らない口で言い訳したものの、すぐには起き上がれずに顔を横にそむけた。昨夜のことは、彼も忘れていないのだ。

それにしてもひどい傷だ。山蔵あたりが闇討ちでもしたのだろうか。としたらあの時、小浪が押し返しさえしなければ、こんなことにはならなかったのではないか。

だが丈吉が、そっと小浪を外に連れ出して言うには、松右衛門が相当に酒臭いことから、かなり酔った上での不運な怪我というのは本当らしかった。丈吉が指さす壁を見上げれば血がべったりと付着している。どうやら彼は曲がり角を見誤ったようだ。

「すまん。酒に強いのが仇になって、いくら飲んでも酔わんし、つらいばかりや」

どんなつらいことがあったというのか、小浪とのことか、いや、それまでにすでに彼は子供のようにしおれていたではないか。小浪は今さらながら訊きたくなった。それでも、酔っている間は平気だった痛みが、覚めてズキズキ彼をさいなむのを見れば、そっとしておくほかはない。ふられてやがるんだぜ、と丈吉が気の毒そうに小指を立てたが、そうだとしても慰めようもない。

「ごめんやで、松どん。うちがあんたのお袋さんやったらよかったけど」

枕元で小浪が言うと、松右衛門は慌てて押し止め、空元気を出す。

「いや、謝るのは俺や。あんたの優しさについ甘えた。すまんかった」

酔った勢いのことだと酒のせいにもできただろうに、無愛想で知られる小浪を優しいと言った。そのことが小浪にはうれしかった。彼には小浪のいたわりが伝わっていたのだ。

「俺はどうせ海でしか生きられん。早く海に帰れということやな」

自嘲するように言い、松右衛門は面目なさげに立ち上がる。

昨夜はあれからしこたま飲んだ。星もないのに、よみがえるのはあの夏の月夜の記憶ばかり。波が金色にさざめく海へ、千鳥を乗せて漕ぎ出して、高鳴る鼓動の中で抱き寄せた時の甘い香りが、くりかえし思い出されては苦しんだ。あれが夢なら、自分にはもったいない夢だった。千鳥の吐息が胸をくすぐる。だがもう、彼女はあの月のように手の届かない人になってしまった。わかっているのに、お面の下の笑顔が消えてくれない。いくら飲んでも頭が冴えて酔えず、なのに体は酒が回ってふらついて、結局こんな大怪我をした。

それでも体の痛みより胸の中が痛すぎる。たった一人の女のためにこれだけ傷ついている事実が、あらためて自分の弱さを思い知らせた。これほど千鳥が大きな存在ならばなぜあのとき——。

いや、あのとき自分に何ができたというのか。会いたかった。駆け出したかった。なのに囚われの壁は冷たく固く、体も心も自由に解き放たれることはなかった。あれは、千鳥と自分の立場をさえぎる壁だったか。親をも案じさせる乱暴者と町の有力者の娘では、逢瀬を重ねたところで未来はなく、互いに傷つけあうだけだったろう。だからいいのだ。あれでいいのだ。夫の後を歩いて行く人妻となった彼女の姿を、これで千回、封じ込める。

「怪我の養生には滋養をつけなきゃね。松どん、また今晩、食べに来る？」

一人が怖いと肩を細めた彼を思い出し、小浪は言う。隣で丈吉がむっと肩を怒らせた。

「丈さん、うち、ここに引っ越すわ。今晩、ここでみんなで一緒に食べよう？」

言ってから、小浪は丈吉の顔を覗いたが、ありがとよ、と先に松右衛門に礼を言われてしまえばもう遅い。千鳥の幻を重ねて間違いを起こすところだったというのに、毅然とはねのけてくれた小浪に、松右衛門は心から敬意を抱いた。ふらふらと帰っていく彼を睨みながらも、丈吉は駄目だとは言わなかった。それどころか、突然、小浪の気を引くようにこんなことを言い出す。

「あの船箪笥の鍵を作ってやろうか」

「そんなことできるの？」

錆びて、鍵穴がどこかもわからない錠前だ。小浪が目を輝かせると、彼も自信たっぷりに頷き、「船に乗る以外なら何でもできるぜ。錠前を磨いて蠟で固めて型をとれば、おれにとっちゃ何も難しいこっちゃない」

そんなことができるなら持ち主もとうにやっていただろうし、できないからこそ開かないまま今日までできたのであろう。しかし丈吉は自分ならできると言うのである。つまりそれは、それ以上小浪が松右衛門に傾かないよう引き戻すための、彼の見栄なのだ。彼の子供じみた競争心がおかしいやら可愛いやら、小浪は彼を少々持ち上げてやることにする。

「丈さん、ひょろっと力のないやさ男と思っていたのに、なんて心強いの」

一言で上機嫌になるのだから、丈吉も単純だ。だが正味、彼なら年中ずっと一緒にいてくれる。心が定まり、小浪は自分でもにこやかになる。そして母を納得させて、床下を開けた。

「こりゃあ立派な船簞笥じゃないか。欅(けやき)の銘木だな。そりゃ百年は保(も)つやろう」

長い歳月をさすらった証であろうか、上面は漆(うるし)が剝げ落ち木目がむき出しになっているものの、錆び付きながらも錠前はびくとも動く気配がなかった。丈吉は、背面、底面と見回し、しきりと感心した。どれだけ長く波間を漂っていたか、あるいは打ち上げられて浜の風雨にさらされていたか、船簞笥が語ることはないが、もの作りを生計(たつき)とする者にとっては、その堅牢な造りに胸を打たれ、作った職人への敬意に満たされるものらしい。

「こいつはまだまだじゅうぶん役目が務まるぜ。誰か船頭さんに使ってもらっちゃどうかな」

彼の提案には小浪も異存はないが、さりとて誰がほしがるだろう。雇われの船頭では分不相応だし、といってすでに沖船頭として独立しているならもう持っているはず。それでも椿屋の店頭に出せば誰か必要な人の目に留まるだろうか。とりあえず修理をすることで、落ち着いた。

「待っておくれ、丈さん。その簞笥、中身の方も大事なんだ」

ふいに母が口を開いた。

「小浪は知らない方がいいと思って黙ってきたけど、丈さん、小浪を守ってくれるかい？」

そんな真剣な母の顔は初めて見た。小浪は固唾を呑む。簞笥の鍵は丈吉が、中身については母自身が、ようやく開こうとしている。丈吉を見れば、彼も小浪をみつめ返す。言葉はなかったが彼が小浪とともにこの船簞笥をまるごと引き受けようとの意志が窺えた。

「小浪も察しているとおり、これは破船した朝日丸の船簞笥だよ」

観念したように母が吐き出した。驚くべきことだが、破船から何年もたって、北前の海岸のとある町で漁師が拾い上げ、古道具屋に持ち込まれたというのである。

そもそも船簞笥とは、船にとって一番大事なものを保管するための道具だから、最悪の事態を想定して堅牢に作られている。浸水しても中身が濡れず、火に遭ったとしても燃えたりせず、さらに、そう簡単に抽斗が開かないようさまざまな工夫が凝らされている。いわば日本の職人たちの、最高水準の高度な技が尽くされた造作物といえよう。

「これを持って来たのは、おまえの腹ちがいの兄にあたる権左（ごんざ）だよ」

自分に兄がいたのか。自分より先に生まれた父の子が。

父は破船の後に小さな船具屋を始め、今は彼が受け継いだそうだ。母や自分たちのことも忘れて、そんな勝手な。小浪は怒りと悲しみで胸が破裂しそうになる。隣で丈吉がそっと肩を叩いてくれなければ、声に出して罵っていたかも知れない。

「許してやっておくれ。もともと、先にあっちにかみさんがいた人なんだよ」

長い歳月を費やして運命を納得し続けた結果なのか、母の言葉に恨みはなかった。癒やしたのは兵庫津での穏やかな暮らしのおかげであり、北風家の手厚い処遇の結果だった。遠く離れた父もまた、地獄のような破船の後に、もうやめましょか、と嘆きの唄を歌って陸に上がったのであろう。店を構える元手は、やはり北風様の温情だったはずだ。

彼が人生最後の見納めにと、越後から息子と上方見物の船に乗ったのは、船簞笥を亥助にくれてやるためでもあったらしい。兵庫津へは顔向けできないことから小浪母子を訪ねるつもりはなかったが、偶然、安治川で二人を見かけて、気が変わった。鍵がみつかるまではただの置物にすぎないが、邪魔でなければせめて形見にしてほしいと、息子に持って来させたというのである。

「鍵を持っているのは亥助どん？　どうしてこの船簞笥をほしがってるの？」

「よくわからないけど、中に入っているのは船頭日誌。朝日丸が破船するまでの次第が書いてあるんだろ。それが世間に出れば、困る人も出てくるんじゃあないかねえ」

小浪は丈吉と顔を見合わせた。青ざめた母が話すことからは不正の匂いが漂ってくる。

「たとえば、朝日丸の破船は偽りであったとかね。いや、知らないよ、嘘か本当か」

だが噂に聞いたことはある。破船して積荷がすべて海に沈んだという浦手形さえあれば、船乗りたちに責任はない。その実、無事だった品を売れば、それはまるまる儲けになるのだ。そんな狡いたくらみが通ることが恐ろしいが、もしもそんなことが本当に行われたなら、簞笥の中身はそれを暴く証拠になる。

「あれから十五年。大損をした北風の旦那様ですら、もうお忘れになっているよ。亥助だって、今の境遇に満足してりゃいいんだ。今さら破船のいきさつなんて明るみに出たとしたって意味がないじゃないか」

罪を犯した人間は、いつまでたっても罪の重さにさいなまれ、すべてを消し去りたいと願うのだろうか。軽く足をひきずりながら歩く亥助の後ろ姿が妙に悲しく思い出された。

すべてがわかった気がしたが、自分たちには中身も外側も無用の箱。開かないならば、亥助にくれてやってもいいではないか。亥助にとってはこの箱がある限り永遠の脅威であろうから。

「そんなことで引き下がる亥助だろうか。秘密を知ってる私らの口封じに来ないかね」

母の言葉に小浪は背筋が震えた。やはりそんなものは知らないと押し通すしかないのか。

「俺が手を加え、別物に仕上げちまえば探しようもないさ」

小浪の肩を、そっと抱き寄せてくれる丈吉だけが今はたよりだった。


今や伝説的な番船の勝負はなおも浮かれた余韻を漂わせていたが、水主らはすぐまた各地へ出て行かねばならない。松右衛門が次に乗り込むことになった日向への船では、あいにく相性の悪い丑三が知工を務め、山蔵も雇われて乗り込むことがわかった。荷揚場で顔を合わせた時、互いにむっとした顔を突き合わせることになったのは無理もない。

山蔵は、思いを寄せていた小浪がどうやら飾り職人の丈吉と一緒になるということを聞き、ただでさえくさくさしている。もとより番船で松右衛門が一躍注目を集めているのも気にくわない。

松右衛門も、彼については十分警戒するところであった。

来島（くるしま）海峡を通過する際のこと、深い霧がたちこめることが予測され、船頭の佐之介は弥栄丸を近くの港へ入れ、天気待ちすると決めた。事件はその時起きた。

風が激しくなっていたが、港に入るという安心感で気が緩んでいたことは確かだった。綱を手に皆が立ち働く中、松右衛門は狭い舷側をすれ違いざま、山蔵とぶつかった。あっ、と声を上げるまもなく、踏んでいた綱の塊がずれて、松右衛門は足を滑らせた。均衡を取り戻すため腕を伸ばした一瞬、どん、と背中を突かれた覚えがある。松右衛門の体が完全に傾き、船縁から落ちた。

しまった、と思う一瞬、必死で両手で船縁にしがみついた。

波がざんぶ、と全身に浴びせかかる。もしも大波が来たら、もう終わりだ。必死でよじ登る。その瞬間、誰かの腕が伸び、松右衛門の腕をつかんだ。紀兵衛だった。

「どうしたっ、誰か落ちたのか」

親仁の寅二も気づいて救援に加わった。二人の男の力は強く、最後は松右衛門自身、全身の力をふりしぼってよじ登り、体を船の中へどっかり落とすことができた。

荒い呼吸のはざまで、生き延びたことを実感する。水主の命など荷に比べればいくらにもならない。時に誰かが海に落ちても、捜索も救出もしないまま船は先を急ぐのが普通であった。せめてもの情けに木板を一枚ほうりこんで、自力で生きろよとつぶやくくらい。

「すまん、助かった」

肩を上下させながらやっと言えた。紀兵衛もようやく笑みを浮かべ、ゆっくり腕を差し出した。

「先に命を救ってくれたんはお前や。これで借りは返した」

貸していたつもりはなかったが、互いに荒い呼吸の中で腕を握り返した。

しかし山蔵の姿は舳先にあって、松右衛門の無事を遠巻きに見ている。

「お前、よくもやりやがったな」

「何や。何を言うとんねん」

船の上の争いは治外法権、陸に持ち込んでも意味がない。船では時折、水主の失踪が起きるが、陸では事故として処理されるばかりだ。今度という今度は、松右衛門はひねくれきった山蔵を思い切り叩きのめしてやろうと起き上がった。

「やめんか」

止めたのは佐之介で、立場上、当然のことだった。船頭は船の中の神にも匹敵する最高権力者だ。どちらも佐之介に従う義務がある。睨み合ったまま引き分けられる。

「覚えとけよ、山蔵。帰り着くまで、せいぜいてめえの背中にゃ気をつけな」

「俺が何をしたって言うんや、この野郎」

いずれはぶつかる相手だった。紀兵衛が二人を割って制したものの、兵庫津に帰り着くまで船の中にはぴりぴりした空気が張り詰めていた。

そんな航海の中で、松右衛門は今回も店扱いでない積荷があることに気がついた。またしても知工の丑三が私的に積んできた品であろう。何を積んできたのか、そっと箱に手を掛けた。

「やめとけ、マツ。それは見ても見えへんことになってる荷やぞ」

背後から腕を引いたのは紀兵衛だった。どういうことだ。彼は中身を知っているのか。

「どの船でもやっている。今津屋の桐太兄貴もそれで銭をため込んでいる」

「ため込んでどうするんじゃ」

この問いには紀兵衛が面食らった。

「お前、阿呆なんか？　銭がありゃ暮らしも楽やろ。好きな女も養えるし家族も持てる」

千鳥のことが頭をよぎる。今さらながらに、そういうことだ、と納得できた。銭があってそれなりの身分でさえあれば堂々と彼女の前に立てたのだ。何も持たない漁師の倅だから、言い訳もできず去るしかなかった。酔って潰れるしかなかった。負け犬のように。

「おい、マツ。だいたいお前、このまま雑魚みたいに船で使われて終わるつもりか？」

終わりのことなど考えもしていない。その時その時を乗り切ることにせいいっぱいで。

「なら考えろよ。俺には桐太の兄貴が今でも星だが、俺自身も何者かになれると思ってる」

何者かになる。それは、今の自分ではない者ということか。

「そのためには銭もいる、地位もいる。上に行かんと星にはなれん。そうやろ」

胸を突かれた気がした。上に行く？　彼の言葉をつぶやき返すと舟歌が耳をよぎった。

　北風様には及びもせぬが　せめてなりたや船持ちに

誰もが今より上へ行くことを願っている。なのに自分は今居る場所にただ居るだけだ。ため込んだ銭で手下をひきつれて歩く桐太は星だというが、そんなことには興味もない。好きな女もいないし、せいぜい酒を飲むくらいしか使い道はなかった。だからと言って何を？　今とは違う何者かになるにはどこへ向かえばいいのだろう。

積荷のことがいつか違う話題になったことにも気づかずにいる。すでに兵庫津は近かった。

異変が起きたのは帰港準備に入った和田岬のあたりだった。いつもはこんな沖まで来ない附船が、懸命に漕ぎ寄ってくる。そして曳き綱を投げると同時に丑三の名を叫んだ。

「丑三に伝えろ。クジラだ。兵庫津で待ち受けているってな」

船端にいた松右衛門にそう叫ぶ。クジラ？　何のことやら、附船の男は険しい顔だ。聞きつけて当の丑三が現れる。もう急報の意味は察しているようで、彼の顔も蒼白だ。

「なんでや？　なんでバレた？」

附船の男は首を振る。状況は差し迫っているようで、丑三は鋭い声で山蔵以下子飼いの水主を呼びつけ船底から重り用の瓦を運んで来させた。そして例の積荷の箱を運び出す。

「箱の中にできるだけ瓦を詰めて、開かないように綱で縛ったら海へ放り込め」

指示はあらかじめ伝わっていたようで、水主たちの行動によどみはない。やがて荷の箱がどぼんと水しぶきをたてて海中に投げ込まれる頃、やっと船頭室から佐之介が現れた。

「丑三、俺の船に何を積んできたんや」

「親方、なんでもありません、もう大丈夫ですから。親方に迷惑はかかりません」

冷や汗でぐしょぬれの顔で丑三は奇妙に笑顔を作ろうとする。証拠の隠滅が図られたのだ。

「ほんとです、お役人が海に潜って調べたりはしませんや」

とはいえ船から何かが投げ込まれるのは岸の楼台からも遠眼鏡で確認できたはずだ。おそらくあれはただの私的な取引の商品でなく、抜け荷の品か。

「お前、勝手なことしやがって。目をかけてやったのをあだで返すか」

いきなり佐之介は丑三を殴りつけた。丑三は船板の上に転がりながら不敵に笑った。

「大将、今頃言うのはおかしいでしょ。あんたも見返りがあったから目こぼししたんだろ?」

佐之介が青ざめる。なんということ。船頭は共犯だ。ならば水主らも全員同罪だ。

子曰(いわ)く、君子は諸(そ)れを己に求め、小人は諸れを人に求む。——こんな時というのに松右衛門の頭をよぎるのは遠い日塾で学んだ一文だ。君子は事の原因を自分に探るが、小人は他人に責任を転嫁する。船の中で頭となるべき男の器が何であるか、目の前で問題提起された気がした。

のどかに浮かんだ茶船に混じって、小早(こばや)という流線型の小舟が白波を蹴立ててこちらに向かってくるのが見えた。茶船を次々追い抜くその速度。艫には代官所からきた幕府御用船の印である「丸に三葉葵」の紋旗がひるがえり、舳先には黒い漆の陣笠をかぶった役人が立っているのがはっきり見えた。その陣笠の黒く艶やかに波打つさまは、たしかにクジラにも見えた。

「船上の者ども、動くでない。動けば即座に召し捕るぞ。神妙に船を着岸せよ」

役人が怒鳴る。今この船は、御船手の取り調べを受けるべく確保されようとしていた。

ここしばらく兵庫津ではこれほども騒がしく禍々しい事件はなかった。なぜなら兵庫津は北風家を始め海商の自治が行き届き、不埒な行為への取り締まりや監視も厳しかったし、御船手との関係も良好だったからである。それだけ今回は目に余る事態だったわけだ。

船が投げ込んだ箱について厳しい追及があったが、丑三は汚物であったと言い逃れ、終始、不正はないと言い切った。船内はくまなく捜索されたが、何も発見されなかったし、同乗の水主は銭で手なずけられて、知らぬ存ぜぬで押し通した。普通ならそれで事件は終わるところだ。

ところが船頭以下水主らの持ち物身体検査の際、山蔵の下帯から女物の櫛が発見された。南国産の鼈甲（べっこう）で、彼は自分の使用品だと言い張ったが不自然であった。彼だけ番所に連れて行かれて詮議されたが、拷問ともいえない程度の責めで簡単にすべてを白状したのだった。張本人は知工の丑三。これまでも西海航路で何度も抜け荷を行っていた。

「まさか名誉ある番船一番船を出した御影屋が御法度の抜け荷をやっていようとはな」

栄光は地に落ちた。むろん丑三は否認を続け、山蔵一人がやったことだと言い張るが、山蔵ごとき平水主にやれる悪事でないのは明白だった。船の責任者である船頭の佐之介や寅二、平水主の乗組員まで拘束されたが、何も知らなかった松右衛門や紀兵衛もひとくくりである。

「山蔵のやつ、南国渡りの高価な簪をみせびらかして女を口説いとったらしい」

「妓（おんな）たちの間で取り合いになって、それを見ていた町衆が訴えて出たんやと」

集団で投げ込まれた牢屋では水主たちがささやきあった。

「ここしばらく取り締まりなんぞなかったから、粛正のためやないのか」

「船から盗人を出したとなると連座は免れん。御影屋の勢いもここまでや」

水主らは皆、不安にうち震えていたが、丑三や山蔵を罵ることで気を紛らした。

「マツ。おまえは怖くないんか」

一人動じずにいる松右衛門に紀兵衛が気づいた。自分では意識していなかったが、松右衛門には故郷高砂で受けた体験があり、今回は一人でない分、さほど怖くないのだった。役人には最初から筋書きがあり、それに沿った調書を取る。違うといくら訴えたところで無駄なことだ。御影屋をつぶすのがお上の筋書きならばどうにもならないとわかっていた。

「さて、どういう筋書きになっているやら」

この顚末がどうなるか、松右衛門にはあれこれ考えるだけの余裕まであった。

兵庫津は岡方・北浜・南浜と呼ばれる三つの町に分かれており、それぞれ惣会所という役所が置かれて、選挙で名主を選び、総代や小使を雇って町政事務に携わらせるという本格的な自治運営がなされている。事件が起きればそれぞれの地域で取り扱われることになっていて、今回、山蔵は妓楼のある岡方で騒ぎを起こしていたが、店のある北浜の惣会所に差し戻されてきていた。

北浜には北風家があり、むろん総代の一人は必ず分家の内から選出されている。おそらくその根回しのおかげであろうか、佐之介以下、水主は皆、番所から会所へと移された。何がどうなったのかさっぱりわからないまま、全員の髭が色濃く伸びるだけの期間をおいて、突然、放免となったのには、皆、狐につままれているようだった。

「おまえら、疑いが晴れたんじゃ、喜べ。何をとぼけた顔をしとる」

人間、理不尽な不運に襲われた時には突然希望が訪れてもついていけないもののようだ。

会所の前では平兵衛が紋付き袴の正装で待っていた。

「旦那、とんだことで、面目ありません」

頭を下げる佐之介に、平兵衛は苦い顔で言う。

「お前ら、北風の旦那に礼に行くぞ」

やはり、と思いながらも詳細はわからず、皆は庭先に直に座って待たされながらただ緊張していた。座敷の内に人が現れたのはかなり時が流れた後だった。

「これは御影屋さん、皆々、難儀なことやった」

それが荘右衛門の声か。初めて接する兵庫津の最高実力者は、予想外に恬淡とした印象だった。しかし姿を見ることは許されない。皆いっせいに地面に額をついていたからだ。

「もうこんな阿呆なことが起きんよう、皆で今まで以上に努めてくだされよ」

後は番頭さん、よしなにな、と言い置いて、荘右衛門は奥へと消える。まだ他の名主らと話がとりこんでいるらしく、たった一言だけのお目見えだった。それでも皆は平伏したまま動かない。

「皆、もうええ。帰って、早う荷下ろししてや」

平兵衛が命じると、呪文から解けたように頭を上げた。船はあのまま港で拘束されている。荷を待っている人々がいるのに、ぐずぐずはしていられなかった。

しだいにわかってきたのは、丑三と山蔵のみが役所送りとなったことだった。罪状は窃盗。抜け荷という言葉は使われなかった。禁固ののちに所払いとなるらしい。みごとな筋書きだった。

「さすがやな。北風様のご威光とは、御船手の役人にもまさるのやな」

「そらそうや。北風様を敵に回せばお役人とて兵庫津では暮らしていけんのやろ」

皆はささやく。二人の水主の小さな罪として処理されたことで、御影屋の傷も最小限にとどまった。船頭の佐之介は監督不行き届きで解雇され、違う港に流れるという。

「上に立つ者が知らぬ存ぜぬでは通らんよ。船頭がいかに重い仕事か、わかっとらん」

長いつきあいだったが、平兵衛は惜しむこともしなかった。船中では水主らの生死をその手に握る船頭ですら、陸ではただの雇い人にすぎないことを松右衛門は目の当たりにしている。

「みつかったのが桐太の兄貴の方でなくてほっとしたぜ」

すべてが終わり、はばかりもなく紀兵衛が言うのを、松右衛門は首を傾げながら聞いた。今回、誰もが襟を正す粛正となったが、またぞろ私的な商売に精を出す輩は後を絶たないだろう。銭は、そんなにも人を惑わすものか。食べて、生きていくだけでは足りない、と？

何度も海に出て海の美しさも恐ろしさも身にたたき込んだ。しかし人間の欲というのは底知れず、不可解で度しがたい。松右衛門は、今夜だけはとことん飲みたい気分だった。


秋が訪れ、兵庫津は十六年ぶりの大行事に沸いていた。前もって通達されてはいたが、いよいよ朝鮮通信使がやってくるのである。

朝鮮の船だけで六隻。対馬からは五十隻あまりの船が水先警護(みずさきけいご)として付き従ってくる。さらに赤間ケ関から東の瀬戸内海では、沿道に当たる各藩から数百隻の船が加わっていたから、まさに空前絶後の大船団にふくれあがっての来航だ。誰にとっても、一生のうち目にすることがあるかないかの光景になるであろう。

「もうご一行は前泊の上陸地である室津を出たそうやで」

「ほんならまもなくやないか。そういえば総門のところにお触れの高札が立ってたな」

いわく、通信使の行列が見えても騒いだり近づいたりせぬこと。行列が通過するだけでも庶民の好奇心は抑えられないのに、兵庫津では一行が上陸し泊まっていくため、民家の戸窓を閉め、不用意に覗き見などせぬこと、などが加えられてあった。

一行の宿泊は、正使と従事官は絵屋(えや)右近右衛門の家へ。副使と上々官は網屋新九郎の家に、中官は肥前屋粘右衛門の家に。いわゆる町の年寄り宅である。さらに町方に十を超える各宗派の寺でも、それぞれ随行員らが分宿することになっていた。

宿泊所まわりの道は掃き改められ、提灯が灯され、迎えの準備は完璧だった。小浪が勤める網屋でも、何日もかけて清掃ずみだ。それなのに今、小浪はその忙しさから逃れていた。

「あんたはまだゆっくりしていていいよ。忌が明けたといっても表に出ない方がいい」

いたわるようなお駒の言葉に、小浪はそっと頭を垂れる。

母が急逝してから、まだ二月とたってはいない。過去を吐き出し楽になったとでもいうのか、母が苦しまずに逝ったことだけは救いだったが、あまりにも突然で小浪は涙が止まらなかった。こんな時に丈吉がいてくれたことは大きかった。少なくともこの世に一人っきりではない。

「なんだったら、一緒になるか。――たいした暮らしはできないけど」

照れて小浪の目も見ない丈吉の提案に、小浪は思わずつぶやいた。

「お母ちゃんが心配してた。丈さんはもてるから、浮気するんじゃないかって」

「大丈夫だ。おれはきれいなものにしか目が行かない」

丈吉の即答がおかしいやら嬉しいやらで、そっと寄り添ったのが小浪の答えになった。

初七日をすませた次の日に長屋は引き払い、丈吉とともに岡方の小物町に小さな店を借りて所帯を持った。母の位牌とあの船簞笥が一緒である。母は失ったが、小浪は丈吉と互いをいたわる思いやりに満ちた生活を得た。さらに勤め先までが優しいのはありがたい。

「高砂のご新造さんがお立ち寄りだから、あんたはそのお世話に付いていてくれるかい」

町が騒然とするこんな時にやって来たのは、網屋の治助が婿に入った高砂の千鳥だった。初めての子を懐妊し、五月の戌の日に着帯と安産祈願で中山寺に参詣してきた帰りであった。

「それはおめでとうございます。もうすっかり、観音様のようなお顔におなりで」

「ありがとう。でも、こんな時に差し合ってしまうなんて、いったい何の因果でしょうか」

高砂から中山寺へは、兵庫津を経由した旅になるから夫の実家に滞在するのも親孝行の一つ。だが折が悪かった。海上でも参勤交代の大名の船団の場合と同様、みだりに近づかぬようにとの一文があるが、なにしろ今回の規模は桁違いだ。兵庫津沖には見物の船も多数浮かんでいるはず。帰りの船が難渋するのは必至といえた。

「船団が高砂沖を通り過ぎる前に、先に帰り着ければいいんですが」

明日は絶好の海日和。出航したら、ちょうど明石沖で船団に出くわすことになるだろう。

「もしかしたら、お腹のやや様が、お船を見たがっておいでなのかもしれないですね」

小浪が慰めると、千鳥はふっと空を仰いだ。まるでそこに誰かがいるような目をして。

もう一つ、小浪が気になったのは、千鳥の買い物はどれも男児用の藍色ばかりなのである。

「ご新造さま。やや様が女の子だったらどうするんですか」

小浪が訊くと、千鳥はゆったり微笑んで、首を振る。

「ううん、この子はまちがいなく男の子なんです」

名前まで決まっているのだとは、女中のお里がそっと小浪に教えてくれたことだった。

「ご新造様は、お腹のやや様が、弟の新三郎様の生まれ変わりと信じておいでなんです」

それは幼くして死んだ弟という。深くは訊けず、ともかく小浪は兵庫津での気晴らしになればと、通りかかったついでに丈吉の店にもいざなった。

「やや様用のものはございませんが、うちの亭主の店なんです」

そんなふうに紹介するのもまだ気恥ずかしいが、千鳥は喜び、珍しげに店の中を見回した。そしてふと目を留めたのが、壁のそばに鎮座する、あの船簞笥だった。

「これ――。なんですか。なんだか、ただものならぬ箪笥のようですね」

長屋を引き上げる時、小浪は本当は他の遺品とともに処分してしまいたかったが、丈吉が惜しみ、ともかく箪笥を別物として蘇らせたのだ。金具の錆を取り、木目を磨いて漆をかけて、どこから見てもすっかり新品だった。亥助もこれならあの船箪笥だとは見抜けまい。

中身の方は、そのまま別の文箱に移してあった。丈吉が複製した鍵で中を開け、それを小浪が取りだしたのだ。母が言ったとおり、それは船頭日誌や油紙にくるまれたいくつかの書類だったが、目を通してもどれが母の言ったような悪事の証拠なのか、不明だった。それより、母に当てて書かれた手紙があったことが小浪の胸を打った。父はいつか渡そうと、誰にも読まれないよう、そこにしまっておいたようだった。

おそるおそる開いた手紙には、その航海を終えたらもう兵庫には帰らない、自分を許して欲しいという短い詫びが書かれていた。そして、気持ちばかりだが小浪が成長した時の物入りのたしにと、三両の小判が半紙に包んで添えてあった。母が予想していたことと、全然違う。

長い歳月のうちに、母は棄てられた我が身を嘆き不幸を託(かこ)って過ごしてきた。だから思考は負の方へ傾いたのか。こんなにも父の情けが自分たち母子に注がれていたというのに。

「おまえの親父さんは、その手紙を読ませたいためだけにこれを亥助どんに渡さず息子に運ばせたんじゃなかったのか？　そのうち鍵も探し出して届けるつもりで」

小浪が嫁に行く年頃になれば役立ててほしいと入れた手紙を、父は忘れていなかった。だから命あるうちに届けたかった。そうではないのか？　小浪は、長くいじけて過ごした歳月が溶けて流されていくような気がした。母にも、もう少しだけ長く生きてほしかった。生きて、これを読んだなら、母の人生もいくらか報われたのではなかったか。

「その分を、おまえは幸せに生きないとあかんな」

丈吉の言葉がしみた。頷きながら涙が止まらず、そっと抱き寄せられたあの日。

思い出していると、生まれ変わったその船簞笥にそっと手を触れるのは千鳥である。

「これは、売り物？」

「はい、お目に留まりましたならば」

破船を生き抜き、小浪に喜びの文をもたらした船簞笥。丈吉がふたたび命を吹き込んだその品が、千鳥に気に入られて渡っていくなら、丈吉にとってもこんな喜ばしいことはないだろう。

「いつかこれを贈りたい人がいるんです。きっとその人、船頭になるから」

千鳥が誰に贈ることを想定しているのか知るよしもないが、丈吉は自分の仕事が認められたことに大満足だ。その時、千鳥がそっと腹に手をやった。そこにいる子が蹴るのであろう。小浪は、生まれてくるのは男の子に違いないと確信した。船が好きで、船が見たくて、そして船簞笥まで買わせたそんな子は、きっと海の男になるのだろう。

「小浪さんも、早くややさんを授かるといいわね」

ふいに千鳥が言うから、小浪も丈吉も慌てた。幸せな人は他者にもやさしい。小浪はふと、まだ幸せとは言えない松右衛門を思い浮かべ、彼にもこのやさしさが伝わればいいのにと思った。


港は大変な人出で、和田岬から通信使の船団が姿を現すと、どよめきが起きた。

小浪は丈吉にささえられるようにして人混みをかきわけ浜に出た。

国書を携えた朝鮮の船を先導していくのは対馬藩宗家の国書先導船。艫には朱の吹き流しが優雅になびき、船体にめぐらされた幕が晴れやかに巻き上げられて、船中の人影が覗き見えた。

「千鳥さんも、どこかでこれを見られたかしら」

　昨日の出航でよかった。千鳥の乗った船は、予想どおり、明石海峡あたりで船団とすれ違ったはずである。それならお腹の中の小さな子も、風を切って進んでくる異国の船の銅鑼(どら)や太鼓を、全身を耳にして聴いたに違いない。小浪は丈吉に微笑み返した。

　なにしろこの船団の壮麗さ。まず正使副使、従事官の三役を筆頭に朝鮮国の外交官を乗せた船がきわだって大きく、長さ三丈、高さ三丈。さすがに外洋を渡ってきた船だった。全体、丹や青で彩られ、たなびく幟も色とりどりで、海に浮かぶ姿はそれだけで異国情緒に満ち満ちていた。

　だが何より、見物客がどよめくほどに驚いたのは、船首に描かれた真っ赤な鬼の顔である。朝鮮からは釜山を出航、対馬を経て玄界灘の荒波を超えてくる危険な航海であったため、安全祈願の意を込めて、邪気を近寄せないようにと描かれたものである。大きく口を開き、牙を剝いた鬼は、波濤を嚙(か)むようにしてこちらへ向かってくる大迫力だった。

　船上には、長い船旅で退屈しないようたえず音楽を奏でる楽団や舞い踊る童子も随行している。他に、文人や医師、通訳など、総勢約五百人にもおよぶ人員が乗り組んでおり、船室には梅や松、牡丹など四季の花木が描かれて、その華やかさがかいま見えた。

　前後を悠々と囲んで護衛にあたる各藩の御用船は、どれも華々しく幟を立て、大きく家紋を染め抜いた幕で飾られている。豊後臼杵(うすき)藩稲葉家、長府藩毛利家、伊予松山藩松平家、伊予今治藩松平家、徳島藩蜂須賀家……。どれも威信をかけての出航である。

「おや、松どん」

　群衆から頭一つ分大きい松右衛門が、角力取(すもうと)りの黒岩と一緒だからなお目立つ。使節らの接待に相撲が披露されるということで、宮相撲(みやずもう)の力士が招集されているのだった。

「おう、おそろいかいご両人。あいかわらず仲がいいな」

今ではすっかり親しい仲、二人の男は小浪をとびこえ目で挨拶する。

「たいしたもんだ、まるで水軍やな、これは。六隻もの唐船、下船するにも大変だぜ」

「それぞれ四、五百人も乗ってるだろうから、全員が下船して宿舎へ案内されていく頃には日が暮れてるだろうよ。いいのかい小浪どん、ここで油売ってて」

今頃、網屋の本家では塵一つないよう迎えの準備に余念がないことだろう。しかし分家では使用人たちが落ち着かないため、今の間にと順ぐりに見物の時間がもらえたのだ。

「まったく、どうしてみんな、こうも勇ましい船が好きなのかしらねえ」

「そらお前のことだろ？　俺は省いてくれよ。お前にひっぱられて来ただけだからな」

丈吉がうそぶくのを、あらそう、と小浪が横目で睨んだ。彼は船に乗る仕事が身に合わなかっただけで、その美的感覚からしてこれほど壮麗なものを嫌いなわけがないのである。

「この国ではみんな、生まれる前から船が好きなんとちゃう？　きっと私たちの子もね」

「あ？　まさかお前、……できたのか？」

小浪は答えず、うふふと笑う。慌てる丈吉に、松右衛門は扇子を取り出し、煽いでやった。

「おうおう、熱いぜ。丈さん、大事にしろよ、嬶ちゃんあっての男だぜ？」

「おいおい、やめろよ。……そういう松どんも、早よ身を固めたらどうなんや」

「うるさいわ。小浪どんを奪っておいて、それはないやろ」

互いに言い合ったあと、丈吉は素直に悔いた。陸にすみかを定めぬ海の男には余計なことか。

「そやったな。額をぶち割るほど好きな女がいる松どんには、無駄な質問やった」

「あほか、これは、そんなんとちゃう……」

慌てて松右衛門は額を抑えるが、傷はもうすっかり癒えている。胸の傷は、どうだろう。

丈吉の頭越しに小浪を窺い見た。陸で彼女と会った時間などたかがしれているのに、周囲で勝手に嫉まれたりひやかされたり、気になる存在だったことは否定しない。しょせん陸に長くはいない自分に割り込む隙がなかっただけのこと。ただ、女がつけた傷は女が治すというのは本当らしく、ぼろぼろで兵庫に来た彼が、彼女に出会ったことで慰められていたのは間違いない。

「小浪どん、こんなやさ男に奪られても、俺はあんたとの約束ははたす。北前には行くからな」

いつかその日が来たら、父の噂を聞いてきてほしい、朝日丸の記憶を探してほしい。そんな彼女のたのみは忘れてはいない。丈吉の肩越しに、小浪が花が咲いたような笑顔でうなずいた。

「松どん、待ってるわ。あんたがこんな、大きな船を自分で乗るようになったらね」

小浪のその言葉を聞いた時、ばたん、と帆の鳴る音が聞こえた気がした。

自分の船――か。

額を割るどころか嵐で何度も死にそうになったのに、それでも船が好きだった。それが自分の船なら、どれだけいとしいことだろう。

　北風様には及びもせぬが　せめてなりたや船持ちに

誰かが兵庫津の舟歌を歌う。それにまじって、母親の声が聞こえた気がした。――今頃わかったかい。やっぱりお前は柄だけ大きなウドの大木だよ、と。

父や母がなぜ彼に町を出ろと言ったか、理由がやっとわかった。生きづらい浦にいるより、広々と自由な海に出て、思いきり腕を伸ばしてやってみろ。彼らはそう言いたかったのに違いない。銭ではない、本当に自分が好きなものに全身全霊、その身を注ぎこんでみろ、と。

お母ん。俺は阿呆で傷だらけだったから、何が好きで何がしたいかわからなかった。だが見よ、今、海では唐船をとりまくおびただしいほどの和船の白い帆が満開だ。あれを前にして胸ときめかず、自分も自由に操れる船がほしいと思わないのは男ではない。こんなちっぽけな自分でも、この荘厳な海の片隅で自分の船の帆を上げていい。波に名は刻めないが、上をめざし高みをめざし船に生きた証を立てていい。そう思った。

「ちっ。——小浪が船乗り嫌いで、助かったよ」

思わず丈吉はつぶいたが、小浪にも松右衛門にも聞こえなかったのは幸いだった。たしかに丈吉もまた、船が好きなのだった。だが、船が男を選ぶのだ。

今の松右衛門はまだまだ兵庫津に掃いて捨てるほどいる水主の一人にすぎない。ただ沖から吹く風だけは、彼の内なる決意をことほぐように、焼けた額をくすぐって過ぎた。

第三章　千石船　浪華(なにわ)の巻

堀川の表面を、撫でるように吹いて過ぎる風が頰に当たる。水面が光ってさざめいて、津祢(つね)はまぶしくなって目の上に掌をかざした。

阿波座堀(あわざぼり)の角から西横堀川へ。川舟の舳先に座っていると、後ろの艫(とも)に立った兄の善兵衛(ぜんべえ)が、左、右と、ゆっくり棹を水面に挿していくのがまるで子守歌のように快い。

碁盤の目のような大坂の市街地にはこうした堀川がいく筋も並行して東西に流れ、縦に大きく南北に走る西横堀と東横堀に交差すれば、およそ市街をぐるりと往還できる。岸に面した並びには舟の修理や船具を扱う店も多く、随所に雁木(がんぎ)や簡略な舟着場があって簡単に接岸できた。ゆえに川舟はこの町に暮らす者にとっていわば生活の足といってよかった。

「おう、善の字、お津祢ちゃん積んで、材料の仕入れかい？」

二つの堀川が交差する四ツ橋の前で、知り合いの小舟とすれ違う。それぞれの川に橋がかかって四つあるから四ツ橋。橋桁(はしげた)をくぐるために、津祢はゆっくり頭を下げた。

安永四年、津祢は十六歳。子供の頃から、五つ年上の兄が出掛けると言えば一緒に舟に飛び乗り、ついてきた。操船はそばで習い覚え、今では船頭にもなれようかという腕である。父親の稼業は鍛冶屋で、港に近い木津川村に作業場を構え、船舶がらみの仕事を主としている。この小舟は大坂の町内へ往来するのに欠かせない足だった。

「合流するぞ。津祢、ちゃんとつかまっとけや」

堀川が木津川に合流すると、川幅が広がる分、舟の往来も繁くなる。河口からさかんに上荷船や茶船が上り下りするからだ。水路はほかにも尻無川、安治川があるが、一本の川にこれだけおびただしく舟が行き交うのだから、廻船の積み荷の莫大さが推し量れよう。

津祢は目を上げた。大坂湾は水深が浅いため、海底の安全域を示す澪標(みおつくし)が川の両岸にはるか河口まで列をなして立っている。河口の入り口にある一番澪から数えて川上へと十六ばかり。白帆の船はこれに沿って誘導されるように整然と出入りするようになっていた。

二十七年前、大々的な行列を成して大坂を訪れた朝鮮通信使の洪啓禧(ホン・ゲヒ)も、尻無川から澪に沿って入港した時、大坂の海路の繁栄には驚嘆したという。彼らは自国の船をここに留め置き、日本の各藩が用意した川用の御座船に乗り換えて京へと上ったが、白帆を上げて進む百船のさまに目を見張り、また水路を足繁く行き交う千舟の様子に声を上げ、天下広しといえど他のどこにこれほどの水都があろうかとまで賞したそうだ。自国にこれだけの港がないことを嘆いたというのも、まんざら大げさではないかもしれない。

浪華と書いてなにわ。大坂の町を表すが、まさに波の上を行き交う船々こそが花、そしてそれらがもたらす豊かな物資と賑わいこそが世の華であろう。

とはいえ、津祢の家は木津川橋の北岸にあって、大海をやってくる壮麗な千石船の並びを見ることはない。船は接岸するとすべて帆を下ろして舫い、帆柱を倒してしまうと花のない木のかたまりになってひしめくだけからだ。浪華津育ちでありながら本当の華をまだ見たことがない、そんな満たされなさは津祢の中で久しかった。

その海に向けて下がっていく今、道頓堀川の合流点を過ぎればそこから先の景色は一変する。

造船所や船解場、船熮場など、ごちゃごちゃとした小さな作業場から船をまるごと入れ込む建屋まで、大小さまざまな工事場がずらりと両岸に続いて雑然としている。

そこには百五十石積みから五百石積みまでさまざまな船が作業を受けているが、空っぽになって停まっているだけに、抜け殻が手当されているような痛々しさがぬぐえない。津祢にはこれらが遠く北国まで航海をするなど、本当かなと思うこともしばしばだった。

「津祢、岸に着けるぞ」

兄の合図で、津祢は船着き場の板の上に飛び降り、舫いを結ぶ。そこは難波村田地と言われる区域で、太古から河口の砂州であったところが陸地になった。対岸もまた川が作った勘助島田地。川下には広大な中州があり、新田化したり広大な材木置き場になっている。

父善右衛門の鍛冶作業場は、船にまつわる作業所が並ぶ造船町の一角にあった。仕事はほとんど船大工の兵庫屋永兵衛のためのもので、彼らが使う道具の製造や修理を請け負っている。船は基本的には板の組み合わせで構成されているため、木を割ったり切ったり削ったりと、部位に応じた道具が何種類も必要なのだ。鍛冶屋では溶接もすれば切断もするので、中には獰猛にしか見えない大きな道具も各種、あった。

「お父ちゃん、ここに弁当、置いとくからね」

入口近くの清潔な場所に包みを置いて声をかける。鉄の粉塵と炉の輻射熱。鉄が打たれる音が絶えない作業場を、津祢は嫌いではない。しじゅう出入りし、世話を焼く。

おう、と答え顔も上げずに金床の上の鉄を叩く父は、若い弟子同様、腹掛け一枚になっているが、ごま塩頭の初老であった。それでも頑固な親方らしく叱責されればみな震え上がる。

弟子職人は兄のほかに、大和から来て六年になる権太がいる。気は回らないが正直者で、兄と競う気もなく淡々と作業をこなす。二人ともまだ大きな道具はまかせてもらえず、仕事といえば来る日も来る日も釘作り。船には大量の船釘が使われているが、日本の釘は錆に強く、海水に浸って表面が錆びたとしても引き抜くことができるので、何度も再利用が可能なのだ。そのため鍛冶屋がこれを磨いて錆止めを施す。鍛冶屋は船大工にとって切り離せない相方といえた。皆、とめどなく流れる汗と汚れで顔も衣類も真っ黒だ。

「ほんなら、ウチはおまいりしてくるね」

この地の産土神（うぶすな）、牛頭（ごず）天王へのおまいりは、家族のために津祢に課された仕事であった。

津祢は幼い頃に、大坂じゅうで流行した疱瘡（ほうそう）にかかった。疫病の神である牛頭天王には庶民が押しかけ昼夜お籠もりをして祈禱したが、津祢の母も熱心な一人だった。なのに甲斐なく病に倒れ、あっというまにこの世を去った。密集する人混みの中では疫病は感染拡大するという発想がなかったのである。それでも父も兄も罹患（りかん）を免れ、津祢も頬の端にわずかに痘痕（あばた）を残しつつも回復した。それは母の祈願が牛頭天王に通じたのだろうと皆は讃えた。そこで御礼まいりを欠かすことなく、女の仕事として津祢が引き継ぐことになったのだった。

神社の境内には今日も参拝者が絶えず、境内に並ぶさまざまな露店も大賑わいだ。津祢はいつも手拭いを買う。汚れが絶えない作業場での必需品である。そしてお守り。誰のためにという当てはないが、予備品の感覚だった。以上が津祢のお参りという仕事であった。

いつもどおり柏手（かしわで）を打って願いを捧げるのも、さしあたっては家内安全というささやかな祈願に尽きる。実は、父とは血のつながりはない。母は、兄と津祢とを連れての再縁だった。父には先妻が残した娘がいて、兄の善兵衛よりも四つ上だから義姉になる。三輪（みわ）といって、先妻の実家に引き取られて育てられていたから一緒に暮らしたことはなかった。それが去年、二十四才になった今になってふらりと帰ってきたのだった。どうやら一度嫁に出たものの、姑との折り合いが悪く、育った家にも戻るに戻れず父をたよってきたらしい。

おかげでたちまち家の中はぎこちなくなった。実の娘であっても一緒に暮らしたことのない三輪。血はつながらなくとも長く暮らした津祢たち兄妹。父もどう接していいかとまどっており、まして善兵衛も津祢も、自分たちが彼女を押しのけたようで居心地が悪い。

――どうにかみんな、うまくいきますように。

柏手を打って頭を下げた後は、参道の茶店で一服。天気がいいので床几が出され、すでに二人の男が座っていた。日陰の方に腰を下ろすと、聞くともなしに前の二人の会話が耳に入ってきた。

「久しいな、多忙な番頭はんが、よう出てこれたな、惣五郎」

「ちょうどこっちに用があったし、牛頭天王なら、あんたにぴったりというもんやろ、松右衛門どん」

番頭はんと呼ばれた方は小柄な男で、離れた席ではまだ前髪のある丁稚どんが荷物を抱えて待たされていた。もう一人、松右衛門という方は背の高い男で、思いがけないことを言った。

「大坂で船を新造することになったんで、これからはたびたび来るつもりや」

船の新造とは、もしかしたら木津川のどこか、自分の家の近くで作っている船だろうか。津祢の耳がそばだち、しばらく彼らの話に聴き入ることになる。

久しく会わない幼なじみとの再会は、特別なきっかけがなければそうそう実現しない。特に相手が出世した男なら、十年以上も会わずにいた者が急に現れれば銭の無心かと警戒されてもしかたなかろう。浪華にはたびたびと来ていた松右衛門だが、働くばかりで時間もないし、気になりながら遠ざかっていた。

それでも今はこうして沖船頭に昇格し、新造船を作らせてもらえるまでになったのだから、彼ともやっと対等に会える資格ができた気がして、それで彼の方から文を届けたのだった。

思えば身一つで兵庫津に出て一介の水主から廻船の船頭にのし上がるのに、足かけ十年以上かかったことになる。それが長いのか短いのか、ともかく船乗りなら誰でも昇進できるものではなく、五十過ぎても平水主である者も少なくない。現に、不正が理由で兵庫津を去った佐之介の場合は、船頭になったのは四十を過ぎてのことだったし、松右衛門に大型船のいろはを教えた寅二は親仁のままで、ついに船頭になることなしに体が弱って船を降りた。兄弟同然に長く航海をともにしてきた紀兵衛は船の操縦の責任者である表になって久しいが、碇さばきや帆綱の扱いが巧みであっても船頭としては足踏みだ。

それというのも海の上では、ただ真面目で地道に努めたからといって船頭にはたどりつけるものでないからだった。操船技術のみならず、気象を分析する力や商品の売買における知識も必要だったし、命を張った航海での瞬発的な判断力や危機管理という能力も問われる。むろん人を束ねる力や、さまざまな方面での交遊時に通用する教養や人徳も求められた。

この点、少年期に塾に通い基礎的な教養のあった松右衛門は有利だったといえる。そのことは折にふれ親や師匠に感謝した。さらに彼は、実際に乗り組んだ船で、みずからさまざまに学んだ。論語でいえば自分の才は「次」または「その次」と自覚していたから、たえず学んで苦しみながら努力するほかはなかったのだ。そうしてやっと到達した船頭の地位は、相応の収入にささえられ、身なりも風格ある羽織を着けた堂々たる海商だ。

その報酬は江戸と大坂を一往復するだけで五両。年に六、七回も往復するからそれなりの額に上り、ほかに船主も認める帆待ちという別枠の取り分が認められる。本来は船主にとって、船頭が勝手な荷を買い積んで商売するのだから快いはずはないが、積載過多で難船されてはたまらないので、始めから船頭の分を決めて認めるようになっていた。かつて佐之介や配下の丑三がやっていたのもこれである。御影屋の場合、松右衛門に積み荷の一割五分を許していた。額で表せば百両近く。宵越しの金は持たない船乗り稼業で、大部分が酒や一統の水主らを養うのに消えたが、高砂で渡海船の船頭をしていたならば一生かかっても手にすることのできない金であった。

とはいうものの、ここでそれを誇るのは、惣五郎の前では愚かであった。なにしろ惣五郎の奉公する升屋は中之島ぞいに居並ぶ錚々たる米仲買人の一つ。各地の藩を相手に、年貢米を担保に取って大名に銭金を貸す金融業だ。そして彼はその升屋に入って十七歳で升屋別家の家督を継いだ男なのだ。升屋にいくつもある別家のうち、代表となる支配役であった。

「いや名前ばかりで、実質は借金の取り立て役や」

謙遜も身についている。実際、今の時代はどの藩も財政が困窮しており、大藩でさえ内情は火の車。升屋は仙台の伊達家にも御用達として出入りがあるが、六十万両もの巨額の借金をいまだ返済してもらっていない。おまけに利子も返さぬままにさらに追加を借りに来るありさまで、このままでは倒産寸前、伊達家と共倒れになるのも遠くない、というのが実情なのだった。

「しかしいずれはおまえが升屋の身上を継ぐんやろう」

「冗談を。鴻池はんほどにもなりゃ安泰やが、うちとこ程度で店など継いだら、商売と心中せなならん。それなら年季で上がれる番頭がええ」

彼があまりに昔と変わらないので、松右衛門は確かめてみたくなる。

「お前、今もあいかわらず、神も仏もおらんと言い切るか」

「そんなもんおらんよ。当たり前やないか」

口ぶりはすでに、高砂神社で時を忘れて語り合ったあの日に返っている。

「こんな歌を作ったで。——神ほとけ　化物もなき　世の中に　奇妙ふしぎのことは猶なし」

うまい、と松右衛門は膝を打つ。実は神仏のことでは頭を悩ませていた。船乗りたちは迷信深く、嵐に遭えば神の祟りを疑い、仏を畏れて行動を慎む。無理もない、命は大自然に握られているからだ。おかげで彼らを実利的に動かすのは手間がかかってしょうがない。

「この年末には江戸行きの船を出すつもりやが、水主らときたら、大晦日の海に出たら神さんのバチが当たる、と真顔で恐れて、動かんのや」

新年は、江戸では一日も早い初荷を待っている。ならば船は大晦日も正月も動いていなければならないのだ。だから次に水主らが神仏を畏れて仕事をしぶったらそれを詠んでやろうと思った。

そもそも兵庫津自体、安穏と構えていられる状況ではないのである。ほんの数年前のこと。幕府が兵庫津を尼崎藩から取り上げて直轄とした「明和の上知」で、兵庫津は一気にその繁栄を奪われた。幕府の都合で海運機能を大坂に一極集中させる政策のあおりである。兵庫津は火が消えたようにさびれた。たとえば丈吉の実家の廻船問屋も多くの廻船業者とともに倒れ、一家は離散した。

これを復興するため奔走した北風家の努力は語り尽くせない。家運をかけて千石船を建造し、危険を冒してこれを北前へやると、築いた財を投じて大坂の商人から少しずつ株を買い戻したのだ。また港湾の整備も行い、他国の廻船を呼び込む土台を築いた。幕府にはこんなことはできないであろう。兵庫津の今日は、北風様抜きには語れない。

そんな顚末を知る者なら、休む間もなく海に出てしかるべきだろう。

「ご苦労なこっちゃ。で、松どん、今はどないしとる。嫁は?」

尋ねられ、松右衛門は団子が喉に詰まったふりをした。察したように、惣五郎が笑う。

「ふうん。船乗りは、港々に情人(いろ)がおる、ってわけやな？」

「あほか。そんなわけないやろ。——お前は？」

やっと団子を飲み下し、問い返した。惣五郎は淡々と、三年前に、と答える。同じ大坂商人の娘で、その父親が惣五郎に惚れ込んで婿とした。今は物心ともにささえてもらっており、彼もそれにこたえて、義父の名前から一字をとって七郎左衛門と名乗っていた。

旧友の、順調で堅実な出世はうれしく、誇らしかった。そんな松右衛門に、彼は言う。

「あのな、松どん、大坂に先に出てきた順番から、商売の上で一つ、偉そうに忠告しとくわ」

船頭になったからにはみずから商いの機会もふえる。松右衛門にはありがたい話かもしれない。

「ええか、さむらい相手の仕事には気をつけるんやで」

大名相手の仕事を家業とするくせに、惣五郎は大まじめに言う。

「今や田舎の百姓でさえも銭で物を買うほどやというのに、幕府はあくまで農業を根本としとる。米中心で、銭は汚いものやから武士は触るべからず、と位置づけたままや」

それは松右衛門も理解していた。彼らは貨幣経済がこれほども浸透した現実を受け入れない。しかもこの政権の体制は、米を生産する百姓に対し、何も生産することのできない武士や公家階級がこぞっておぶさり、いかに搾取できるかだけを工夫した仕組みなのだ。

「おかげで、うちと取引のある伊達藩に限らず、東国諸藩では一揆が多発しとる。困窮した農民が田畑を捨てて、現金を稼げる都市へと出てしまうんや。農村はすっかり荒廃してしもた」

それは事実で、幕府がいくら農民の江戸出稼ぎを禁じて取り締まっても、根本的な策がないため年貢米の減少は避けられず、藩の財政が逼迫する悪循環がくりかえされていた。

「どうやらこのたび老中になられた田沼様は、商業の重要性にお気づきになられた唯一のおさむらいのようやけどな」

新田の開拓や、貿易の拡大に着眼し、のちに、はからずも松右衛門に命じられる蝦夷地の開発など、めざましい政策はこの田沼時代に進められる。

「そやけどすぐには変わらへんで。あ、おさむらいの悪口ばかりになってもたな」

店の借金回収のため草履を何足も履きつぶしながら蔵屋敷を回っている彼は、さむらいたちの虚栄の高さやなまくらぶりには辟易している。かつて松右衛門がさむらいに暴力を振るったことなど知らないために、とってつけたように不敬を詫びて、黙った。

何も口を挟まないが、松右衛門もわかっていた。戦がなくなり、今のさむらい達はもう戦う者ではなく、ただの役人であること。先祖の武勲によって地位と仕事を割り振られ、それをそつなく続けていけばいいだけなのだと。おかげで危機感もないし、機転もきかない、そして変わっていく世の中には盲目も同然ということも。

「おまえも大変やな」

つい洩らす。自分ならまた腹をたてて殴るか蹴るか、そして不敬であると牢屋送りだ。

「松どん、俺も何度か、仙台藩に直談判をしに、船に乗ったよ。浪華にあふれるこの潤沢な品。自然に集まってくるもんやと思っていたが、荒波を超えて、廻船が運んでいたんやな」

陸からは見えない自分たち船乗りの仕事に気づいてくれたか。松右衛門はうれしくなった。それが世の経済の流通というものだ。各地の良品、特産の品を、求める人に運んで世の中に回す船乗りたちが海にいて、陸には、それを貨幣という便利なものに置き換えさらに回していく商人たちがいる。海陸、それら二種の生業があって世の中は回る。

「ま、今の時代、民のために最前線で戦っているんは俺らということや」

「大きく出たな」

「そうでも思ってないと、やってられん」

気苦労続きの大名貸しを経て、彼はこの先、升屋の再生のみならず伊達藩の財政の立て直しまでやってのける。さらには田沼の後に幕政を引き継いだ松平定信から招聘されて、経済について講釈も行うのだ。民間の商人でありながら、その知見をこの国最高のものと認められた証である。

生まれながらにしてこれを知る者は、上なり。まさに彼こそは論語で言う「生知」の人であろう。そんな彼が、子供のように笑って言う。

「あのな、俺には夢があるんや。地上のちっこい銭金(ぜにかね)の商売と違うぞ。〝天上〟の仕事や」

「天上？　こらまた大きく出たな、惣五郎」

「そりゃ気だけは大きく持たんと、地べたでつぶれる」

松右衛門と会えたことで童心を呼び覚ましたか、はたまた平素の鬱屈が募っていたか、彼は両腕を天に広げて背伸びをし、爽快そうな笑顔になった。

「話しても笑わんか？　俺の夢はな、今せいいっぱい働いて、番頭としての奉公がすんだ暁に、好きな学問に没頭したいのや。そしてこれまで考えてきたことをまとめて本を書く」

幼い日、塾一番の秀才と言われた探究心は、大人になっても衰えていないらしい。既成の学問は基準に過ぎず、そこからはみ出し解決しえないものは自分で考えるほかない、と言うのである。

「さすがは惣五郎やのう。――で、何を書くんや」

「それはな。〝天文〟や」

へ？　とだけ言い、松右衛門は団子に食いついた。かまわず惣五郎は、「あれや」と団子の串で空を指す。その先には、すこんと抜けた青空がある。

「今は昼やから太陽がまぶしくて見えへんが、こうしていてもあそこには星がある。散り敷くばかりの星々が、な。そしてそれら恒星のそれぞれが、太陽に匹敵する天体なんや」

思わず松右衛門も空を見上げた。しかし空はただ青く、どこにも星など見えようはずもない。

「そしてそれぞれの惑星には、こっちと同じく月のような衛星が付随していて、それらの一部には俺らと同じ生命体が住んでいるかもしれんのや」

ぽかんとして、松右衛門は団子が一個欠けた串を手に、立ち上がって空を見上げた。

地球外生命。この男、番頭ならぬのちの山片蟠桃（やまがたばんとう）が、まだ非科学的な学問の色濃い近世においてそのようなものの存在を認めていたことは驚きに値することであった。世界で見るならジョルダーノ・ブルーノが地球外知的生命の存在を著して異端者とされ火あぶりになったのが二百年前のことである。以来教会を恐れて沈黙する西洋だから、決して劣ることのない彼の斬新さは、日本においては突出していたといえるだろう。

松右衛門もまた、彼の気宇壮大さに打たれながら、昔、地動説を教えられた驚きの日を懐かしく思い出した。一藩の財政を動かす仕事にかかわりながら、彼はその役目を果たした人生の余白に、別な夢を据え置いている。彼が老後に山片蟠桃として書き上げる著作が『夢の代（しろ）』と題されることになるのは自然のなりゆきかもしれない。

「ほんで、どうなんや。松どんも、何か話があったんとちゃうんか」

急に話を差し向けられて、松右衛門は言葉に詰まる。用意してきた話はあるが、はたして彼はなんと反応するだろう。松右衛門は意を決し、袂（たもと）から、折りたたんだ画仙紙を取りだした。大きな帆をかけた和船の絵に、思いつく試案を書き込んだものだ。

「何やこれは。船か家を建てる時の書割か？　いや、そうか、松どんの夢かい」

「まあ、……そんなとこや」

持ち歩いているためいくぶんくたびれた紙面は、長年の航海を通じて考えぬいた船だ。いつか自分が船を持てるなら、ぜひともこうして作ろう、そんな、夢の新造船の図だ。

「けどなあ、船はなんとかこのまま作れそうやが、帆が、足らんのや」

「帆？　この絵には描いてあるが」

訊かれて、松右衛門は言いよどむ。絵だから描いた。それは幻の帆だ。

「風が吹けば板のように強く、人が扱うときには羽のように軽い。そんな帆が、みつからん」

惣五郎は絵に見入った。少年の頃と変わらぬ豪快な文字、成熟して巧くなった絵の端々に、強きをくじき弱きを助けた真っ直ぐな少年牛頭丸が健在だった。ふと、松右衛門がまだ高砂にいた頃、最後に描いた絵のことを思い出す。家では描けないからと塾に来て描く手は真剣で、何も見ないでそこまで描けるのは、心底、彼が船が好きである証拠だろうと納得したものだった。後になって、それは千鳥に贈る絵だったと多江から聞いた。

「松右衛門よ。これは、幻を現にするのが、おまえさんの、天の仕事とみたな」

惣五郎の言葉が彼の中で響いた。船頭として各地の港へ船で物を運んで店や一統を養うことが「地」の仕事なら、これは多くの人々を潤す「天」の仕事になるかもしれない。

「昔、松どんは、提灯を利用して天球儀を作ってくれたよな」

そんなことがあった。何かを考案しあれこれ工夫をこらしていると夢中になるのは、この年になっても変わらない。懐かしい記憶がよみがえり、そしてそれは静かに流れていく。

「松どん、作ってみろよ。銭がいるなら力になれる。――なあに、さむらいに貸して何にもならん死に銭にするよりずっと夢がある。銭も、活き銭になって喜ぶわ」

小さな体全体で痛快そうに惣五郎は笑う。思いもしない励ましだった。

きらり、松右衛門の頭上の蒼天のかなたで、小さな星が光った。

材木場には、船を新造するのに必要な職人たちがほぼそろっていた。どれも経験豊富な男たちで、松右衛門はそこに鍛冶屋の妹がまぎれこんでいることも、自分の姿を見て小さな声を上げたことにも気づかなかった。津祢の方では、さっき境内で見た大きな男が、父が仕事で組んでいる船大工の兵庫屋と一緒に現れた偶然に、すっかり驚いていたのだが。

——さっきの人や。鬼神がおらへんやなんて、神様の前で言うやなんて、罰が当たる。

茶店での二人の会話に仰天した津祢は、彼らが去ったのを確かめてから、ふたたび拝殿にもどって彼らの代わりに柏手を打ち頭を下げてきた。鶴亀、ツルカメ。めでたい言葉をつぶやくことで彼らの不敬を振り払い、神様に許していただけるようお願いして帰ってきたのだ。

「よろしゅうたのみます。私が兵庫津の御影屋の松右衛門です。こっちは徳兵衛」

松右衛門が紹介したのは故郷高砂から呼び寄せた弟だ。長年、老いた父を手伝って漁をしていたのを奪うようで気が引けたが、徳兵衛自身が兵庫津に来ることを熱望しており、父も母も彼が家出同然に出て行くのを黙って見ないふりをしてくれた。親の心がわかるだけに、松右衛門はこの弟をひとかどの者に育てる責任があった。知工（ちく）として仕込んでいるのは、彼が商才に長けており、松右衛門に足りない商人としての働きで身を立てられるのではないかと見ているからだった。

「兵庫にも造船屋はありますのに、わざわざ大坂で新造していただくとは」

船大工の永兵衛は五十がらみの落ち着いた男で、目を細めながら松右衛門に言った。

「それはもう、最高の船を作るなら、やっぱり浪華で作るしかないでしょう」

主流となった弁財船(べざいせん)は瀬戸内で発達しただけに、播磨でも四国でも、どこの港にも造船所はある。だが大坂には資材も技術もあらゆる先端のものが蓄積されていた。商品流通がこれほどまでに増大した江戸時代中期、廻船は五百石を超える大型船も出現していたが、そのほとんどが大坂で建造されている。割高にはなるが、最高のものを作るにはいたしかたなかった。

「まかしときなはれ。ええ船にはええ材木や。まあ銭と相談ですけどな」

割って入ってきたのは材木商の有田屋樟左衛門(ありたやしょうざえもん)で、松右衛門と同年代の若い商人だ。

「まずは航(かわら)から選びましょか。欅(けやき)をお勧めしたいが、ちと値が張りますかな」

有田屋は、松右衛門がどの程度の予算でいるか値踏みするかのように、傍らに立てられた材木を示した。船底兼竜骨といえるのが航で、船首から船尾まで通るもっとも主になる底材をさす。これに根棚(ねだな)、中棚(なかだな)、上棚(うわだな)と、長い板を組み合わせて船体が構成されるのだ。

「樫(かし)なら薩摩や日向のものがよいと聞いたが、肥後ものなら上等かな」

松右衛門が怖じることなく希望を伝えると、即座に有田屋は提案する。

「松でどないだす、肥松(こえまつ)やったら樹脂が多いよって、上木でっせ。このあたりですかな」

松右衛門は立てかけてある材木を鋭い目配りで眺めていった。柾目(まさめ)を確かめ、手で触り、時には拳で叩いたりして選ぶが、やはり有田屋は専門家、説明にはいちいち頷かされる。船の舳先で波を切る水押(みお)し、戸立(とたて)、床船梁に轆轤座(ろくろざ)。慎重に、次々と材木を決めていく。

「帆柱は？　杉と決まっとるが、二尺はほしい」

船体の九割という不均衡なまでの長大さを持つ帆柱は、千石積みで太さ二尺半、長さ八十五尺に達する。価格もそれ一本で船全体の一割を占める。

「松明柱でどないだす？　二尺半でも三尺でも作れますが」

　何本もの細い杉材を束にして鉄のタガで締める柱を松明柱といい、半額ですむ。だが承服しかねて、奥まった場所に立て据えられた大木に目を留めた。みごとな杉であった。

「秋田の杉だす。こないだまで水に浮かんどった百年物ですわ。けど、売約済みだす」

　太閤杉とも呼ばれる上物である。聞けば、誰とは言わないものの同じ廻船問屋の注文という。堂々たる太さ、長さ、まっすぐさ。松右衛門は諦めきれない思いでもう一度その木を眺めた。

「これだけ太い木、いったいどないして秋田から運んだんか……」

　やはり松右衛門の関心はそこに飛ぶ。遠く陸奥の沿岸から佐渡を通って、隠岐から本州の尻へ入って赤間ケ関を回り、瀬戸内へ。材木は何も語らないが、その海路のはるかさに思いをはせれば、松右衛門には木の頭頂から波の音が聞こえる気がした。

「さすが目の付け所がちゃいますな。木材は船に積める長さの木しか積み込めませんが、現地ではもっと丈のある立派な木がぎょうさん切り出されて川を下ってきよります。あれなら孫子の代までびくともしませんやろ」

　胸を張る有田屋を、松右衛門はまぶしく見返した。まさか後年、彼が秋田から船の丈より長い杉の大木を運んで日本海を下り、有田屋を驚かす日があるなど思いもせずに。

「ええ船ができますなあ。おそらく兵庫津では一番か二番の上物の船ですやろ」

　すべての木を選び終えて有田屋が言った。一番、と断言しなかった理由は後で判明するが、わざわざ松右衛門が大坂で新造する目的はそこにある。大坂には全国の船が参集するだけに、一番にせよ二番にせよ最高の船を作れば、噂は大坂から一度に広まり、兵庫津と御影屋の名も上がる。彼はそのように平兵衛を説得し、法外な予算を納得させたのだ。

「ほな、『釿始め』をいつにするか、日を選びまひょか」

新造船は、家を建てるのと同様、最初の仕事から完成までにいくつもの儀式がある。船大工の永兵衛は暦を取りだし、実直そうなその顔を松右衛門に向けながら日を選んだ。

幼なじみの惣五郎とは神も仏も存在しないと語り合ったが、船は自分一人のものでないから、他の者らが験担ぎをする以上、世間並みの儀式を省くつもりはない。

「よろしゅう、おまかせいたします」

すべてを決め終わると、有田屋が如才なく、夜に一席設けるのでぜひ立ち寄ってくれと誘った。だが松右衛門は商用がある、とさらりと断り、外に出た。

「兄ぃ。やったな。ついについに、俺らの船や」

ころげるようについて出てきた弟の徳兵衛が我慢しきれず、はしゃぎ声を上げた。

俺らの船。——むろん所有者は平兵衛だが、これを実際に乗り回し日本の海を駆け巡るのは松右衛門だ。彼にも、胸を突き抜けるような感慨があった。

沖船頭に昇格したのが二年前。船主から言われるままに荷運びをする船専門だが、船の中では水主たちの頭目である。徳兵衛たちは泣いて喜んだものだった。

このとき、北風の湯では、ちょっとした事件があった。皆が松右衛門を祝ってくれる場に今津屋の桐太が現れたのだ。いずれは誰より早く沖船頭に、と目され、大勢の子分まで養いながら、一歩、松右衛門に先を越されたことがやりきれなかったらしい。

「おまえ、調子に乗るなよ。正月や大晦日にも船を出すようなヤツに、俺は負けへんぞ」

彼とは新綿番船でも何度も競ってきたが、今後は松右衛門が賃積み専門の菱垣廻船に乗り組むことはなくなる。好敵手がいなくなることを喜べばいいのに、桐太の目はつり上がっていた。

「桐太の兄ぃ、ここは祝いの席や。あっちで飲みましょうぜ」

同じ塩飽衆の仲間がなだめて連れ去ったが、港には他にも、松右衛門の昇進を妬み、やっかむ連中がいるということだ。けれどもその一方で、

「ああ夢みたいや。兄ぃが御影屋の旦那にかわいがられて出世したおかげで、俺ら一統までひきたててもらえる。ありがたいことや。兄ぃ、これからもたのんますで」

浮かれる徳兵衛のような身内や一統は、ますます松右衛門への信頼を篤くし、あらたに子分も引き入れる。船頭になるということは、これら大勢の船乗りの生活を背負い込み、また、競う同業者らにも水を空けられないで走り続けるということだった。

あれから二年。松右衛門は一度も失敗なく荷運びをやりとげ、御影屋に富をもたらし続けた。また、自身、航海における経験を重ね、技術を磨いた。学んで知っていったことが、今では生まれながらに知っていたかのように血肉となり、後輩の水主たちから教えを乞われるほどである。

そんな時、平兵衛がこの新造船を言い出したのだ。

「マツ、お前と一緒に、夢を見ようかい。買積商いに進出するでぇ」

御影屋は長らく菱垣廻船として問屋の荷物を運ぶ荷所船の仕事が主で、運賃のみで儲ける輸送業者でしかなかった。商品を売買する権利は株を持っている問屋に限られたからだ。だが、このたび北風家の尽力で、兵庫で十二軒しかない株のうちの一つを回してもらえることになったのだ。

兵庫津ではこの時期、買積商いへ進出した店が他にもあって、兵庫津を母港とする廻船は三十艘に迫る増加をみせている。そんな中、平兵衛も、五十半ばでやっと巡ってきたこの株を最後の好機ととらえ、攻めに出る気になったのだ。

「俺一人では考えんかった夢や。マツ、お前がいてこそ成る夢や」

まるで青年のような目をして平兵衛は言った。たしかに、荒波を乗り越える胆力と経験があってこそ成せる事業である。命を張った危険な航海ではあるが、その見返りは想像を超える。まず北前や蝦夷地には株という幕府の縛りがないから、各自の才覚によってその地でどんな品が需められているかを見極め、有利な値段で売買をすればよかった。船が商店となってみずから動いていくわけだが、蝦夷地を一往復すれば千両の富を築けるとも言われていた。米の穫れないかの地では、衣食住のあらゆる品を外から買ってこなければ暮らしていけないのだ。北前船が宝の船と言われるのはそのためだ。

「御影屋の旦那には二人も息子があるっていうのに、あえて兄ぃに船を作らせ、沖船頭にするっていうのは、もう後継者として指名されたようなもんやないんかい？」

人が羨むほどの境遇に、徳兵衛の声も上ずっている。この十年あまりで松右衛門が御影屋にもたらした利益がそれだけ大きいわけだが、とりわけ茂世という後ろ盾を得て北風家にかわいがられたことが、御影屋に有利な仕事を回すことになったのは事実である。

そして今後についても、先だって、平兵衛の考えを聞かされ話し合ったばかりだった。

さむらいの家ならすんなり長男に譲ればよい。長い泰平のうちに職務は武人というより役人化しており、極端に言えば能力がなくとも相続は可能だからだ。事実、それが結果として幕末に、迫る外国の脅威という国難で上級武士の無能ぶりを露呈し、下級武士の台頭を促した。

対して、商人の世界では能力を何より優先する。血脈に従って親が実子に家督を譲っても、経済という怪物を相手にするには力がなければたちどころにつぶれてしまうからだった。たとえば惣五郎が奉公する升屋でも、使用人にすぎない彼の能力を見込んですべてを託したからこそ店を存続させられた。そのことは平兵衛も重々わかっている。

「うちの息子どもがいっそ娘やったら、マツ、お前の嫁にもろてもらえばすむ話やが」

平兵衛の声はいつになく弱気だった。子を思う気持ちは誰でもやわだ。

「げっ。旦那、やめてください、平吉ちゃん方が俺の嫁だなんて、ぞっとしねえ」

声を上げて笑いながらも、彼の嘆きを理解した。同じ兵庫津の今津屋が、つい先月、上の娘に船乗りの婿を迎え、店がめでたく安泰となったのを間近に目にしたばかり。その婿というのがあの桐太というから港じゅうが驚いたが、廻船問屋の主人に収まるというなら船乗りとしては上がりである。今津屋ではこれを祝して新造船を作るらしいとのめでたい噂も聞こえていた。

片や、こうした閨閥を持たず、親戚でもない松右衛門にたよることを、平兵衛が不安に思う心中は痛いほどわかった。平水主の時代から、たしかに平兵衛にはよくとりたててもらったが、商人として彼が損得をしくじらないのはよく知っている。信頼していた佐之介を解雇した時の非情さを、松右衛門は忘れていなかった。船を動かし店を存続させていく現実の中で、情が時としてさまたげになるのを平兵衛は知りぬいているのだった。

思案はどうすれば彼を穏やかでいさせられるか、に尽きる。

鍵は、平兵衛の二人の息子だった。松右衛門には、当然、彼らへの遠慮がある。二人ともまじめに働くいい青年であり、仕込んでやってくれと託されて、何度も一緒に船に乗ってきた。けれども船乗りとしての才覚ばかりはどうなるものでもない。この十年で平兵衛はそのことを痛感し、店の運命を賭ける新事業にも、息子ではなく松右衛門に将来を嘱望するようになったのだった。といって、これをないがしろにすれば平兵衛もただではおかないだろう。難しい舵取りだった。

苦渋のすえ、松右衛門が出した答えは、寺請証文の移動だった。

この国には厳格な寺請制度があり、人は土地に縛られている。今まで松右衛門は高砂の十輪寺に証文を置き、宗門改にはそのつど高砂へ帰っていた。それを起こして平兵衛と同じ兵庫津の永福寺に移し、新たに請けてもらうのである。

「証文移す、ゆうのか。この兵庫津に？　――未来永劫、兵庫津にいてくれる、ゆうんか」

驚きながらも平兵衛は重い苦悩から解放されるとばかりに喜んだ。それなら自分が死んでも松右衛門は息子たちの周辺を離れずにいてくれる。船を持っていてもそれを動かせなければ意味はないが、松右衛門が船を動かしてくれる間は御影屋も息子の将来も安泰だからである。

むろん松右衛門には大きな犠牲であった。感傷も深い。高砂の父や母は、徳兵衛を呼び寄せた数年後に亡くなっており、松右衛門が船頭になったことも知らずに死んだ。息子が大きな騒ぎを起こさずおとなしく千石船に乗っているというだけで安心して逝ったはずだが、まさか墓ごと、見知らぬ兵庫津へ連れ出されるとは思ってもいなかっただろう。親不孝な息子である。

ほかには近しい親戚もいないから、これで名実ともに故郷高砂とは縁が切れる。そう、千鳥のことも。

目を閉じればまだ瞼の裏に、月夜の海の甘い記憶がよみがえることが、つん、と寂しい。そのようにして、少年時代にまじわった人々すべてが遠い存在になってしまうのは、自分が何者でもなくなるようで、なんでもないと言えば嘘になろう。だがその分、平兵衛には松右衛門の誠意が伝わるはずだ。煩雑きわまりない手続きが待っているのも、彼には承知の事実であったし。

もう他には何も持たない。故郷まで手放した。それらを代償にしての新造船であった。

松右衛門は懐からあの図面を取りだして空に透かす。

ずっと温めてきた俺の船。しかし、この絵の半分を占める帆が、まだみつからない――。

溜め息とともに、空を仰いだ。雲一つない晴天だった。その空に、今も星があって自分たちのような生命が住むなど、とうてい考えられない深い青。惣五郎め、と笑みを洩らす。

新造船は職人たちに任せればよかった。廻船も、無理をしないで走らせればよい。「地」の仕事は順調だ。ならば彼は、惣五郎と約束した「天の仕事」にかからねばならなかった。

「幻の帆は、やっぱり俺が作るしかないんかのう」

つぶやけば、徳兵衛が聞きつけてのんきに応じる。

「あの大きさなら帆は二十二反帆（たんぽ）ってとこかい、兄ぃ」

弁財船は帆船なので、広大な面積を持つ一枚の帆によって走る。しかしそんな巨大な布は存在しないから、一反ずつ、縫いつないで幅を増やすのである。船の大きさに比例して帆も大きくなるため、帆が何反縫いつながれているかを見れば船の大きさがわかることになっていた。これが反帆という単位として呼び習わされており、五百石積みでは二十反帆。千石なら二十四反帆。大量の木綿で織られており、その修理も並大抵の手間ではなかった。

「けど兄ぃ。積んで行く木綿も仕入れにゃならんぞ?」

北前では、どの町でも木綿を積んでくる船を待っている。寒冷な土地では木綿は育たず、西国でしか穫れないため、大坂から運ぶしかないからだ。そのため昔は、関西から日本海側への運輸は、まず淀川の舟運を用いて大坂から伏見へ上り、陸路で近江に至って、琵琶湖の舟運を用いて敦賀まで運んだ。そしてそこからはまた海路、北前の海へ積み替えて行く。手が掛かり、面倒きわまりない行路だった。ところが河村瑞賢（かわむらずいけん）による西廻り航路を使った海運輸送なら、大回りではあるが敦賀を経由する陸上輸送よりはるかに運賃が安く、大量に運べた。沿岸の港湾施設も徐々に整備され、今ではこの航路による輸送が主流となっているわけだった。

「ほんじゃあ徳兵衛。おれは難波村の河内屋と平野屋を回ってくるからおまえは帰れ」

感慨を断ち切るように松右衛門が言った時だ。背後から声をかける者があった。

「あのう、旦那。よろしければ、うちの舟でお送りしましょうか」

いつからそこに来ていたのか、それは鍛冶屋の善兵衛、津祢の兄だった。

「難波村ならすぐそこですから、妹に舟を出させますが」

言うと同時に名指しされ、津祢はえっ、と顔をこわばらせた。何を勝手なことを言う。

「この津祢は、子供の頃から舟を操っとりますから、市中の堀なら庭みたいなもんです」

それはその通りだがとうなずくうち、こんな小娘が、といぶかる様子もなく、松右衛門は、それは助かる、と津祢を見た。気の強そうな太い眉の下で、目が和んでいた。これまで遠まきに眺めていただけの男の顔に、津祢は初めて真正面から向き合った。

「どうぞ。舟はこっちです。ほれ、津祢、たのんだぞ」

勝手に話を決めた兄をちらりと睨む。どうやら彼は松右衛門に気に入られたいようだ。しかたない、津祢は牛頭天王で買ったばかりの手拭いを頭からかぶり、赤い襷(たすき)で袂をからげた。

午後に入って日ざしが強くなっていた。川には流れがあるため、上りは艪を漕ぐ。舫(もや)いを解き、津祢は力いっぱい漕いだ。そして舟が岸を離れて進み始めたところで、松右衛門が言うのである。

「気が変わった。俺が漕ぐわ、代われ」

津祢が驚く間も与えず、大きな男がそばに来るから船がぐらぐら揺れた。だが、艪を奪い取るや、舟はすぐに津祢がやった時とは比べものにならない力強さでさかのぼり始めた。

津祢は彼が、浪華の花とも言われる新綿番船の選ばれた漕ぎ手であったことなどむろん知らない。毎年、兄とともに舟で観戦しているが、自分が見たどこかの光景に松右衛門がいたと知れば大はしゃぎしたであろう。しかし彼はそんなことは何も語らず舟を進める。

南へ下ればあっというまに左岸は難波村だ。彼も地理は心得ているようで、

「ここで待っとってくれるか。先に連絡ずみやから、商談もすぐ終わる」

素早く舟を舫って、行ってしまった。しかし、さほど待たずに、気むずかしそうな顔で戻ってくる松右衛門を迎えることになった。どうやら商談はうまくいかなかったらしい。

さて次や、と低い声で言うなり、松右衛門はぐいと艪を漕ぎ、舟を進めた。

「木綿の話、うまくいかんかったんですか?」

彼は振り向きもせず、むうと唸っただけだった。

彼が訪ねた仲買人が扱うのは河内木綿で、通気性がよく、乾くのも早く、松右衛門がまっ先に目を付けた品だった。だがどちらも大坂の問屋がしっかり食い込んでいて、直に買い取りを望む松右衛門を受け付けない頑なな体制ができている。

「みんな安定に慣れて、新しいことはやりたがらんのやなあ」

「そんならいっそ河内へ行ってみたらどないだす? あそこは木綿の産地ですよ」

余計なこととは思ったが、たしか姉の三輪が預けられたのも河内の木綿農家で、川を東へ進んだ生駒山の麓あたりと聞いている。その一帯では、年貢で取られる米はそこそこに、現金に代わる木綿の方に金肥をつぎ込み、せっせと上質な木綿を作っているという。

「なるほどな。仲買人やのうて直に百姓を当たってみるか。ええ考えかもしれん」

「町の中を抜けて大川に出るまではウチが漕ぎます」

「ほんならこれをかぶっとけ。子供は先が長いのに日焼けしたら台無しや」

子供、と言われたことに納得できないながらも、津祢はもらった笠の顎紐を結んだ。

「で、代わりに、その手拭いをくれんか」

彼もまた菅笠をかぶって、子供のように手を差し出してくる。

牛頭天王で買った手拭いなのに？　一瞬、激しくためらって、手拭いと松右衛門とを何度も見比べる。だが、しかたなく首からはずして手渡すことにした。

松右衛門は広げてその文字を眺めて読み、満足げだ。変わったお人や、そう思った。

京町堀は午後ともなると鮮度を争う雑魚場や魚市場に出入りする舟も減るが、永代浜では干鰯の商いがまだ引きも切らず賑やかだった。菱垣廻船が江戸からの帰りに積んでくる房総産の干鰯が主で、それが上方の肥沃な土となるのであるから需要は小さくなかった。

「川はええのう、退屈せん。海も、岸伝いなら景色のええとこがあるのやけどな」

岸の風景を眺めながら松右衛門が言う。海からの景色で言うなら高砂の浦が一番だと。

「昔、唐という大国の使者が難波津まで来ていた頃、こない言うたそうや。おお、日本にもちょっとした江があるやんか、ってな」

江？　とつぶやき手が止まる。津祢は寺子屋には行ったから読み書きはできるが、漢字は数えるほどしか知らない。

「川の大きいやつが『河』で、それよりゴツいんが『江』。唐は広大な大陸やから、川とゆうても対岸が見えんくらい川幅が大きく、島も浮かんで、とてつもなく長いらしい」

松右衛門は川という漢字を一度に三つ、示してくれたことになる。津祢は艪を持つ手に指でそれを書きながら、それぞれの長さ、大きさを思って首をかしげた。

「そやけど難波津のどこに、その『江』があったんですか？」

「瀬戸内海や。あれを見て唐人たちは、ちょっとした江、と言うたそうや」

「うそ。瀬戸内海を、『江』や、って？　そんなら唐国の海はいったいどれだけ大きいの」

「そやな。まず『灘』がある」

松右衛門は指で空に書いて教えてくれようとしたが、これは難しすぎて覚えられない。

「灘は、岸から見て前の海、とでもいう感覚やろな。ちょっと広い海がある、ってとこか」

「海は一続きと思っていたのに、ちょっと広い海にだいぶ広い海、違いがあるん?」

「そうやぞ、ちょっと広い海は全国どこにでもある。播磨灘に熊野灘、遠州灘に響灘、玄界灘。そこを超えたらまた別の、だいぶ広い海が待っている。そやな、『洋』や」

いきなり目の中に累々と波を打ち寄せる広漠たる海が見える気がした。人は海一つに対して、なんと思い入れ深くたくさんの表現を持つのだろう。

「瀬戸内は穏やかやが、日本海に行ったら全然違う。寒くて、神無月にはもう雪が降る」

津祢は目を見張る。大坂では一年を通してめったに雪を見ることはない。

「そやのに着るものは麻しかないから、大坂から運ぶ木綿をどれだけありがたがるか。どれだけでも運んでやりたい、売ってやりたい。問屋を通せば時間がかかるからな」

松右衛門が饒舌になるのは珍しかった。なぜだろう、川船では何も気を張らず喋っていられる。舟はいつか大川に出ていた。お城が右岸に堂々たる姿を現して、八軒家浜(はちけんやはま)では京から下ってきた舟で岸辺の賑わいも並でなかった。艪を松右衛門と交代する。後はただひとすじに東へ進めばよかった。とはいえ決まった訪ね先があるわけではなく、彼は勘を頼りに飛び込んでいくつもりでいるらしい。

やがて生駒の山を背景に、丹念に手入れされた木綿畑が開けてきた。川辺には田畑への水路や取水口、舟着場など、こまやかに人が工夫を尽くした設備があり、点在する家々もゆったりして見える。日下(くさか)村である。

「あのう、うちも降りて、いいですか？」

降りて何をする、と言いたげな松右衛門の顔に、少し考え、こう答える。

「うちは浪華育ちやさかい、女の人相手なら話も何かとなめらかに行くかと思って」

飛び込みの商談に、いきなり彼のような強面の男が訪ねて行くよりまし、とは言えず、

「知らんけど」

と付け足してみた。断言したものの不確定な場合に補う浪華言葉だ。

好きにしろ、と言わんばかりに松右衛門は歩き出す。岸に上がれば見渡すかぎりの田畑が広がり、稲と綿、ほぼ半々の面積で耕作されている。三輪が育った家もこのうちのどれかだろうか。どこの家でも綿から糸をつむいで布を織る家内工業が浸透しており、三輪も幼い頃から一日中糸繰りを手伝わされて指先の皮がすっかり固くなったと話していた。

松右衛門が訪ねて行ったのは、道からも見える庭に面した大きな家で、明るい縁側で織機に座った女がはたを織っている。表の土間には何軒かの農家が生産した木綿をまとめて集積してあった。名主の家なら、村の利益を考えて話に乗ってくれるかと期待して飛び込んだのだが、いきなりの交渉には警戒心が強く、「また考えときますわ」でいなされてしまった。無理ないことではある。

また出直すことにして舟にもどってみたが、津祢の姿がまだなかった。

やれやれ、めったに来ない土地が珍しくて迷子になったのか。

煙管を吸いながらしばらく待った。あらためて眺める風景は、こまやかに人の手が入れられた整然たる緑の田畑だ。松右衛門は、惣五郎から聞いた陸奥の、耕地を放棄して逃散してしまう村の荒廃を思い比べた。ここはなんと豊かな土地だろう。近くの畑で、天秤棒に木桶を二つぶら下げた男が水やりをするのが見える。精が出るな、と声をかけたら、男は、

「そりゃ、木綿は金のなる木やさけえ」

と菅笠の下で笑った。たしかに、米はいくら作っても年貢で持って行かれるばかりだが、木綿はさむらいには手が出せない。取り上げたところで売るすべを知らないからだ。だから百姓たちは木綿に手間暇かけて水や高価な魚肥を注ぎ、生産性を上げる。おかげでさっき訪ねた名主の家でも、木綿で儲けた金をさむらいに貸し付けているという逆転が起きていた。

「ここの百姓は頭がええな」

いや、陸奥も出羽も、東国がここほど気候がよければ同じことが可能なのだ。寒冷地という負い目には、また別な知恵が必要なのであろう。それが何とはわからぬままに、松右衛門は男が道端に置いた空桶の前でかがみこんだ。水を入れれば相当重い。逐一下ろして柄杓で水を掛けるのも一苦労だろう。底の一部分を抜いて棒を付け、手元の梃子で自在に開け閉めできる工夫をすれば楽だろうに。

「はあ。そりゃそうだが。お前さん、よくそんなこと思いつくな」

感心されたが、簡単なことだ。松右衛門は実際に桶にそんな改良を加えてみよう、と煙管を収めた。そこへ津祢がもどってきた。

「旦那さん、うまいこといきましたえ。木綿、売ってくれますって。早よう、早よう」

嬉しそうに手を振るのに、松右衛門は、は？　と、目を白黒させた。

「そやかて木綿、買いに来たんでしょ？　ウチも一件、取り付けましたえ」

松右衛門の反応が鈍いから、津祢は口を尖らせ早口で言う。

「できるだけええ値を払て(はろ)てあげてくださいね。無理して売ってくれるんですから」

聞けば、同じ家の裏に回って隠居所を覗き、老婆に直接交渉してきたという。縁側には古いが使いこなしたはたおり機があり、彼女が織り手であるのは確信できた。

「ウチでは不審がられるから、兵庫津の御影屋さんを名乗りましてん。かんにんやで？」

その御影屋が河内木綿の質の良さに感嘆して直接買い付けに来た、と切り出したという。

「御影屋さんは遠く日本海の町まで、はるばる木綿を運ぶんやでと教えてあげました。ほんで、かの地は大坂とは比べようもなく寒いから、ここの木綿がどれだけありがたがられるかを教えてあげましてん。お婆さん、おかわいそうにと目に涙を溜めてましたわ」

すべて松右衛門からの受け売りだが、神無月にはもう雪が降り、御影屋が運ぶ木綿を今か今かと待ちながら粗い麻の衣を着て震える人がいる、ともつけ加えた。

「問屋を通すとえろう時間がかかると教えたら、気の毒に、ゆうて、すぐに出しましょ、って」

「おまえ、それは、……」

呆れ顔の松右衛門にかまいもせずに、津祢は老婆の家まで引っ張っていく。どうやらここの村すら出たこともない老婆は、遠い日本海に思いを馳せ、見知らぬ北国の人々に同情したらしい。

「うちらの織る木綿が、そんな遠いところでありがたがられてるなんぞ、知らなんだ。北国では木綿が穫れんことも知らんと、なあ。そりゃあさぞお寒いことですやろ。どうぞどうぞ」

老婆は心から北国の人を気の毒がった。そして、正月に孫に着せるつもりで織った反物を、大事そうにさしだしてきた。

「おおきに、おばあさん。これはきっとこの旦那さんが、北国へ運んでくれますよ」

「おお、おお。そうかいね。あんた可愛らしい娘っこじゃ。うちの孫の嫁にほしいのう」

すっかり打ち解けている二人を、松右衛門は啞然と眺めた。

老婆の胸の内を思えば無理もない、はたを織る間は彼女自身もはたの一部になって、ただ織り上げることに終始するから、自分が織った品がどこの誰に渡るかなど想像もしなかっただろう。それが、津祢によって、布の行く先が見えたのだ。老婆はまるで嫁に出す思いで売却を許したに違いない。

「そうかい、ばあさん、ありがとな。この布は、大事にしてくれる人に渡るようにするよ」

松右衛門は相場より多い代金を払った。老婆は思いがけない現金収入に驚き、こんなにもらっていいのかと念を押しながら、銭を何度も何度も目の前にかざして眺めた。

「おばあさん、御影屋さんが、きっと伝えてくれるよ。徳を積んだねえ。木綿の温かさもうれしいけれど、北国の人は、おばあさんの情けに暖まるだろうからね」

津祢は心から喜んだ。老婆がさし出した木綿には、それだけでふんわりと暖かいぬくもりがあるような気がしたからだった。

松右衛門は、舟が動き出すまで無言だった。帰りはふたたび津祢が漕いでいる。

「よかったですね、売ってもらえて」

あまりに津祢が晴れやかで、そして嬉しそうだから、ようやく松右衛門が口を開いた。

「そうやのう、そやけど、たった一反ではな」

喜びようが津祢と同調していない。当然だった。松右衛門は廻船の船頭という海商なのである。たった一反の木綿では話にならない。

理由がわかって、あ、と津祢は消沈した。自分はなんと子供なのだろう。たった一反、買い取ったことで手柄をたてた気分になって、褒められないのを不満に思っていたりした。

急に元気をなくした津祢に気がつき、松右衛門は、ははは、と意味なく笑って肩を叩いた。

「いや、たいしたもんや。お前の言うとおり、商品には作り手と買い手の情ってもんがあるんを、忘れとった。ただの仕入れ値、売値の交渉だけではうまいことといかん」

それは褒め言葉なのか。だが津祢は恥ずかしくて顔向けができなかった。

「出直す時には、水やりの桶を改良したのを持ってきてやろう。便利になるから喜ぶぞ」

よくわからないが、松右衛門の声が弾んでいるのは、この交渉に希望が見えたからだろう。津祢も少し明るくなった。降りぎわに、彼は財布から銭を摑んで津祢にくれた。

「おまえには教えられた。おまえのやりかた、使わせてもらおうかい」

駄賃はじゅうぶんすぎる額だった。だが、津祢は不満顔で、訴えずにはおれなかった。

「あのう、旦那さんに言うておきたいんですけど」

なんや、と振り返った顔が、まだ何かほしいのか、と言いそうだから、津祢は口をとがらせる。

「あのね、旦那さんはうちを子供やと言わはったけど、うち、今年で十六です」

驚いて、松右衛門は津祢をしみじみと見た。穴があくほど見た。津祢はわざと大きく顔を上げ、笠の下の自分の顔が見えるようにした。

すぐにも彼が無礼を詫びてくれるのかと思ったが、ははははと豪快に笑った後で津祢の頰の疱瘡の跡をちょこんとつつき、また大声で笑い出すから面食らった。

「そうか、十六か。うらやましい。俺の半分やないか。志さえ立てれば何でもできるぞ」

そしてもう一度笑った。なんだ、自分も額に古い切り傷があるくせに。松右衛門の顔を見上げて、津祢は思った。本当に津祢の倍の年齢？　そんな年寄りには見えないが。

あれだけ青かった空で陽は傾き、堀川の正面に落ちていく。大きな男を乗せて、か細い娘の漕ぐ舟はまっすぐ堀を下っていった。

「なあ、善さん。一家の飯をまかなう銭はどないしたらええの」

家に帰ると異母姉の三輪が善兵衛をつかまえて言った。父よりあしらいやすいと見えるのだろう。案の定で、気弱な彼はいさかいを避けたくて、黙ってあり合わせの銭をさし出した。

「おおきに善さん、こないにあったら明日はもうちょっとましなもん作れるわ」

てきめんに三輪の顔がやわらぐ。津祢は見かねて、兄の前に進み出た。

「姉さん、明日はうちがやるから、もっと安く上げるわ」

「何ゆうとん、あんたは作業場へ行くんやろ？　うちがやるし」

三輪は引かず、さらに津祢に言い返す。

「あんた、その顔まっ黒けやん。痘痕を隠すんはええけど、ほどほどにしときよ」

ぐさり、言葉に刺されて頰の痘痕を手で覆った。

「そうそう、お父ちゃんのお酒が、もうあらへんねん。酒屋、まだ開いてるんやろねえ」

暗に、津祢に酒を買いに行けという指示だ。彼女が来てから父に晩酌を出すようになり、その実、酒量は彼女が飲む分が圧倒的に多いのだ。疲れて帰ってくるのだから酒ぐらい楽しませてやれとの言いようには、津祢たち兄妹を育てるについて父が他に何の楽しみもなかったはずとの皮肉がこめられており、津祢も善兵衛も何の反論もできない。母亡き後、男手で二人を育ててもらった恩は、どのようにしても返せないとは自覚している。

父も、自分の都合で里子に出した負い目で、三輪には強く出られない。それどころか、三輪に勧められて飲み始めると、際限なく酔い潰れるのは現実からの逃避だろうか。

その時、三輪が目ざとく、津祢の胸元に挟んだものをみつけた。

「あれま。津祢ちゃん。その懐に入っているのは何やろな？　銭ことちゃうんか」

はっと胸元を押さえたが、遅かった。松右衛門が舟案内の駄賃にとくれた小銭を、懐紙に包んで懐に挿したままであったのをみつけられてしまった。

「儲けたもんは一家の実入りやで。ほれほれ、この銭で、早よ酒を買いに行っといで」

言うより早く津祢の懐に腕を伸ばして懐紙をつかみ出す。

こんな時には兄だけがたよりだが、三輪のことはただ避けるばかりで、津祢が困りはてていても見て見ぬふりか、今日も薄暗い行灯の傍で何やら作業に没頭している。彼はまったくの職人馬鹿で、珍しい鉄の物を預かったとかで、飯も食べずに取り組んでいるのだ。

何かと覗き込んだら、大きな錠前である。日本のものづくりは基本は再利用だが、何年も海を漂っていたというその錠前は、見たこともないほど上質の玉鋼（たまはがね）という。

「松さんから預かったんや。あの人、船乗りのくせにこういう造作物が好きなんや」

錠前なら錠前職人の領域だろうに、善兵衛もまた金属製品と見ると目がなくなる。天性の鍛冶職人といえるだろう。松右衛門とは妙なところで気が合ったものだ。

「兄さん、それなら松さんと船に乗ったら？　ほんで、金比羅さんに連れて行ってよ」

ちょっと広い海や大きい海。せめて津祢も気を晴らしたい。神様仏様、牛頭天王様。いったいこの先うちらはどうなるんでしょう。津祢はそっと溜め息をつく。

すぐに御影屋の船の建造は始まった。規模は七百石積み。造船所では大きさにかかわらず最初に釿（ちょうな）始めの儀を執り行うのが通例だった。この規模になると、動員される大工だけでも総勢四十人、木挽（こびき）五十人という大工事である。

祝儀の日には、職人の女房たち総出で手伝うのは当然で、津祢も手伝いにかり出された。死んだ母は、誰よりこうした場では活躍し、父の男を上げさせたと聞いている。津祢も早くそう言われるようになりたかった。姉の三輪にも声がかかったが、

「いやなこっちゃわ。タダで働くなんて」

臆面もなくその場で断っていた。育った家でも嫁いだ家でも、綿から糸を作る手伝いをさせられたが、根を詰める細かい作業がいやで、ついに怠惰が理由で離縁になったようだ。

「ああ見えて、苦労しとるんや、三輪は」

父がこぼした言葉が胸に残り、苦労など知らずに育った自分たちを思えば少しは彼女に楽をさせてやろうと譲る気にもなる。だがそれにつけこむ三輪であるからたちが悪かった。

兵庫屋の屋内には大きな台座が完成していた。ここに船の主軸、航(かわら)となる主木を置くのである。前方には祭壇が設けられ、儀式用の米や酒に肴も供えられていた。

居並ぶのは平兵衛はじめ、松右衛門ら御影屋の面々、それに職人たちで、神主が祝詞を上げると、黒い半纏の木挽たちが数人がかりで一本の材木を担ぎ、ゆっくりゆっくり進んできた。みごとな欅(けやき)であった。ここでも唄は欠かせず、木挽たちの伸びやかな声が響き渡る。

サァ　山で子が泣く　山師の子じゃろ　ヤレ　他に泣く子がいるじゃなし　エンヤノエンヤ

女房や子供は　苦にはならぬ　ヤレ　いっぺん引いたら　こっちのもんだよ

西洋人がこの儀式を見たなら、またしても日本の木こりが歌うということに感動したに違いない。西洋の森は黒くて深く、人が征服すべき異界だが、日本では、人は山や森の恵みによって生かされているという感覚ゆえに、全国各地森あるところで木挽歌は歌われた。むろん土地ごとに個性があるが、子供が泣いてもかまってやれないほどに孤独でつらい仕事であったことは共通で、どこの山でも朗々と歌い上げることで嘆きを晴らし、過酷な労働に励んだものだろう。

こうして航の木が設置されると、神官が祝詞とともに秘歌を詠み上げるのに合わせ、大工の棟梁が材木の方に進み出て、表面に数ヶ所、釿を入れていくのだ。

こつん、と打てばさくっと刻む。切れ味が命の道具が儀式の立役者だった。

むろん釿は鍛冶屋の作である。「善右衛門作」と銘が刻まれているが、その実、ほとんどは善兵衛と権太、若い徒弟が汗を流した結果であった。父は昨夜またしても酒を過ごし、顔色がよくないまま儀式に出てきたのが津祢には気がかりだった。

次に棟梁は吉方に向かって拝礼してから墨を打ち、曲尺(かねじゃく)を当てて、儀式は終わる。これら代表的な大工作業を模すことで、すべてうまくいきますようにとの願いであった。

「まいったまいった。えらい芝居がかったことやったのう」

締めの柏手、最後の礼。終わったとたん、松右衛門が自分の肩をトントンとほぐす。

「何やあの呪文みたいな唱和。『バサラタと万里の波に船浮けて』とか何とか」

「阿呆、バチが当たるぞ、マツ。あれは八百万(やおよろず)の神さんから船霊(ふなだま)さんをお招きしたんや」

さすがに平兵衛がたしなめる。彼にもよくわからない文言ながら、三回繰り返されるうちにありがたさがしみてくるのがふしぎだった。工事人たちが事故なく気を引き締めて作業に入るには、やはりこうした神秘的な儀式は欠かせないものなのだった。

あとは供物を下げての直来(なおらい)だ。この場で台座を囲んでの祝宴となった。

「さあお津祢ちゃんも、どんどん祝いのお酒、運んで」

棟梁の妻の指図で手伝いの女たちが動き出す。祝宴を通して職人たちには連帯や信頼が醸成されていくのだから、侮れない場であった。

津祢も懸命に立ち働いたが、盛り上がるにつれ気になっていくのは父の酒がぐいぐい進んでいることだった。注がれれば断らず、見るからに飲み過ぎだった。そっと近づいて、もうそのくらいにしたら、と注意してみる。

するとと父はいきなり大声を上げ津祢をはらいのけた。

「なんじゃ、おまえ、誰に命令しよんのじゃ。あっちへ行っとれ」

大声だった。津祢は凍り付く。大工の一人が、まあまあ、となだめる恰好になった。

何であろう、以前なら何でもなかったことが近頃まったくかみ合わなくなっている。

愕然として、津祢はその後何をどう働いたか覚えていない。ただ棟梁が立ち上がって、きりをつけたのが救いとなった。父も、権太に肩を借りて帰っていった。

散会となった後、悄然として片付けを手伝う津祢を松右衛門が手招きした。

「兵庫津からの客がおるのやが、すまんが高麗橋まで、また舟に乗せていってもらえんか」

酒が入って上機嫌な彼の顔。舟で行けば津祢は少し気が晴れる思いがして、二つ返事で飛び出した。彼の笑顔で、すでに心は晴れている。

外には、祝宴が終わるのを待って、子供を連れたおかみさん風の女が立っていた。年の頃からして彼の妻子かと思ったが、同じ兵庫津で親しくしている人だそうだ。小浪といい、子供は正太。家に残してきた亭主は飾り職人だと紹介された。

「どや、正太。今度は小さい舟に乗るぞ。このおねえちゃんが乗せていってくれるで」

松右衛門が言うと、不安げな少年の表情がようやく崩れる。聞けば、近眼がひどいらしく、一度大坂の医師に診てもらおうということになってやってきたのだ。医術でも大坂は最先端。近頃、高麗橋で、長崎帰りの蘭方医が評判になっているのを津祢も噂で聞いていた。

「目が悪ければ船にも乗られへん、と言ってやったら、やっと医者に行くのにうなずいてね」

母親の小浪が言えば、少年正太は松右衛門の腕にとびついて叫んだ。

「おいら、目を治して、ようなって、松どんみたいな船乗りになるねん」

「おう。船乗りになるんなら千里の先まで見えんとあかんからな。ちゃんと治しとけ」

松右衛門が正太の頭をぐりぐりと撫でれば、嬉しそうに飛び跳ねた。

「なんでやろね。船乗りになりたいなんて。父親の丈さんは廻船問屋の息子に生まれながら海が怖い、船が嫌だ、って言って陸を選んだのに」

小浪は半分嘆きながら、大坂までの航海でどれだけ少年が大興奮したかを話した。

「それはあんたに似たんだろうよ。血の中で、海が呼ぶんや」

あまり所帯じみて見えない小浪だが、あと二人も子がいるという事実に津祢は驚く。

「それだけ夫婦仲がむつまじいなら、もう一人生んで、俺にくれや。いい船乗りに育てるぜ」

「嫌ですよ。三人でじゅうぶん。それにどの子も、海に出したりするもんですか」

口を尖らせて言うのももっともで、彼女も父が破船の憂き目に遭っているのだった。

「それより松どん。いよいよ北前に行くんやから、かねてのたのみ、お願いするわ」

小浪の父を探すというたのみは忘れていないが、松右衛門がうなずかないのは、そう簡単なことではないからだろう。津祢は後で詳細を知る。

その間に正太をかまってやったら、年が近い分だけすぐなついてしまった。ねえちゃん、ねえちゃん、とまったくよく喋る少年だった。

「今日は俺も土佐堀へ訪ねて行く約束があるから、一緒に乗って行く。たのむぞ」

津祢にそう告げ、母子が乗り込んだ後から、松右衛門も舟に乗った。正太を抱えて舳先に陣取るが、四人も乗れば舟は満載。重く沈んだ船体を動かすのに、津祢は力いっぱい艪を漕いだ。

医者を嫌って手こずらせた息子が松右衛門の言うことは聞くので、小浪はほっとして川縁の景色に目をやる。舟は長堀を東へ進んで四ツ橋をくぐり、西横堀川を北上した。

「ねえちゃん、ねえちゃん、これ何？　お城か？」

本願寺のご門跡を右に眺める相合橋のあたりで正太が訊いた。見慣れている者には何でもない景色だが、兵庫津しか知らない小浪や正太には大坂の整然たる町並みは壮麗に映るのだろう。

「これはお御堂さん。南にあるのがお東さんで、北にはもうすぐお西さんも見えてくるわ」

優美な寺院の甍が流れ行く。明け六つ、暮れ六つ、本願寺から響き渡る鐘の音を中心に、商都大坂の一日は刻まれるのだ。大坂はいわば巨大な宗教都市ともいえた。

小浪がそっと手を合わせながら通過するので、津祢はつい余計な親切心を出してしまう。

「おかみさん、本願寺さんはありがたいお寺ですけど、個別に病を専門にお祈りするなら、これから行かれる高麗橋から二筋下がった道修町の、少彦名神社がええそうですよ」

本当は牛頭天王と言いたかったが、彼女の行く先とは逆方向だからしかたない。

「ありがとう、そうするわ」

江戸堀橋の対岸に船を着けて二人を降ろす。嫌がっていたのに、正太は、ねえちゃん待っててやー、とすっかり津祢にうちとけ遊び気分だ。

「たいしたもんや。婆もガキも、おまえにかかっちゃイチコロやのう」

妙なところで感心されたが、松右衛門はどうなのだ。全然イチコロではないではないか。

次は彼の訪問先だ。このまま北上すればすぐ土佐堀川に突き当たるが、わずかの間、二人きり。津祢は微笑みたくなった。

そこは大名の蔵屋敷や取り引きのある蔵元、両替商などが軒を並べる通りだから、今日の用事は木綿ではないのだなとわかった。

今日も彼は、こないだ津祢から取り上げた手拭いを首にかけている。

「牛頭天王を信仰してはるんですか？」

とろりとろりと舟端を打つ水を掻きながら、津祢が訊くと、彼はいいや、と首を振った。

「俺は小さい頃、牛頭丸という名前で呼ばれてたんでな」

彼の幼名の由来を聞いて、津祢はへええと合点がいった。

「母親が願をかけたというのに俺の乱暴は治らず、牛頭天王の評判をおとしめたけどな」

悔やむように彼は言い、水面をみつめた。思いがけない暗い顔だ。

「それは違いますよ、旦那さん」

即座に津祢は打ち消した。暗いもの、悲しいものは、反射的に打ち返したくなる。

「牛頭天王は、人を元気に、健康にするのがお仕事なんです。もの言わん子も乱暴な子も、へだてはあらへん。旦那さんも、人に迷惑かけるような無茶な乱暴する子供ではなかったでしょ」

松右衛門が驚いたように考えこむので、慌てて津祢は「知らんけど」と付け足した。

「ええのう、お前のその思考。どんなもんでもええ方に響く。母親に聞かせてやりたいわ」

何を褒められているのかわからなかったが、牛頭天王への誤解が解けたなら良いことだ。

「なんや知らんが、おまえとおると、明るうなる。八方ふさがりが、進んでいく。ええのう」

そんな嬉しいことを言ってくれるなんて。津祢は舞い上がりそうになりながら、力いっぱい艪を漕いだ。

この日もいろいろ、二人で喋った。彼の両親が、彼が生まれた時の予言を最悪に受けとめたこともこの時聞いたが、津祢は笑いが止まらず、

「うちゃったら、この子には牛頭天王がついてますねん、て世間に自慢しまくってるやろに」

と松右衛門の自嘲を吹きとばした。

それはあっというまの時間だった。

京町橋を過ぎるあたりから、岸には大名の蔵屋敷のなまこ壁が姿を現してくる。立派な家紋旗をうち立てた御用船や、荷を満載した艀もひっきりなしに往来するから、津祢のような小舟は肩身が狭い。まさにここが天下を動かす経済の心臓部。津祢は慎重に土佐堀川へと艪を回した。

「気をつけろや? 艪、代わらんでも大丈夫か?」

松右衛門が気遣ってくれるのも嬉しいが、津祢の方が慣れている。大事ない、と笑顔を返した。

並行してもう一本北を流れる堂島川とともに、この界隈はぎっしり大藩の蔵屋敷が並んでいる。その数、百二十を超すとも言われている。惣五郎の升屋も、その一角にあった。どの店も川に面して入り口があり、船ごと入れるようになっている。

「俺の幼なじみがここにおるんや。おまえ、その渡し場で待っとってくれ」

松右衛門は荷揚場から上陸し、表に回って暖簾をくぐるようだった。津祢は待つのは嫌いではない。まして今は松右衛門を待つのだから。

津祢は川面に棹で字を書いた。「河」に「江」。「灘」はやっぱり難しくて書けない。そうしているうち、一刻以上もたって松右衛門がもどってきた。

「おう、待たせたな」

表情が明るいのは、いい話になったのだろうか。それだけで津祢もうれしい。

「息子が疱瘡に罹ったそうでな。金比羅詣に行くというんで、船の便宜をたのまれたんや」

あらま、と津祢が反応したのは、それなら大坂に牛頭天王があるのにと言いたかったからだ。

「神仏なんか信じへんと言うてはったんでしょ？　それが金比羅さんへ？」

「息子のためじゃ。親戚中から責められたらしい。えらいもんや、子供のために宗旨替えとは」

むろん津祢は笑ったりしない。子供のためなら何でもすると、自分も母や父に、そんなふうに祈られて今ここに生きている。牛頭丸の名をいただいた松右衛門もそう。人の子も自分も、親の心のありがたさとは胸にしみるものだった。

「お？　この先はどう行くつもりや？　安治川まで出てから京町堀をもどるつもりか？」

松右衛門が津祢の進む行路を訊いた。彼が予想するとおりで、頭が橋にぶつからないよう、津祢は何度もかがんだり伸びたりし、舳先に座った松右衛門の顔もそのたび、陰になったり日なたに出たりした。そして藤左衛門橋を最後に、川は安治川に合わさっていく。

「安治川か。――とてもこれが人工の川とは思えんな。えらいもんや。河村瑞賢、商人ながら、世のため人のため天下のためにこれだけの働きをなしたとは」

安治川は、江戸時代初期まで何度も氾濫しては大坂の町民を困らせていた淀川の治水対策として生まれた人工河川だ。そこにはかつて蛇行する淀川が膨大な土を堆積させて作った九条島があったのだが、幕命によって河村瑞賢が開削し、水の流れを通したのである。以来、治水はもちろん、こうして水運に大きく寄与し、商都浪華の繁栄をもたらした。

河底に積もった土砂はその後もたびたび浚渫（しゅんせつ）が行われることとなり、その盛り土で波除山（なみよけやま）や天保山が築かれていくことになる。川を変え、水の流れを変え、人を変えた先人の力。人は小さいようで、何だってできる。松右衛門はつい大きな気になりつぶやいた。

「見てみい。川船は別として、海に出る船は全部、帆掛け船や」

「旦那さん、どないしたん。舟が全部帆掛け舟やて、そんなわかりきったこと」

津祢はおかしかったが、彼はたった今会ってきた惣五郎の言葉を反芻していたのだ。彼は言った。公益のため、無数の船乗りたちのため、後の世のため、お前はやれ。そんな壮大なことを。

——松どん、手紙に書いておいたように、あんたの考える帆は、やってみる価値があるで。

彼の手紙は金比羅詣りだけが用件ではなかった。あれから彼もさまざま海関係の者に帆のことを訊いてみたのだろう。もともと知識欲の旺盛な惣五郎だ、誰もが帆の不具合を嘆くのを知って、松右衛門の着眼に瞠目したらしい。だから直に会って話したくなった。

——帆の改良で船が速くなれば、もっと流通が盛んになる。回数が増えりゃ、より大量にものが運べる。となると、これは経済界の革命やぞ。

そうも言ったが、それだけでじゅうぶんだった。そうか自分の方向性は間違ってはいなかったと、松右衛門には確信ができたからだ。これで迷わず、やってみることができる。

——いや松どん、会って話したかったんは、銭のことや。造る元手(もとで)に売る値段。どうなっとる？　考えとるんやろな。

惣五郎に尋ねられて返事に詰まった。銭は二の次。当面は糸の改良から始めねばならず、自分の稼ぎを注ぎ込むつもりだ。船頭となればそれくらいの余裕はある。

しかし惣五郎は、あかんあかん、と首を振った。商人のはしくれならば算段しとかんと、ただのものづくりでは天下の船を速く走らせるという大望は広まっていかへんぞ、と脅す。

そして具体的な資金集めの手段をいくつか示してみせた。たとえば頼母子(たのもし)のように金を出し合わせ、掛け金を入札やくじで還元するというのは後世の株式を思わせるし、船頭が出身地の親戚や知己から集めた銭を資本に商品を買い付け、売上を還元する、というような既存の方法もある。

——銭なんぞ、どないしたって集まるもんやで、松どん。

伊達藩を相手に数十万両の取り引きをする惣五郎には、帆の製作費など端下金。大坂では世界に先駆けた先物取引も行われていたし、類をみないほど厳格な信用取引も定着しており、たしかにどのようにもなるのかもしれない。松右衛門は感服した。

——定かな担保なしには、たとえ大名相手でも貸す金はない、というのが非情な融資の世界やが、ええ品が完成すればそれが担保や。値打ちのあるもんには皆、相応の銭を出す。

惣五郎は、帆が完成したら販売権を与える問屋を選び、販路を拡大するため投資もしようと提案もした。となれば松右衛門は、この発明を完成させるしかないであろう。

あとには引けない。天の仕事が、今ようやく動き出した。そう思った。

「そやけどのう、肝心の木綿がみつからん」

川舟の上で空を仰ぎ、松右衛門は独り言をこぼした。頭の中では完全にできあがっている発明だが、実際に作る手前で困じている。

津祢は意外な気がした。松右衛門が悩んでいるなんて。だからまた深く知らずに口を出した。

「木綿やったら、おシカさんに織ってもろたらええやないですか」

「おシカて、誰や、それは」

「こないだの日下村のおばあさんですよ、木綿を売ってくれたでしょ」

答えた後で津祢は気づく。たった一反では話にならないのだと。

「いや、織る必要はない。まずは糸だけでええんや。それも、試作品の」

河内木綿は分業でなく全行程を一人がやってのける。糸紡ぎだけならほんの一部だ。

「そんなら話が早いです。おシカさんは丈夫なご隠居さんやから、仕事をあげたら元気が出る」

喜寿を超えてなお達者で、子や孫にも恵まれたが、今は主婦としての役目も嫁に移行し、これといった生き甲斐もないまま暮らす日々だった。働き者の老女としては、子供の頃からこなしたはたおりで、若い日には村で一、二を競う織り手だったことが人生の勲章なのだ。

「やっぱりおまえ、ええのう。おまえの言うとおりや。どっちにとっても果報なこっちゃわ」

松右衛門は上機嫌で津祢を見た。糸を縒り合わせ、丈夫な一本の糸を作り出すのがこの事業の第一歩だ。それがもう可能になりそうだ。このおそろしく前向きな浪華娘に出会ったおかげだ。松右衛門には自分に吹く風が順風であるのを感じた。

「次回、婆さんが好きそうな饅頭でも買っていこうか。あ、おまえにも、買うてやる」

褒められたことがわかり、津祢はちょっと得意になる。彼は付け足しのように、こう訊いた。

「おまえ、名前は何やった」

これだけ長く過ごしながら今になってその問いか。津祢です、と名乗ったら、十六やったな、と念を押された、やっと彼に、一人前に認識されたようだ。

「そうか。よう見たら、俺の母親によう似とるわ。――牛頭天王も、憎いことをなさる」

何のことやら、津祢を子供と言ったり母親と言ったり。

一陣の風が吹いて、気づけば視界の先には河口へ続く澪の列が並んでいる。

吹く風に　まかすることも澪つくし　まつとしらでや　さして来つらむ

見るたび頭に浮かぶ古歌だった。立ち尽くす澪は、たしかに何を待っているのやら。

「安治川の先は海や。あそこで澪つくしが見えたら、ああ上方に帰ってきたな、と思うんや」

土砂が堆積する木津川河口に設置され、満潮時には行き交う舟の運航指標ともなる一番澪のことは、誰でも知っている。両腕を広げたような大坂湾に浮かぶ白帆の船をすべて抱き取るように導き吸い込む澪の道筋。だが津祢はまだその先の海を見たことがなかった。

「母親に、いっぺんでええ、あれを見せてやりたかったんやが」

また母親のこと。津祢が似ているというのはやはり本当か。彼は気づいているのかいないのか、母親のことを言う口ぶりには、最後まで心配をかけどおしだった彼自身を悔いる思いがにじんでいる。津祢は自分が母親になって、もういいよ、と彼の額の傷跡をなでてやりたくなった。

「旦那さんがお母さんにあれを見せなさる時、うちも一緒につれてってくださらん？　うちも、一度は見たいんです、海を。――けど兄ちゃんは、金比羅参りにも連れてってくれへんし」

これでは母親ではなくまた子供だ。松右衛門はくすっと笑い、仰向けに舳先に転んだ。

「おまえは疱痕もきれいに治って、年頃の娘になったんやから、金比羅さんは用なしやないか」

意外にも津祢の弱みの疱痕をそんなふうに言われ、胸がとくんと鳴った。

「何や、うれしそうな顔をして」

「そやかてこないだは子供と言われました。今日はちゃんと女のうちに入ってるから」

今度は松右衛門は声を出して笑った。

「そやな。おまえ、もうちょっと娘らしく身繕いしたら、みんな、まいるぞ」

そんなこと、今まで言われたことがない。津祢は赤面した。

海から吹く風が、やわらかに二人の舟を通り過ぎる。松右衛門にも、それは珍しく心を許して笑いあえる時間であった。とろり、とろり、舟は東上橋で西に折れて京町堀を進んでいた。

その時、何か白いものが降ってきた。

浪華に雪は降らない。どうやら破いた紙片のようだ。びりびりに裂かれ破れて、川面にいくつも散っていく。その一片が松右衛門の膝にも落ちた。墨で描かれた船の絵らしい。帆柱の部分でそれとわかった。同時に松右衛門が驚いて、がばり、と起き上がった。

藤左衛門橋の下の陰から日なたへ舟が滑り出たとたんのことである。

紙片を手にした松右衛門の表情が固まっている。津祢は反射的に視線の先をたどった。

通過しようとしている橋の上。そこに、一人の女が立っていた。手には破いた紙の断片をまだ持って。

放心したかのように欄干にもたれかかり、女が川を見下ろしているのがはっきり見える。太陽を背に、彼女自身が陰になり、美しい女なのかそうでないかも判別できなかったが、きちんとした身なりはどこか大店（おおだな）のご新造であるとわかるたたずまいだった。

やがて逆光の中で、女の方でも、津祢を超えて、舟上の男、松右衛門に気づいたのがわかる。視線がじっと、舟の動きを追ってくることも。

ゆらり、舟端に波が当たる。津祢は舟と橋と、二人の男と女を、かわるがわるに見比べた。

舟は進み、橋は残り、二人は離れて、距離がそのまま増していく。

止めた方がいいのか、津祢はとうに艪を手放しているが、舟は惰性で流れに乗って、するする下る。窺うように松右衛門を見た。だが彼は津祢のことなど眼中になく、だんだん小さくなる橋の上の人影を見送っているだけだ。

上ってくる舟と行き違い、津祢は慌てて艪を握った。こんなところでぶつかったりできない。そのまに舟はまた進んで、振り返ると橋はすっかり遠ざかっていた。

あれは誰？　――声は喉で止まって、訊けなかった。津祢は、自分が押しつぶされたみたいに消えそうなのを実感した。そう、自分など存在しなかった。あの橋の下を過ぎる舟の上には。それまではあんなに楽しく二人で会話していたのに。誰の邪魔も入らず、船の上で。

無言のままに、千秋橋に紀伊国橋、羽子板橋と、母子をおろした江戸堀橋へもどってきた。

あの人はどうしただろう。まだあそこに立って、舟が戻ってくるのを待っているのだろうか。命じられればすぐに引き返すつもりでいた。だが松右衛門が無言でいるから、津祢も黙って舫いをかけるしかない。

小浪たち母子はとっくに戻ってきていて、船をみつけた正太がはしゃいで飛び乗ってきた。お待ちどおさん、と小浪の声も明るく、津祢に神社で買った飴をくれた。

「連れて行ってよかったわ、松どん。しばらく眼鏡をはめて生活したらようなるって」

買ってもらった浪華巡りの双六を、見て見て、と宝物のように広げてみせる正太に、皆が微笑む。眼鏡は高価ではあったが希少ではなく、大坂なら専門の店もあるし、大きな箱を背負って市中に売って回る眼鏡売りもいる。彼の場合は父親が飾り職人なのだから、難なく作ってくれることだろう。正太が嫌がるのが問題だが、小浪は叱り倒してでも着けさせる気でいた。

「それより、お津祢ちゃんに教えてもろうた神社で、珍しい人に会うたわ」

弾んでいるのはそのせいか。

「誰やと思う？　松どん、あんたも高砂の出やろ？　その高砂から、はるばる薬を買いに道修町に来てたお人があるねん。さすが大坂、全国から人が集まる町なんやなあ」

小浪が弾むのに反し、松右衛門の表情が陰ったのを、津祢は見逃さなかった。

「うちが働いていた網屋はんの、次男の治助さんが婿養子に行かはった先の奥様や。千鳥さん、て知らん？　大蔵元の、カネ汐はんの嬢（いと）さんやけど、松どん、会ったことない？」

小浪の明るさに比べ、曖昧な返事をしながら松右衛門の顔は陰る。気づかず小浪は、千鳥と偶然会ったことを話し始めた。北風家に挨拶に上がった日に居合わせたこと、朝鮮通信使の来航時に亭主の丈吉の店に足を運んでくれたこと。そして、さっき立ち話で聞いたばかりの現在のこと。

「なんやはっきり言わはらへんのやけど、どうやらご亭主の治助さんがようないらしい」

薬種商が集まる道修町で会ったというなら、高価な薬を求めに来たとはうなずける。もしかして、さっき橋の上にいた人だろうか。直感で、津祢はそう思った。

松右衛門が取り合わず、正太の双六を眺めているので、小浪も黙った。

舟の上がやたら静まりかえり、津祢は特に今話さなくてもいいことを持ち出すしかない。

「次は航据祝、ですやんね？　三月ほど先になりますねえ」

それは船底部に船首材と船尾材とを取り付ける段階にきた時に行う儀式だ。しかし松右衛門から反応がないので、津祢はまたしても「知らんけど」とうなだれるしかない。

航据えの儀がすんだら棚揃え。それから筒立祝があって、すぐに船降ろしだ。あと何回、彼に会える機会があるのか、津祢は次の儀式に彼が来ないなら妙に残念に思われるのだった。


釿式の翌日から始まった航の制作は着々と進んだ。

削られ整えられた航は、輪木と呼ばれる建造台の上に据えつけられ、船首となる水押し、そして船尾である戸立とをとりつけた段階で航据えの儀を迎える。まだまだ骨格が組み合わさったにすぎないが、船首も船尾もそり上がった弁財船の外観の大きさが目に見えた。

もっとも、松右衛門はまだそれを見ていない。あのあと江戸への往復が二度も控えていたし、その間には故郷に出向き、人別改の面倒な手続きもしてこなければならなかった。

高砂に来るのは久々のことだった。

最後に上陸したのは母親の葬儀であったたか。数えるくらいしか故郷の浦には船を泊めることがなかったが、そのつど川口番所への届け出にはびくびくした。こちらに落ち度はなくとも、役人たちの方で自分への悪意がある限り、松右衛門が乗ってきた船というだけでどんな難癖をつけられるかわからない。いざこざにはもう懲りていた。

今回も金肥を積んできたから、浦の問屋と多少とも売買はあったが、昔と比べ、港に活気がないように思うのは彼が兵庫津や浪華の賑わいを知ってしまったためかもしれない。

「いえ、御影屋さんの船みたいな大船の入港は、まちがいなく減っていますよ」

附船の衆に訊いてみれば、溜め息とともにそんな声が聞こえた。

「もともと遠浅の浜ですが、加古川が流してくる流砂の量が多すぎて、瀬が浅くなって」

松林の続く白砂の岸辺を、改めて松右衛門は眺めてみた。そこは昔と変わらず美しい。だが感傷を抜きに眺めなおすと、たしかに川底が浅くなって透けて見える。彼が乗ってきた弥栄丸も、遠浅の沖のはるか向こうに泊めなければ船底が擦れるありさまだった。

「この様子では、大船は飾磨(しかま)に入った後は高砂をとばして兵庫津、浪華へ行くでしょうね」

大船が入らないとなれば、それに基づく産業全てが先細る。なるほど町の興亡は港の使い勝手にかかっているというわけだった。

「せめて河口に東風(こち)止めでもありゃあ、こっちの岸に安心して着けられるんですがね」

言われて、東の岸に目をやった。そこは昔、新三郎が溺れた場所だった。あれからも海は変わらず東からの大波を寄せ、また引き潮は遠慮なく波を引いていく。

町に上陸すれば、神社もお寺も昔のままであるのが松右衛門をなごませた。町で大寺と呼ばれる十輪寺(じゅうりんじ)は空海の勅願による古刹だが、鎌倉時代になって法然(ほうねん)上人が都から四国へ流される時に立ち寄ったことから浄土宗の寺院になった。徳川家康が帰依したのが浄土宗であったため譜代大名である姫路藩からも保護を受け、広大な寺域には八つもの末寺を有し、自らは檀家を持たない仏教道場として優美な甍をそびやかしていた。掃き浄められ静謐に覆われた境内にたたずむと、波の音や松籟の音が、時間の流れまでかき消してしまうような錯覚をさせる。だが時は確実に流れており、老師は今は亡く、代替わりした住職が松右衛門の訪問を喜んでくれた。

「あんな大きな廻船の船頭とは、お前さんもずいぶん立派になったなあ」

沖泊めした弥栄丸は帆はおろしているが他の漁船を圧倒する大きさで、寺の境内からもよく見える。手土産にした松前廻りの昆布も、予想以上に喜んでくれた。

「親父さんやおふくろさんが生きていたならどれだけ喜んだことか」

それを言われるのが松右衛門にはいちばんつらい。親には、生きている間じゅう心配のかけどおしで、こんな昆布一枚、持って帰ってやることもできなかった。

「兵庫津に人別帳を移すと聞いて、寂しく思わないわけはなかったが、それがお前さんの発展につながるんなら喜ばしいことだ。先祖ともども連れて行ってやりなさい」

煩雑きわまりない手続きだったが、住職の理解によって、あと一回体を運べば完了するというのがありがたい。後はとりとめもない世間話になった。

「高砂浦でもいろいろと変化があってな。名主の入れ替わりに、寺の総代の交代。大変や」

聞くともなしに話を聞くと、大寺の総代を務めていた大蔵元に変化があったようだ。

「年貢米の運び出しが減ってきてな。姫路藩でも、米より綿を作れとのお達しじゃ」

さむらいたちも換金作物のうまみに気づいたらしく、この近辺では神吉や米田、荒井や曽根など、いたるところで百姓に木綿を作るよう奨励されているという。

「木綿の質はどうなんですやろ」

「そら米が育つ土地やからな。よう日が当たり水ハケもええから、ええ木綿ができるようやぞ」

住職は意外に詳しく、気候温暖な播磨で採れる木綿の質の良さを強調した。これは河内木綿と比較のためにも少しばかり買い付けて帰る価値はありそうだった。

「米といえばカネ汐はんも、取引先が変わって請け負う米がのうなって、このたび総代の辞退を申し出てこられた。代々世話になってきただけに惜しいことじゃ」

住職がついでのように加えたが、それは気になる話ではあった。

「西田家は、兵庫津の網屋はんから迎えた婿養子さんが病にかかって、表に出られんそうな。妻女の千鳥さんが代理を務めとったが、どうやら蔵元の株を手放したらしい」

蔵元は女では務まらんからのう、と住職は茶をすすった。

胸を突かれる思いがして、松右衛門は先日偶然目にした千鳥の姿を呼び起こさずにはいられなかった。すべては小浪の話とも符合することで、薬を買いに大坂まで来ているとなればこのあたりでは手に入らない類の薬なのかもしれない。

橋の上で彼女が破いて棄てた絵。あれは高砂を出る日、松右衛門が彼女の店の発展を願って描いた船の絵だった。あれを今まで持っていてくれたことも驚嘆に値したが、逆に、今になってそれを破いて棄てる彼女の心中もこれでわかった。

「まあ婿殿のご実家も兵庫津の浜本陣のご分家ゆえ、ほうってはおかないだろうが」

それはそうだ。夫の病と家業の不振、のしかかる障害を思えば悲痛で、なまじ知らない人ではないだけに噂話が耳に留まったものの、自分などの出る幕はない。

「ではまた、証文のできあがった頃にお伺いいたします」

いとまを告げて港に帰る。町なかを歩いてみたい気もしたが、潮が気になる。今以上に潮が引いたら船は動けなくなるだろう。木綿の見本は明石あたりででも手に入れればいい。

だが高砂神社には行っておきたかった。祈るためではない。そこは祭の夜、千鳥と二人で会った場所だ。今日も堀川にはたくさんの船が舫われて、十代の日の未熟な自分を思うと胸の思いもせつなく揺れた。満月の夜に会おうと約束した。彼女に足るべき男になろうと、幼い決意が満ち潮のように胸にたぎったことを、今では遠い昔のように思い出せる。すべてははかなうことのなかった夢。ここの水面には欠けた月の断片が漂っているようだ。

「おじさん、あの船に乗ってきたの？　あの船は千石船？」

いきなり声をかけられ振り返ると、好奇心で目をキラキラさせた少年がいた。背伸びしながら見上げる顔。そうや、と答えながら、今はもっと大きな船を作りよるがな、と自慢したくなる。

「ねえねえ、あの船、どこから来たの？　どっちに行くの？　北前かい？」

矢継ぎ早な質問は、知りたくてうずうずしている内心をそのまま表していた。元来、兄貴気質の松右衛門は、すべてに答え、彼をもっと船を好きにさせてやりたくなってくる。しかし駄目だ。好意で会話を続けても、ここの番所は幼児の拐し(かどわか)ときめつけて連行しに来るかもしれない。松右衛門はわざと強面を繕い、背を向ける。

「すまんな。李下に冠を正さず、瓜田に履(くつ)を納(い)れず、ってな」

人は松右衛門を剛胆と言い、自分でも臆病な人間とは思わないが、ここの町だけは別だ。住職は町に変化があったと言うが、下級武士の陰湿さは未来永劫、変わるまい。

その時だった。背後から少年を呼ぶ声は、やはり松右衛門への不審があらわだった。

「新三郎坊ちゃん、もう帰らないといけませんよ。母さまがご心配じゃ」

少年と松右衛門と、同時に振り返る。曲がった腰を懸命に伸ばしながら近づいてくる老爺。松右衛門には見覚えがある。そう、昔と変わらぬ、あのじいやの文吉だった。

「おお、あんた、牛頭丸どんやないかね。立派になったのう、あの船は見えとったが……」

さっきまで不審な者への猜疑心に満ちていた顔が、一瞬で晴れる。そして、年のせいだろう、なつかしいものを見たあまり、たちまちその目に涙が溢れた。

「牛頭どん、あんたにはその昔、坊ちゃんを助けてもろうた。わしも長いご奉公じゃが、二度とあんなことになるまいと、ぴったりくっついてお守りさせてもろうとるんじゃ」

彼にとっても、幼い主を失ったことは一生の重荷なのだろう。

「じいさん、そう自分を責めんでええよ。新三郎は、今頃浄土で笑ってるさ」

自分では信じない浄土だが、人はこの言葉で救われる。老人はそのまま手で顔を覆って泣いた。

「ここでお前に会えるとは、これも牛頭天王のおはからいかのう……」

とっくに引退していていい年齢の老爺だが、千鳥の格別のはからいで、いまだ新三郎の子守だけを任務に雇ってもらっているのだという。

「ご覧のとおり、こっちがお守りされてるようなもんじゃ。けど何にせよ、あんな義に篤(あつ)いお方が、女子(おなご)というだけで除け者にされるとは、納得いかん世の中じゃ」

老爺は誰にもこぼせなかった胸の内を、松右衛門にぶちまけた。

「ずっと牛頭天王に願掛けしてたのじゃ。どうかお嬢様に降りかかる厄をお祓い下さいと」

なるほど、それで松右衛門に会えて感激したのか。しかし彼は偶然ここに来ただけだ。

「じいさん、心配するな。あんたにも、お嬢さんにも、新三郎がついているさ」

彼に言えるのはそんなことだけだ。すると、二人のそばで声がした。

「おじさん、新三郎って言った？　それ、おいらのことだよ」

好奇心にあふれた瞳、無邪気な顔。――そっくりだ、松右衛門はわずかに震えた。

「知ってるよ、ぼうず。おじさんは、ぼうずが生まれる前から、知ってるよ」

子供の目の高さまでかがみこんで、松右衛門は言った。

「そうなの？　だったら船に乗せてよ。あのでっかい船に」

港で生まれた少年はみな、海を見て育つ。そして大きな船にあこがれ、心を白帆のようにふくらませつつ大きくなるのだ。松右衛門は沖に泊まった自分の船を見た。

「ああ、この次な。ぼうずがもっと大きくなったらな」

「わかった。大きくなるよ。おじさんよりも大きくなるから覚悟しといて」

年齢を重ねるというのは、こんなものが見られることなのか。爺やと一緒に帰って行く少年の後ろ姿に、松右衛門はたしかにもう一人の新三郎がつかず離れず駆けていくのが見えた気がした。西風が松右衛門の額をくすぐって過ぎる。変わるふるさと、変わらないふるさと。二つのものを同時に胸におさめて、松右衛門は船にもどった。


兵庫津に松右衛門がもどったことは、沖泊めされた船を見ればわかるから、荷積みをしている現場を訪ねて、小浪が正太を連れてきた。眼鏡をかけさせるための口実だった。

「ほれ正太。松どんに眼鏡の顔を見てもらって。松どんは笑わへんでしょうが」

眼鏡をかけると滑稽な顔になるのを気にして、今日の正太は元気がなかった。

「どうした正太。眼鏡をかけんと、ようならんぞ。お前、船に乗るのやろ？」

松右衛門に笑顔で言われて、やっと顔を上げる少年だった。

「それより松どん。高砂のご新造さんの千鳥さん、えらいことや」

小浪は人づきあいに疎く、近所のおかみさんどうしで噂話に興じるといったことをしないかわりに、こうして関係のありそうな者に直接、情報をもたらしてくる。

「若旦那の病気は重いらしいわ。けどびっくりするんはここからや。もう先が長くないから、昔添うことのできんかった妓(おんな)のそばで療養してはるんやて。それが浪華の新町やて」

たしかに驚く話だった。網屋に用事で出かけた時に女中頭のお駒から聞いたそうだが、治助には千鳥との縁談が起こる前、大坂の出店での見習い修業中に新町芸者と深い仲になっていたそうだ。醜聞にならなかったのは親や北風様が言い聞かせ、まっとうにやり直すために高砂との縁談を進めたからだった。さすがに治助も、心も新たに千鳥との暮らしを始めたが、一粒種(ひとつぶだね)の新三郎が五才になる頃発病し、近頃ではもう回復の見込みがないという。看病に網屋の父が彼を引き取ったが、新町の女が最期の看取りをしたいと申し出た。彼女にはたいそうな手切れ金を渡してあったが、今は長唄の師匠をしながら生計もたつので、恩返しをしたいというのだった。

「殊勝な女心やけど、それで若旦那と二人、心中でもされたら千鳥さんはたまらんわな」

「おまえ、それは浄瑠璃の見過ぎとちゃうか」

軽口を言ったものの、橋の上の千鳥の姿がよみがえると、身投げをして悲劇の幕を引くのは彼女の方ではないかとすら思えてくる。よくよく自分も浄瑠璃体質であるらしい。

「気の毒すぎて、誰かに話さなおれんようになって。でも誰に話せることでもないしね」

小浪の感覚はまっとうだった。つらい話を誰かと共有したことで小浪はいくぶん楽になったようで、正太を適当に遊ばせて帰って行った。その分、松右衛門は胸がずっしり重くなった。だからといって自分に何ができようか。おかげで大坂に行くのが気鬱になるのはいかんともしがたかった。年が明けて、大坂の造船所では、棚揃えの儀が行われることになっているのだ。

しかし結局はこれにも松右衛門は顔を出せなかった。天候に左右される船乗りは、陸の人間のようには日程に忠実ではいられないのだ。

そのかわり、廻船が大坂に帰港する日は必ず兵庫屋の作業所を覗く。船のできぐあいが気になって矢も楯もたまらないのだ。

「すまなんだ。式には間に合わんかったが、みな達者か」

大きな声が建屋に響くと、作業に没頭していた皆も、松右衛門が来たとわかる。

「ごっつい船やのう。さすが千石船や」

輪木に据えられているからその高さは見上げてもなお高く、一本水押しの先端が建屋の天井に迫る高さでそそり立っている。根棚と呼ばれる底板も取り付けられていたが、これも航なみに分厚かった。さらに中船梁と下船梁が航に接して肋骨風の配置を見せていた。

図面では理解していたものの、実物は骨格を見るだけで想像をしのぐ巨大さであった。見飽きない、というふうに、彼は日がな建屋の中に居座り、船と働く職人を見て過ごす。休憩時には一緒に飯を食い茶を飲んで、終われば持参の灘の清酒で皆をねぎらった。大坂にもどってきた間はそんなことが毎日で、職人たちは日増しに彼にうちとけていった。

これだけの船を、ぽんと他人の松右衛門にまかせるのだから、御影屋平兵衛の信頼の大きさも大変なものと彼らには知れた。なにしろ建造費の総額は、この規模になると一艘千両とも言われている。それだけに職人たちの施主に対する対応も手厚くなり、彼が興味にかられて何を尋ねても、心を許して作業の逐一を語って聞かせる。後に造船の名人としてみずから新造船を作るまでになる彼の基礎知識は、こんなふうに現場で培われていったといえる。

「船乗りのくせに、何でも知りたがってよう知ってて、ほんま変わったお人や」

「おまけに手先も器用で、今日はこんな鎹（かすがい）を作っていったで。たしかに木のつなぎ目にはこれを一本、打ち込んでおいた方が頑丈になる」

できればここにこんな金具をつけられないか、とか、ここの材木の面はこう削ってくれないか、など、長く船に乗ってきた体験からの提案は、作業場にしかいない職人たちの思いつかないことであり、大いなる改良につながることもあった。

また、職人がいったん無理だと断ったことでも、彼は手ずからやってのけて手本を示す。その方法に、なるほど、と新しい知恵を吹き込まれた職人は少なくない。

津祢の兄の善兵衛もその一人で、これまでは親方の善右衛門に盲目的に従ってきたが、松右衛門のわずか一言の示唆で違う視点に気づかされ、試みを形にするため遅くまで道具をいじっていることもある。言うなれば松右衛門の訪れは、まるで新しい風が吹き込むような時間といえた。

松右衛門自身も鍛冶屋の作業を見るのを好んだ。道具の名前はすべて覚えてしまっていたし、どういうときにどう使うかも認識していた。

「これは何の材質や」

「鉄と鋼を五対五で叩きます」

「この柄の材質は、何の木や？」

「桐にしました。持ち手は柔らかすぎたら刃物に負けるし、強すぎても使いにくいので」

松右衛門が質問するたび兄がしっかり答えていくのも、津祢には目を見張る思いだった。

鉄と鋼を接着する連日の鍛接（たんせつ）作業も、それを打ち鍛える鍛造（たんぞう）作業も、休む暇なく繰り返され、荒仕上げから焼入れ、焼戻し、ならし、たくさんの工程が経られていく。何度も何度も焼熱と急冷を繰り返していくのはしなやかさを出すためと言うが、硬い金属である鉄にしなやかさという発想自体が津祢にはよくわからない。

「見てみい、この鈍い輝き。――これぞ鉄の強さと鋼の逞しさの融合やぞ」

金属に触れるとまるで俳人か歌人になってしまう兄が、津祢にはふしぎだったが、

「うーむ。まったくやな。すばらしい輝きや」

などと松右衛門が同調するから、ますます兄は調子に乗るのだ。

「ところで松さん、有田屋にあったあの百年ものの杉の材木やが」

親しくなればそれだけいろいろ話したくなる。帆柱の材木を選ぶ時、売約済みというのに松右衛門がこだわった太閤杉と呼ばれる上物の木のことを、彼らは覚えていてその後を聞いてきた。

「あれは隣の戎屋（えびすや）の造船所が請け負った新造船に使われとるようや」

木津川沿いには多くの造船所があるからさもありなん。だが驚くのはその施主の名だった。

「同じ兵庫津の今津屋はんが、婿取りの祝儀に新造するそうやで。同じく七百石積みらしい」

しばらく松右衛門はどんな言葉も出せなかった。そうか、あのみごとな一本柱で。

羨む気持ちや競う心がないと言えば嘘になる。同じ年で、誰より早く船頭になった自分に驕る気持ちはないつもりだが、いい船を作りたいとの願いは負けたくなかった。

「その婿になった桐太っちゅう男、まああの男やそうやが今回ばかりは評判ようない」

そこからの噂話は小浪に聞いた。

「今津屋の娘には桐太から近づいて子を孕（はら）ませてしもて、親はしかたなく婿にしたとか」

新造船はそんな恥ずべき事実を吹き飛ばすための派手な演出だった。小浪は、女を出世の道具にするなど最低の男だと罵り、そこまでしても松右衛門に勝ちたかったかと、身贔屓の解釈で憤慨を収めた。彼の子分であるはずの紀兵衛も、これには沈黙したままである。

しかし小浪が憤ってくれたおかげで松右衛門は平静でいられた。人にはそれぞれ野望がある。

桐太は、どんなことをしても兵庫津で一番の船の船頭になりたかったのだろう。それには婿に入るのが最短の近道だ。

陸では人がいろんな事件を起こす。海の上ではただ生きるか死ぬか、すこぶる簡単なのに。

大坂では数日を過ごし、疾風のようにいなくなる。海に出れば陸のできごとなど塵にも等しい。

冬の海は荒れるため、そうそう出たくないのが船乗りたちの本音だが、松右衛門は厭わなかった。廻船の数がめっきり減ってしまうこの季節、曇天を突いて沖から現れる白帆は、各港の人々を喜ばせる希望の帆だ。だから彼は冬の航行を使命と心得るのだ。

「松さん、次はいつやって来るやらのう」

造船所では、津祢は彼の噂をいくらでも聞くことができた。体が大きい彼は力持ちでも知られ、風待ちで入った鞆ノ浦の神社の祭礼では力比べに加わって、米俵を二俵担いで走って一番をとったこと。七宮神社の奉納相撲でも力士と対等に戦い、以来、黒岩という角力取りと兄弟のように親しいことなど。また、伊豆のあたりの風待ちの港になじみの女性がいるとの噂はみなを盛り上げたが、津祢には聞きたい話ではないから、そっと話の輪から出た。

この気持ちは何なのだろう。ただ松右衛門が気に掛かり、彼を思ってばかりいる。

打ち払うように、津祢は、河内へおシカばあさんを訪ねていく。松右衛門が求めているのが丈夫な糸とわかっていたから、あれから何度も足を運んで、特別に太くできあがるよう慎重に糸繰り機を回して試作の糸を作ってもらっていた。次に会う時、津祢もまた彼を驚かしたいのだった。

「おおー、できとるやないか。たいしたもんや」

次に彼が浪華にきた時、津祢がそろえた見本の糸枷を手にして、松右衛門は目を見張った。

その一言に、津祢は舞い上がりそうになる。だが彼の言葉には続きがあり、

「そやけどのう、もうちょい太ぅできんか。この二倍ほどに」

めざす太さにまだ届かないことを示される。津祢はがっかりした。

「これより太い糸なんて、織るとき苦労する、って言うてはった」

「織る時のことは考えんでええ。ともかくできるかぎり太い、丈夫な糸がほしいのや」

いったい、ここまで太くするのに津祢やおシカがどれだけ時間をかけたかわかっているのか。

責めたかったが、試作の糸を引っ張ってはたわめ、まだ考えている松右衛門を見たら何も言えなかった。それでも、彼がどんなものをめざしているかは確かめておくべきだった。

「旦那さんは、最終、どんな織物を考えてはるん？」

すると彼は、津祢を振り返って、無邪気なまでの目で、微笑んだ。

「幻の帆布や」

え？　と声がかすれたのは、あの強面の松右衛門が、まるで夢見るような表情だったからだ。

「風に会(お)うては板のように強く、人の作業になっては羽のように軽い。そんな織物を作りたい」

そのキラキラした目に、津祢は射貫かれたように動けないでいる。

どうしたというのだ。自分を励ます。

ともかくこれまでの木綿の太糸の概念は忘れなければならないようだ。彼が欲しい糸は、まだまだ太い丈夫な糸なのであろう。作ってやりたい。彼の夢をかなえてやりたかった。こうなればおシカとともにとことんやるしかないだろう。

「さて、褒美に饅頭でも買いに行くか」

人の心も知らず、また子供扱いだ。しかしそれでよかった。彼といられることがうれしいのだ。

「はい、天満(てんま)の桔梗(ききょう)屋の上用(うえよう)が美味しいんでっせ。お父ちゃんのみやげにします」

目を輝かせて言った後で、やっぱり子供と思われていることに気がついた。松右衛門は笑って、

「ばあさんのとこへ持って行く羊羹も買わなならんな」

木桶の底に改良を加え、手動で開閉させて水やりを容易にする「松右衛門桶」も届けてやらねばならない。また二人で出かけられると知って、津祢は弾んだ。

小雨がそぼ降る日のことだった。何もこんな日に出かけなくてもと思うが、善は急げと松右衛門がせかすのも津祢は嬉しい。二人とも笠と蓑とで体を包み、灰色に煙る浪華の川に棹を挿す。しおしおと、とめどもなく降り注いでは川面を散らす雨の中、行き交う舟も少なくて、まして橋の上をせわしく往来していく人の姿はほとんどない。あの日と同じ藤左衛門橋にさしかかった。

偶然か必然か、そこに、いつかの女がいるのを津祢は見た。そぼ降る雨で灰色に霞んだ浪華の町で、一輪開いた花のような蛇の目傘をさし、橋の上にたたずんでいた。そして舟の艪音に気づいて顔を上げ、欄干越しにこちらを見た。

「停めてくれ」

松右衛門が、舟の上で静かに立ち上がり、津祢に告げた。はい、と答えて、橋の下の船着き場に小舟を寄せる。舫う間も待てず、松右衛門は船を揺らして上がっていった。

手で笠を持ち上げると、ぱらぱら、と雨の音が変わった。松右衛門がためらいもなく橋へと上がり、彼女の前につかつかと進んで向き合うのが見えた。まるで静止していた絵が動くように、橋の上の女が松右衛門に向かって微笑む。

あの、と伸び上がるように声をかけると、松右衛門はちらりと視線を津祢に戻し、

「すまんが、饅頭を買ってきてくれ」

と財布を投げてよこした。

また子供だからと追い払われた気がして、津祢は沈んだ。饅頭がほしかったのではない、ただ彼と一緒にいるのが楽しかったのに。

振り返ったら、彼女が蛇の目傘を松右衛門にさしかけるのが見え、二人は傘にくるまれるようにして津祢の視界から消えた。

雨の日であったのは、津祢には優しいことだった。雨に打たれる川舟の上で一人泣いても、それが涙とわからないから。

小雨がしおしおと、松右衛門の笠に、蓑に、落ちてきて、なおも降り注ぐ。

「お久しぶりです」

軽く言うには長すぎる十年以上の歳月が二人の間に流れている。

「やっぱり……、松右衛門さんだったのね」

この前、偶然に橋の上と下とですれ違った時、彼女の方でもちゃんと彼を認識していたのだ。変わらない穏やかな声。いや、年を経た分、落ち着きが備わり、よりたおやかに耳に響く。

昼というのに薄暗い町に、雨だけが間断なく降り続けていた。空も川面も、空気までもが灰色一色で、濡れそぼる松右衛門の蓑笠と、千鳥の蛇の目だけが唯一、色彩を持つものだった。

衝動的に船を下りてきたが、言葉が出ず、ともかく近くの茶店へ誘った。他に用があるなら断るだろうに、千鳥は黙ってついてきて、傘を閉じて軒下の床几に腰を下ろした。松右衛門が手ぬぐいを差し出すと、それで髪や肩のしずくを払い、そしてそこに染められた文字に気がついた。

「これ——牛頭天王さんの」

一目見るだけであとの会話は不要だった。牛頭丸と呼ばれた頃の彼を思い出すのに、それはじゆうぶんな役割を果たした。浴衣に染め上げられた牛頭天王の字を、つついてふざけた遠い夏。

「覚えてます？　満月の夜に会えると、ずっと待っていたのよ。なのにどうして、今日はこんな、雨——」

消え入りそうな、弱々しい声。思い出がこみあげる。会いたくて会いたくて、どれだけ彼女に焦がれただろう。たった一度、押し寄せる波に溺れるようにこの腕の中に抱きしめた人。あれは満ち切る寸前の十三夜。完全な円になるには足りない未熟な月だった。

「ずっと思っていた。——祇園祭の、あの船の上の月を」

松右衛門は思わず彼女の手をとった。詫びの言葉も、過ぎ去った時間を埋めるどんな手立ても、何も思いつかないのに、思いが溢れ、彼を突き動かしたのだ。

彼女もその手を拒まない。まじろぎもせずみつめあった。このまま抱き寄せれば時間はつながるだろうか。雨を飛び越え、二人に訪れるはずだった夢のような満月の夜に、もどれるだろうか。

松右衛門はそれ以上耐えきれず、千鳥の手を引き寄せた。またも千鳥は拒まなかった。

胸の中に、焦がれ続けた人の確かな重みがある。懐かしい千鳥の匂いに、夢中でかき抱けば、頭の中が甘くとろけそうだった。彼女もまた、ずっと自分を思ってくれていたのだと確信した。

「中へ——。中へ、入りましょう」

声がかすれているのがなさけなかった。千鳥は松右衛門を見ないまま、こくり、とうなずいた。それは、中に入れば起こりうることを、了承したということだ。茶屋の仲居に少しの心付けを握らせたなら、奥の座敷で二人きりになるのは難しくない。そして二人になれば、松右衛門はためらわないだろう。もう十九の若造ではない。他の女を抱くたび脳裏に浮かんだ千鳥の像は、瞬時に彼の欲望を萎えさせることもあれば悪魔的な獣へ駆り立てることもあったが、今、現実の彼女に触れることが許されるなら、すべての呪縛が解ける気がする。

松右衛門が立ち上がって手を引くと、彼女も無言で立ち上がった。昔はこんな勇気すらなかった。何もかも彼女が先で、彼女が上。自分は彼女に値しない半端者だった。だが今は違う。少々のことなら引き受けてやれる男になったという自負が、今の彼をささえている。

思い出せばいい、決して誰をも愛しきることができず酒に溺れた愚かな日々。この手に残る彼女のぬくもりだけを思い出し、もだえるほどに苦しんだこと。今やっと思いをとげるならば、長く待った時間の分だけ彼女のことを求めるだろう。二度と放さない、そんな思いのたけに身を溶かし、彼女の肌を裏返してもなおすみずみに、自分の印で塗り込めたい。そんな決意を予告するかのように、つないだ手の指々に力をこめた。

その時だった。水たまりをはねあげながら走ってくる通行人の声がした。

一目散に走り抜ける男の子と、傘を持ってそれを追う母親。茶屋の軒内にいる二人に気づきもせずに、バチャバチャと水音をたてていく。

彼らに悪意はないのだった。なのに、はっと手を放したのは千鳥だった。

「千鳥さん、……」

大丈夫だ、そう言いたかった。松右衛門は彼女の肩に手を置き、そっと引き戻そうとした。だが千鳥の目はすでに、降りしきる雨を見ていた。雨が、燃え上がる激情の呪文を解いたのか。

「新三郎に、お会いになったでしょう?」

唐突に、何だ。いつぞやの、高砂の浜のことか。

言葉を続ける千鳥の声はしめやかだった。

「あの子、大きなお船を見て大さわぎ。立派な船頭さんにも会ったと」

松右衛門は少年の顔を思い出した。と同時に、千鳥は手拭いを差し出した。牛頭天王だ。松右衛門は、手ぬぐいの文字をゆっくり見た。炎を後背にしたその御仏は、手にした斧で世の不条理を断裁すべく、憤怒に燃えて人の世に立つ。

おれは間違ったことをしようとしているのか？　過去の思いを解き放つのは過ちか？

「私――、もうあの頃の私ではなくなっているの」

違う、千鳥は今もあの頃と変わらず清楚で、これほども自分を惑わせる。

だがそうではない。彼女が言いたいのは、あの頃と違い、彼女には守るべきものができたということであろう。松右衛門が持たない家族という名のしがらみが。

ここへ入れば、人妻である彼女に罪を負わせることになる。自分はいい。また海に帰ればすむことだ。しかし深い契りを持った後、彼女にとっては、今度は自分を待つのは地獄であろう。自分は彼女をそこから守り抜くことができるのか？　海では何度も地獄を見た。だが人が作った陸の仕組みの内側で、地獄をすり抜ける自信はあるのか？

松右衛門は自分の中で猛り立っていた炎が引き潮のように去っていくのを感じた。

ため息とともに手ぬぐいを千鳥から受け取った。その手を千鳥の視線が悲しげに追う。あとは雨の音だけ。松右衛門は目を閉じた。

牛頭天王は、人を元気に、健康にするのがお仕事なんです。――無邪気に語った女の声が響いた。この川岸で雨に濡れながら舟で待つ小さな女の姿が浮かんだのは、頭に平静が戻った証であろう。まだ胸に動悸がしたが、気持ちの揺れはおさまっていた。海で生きるには本能、陸で生きるためには理性。そんなことが思われた。

しばらくの間を置いて、松右衛門は口を開いた。しかしそれは自分でも思いがけなく、今のこの二人についてでもなければ、身の上のことでもなく、また思い出話でもなかった。

「おまえさん、これから木綿を手がける気はありませんか」

唐突な話に千鳥は驚く。家業のことも夫の健康のことも尋ねないのだから、当然だろう。しかも、いきなり商売の話。彼は知っているのか、カネ汐がもう米を扱う蔵元ではなくなったこと、寺総代も辞し、往年の隆盛とはほど遠い凋落の一途にあること、先祖に顔向けのできない情けなさに、いつもこの橋に来るたび身を投げてすべておしまいにしようか思案していることさえも。

「どうやろ。おまえさんが女やからできん、いうならそれまでの話です。けど、あれだけ米が穫れるゆたかな播州で、新しい産業を興す商売をやる気概があるなら一緒にやりませんか」

雨に凍えた千鳥の頬に、わずかに血色がもどってくる。

「播州に新しい産業――ですか」

「そうです。米はさむらいを食わせるだけやが、木綿はあらゆる人間を生かして育てる。わしら船乗りが全国に運びます」

松右衛門の頭に、雪のちらつく陸奥(みちのく)の地で彼が運ぶ木綿を待つ人の影がよぎった。鬼神がさえぎる大晦日でも嵐でも、荒波を乗り越え、届けてやるのだ、自分が船で。

もっとも、すでに木綿を作っている百姓なら大坂同様、取引問屋は決まっているだろう。だから千鳥には、まだ米しか作っていない百姓たちに新規に木綿を作らせることから始めてもらわねばならない。そして農家の女たちに糸を紡がせ、織らせることもやってもらう。それにはもとでがいるが、惣五郎が提案したように、新規にいりような費用は融資する。その代わり、できあがった品は独占的に買い上げる、という条件で。

「そんな大きな仕事を、この私に?」

「おれは今、新しい帆布を作ろうと考えてます。素材の木綿をいろいろ探したが、高砂や明石で採れる木綿は質がええようや。それで思いついた話です。これはお互いのためになる」

胸の高鳴りが聞こえはしないかと千鳥は胸を押さえた。

この一年、夫の病が重篤になってからは、転がり落ちるように店は逼塞（ひっそく）していった。あれほど祖母から、生き残ること、屋号を永続させることをたたき込まれたというのに、女の身では何一つ持ちこたえられなかった。女という価値すらも、夫の過去の女に全否定され、みじめに恥をさらしている。この橋に来ても身投げを思いとどまらせるのは、幼い新三郎を孤児にはできないこと、代々カネ汐に忠義を尽くしてくれた使用人らを後に残してはいけないという義務感ばかり。なのに彼は、この自分にカネ汐の主人として、新しい事業を持ちかけてくれた。

いったいどれだけの親類や仲間と信じた人々が、頭を下げる千鳥に冷たく背を向け、あるいは好色な目で近づいて来たことだろう。屈辱とみじめさにまみれた日々がすっかり千鳥をすさませてしまった。だから、たった今まで、彼に身をゆだねることさえ、なりゆきにまかせようと思っていた。彼が自分を望んでくれるなら抱かれよう、いいではないか、夫だって自分を裏切っている。そんな、なげやりな気分で。

それが今は雨とともに流れ去るようだ。彼はどんな励ましよりもたしかな手を差し伸べている。煌々と輝（て）る月が脳裏に満ちてくる。千鳥は恥じた。二度と戻れないが、自分にはあんなに一途に彼を思った日があった。その思い出すらも泥水に汚してしまうところだった。彼は今も変わらず、思いやりにあふれた「仁」の人だった。

ああ、だが今はまず、気を確かに持って、返事をしなければならない。自分にできるのか、彼の望みにかなう良質の木綿を集めることはできるのか。

いや、できるできないではない。やらねばならない。でないとカネ汐にも自分にも後はない。

「やります。……いえ、やらせてください」

播州じゅうかけずり回っても木綿を買い集め、カネ汐の蔵をいっぱいに満たし、高砂の港から積み出すのだ。彼が言うとおり、それはあらたな地場産業になる。千鳥は前のめりで答えた。

「それで、帆を織る木綿って、……どんな？」

言った後で気がついた。順序が逆だったか。先に訊いてから返事をすべきだった。

しかし松右衛門は笑った。

「気が早いな。帆についてはおいおいに勉強してもらおう。こっちもまだ、糸の段階を試作中なもんで。いい織り手が育ったら、ぜひ挑戦してもらいますから」

先にそんな展望があるなら励みになる。千鳥は微笑んだ。少し前まで橋の上で吸い込まれそうな暗い水面(みなも)をみつめていたというのに、こうして頬を緩ませていることが信じられない気がした。

「前にこの橋の上にいた時、私、あなたからもらった絵を破って捨てたところだったの」

「知ってます。今まであれを持っていてくれたことが驚きだった」

それを破り捨てたのだから、もうおしまいと思っていた。しかし彼が現れ、今は確実に、生きる目標を手の中に得たのを実感できる。いったい、彼は自分にとって何者なのであろうか。

答えを求めて松右衛門を見たが、彼はもうさっきのようには自分を熱くみつめたりしない。彼には今、好きな人がいるのかもしれない。そう思ったら、少し寂しかった。

祖母の言葉がよみがえる。生き残れ、そう言った。塩から米へ、扱う品を何に変えても守られてきたカネ汐の暖簾を、今度は自分が守り抜く。松右衛門がくれたこの機を逃してはならない。すぐに高砂へとって返し、店の者らに号令して木綿を買い集めにかからせようと思った。これまで魂を抜かれたように店で時間をつぶしていた連中は、もともと働き者たちばかり。仕事さえあれば喜んで働いてくれるはずだ。千鳥は心をこめて言った。

「ありがとう、牛頭丸さん。恩に着ます」

懐かしい名で呼ばれ、松右衛門は微笑んだ。目の前にいるのはさっきとは別人の女か。

自分が何か惜しいものを逃してしまった気がしたが、今はそれでいいと思った。自分が好きだったのは、簡単に手に入るような人ではなくて、こういうまっすぐな、近づきがたい女であった。松右衛門はもう一度、千鳥を見た。笑っているのが彼女には似合う。ふざけて笑ったあの夜にはもどれないが、互いに別の空を仰いで生きようとも、月は、どこにいても見ることができる。松右衛門には、雨脚の向こうに、あの日見上げた満ちきらぬ月が、青く照り続けているように思われた。


津祢はただ待っていた。まだ脳裏から、雨に消えた蛇の目傘の二人が消えずにいる。橋の下に宿ることもできたけれど、濡れている方がよかった。みじめなのは雨のせいだと思えるから。

雨音以外、人通りとてない茶屋の前に、ふたたび彼が現れたのは一刻以上してからだった。松右衛門は彼女とにっこり笑顔を交わして別れたが、しばらく後ろ姿を見送っていた。何やら爽やかな顔だった。舟にもどってきた時には、少し浮かれているようにさえ見えた。津祢は無言で舟を出し、無言で漕いで、兵庫屋に送り届けた。

「なんや、怒っとるんか？」

やっと彼がそう尋ねたのは舟を降りる時だったが、津祢はそれにも答えなかった。何か喋れば泣きそうだ。

知らん。男なんていやらしいもんや。心のうちでそう吐き捨てる。

それでも次の日にはまた一人で舟を出し、河内のおシカを訪ねていく。そうしていないと二人のことを考えてしまうからだった。

「なんやて？　これより太い糸やて？　そら凧糸かいな。そんな糸で布が織れるんかいな」

「うん。——そやかて、織るのは幻の帆布やねんもん」

熟練の織り手であるおシカもさすがに今度は黙り込んだ。これ以上太いとなると機械では繰れず、二本三本と手で縒り合わせるしかない。だが手作業ではどうしても均一にならず、織る時に支障が出るという。どうしたものか、二人で没頭するあまり、その日は日没を過ぎてしまって帰れなくなり、おシカの隠居所に泊めてもらうことになった。

「ほんま、難儀な子やで。この年になってワテをこないに一生懸命にさせるとは」

ぼやきながらも、おシカも津祢がいてくれることが心賑やかなのだった。

「おばあちゃん、ええ腕を眠らせとってはあかんのよ。全国の船乗りが待ってるんやで」

などと言ってはおシカを楽しませ、夜遅くまで手仕事に励めば、津祢も余計なことを考えずにいられる。父のこと、三輪のこと、すべて忘れて、糸だけがまさに連綿と尽きることがない。

「ほんで何や？　あんた、なんかあったんかいな」

突然おシカに言われてはっとする。これだけ密に一緒にいれば、津祢の心中もお見通しか。

「なんか、って、何——？」

思わず言い淀んだが、おシカは津祢の言葉を待つかのように黙っている。とたんに、こらえ続けた思いがこぼれた。

「うちがこうして糸をつむいでる間も、旦那さんはきれいなご寮人さんと仲良くしてるんや」

先日来の思いを吐き出すと、顔のこわばりが解けていく気がした。

「なんでか胸のこのへんが痛うて、夜もよう眠れんねん。おばあちゃん、うち、病気やろか」

おシカは声を上げて笑った。

「あはは。――あんた、それは恋わずらいやがな」

「違うわ、そんなん、――」

即答で返しながら、突然どうしようもなく涙がこみあげ、止まらなくなった。違うねん、旦那さんが、旦那さんが……。

どうしたことだ、自分は壊れてしまったか。松右衛門を思うだけで、こんなにも胸が痛くて、泣けてくる。

「なんでやのん。なんでこうなるん？　――助けて、おシカばあちゃん、うち、もうあかん」

声を上げて泣く津祢を、よしよし、と抱き寄せながらおシカは言う。

「こんなええ娘を泣かせるなんて、旦那さんは目が開いてないんやな」

慰められればまた泣ける。なのに松右衛門を悪く言われればそれも泣けた。いったい何なのだ。

「そんな時も、糸をつむぐと休まるのや。ほら、あの人のことだけ考えて、つむいでみ？」

カラカラとやさしい音をたてて回る糸繰り機。ふうわりとした綿の手触り。もしかしたらおシカも、若い娘だった頃、こうして誰かを思って泣きながら糸をつむいだのだろうか。回る、回る糸繰り機。糸には、昔々の時代から、女たちを癒やし続けた力が宿っているような気がした。

その夜、行灯のやさしい明かりの下で、津祢は洟をすすりあげながら糸車を回し続けた。

泣いて泣いて、目が腫れてしまったが、それでも家に帰れば、津祢は自分を奮いたたせて、作業場に出て手伝った。

どうやら兄の善兵衛が独自に何かの道具を作り始めているらしかった。熱の入れ込みようも半端でなく、父が現れない早朝の作業場に、相弟子の権太と二人、金槌を打ち合う「相槌」をやり始めた。善兵衛が大きい金槌で強く打てば、権太の方は小さい金槌で軽く打つ。気合いだけではすまない、力と繊細さとが求められる作業である。二人がかりでなければ鍛えられないほど強情な鉄を打っているのだろう。燃料の木炭を運びながら、津祢はキンキンと激しい音をたてて打たれる鉄の響きを小気味よく味わった。

「そやけど、親方に言わんでええんでっか」

全身、汗みずくになりながら、権太が怪しんだ。鉄を打つのは日常の仕事だから、どうせ父は何を作ってるかなど気づくまい。最近では父はもう酒の中毒で、あれではとても鉄は打てないだろう。しかし津祢も気になって、いったい何を作っているのか、訊かずにはいられなかった。

「これはな、斧や」

したたる汗を拭いながら、彼は一言、ぶっきらぼうに答えたきりだ。木を切る斧を、船でどう使うのだ？　兄や松右衛門がほれぼれ眺めた黒く光る鉄が、津祢にはぞくっとするような凄みを放つ凶器にも見えた。しかし善兵衛は憑かれたように一心に、砥石で刃先を鋭く研ぎ上げていく。

次の儀式で松右衛門が造船所へやってくる日、彼は松右衛門に納品するつもりでいるのだった。完成した時、彼はそれを赤子のように布でくるみ、丁寧に桐箱に納めた。

最後は父の銘を刻んでもらわねばならない。彼は箱を、ひとまず「お棚」に置いた。それはこの作業場において神棚に当たる場所である。おびただしい煤（すす）や灰が降り積もる作業場には正式な神棚こそないが、鍛冶の神様金屋（かなや）神への尊崇は省かず、いちばん明るい天窓の下に棚を設け、お札が貼ってある。神様に作品を見ていただくことで完成品になる。善兵衛は手順に従っただけだ。

ところが夕刻、数日ぶりに父がふらつきながら姿を現した。そしてお棚の変化に気づいた。

「これは何じゃい。誰の道具が供えてあるんや」

しわがれてはいたがすごみのある声だった。自分の作業場でありながら、自分以外の職人が作り上げた道具がお棚に捧げられていることに、彼は想像以上の憤りをみせた。まるで雷のような語気に怯んで、善兵衛は言い訳より先に、慌ててお棚から桐箱を降ろした。

父は、汚いものでも触るように金箸の先で蓋をずらし、中を見た。手拭いにくるまれた、どっしり黒光りする鉄の造形物。善兵衛と松右衛門とで褒め合った玉鋼の輝きだ。怒りに燃える目がじっと動かず、おそろしく長い時間に思われた。耐えかねて、善兵衛が弱々しく言い訳した。

「すんません、松右衛門さんに、……あの人には、ええもんを使ってもらいたいと思って」

「なんやと？　ほんならわしの作った道具はええもんやないと言うんか」

完全な言いがかりであろう。だが言い終わらないうちに彼は激しく咳こんだ。

「お父ちゃん、立ってないで、そこに座ったら？」

慌てて津祢が駆け寄った。本当は兄の方を庇いたかったが、昨夜の酒が残っている父の方が痛々しく見えたのだ。しかし父はこめかみに青筋を浮かせて逆上し、津祢を振り払った。

「うるさいっ。女は黙っとれ」

怒鳴りながら手近にあったものを投げつける。鍛冶屋だけに、そこらにあるのは金属製のものばかりで、投げられたのも鏝だった。津祢の背後に飛んで、からん、と大きな音をたてた。

「何するんや。当たったら津祢が怪我するで」

兄がかばったが、いっそういきりたつ父の姿に、津祢は自分の何が父をそのように怒らせるのかわからず、おびえて目を見張る。娘らしく成長するにつれ、津祢が死んだ母親のおもざしに似てきているとは自覚もない。まして父がそれゆえに三輪を棄ててまで一緒になった若い日の記憶に苦しんでいるとは想像の外だ。あるいは彼は、津祢ごと記憶を消し去りたいとでも思ったのか。

「こんなもん、勝手に作りくさって。もういっぺん溶かしてしまえ」

彼の狂気は止まらない。桐箱を両手で持ち上げると、よろよろと炉の方に歩き出す。

やめてください、皆が同時に叫んだ。炉に投げ入れられて溶かされてはおしまいだ。善兵衛は老父の背中に組み付いた。

「放せ、放さんかいっ」

「たのむ、やめてくださいっ」

もみあううち、桐箱が作業台の上にあった水入れに当たり、小道具をなぎ倒し、一つが炭を熾した釜に飛んだ。ぐわーんという予想だにしない大きな音が鳴り響いた。釜はぐらりと傾き、湯玉をこぼし、熱した灰をじゅううと一気にかき混ぜた。しゅうう、と白い煙が広がった。

やめてやめてと重ねた津祢の悲痛な泣き声はかき消される。一瞬にして作業場は舞い上がる灰で真っ白になり、修羅場と化した。

あとの記憶は断片的だ。

父から取りもどした桐箱をしっかり抱えた善兵衛に腕を引っ張られ、外へとまろび出た時からは覚えている。目に灰がしみ、咳が出た。父が追ってくるはずはないだろうに、それを寄越せ、わしは許さん、と叫び続ける父の声がいつまでも耳から消えなかった。

夕暮れになっていた。川面は灰色に沈み、対岸の家々の影を溶かして揺れていた。

日暮れの空気は、津祢に子供の頃の、泣きそうになって兄と歩いた不安な時を思い出させる。母がもう助からないと言われた日、やはり父は怒鳴って、二人を母の枕元から追い払った。苦しそうな呼吸に喘ぎながら津祢たちを見ていた母の、熱で潤んだ目。生きて母を見たのはそれが最後だ。思い出すと、今も涙がこぼれた。夕暮れの川は不安で悲しい匂いがした。

「親父には、褒めてもらいたかったわ」

ぼそり、こぼれた兄のつぶやきが悲しい。溶かされなくてよかったね、今はそんな慰めしか出てこない。思えば父は、兄の作った斧を一目見て、自分をしのぐできばえと見たのではないか。まるで戦うための武器のようなすさまじい気を放つものは、ある意味、若者の気魄でなければ生み出せないものなのであろう。いくら飲んだくれていても、長年この道ひとすじに来た父ならばそれがわかったはずだ。父の怒りは職人としての自負を失った嘆きだったのか。

「銘は、もらえんかったな」

兄はそれのみを惜しんでいる。優れた出来の道具に銘を入れるのは、これに不具合があるならいつでも来い、という名乗りである。彼は寂しく言った。

「おれの銘ではなんや二流に聞こえるから、入れん方がええやろ」

そして彼はついでのように、それからな、と衝撃的な話を付け加えた。

「権太は言わんが、どうやら義姉はんと、将来の約束ができてるようや」

ええっ、と大きな声が出てしまった。いつのまに、と驚く反面、三輪がたえず権太を色目を使うかのように流し見ていたことが思い出される。若い男と女が一つ屋根の下にいればどういうことが起こるか、知らない津祢ではなかった。ということは、……。

おとなしい権太は、ただ三輪の言いなりになっているだけかもしれないが、父とは血のつながった娘とそういう仲になったなら、父も跡目を託したいだろう。となれば兄は、そして自分は、この家にとって余計なものだ。

「兄さん、うちら、もうここにおったらあかんね？」

悲しい判断だった。兄は答えない。ただ空を見上げた。まるで迷子になったようだった。といって他に行くべき場所もなく、川べりにしゃがみこんでいたのはどれほどの時間だったのだろう。今夜は月を見上げながら柳の根方ででも眠るしかない、ぼんやりそう考えていた。

「なんやいな。二人そろって、家出か？」

顔を上げると、それは松右衛門だった。明日の儀式に合わせてやってきたのだ。

気まずそうに、何も答えずにいるわけあり顔の二人に、彼はあっけらかんと、

「暇やったらついてこんか？　今からちょっとした酒盛りや。なんやったら泊まっていけや」

宿所にしている兵庫屋の建屋に誘ってくれた。そこでは明日に備えてまだ灯りがついて、人々が準備にたち働いている。

「でも私は」

女だから、と言いかけたら、彼は豪快に笑い飛ばした。

「かまわんぞ。二人まとめて面倒みたる」

そして酒盛りとは名ばかりの軽い飲食がすむと、二人のために、若い職人たちの雑魚寝の場所の奥に寝床を作ってくれた。とまどう津祢を背中でかばい、皆に重々、言い聞かせる。

「ええか、べっぴんを一人ここで預かるが、おまえら、妙な考え起こしたら痛い目に遭うぞ」

ぎょろりと睨みをきかせ、彼自身が防波堤になるかのように衝立の前に居場所をとった。兄はたよりにならないが、松右衛門はその大きな体で津祢を守っているのだった。

きっと誰にでも、やさしいんや。――子供扱いで、数の内にも入らぬ自分がなお悲しかった。

誰かの鼾(いびき)、寝言に歯ぎしり。眠る男たちは平和だった。津祢は目を閉じる。家に帰ることのできないわが身がみじめだった。けれども明日になれば、父の怒りも静まっているかもしれない。

長年親子として暮らした仲だ、なんとかなる。

「寝られんのか」

ふいに背中を向けている松右衛門の声がした。慌てて寝返りを打ったが、それで津祢がまだ起きているという返事にはなっただろう。

「こないだはすまんかったな。雨の中で長いこと待たせて、――寒かったか」

今頃になって、何なのだ。津祢は、今度は布団を頭からかぶった。

「違うんか。おかしいな。他には怒らせた理由が思いつかん」

そうか、彼はあれから、どうして津祢が怒っているか、ずっと気にしてくれていたのだ。気にしていた間は少なくとも自分のことを考えてくれていたことになる。あの蛇の目傘の女ではなくて津祢を。そう思ったら、心のどこかが楽になった。ふふっ、と思わず笑いをもらした。

「なんや。怒ったり笑ったり。若い娘の機嫌は、まるで秋の空じゃ」

そう言って布団をかぶる松右衛門。

それでよかった。自分にはあの糸がある。柔らかでやさしいのに強くて丈夫な一本の糸。あれで幻の帆を織り上げて、彼が忘れられない女になってやる。

知らんけど。――つぶやけば、ようやく心地よい眠気がおりてきた。

筒立の儀は、帆柱の支柱となる筒を立てて船に魂を入れる儀式で、実質上の完成と言ってよかった。大仏の建立でいえば開眼に相当する。幾多の儀式の中で最高のものであるため、棟梁は七日前から別火して身を清め、灯明の中で九字護身の法を行って臨むのである。

「ええ天気やのう。今日の儀式は、いよいよ船霊（ふなだま）様を入れるんやな」

釿の儀の他はどれにも立ち会えなかった松右衛門も、やっと大詰めで顔を出せた。

津祢は何度もこの儀式に立ち会ったが、当初は船霊様というのがどんなものか知りたくて、こっそり覗き見たことがある。何のことはない、船霊様とは、紙で作った一揃いの男雛と女雛で、他に、二個の賽子も入れられる。進むべき針路を見失った時、最終手段に賽子を振って決めるのだという。他に、船頭の髪の毛も入れられた。信心深い津祢も、さすがにそんなものがこの大きな船のご神体だと知り、呆気にとられた。しかし形ではない、どんなものにも神様は宿るのだから、心底信じることが大事なのだと思い直した。人の思いを注ぎ込まれて、船は生き物になる。

儀式がすめば、また船を囲んだ祝宴になった。役目を終えて帰る神官をねぎらおうと、松右衛門はお付きの者を呼び止めた。すると、めでたいだけに彼は口を滑らせた。

「いやはや神様も大忙しでな。次の大安にはもう一件、筒立てや。それも同じ兵庫津の新造船。まったく、兵庫津様々じゃわ」

他にも新造船が建設中であることは皆、知っている。それどころか、職人たちはお互い建屋を覗きに行っては情報の交換なども行っていた。しかしそれが誰か、松右衛門だけが知らずにいた。

「兵庫津の船が、それほど同時期に？　もしかしたらそれは、今津屋さんの船かい」

たしかずっと後からの建造で、航据えはこの船より一月も後だったのではなかったか。

「そうや。春早くには間に合わせたいと、工賃をはずんで人員を増やしたそうやで」

お付きの者は悪気もなく答えた。なるほど、それが桐太の作る船なら、こんなところで負けん気を出して、その人員もこちらの現場にいるべき者を引き抜いたのかもしれない。

「呆れたことやな。新綿番船やあるまいし、新造船でも競争でもするつもりかい」

吐き出すように徳兵衛が言う。大船の新造など一生のうちそうそうあるものでなかろうに、人と競うなど、扱いが軽すぎないか。

苦笑しながら、松右衛門は、もう魂を持って呼吸を始めたような船を見上げた。人は人、おれはおれだ。男の生き方に速いも遅いもないだろう。それより、祝いの場にはまず歌だ。この国ではつらい労働の場でも歌い、めでたい場でもまた歌うのだ。

吉野の出という年老いた木挽の男が引っぱり出され、朗々と歌い出した。

吉野　吉野と尋ねてくりゃよ　吉野千本　サァ　花盛りよ　ホーオヨーイトナ
何の因果で木挽に習いよ　花の盛りを　サァ　山奥によ
木挽女房になるなよ妹　想う仲でも　サァ　引き分ける　ハーァヤーットナ
いつか手拍子が入り、合いの手も入る。山奥の深閑とした木立の中でこれを歌えば、唄はこだまし、自分の美声に聞き惚れてしまうのではないか。皆はやんやの喝采を送った。

「木挽の仕事も孤独でつらい、か。なるほど亭主が山に入ったきりなら女房もつらかろう」

唄に聴き入った証拠に、誰かがしみじみと言う。これを女房が捨てておかなかった。

「ちょいと、お前さん。大工の女房も、そうそうなりたいもんやあらへんで」

浪華気質の明るさが場をかきまわす。どの仕事でも、男が没頭すれば女房は寂しく放置される。そんな現実を津祢はこうした場で学んできた。おそらく船乗りの妻も孤独だろう。

「どや、鍛冶屋の妹。女房になるなら木挽は嫌か、大工がええか」

酒が入って、誰かが津祢を見定め、訊いてきた。答えずにいると、

「いやいや船乗りがええぞ」

誰かが勝手に答えて、笑いが起こる。

「そりゃよ、松どんみたいに力がありゃあ、こーんな船に乗って海に出て行きたいものよ」

一度の航海で百両も稼げる男は他にいない。だがそのために板船に乗って荒海にくり出す危険を思うと、彼らの冒険心はしぼんでいく。そして陸にへばりついて生きる自分を納得するため、命がいくらあっても足りない船乗りたちを憐れむのだ。船乗りとは、敬われ、なおかつ見下される男たちなのかもしれなかった。

だが津祢は知っている。彼が銭や儲けのために舟に乗るのでないことを。でなければあんなに力を入れて帆布の開発に入れ込んだりはしないだろう。

それにしても父はこんな祝いの日にも現れない。皆には、体調が悪くて、と言いつくろったが、おそらく深酒のせいで起きてこれないのだ。心が重く沈んだ。

「ごめんするよ、ここは御影屋さんの船かい？」

そこへ大きな風呂敷包みを背負った男が入ってきた。少年正太を連れている。ここが御影屋の工事場か、とわざわざ確認したのは、もう一軒、今津屋の工事場と間違えてしまったからだった。

「なんじゃ、丈さんやないか」

小浪の夫で、飾り職人の丈吉だった。今日も若草色の羽織で粋に身なりを決めている。

「おうよ。なんや、浪華の造船所は、兵庫津の船の新造専門かい？」

作業の進む今津屋の建屋を見た後だけに、酒に緩んだこちらの建屋はどうにも怠惰に見えたらしい。それでも建屋を占める千石船の大きさには心から賛嘆し、

「この船のために、高砂から祝いの品を預かってきましたぞい」

ようやく訪問のわけを唱えて包みを解いた。それは、艶やかに光る漆を塗り上げられた、立派な船簞笥だった。奉紙に「祝」と記された文字を金銀の水引で切り分け、贈り主のカネ汐の名が据わっている。——千鳥からだった。

「これは縁あってうちの小浪が引き継いだ船簞笥なんやが、あまりに立派な作りやから、おれが手直ししたのを店に出したのや。それをカネ汐はんが気に入って、買うていかれた」

もう何年も前のことだ。思い入れのある品だけに、みずから彼が届けに来た。苦手なはずの船に乗って。――仕事にかける彼の思いが伝わり、松右衛門はそっと奉紙をはずした。正太が、父より自分の方がずっと船の上では元気だったんだぜ、と胸を張って松右衛門のそばに来る。

あれから木綿の商いで店を建てなおそうとする千鳥の必死の働きは、兵庫津にも伝わってきていた。番頭たちがさかんに播州木綿の売り込みをかけてきていたからだ。あいかわらず亭主の病状ははかばかしくないようだが、カネ汐そのものは持ち直したようだ。

「ご新造さんのたってのご指示で、ほれ、扉の裏に、松の模様と牛頭天王を描いた」

そこにはたしかに、頭頂に牛の顔を戴いた、いかつい顔の仏が斧を片手に坐している。

「男前にしておいたぜ」

やけに真面目な丈吉の解説に、松右衛門は苦笑する。

昔、彼女に足るような男になったなら、と考えたことがあった。千鳥から、これほど立派な船簞笥を贈られた今、なれたのかもしれない、少しは彼女に近い男に。むろん、だからといってどうなることでもなかったが。

「小浪の父親も船頭やったそうで、松どんが見たいなら、中に入ってた古い文書も見せるぜ」

「そやな。帰ったら見せてもらおうかい」

それがいわく付きの書類であるなど知らず、松右衛門は答えた。

「それから、これはおれからや」

最後に丈吉は袱紗にくるんだ小さな品を渡した。開いてみると煙草入れだった。しかし、上にフナムシが載っている。松右衛門は手で払いのけようとした。

「なんやい、このフナムシ、なんぼ払っても、取れんぞ」

懸命に手で払い続ける松右衛門を見て、丈吉が腹を抱えて笑った。

「取れてたまるかい。それは俺の彫刻じゃい」

本物と見紛うまでの精巧さ。職人技を尽くした飾りなのだった。以前、支払いの銭にフナムシを混ぜて脅かされた丈吉の、今になっての仕返しだった。

「これが造り物とは――、おまえ、とんでもないヤツやな」

「あれからよくよく見れば、虫も美しいかたちに造られてるもんやとわかったんでね」

船乗りではないが、気性の合う男を知ったことは兵庫津に来た恩恵だった。

「さあ、次は舟唄を聞かせようかい」

松右衛門は紀兵衛に塩飽の舟歌を歌えと命じた。木挽歌がすばらしかったせいで、彼は後に続くことを嫌がったが、松右衛門の命令となれば従わぬわけにはいかない。

沖は東南風　日本晴れ　ヤレ　雲が翳りゃよ　仏の顔が　サテ
波の下にも　都はあるか　ハァ　可愛いあの子に会えたなら　サァ
もうやめましょか船乗りは　ハー　ヨイヤサ
歌はそれぞれの胸にしみ入った。船はつらいが陸に帰る喜びは何物にも代えがたい。

「さあ、船の名前じゃが、マツ、発表せえ」

おもむろに平兵衛が立ち上がり、松右衛門を促した。

命名　八幡丸――。彼が懐から取りだして皆に広げて見せた紙には、堂々たる墨字が名を主張していた。松右衛門の文字だった。

神様と仏様が習合した八幡大菩薩。拍手が起きた。津祢は、世の中に神も仏もいないと言い切った男が、船霊を入れ、船名に八幡神を冠すことに目を見張る思いだった。どうかこの人に、神仏の加護がありますように。そう祈らずにいられなかった。

「さあ、ほんなら締めは、俺が歌おうかい」

松右衛門みずから立ち上がる。割れるような拍手が起きた。祝い酒がほどよく回り、にこやかな彼の顔はいつにもまして朗らかに輝いていた。

「たかさごやー。この浦船に帆を上げてぇー」

彼の十八番（おはこ）である。その浦で育った漁師の小倅が、今日、その身一つで、大洋に乗り出す千石船をまかされる沖船頭にまで這い上った。なんとめでたい日であろうか。

しかしこれは松右衛門という傑出した船乗りにとってまだまだ通過点でしかない。そのことを知らず、皆はただ頑健な肉体を持った男が朗々と歌う高砂に聞き入った。

新造船はこの後、碇や帆、大量の綱などを備える艤装作業を残すのみ。津祢がまた彼に会えるのは、完成した船を海のおもてに下ろす「船卸（ふねおろ）しの儀」が最後となる。

それは船の門出であり、魚のようにいずことも知れぬ海へ泳ぎ出る。そしてよほど傷つき壊れでもしないかぎり、この造船所に戻ってくることはない。松右衛門ともお別れだった。

「あのう、松右衛門どん、これ」

宴が果て、皆が三三五五と帰り始めた頃になって、善兵衛が桐箱を持って松右衛門に近づいた。父を烈火のごとくに怒らせたあの作品だ。開けると水引のかかった新造の斧が現れた。黒光りして、まるで武具のような気魄に満ちた、鉄のもの。

「斧やないか――」

それは船頭しか使えない定めの道具で、帆柱にくくりつけられ、使うのは難船時のみ。荒れ狂う波の中で、船の均衡をとるため帆柱を伐って重心を下げる時だけだ。ゆえに、めでたい場には不要のもので、衆目にさらすわけにはいかず、善兵衛は儀式が終わるのを待って手渡したのだ。職人馬鹿と思っていた兄が、そんな配慮のできる男だったと知って、津祢は見直す思いだった。

「銘はないんですが、そうやな、切らずの斧――とでも」

いや、切れないはずはない、彼が何度、真っ赤になるまで熱しては冷却し、叩いて鍛えて、精魂を注いできたことだったか。古来多くの刀剣が神前に奉納されたのと同じように、それは神を召還できるほどに聖く美しい宝物であった。松右衛門にはその価値は確実にわかる。

「かたじけない。決してこれを使わんでええように願う」

彼が斧を手にした時、津祢の目には我知らず、牛頭天王の姿が重なった。彼の幼名だったその仏は、手に斧を持って世に降臨し、疫神を懲らしめるのである。彼にはまさに縁の道具。しかし彼がその斧を振るう時、黒鉄の刃は、いったい何を切り裂くだろう。恐ろしい気がした。

「旦那さん、ほんならこれも一緒に」

背後から、津祢は言わずにはいられなかった。牛頭天王のお守りである。いつ誰のためにとも定めず買っておいたものが、今こそ役立つ時だった。きっとそれが斧を封じてくれますように。いらん、と拒まれると思ったが、彼は微笑みながら受け取った。うれしかった。

東の空を見上げれば、早くも遠く生駒の山並みの上に、一番星が輝いていた。

日を置かず、船卸の日が来た。文字通り新造船を海に降ろして完成を祝う儀式である。

建屋の戸が大きく開かれ、水押しに鬱金色の真新しい下がり房を取り付けられた新造船は神々しいばかりのたたずまいで、着水の時を待っていた。

船台の下から浜まで長々と並べられた堅木の板の上に三、四尺の間隔をおいて樫の木のコロを置き、これに船を乗せて轆轤（ろくろ）で巻きながら少しずつ曳きだしていくのである。すでに浜は大勢の人で賑わっていた。

今日も父が姿を見せないのを、津祢はずっと気にしている。昨夜、三輪の呼び出しで家に戻ったが、父の意志だと言って、彼女に強硬な申し渡しを突きつけられたのだった。

「あんたらには悪いけど、お父ちゃんの面倒は、今後うちがみますさかい」

父は背後で床に伏しており、無言であった。まるで三輪に全権をゆだねたかのように。

「鍛冶屋はどないするんや、あんたは工場のことなんか何も知らんやろ」

異母姉を「あんた」と呼んだのはせめてもの兄の抵抗だった。しかしこれにも三輪は、

「心配せんといて。権太はんとうちとでやっていくさかい」

平然と言い返し、権太に体をすり寄せる。権太は小さくなって、兄妹とは眼も合わせられない。

津祢は拳を握った。きっとこの先、権太はいいように三輪に使われ、働かされるばかりだろう。しかし権太が何も言わないのなら、もう議論の余地もない。

「わかった。親方を、よろしくたのむ」

三輪にではなく権太に言って兄が頭を下げるのを、津祢は呆然と眺めた。これが別れになるなどとても信じられない。育ててもらった恩も返さず去ってよいのか。胸がいっぱいになり、思わずお父ちゃん、と枕元ににじり寄ると、父は布団の下で手を合わせ、絞り出すような声で言った。

「三輪の腹にはわしの初孫がおるそうや。――わかってくれ。最後に家族の夢が見たいんや」

津祢の中で、父にかけたかった言葉が消滅していく。

初孫か。それは実の娘三輪に宿った、父には血のつながりを実感できる新しい命だ。彼はきっと、与えた愛と与えなかった愛、それぞれに人生の最後で帳尻を合わせたいのかもしれない。自分たち兄妹は幼い日に存分に父に愛されたが、一人立ちできるようになった今、生まれ来る子には余計な係累に煩わされず愛だけに満ちた日々を譲るべきなのかもしれない。津祢の中でふんぎりがついた。

「お父ちゃん、体を、大事にな」

自分たちはどうなるのか。それを心配しないといけないのに、津祢は黙って立っている。

そんなときに松右衛門が、こう言ってくれたのだった。

「どないや、二人とも、兵庫津に来んかい。空き家になった鍛冶屋の作業場があるんやが」

あまりに時宜(じぎ)にかなった提案だった。信じられずに見返す二人に、彼は笑って言った。

「言うたやろ。二人とも、まとめて面倒みるで、って」

それでもとまどう兄妹をそこに残して、祝いの儀式はもう始まっていた。

そうして祝詞が終わった時、一艘の茶船が川を下ってきて着岸した。

「兵庫津の今津屋の幟が立っとる。桐太やぞ。――なんや、いったい何しに来たんや」

建屋では御影屋の水主らがざわめいた。同郷の後輩として彼に従ってきた紀兵衛も、近頃では桐太の考えることがわからなくなっている。困惑した顔で彼を迎えた。

「おう紀兵衛。今日はめでたいのう。御影屋はんに、祝いの酒を届けに来た。灘の酒じゃ」

たしかに一斗樽には派手派手しく水引がかけられ、今津屋の名札も添えられている。

皆の背後から、頭一つ分大きい松右衛門が現れた。紀兵衛を後ろへと追いやり、彼は船頭の証である羽織を、袖を通さず肩に掛けながら進み出た。

「わざわざ悪いな、今津屋さん。聞けばあんたももうすぐ船卸らしいやないか」

桐太、とは呼ばず、屋号で返した。招かぬ客でも、祝いの客だ。

「ああ、出し抜いてやろうと思って工事を急がせたが間に合わんかった」

彼とは飲んだこともないしこうして向き合って話したこともない。まして競ってきたつもりなど松右衛門にはなかったが、彼の方では必要以上に松右衛門を意識していたようだ。

「出遅れたが、やっと兵庫津の問屋がここまで力をつけたんじゃ。負けへんぞ」

兵庫津の問屋と言うなら、ともに競う相手は、船の都のこの浪華だろう。だが好戦的な男には何を言っても無駄だ。いったい、彼は祝いに来たのか喧嘩を売りに来たのか。めでたいこの日を台無しにする気なら許さないと松右衛門は思った。

にらみつけて威嚇した時だった。人の間を割るように平兵衛が現われ、にこやかな声を上げたから二人の緊張もそこまでとなった。

「これはわざわざすまなんだな。桐太、帰ったら今津屋はんによう言うとくれ」

祝いは今津屋から御影屋へ届けられたもの。若い船頭どうしが当事者ではない。樽はその場で鏡を割って皆にふるまわれた。

酒を満たした柄杓を手に、桐太はなおもぎくしゃく松右衛門を意識して周囲を不安がらせたが、水際ではついに轆轤（ろくろ）が回され始めたようだ。船の戸立に結わえた綱が、ぎいいと軋みながら曳かれ始めると、松右衛門ももう桐太なぞにかまってはいられなかった。これだけ大きなものが動くのだ。それは尋常の光景でなく、つまらぬことはすべてふっとぶ。

ずりっ、ごりっ、と重い摩擦音を轟かせ、巨大な船は少しずつ、前へ、海へ、動き出している。

「おお、いよいよか」

人の船であっても、真新しい船が海へと向かう姿には胸が鳴るものだ。挑むような目をしていた桐太も、海に向かって進むこの巨大な建造物をまぶしく目で追うのがわかる。それでなければ船乗りとはいえない。やはり彼は祝いに来たのだったか。松右衛門は彼を許す気になった。

鎚を持った職人たちが、船の前に回って樫のコロを並べていく。その上を滑り出す船。ヤレ曳けぇ、ソレ曳けぇーと船上の人も地上の人も高らかな声を合わせて一つになる。手作業だけに時間もかかるが、陸から海へ、船が水を求めて進みゆく姿はそれ自体が神聖な儀式であった。

津祢は、船に掛けられた梯子を昇っていく人たちをうらめしく眺めている。本来は船が水に浮かんでから乗り初めをするところ、船主の平兵衛がもう待ちきれなくて船に上がってしまっているのである。松右衛門も、呼ばれて船へと梯子を昇っていった。

「ええのだす、船卸の時だけは常とは違うことをやってはっちゃけるんが祝いだす」

追従するように大工の棟梁が言うと、平兵衛もうなずいて、

「そらそうや。海に出たら、きっかり同じことを守っていかなあかんのやからな」

小さな船を降ろす際には着水と同時にわざとくるくる回したり、ひっくり返して先に転覆させておくというようなこともやる。また末端の水主を海から落としてこけら落としと称する悪戯（いたずら）も許された。海に出ればどんな想定外のことが起きるか知れず、神も寛大になるこのめでたい日には、思いつくだけの災いを先にやってのけようとの験担ぎなのだ。

波打ち際へはわずかな傾斜があって、船は、ずり、ずりと、みずからの重みで傾斜を滑る速度を増していた。船底が水につくのはもうすぐだ。

津祢は息を詰めて見守っている。ああ、もう少し。祈るように、船上を見上げた。

船上では松右衛門がそんな津祢を目に留めた。彼女はいかにも小さくて、男たちが祭のように

浮かれているのとはまるで異質に、置いてけぼりになった子犬のように見えた。

これまで彼女のそんな顔を見たことがあっただろうか。松右衛門が知っているのは、笑うと痘痕がへこむ津祢のあの顔この顔、どれもが笑顔ばかりというのに。

ふいに松右衛門は大声で津祢に向かって尋ねた。

「津祢。おまえ、泳げるんかー」

「泳げますよー、だ」

即座に津祢は叫び返した。泳げなくては川舟を操ったりはできない。子供の頃から何だって兄と同じことができたのだ。すると松右衛門が真っ白な歯を見せて笑い、津祢を呼んだ。

「来いっ。——津祢。上がって来い」

ひゅう、と風が吹いてきて耳元で止まった気がした。今、松右衛門は何と言ったのか。

津祢のみならず、聞こえた皆が息を止めた。女を大船に乗せる、それは禁忌だ。

「兄ぃ、年が半分しかないようなあの娘っこを、女房にして泣かせるつもりですかい」

徳兵衛がからかう。女であっても妻なら船に乗るのを許されるからだ。

あほ言うな、と松右衛門が答えるのを聞いたが、津祢は胸の内で即座に反発していた。年が明けて十七になったから半分とちゃう。それに、うちは泣かへん、と。

風がふたたび鳴り出した。そうか、今日だけは禁忌破りも海神様はお目こぼしなさる。

理解した瞬間、津祢は梯子に向かって駆け出した。草履は砂の上に脱ぎ飛ばす。そしてしっかり梯子を摑んで、一段一段、上っていった。着物の裾からふくらはぎが露わになるのがわかったが、かまってなどいられない。やんやの喝采が起きていた。

「よおっ、ねえちゃん、がんばれえ」

衆人が見守る中、津祢は懸命に昇った。

その姿を見ながら、松右衛門の胸に、高砂での少年時代がよみがえった。弟みたいな新三郎や惣五郎との愉快な時間。大蔵元の娘千鳥にほのかな思いを抱いて、いつか彼女に足るべき者になろうと思ったこと。しかし人は誰かに合わせて成長するのではない、自分の速度で大きくなるのだ。一段一段、懸命に梯子を昇るこの津祢のように。

船端まであと少し。その瞬間、松右衛門は手を伸ばし、津祢の腕をつかんだ。

ぐいと自分を引っ張り上げるその力が、津祢にはおそろしく強く確かなものに感じられた。何もしなくても、そのまま花でも引っこ抜くように、松右衛門は自分を船に引き上げ抱き下ろした。同時に津祢は、心配そうな善兵衛の顔と、河口の沖を視界に捕らえた。

潮風の匂いがした。ここが海だ、ずっと出てみたかった場所だった。

「おお、これは海神さんもびっくりのべっぴんさんが来たな」

舳先にいた平兵衛が相好を崩し、船上に現れた娘を歓迎した。

「いや、旦那、海神さんにはやれませんで」

自分が乗る船の初進水。そのめでたい日に松右衛門の気持ちも緩んでいるのは事実だが、やはり神や仏に祈る気はなかった。俺は俺の努力と才覚で、この船とここに乗る者を守ってみせる。それが自分にとっての「地」の仕事だ。

その瞬間、船がぐいと傾いて滑った。次いで、轟音が響いて四方に大きな水柱が立った。

船が水の上に降りて浮かんだ瞬間だった。

着水と同時に割れんばかりの拍手が起き、もう陸には戻れんぞー、と歓声が上がった。この日、八幡丸は、ぶじに海に降ろされ、その後十数年にもおよぶ航海の日々に幕を開けたのだった。

津祢はまだ自分が見ている光景が信じられなかった。川を上がり下がりする小舟の小ささ、数の多さ。対岸にははるかに牛頭天王の社の森も見渡せた。何より、川下に広がる巨大な河口。白くたゆたう先には、泉州の岸辺がくっきり見えている。

その広やかな空間には、この船と同じように、水押しに壮麗な船飾りをつけた大きな船が白い帆をいっぱいに張って、三艘、四艘、ああ七艘も、浮かんでいる。

なんと美しいのであろう。白帆はまるで、海に染まらぬ鳥たちか、空に流れぬ花たちか。

「どうや、満足か」

思い残すことはなかったから、はい、とただうなずいた。津祢の長年の夢はかなった。

「ほんなら、行くぞ？」

どこへ？　訊くより早く松右衛門は津祢の手を引き、船縁に近づいた。案じた兄もついてくる。

「松どん、俺、行きますで、兵庫津へ。松どんと一緒に、どこなりとも」

やっと何かを決断できたか、兄の善兵衛が印半纏（ばんてん）を脱ぎ捨てた。そこには白地で鍛冶屋善右衛門と染め抜いてある。その父の名までも脱ぎ捨てるかのように、彼は爽快な顔で笑った。

「ええこっちゃ。二人も贄（にえ）にしたなら、海神さんも大喜び。この船は万々歳じゃのう」

平兵衛が笑う。贄とは船の安全祈願に神が喜ぶものを海に投げ入れ捧げる風習を言う。

「よっしゃ、二人まとめて面倒みたる」

右腕に津祢、左腕に善兵衛を抱えると、それは単に仲のいい三人の図にも見えたが、松右衛門が悪戯っぽく小首をかしげ、行くぞ、と言えば事態は変わった。

——きゃあー。

後のことは覚えていない。ものすごい力で松右衛門に抱きかかえられ、体ごと船から落下し、どぼん、と着水するまでは、それが現実に起きていることだという気がしなかった。

ぼこぼこと耳の中から水音がして、目を開いてみれば水の中は驚くほど冷たく、陽光に洗われて清らかだった。見上げると、船の大きな影が真上にあり、その傍らの空白からは、小さな果実のような太陽が揺らいで見えた。

宇宙には、ここだけでなく恒星があり、ここと同様、惑星がある。そしてそれらのうちにはここと同様、違う生命体が暮らしている——。水の中というのに、松右衛門には惣五郎が語った天文の話を信じることができた。ここには過去の孤独な自分はおらず、世界は今ここから始まっていく。昇ってみせよう、昇れるところまで、波のたゆたう海面まで。松右衛門は水面へと手を伸ばした。明るい太陽がゆらめいて溶ける、その場所へと。

その一方で、津祢は松右衛門から離れて、沈んでいた。ゆらゆらと水圧を感じながら、まばたきすればまだ太陽の輝きが頭上に透ける。怖くはなかった。あまりに世界が美しすぎて。

その時、背後からぐいと腰を抱きかかえられ、必死で呼吸をした。津祢は水面へと上昇していくのを感じた。

がばっ。——波が鳴り、風が鳴り、必死で呼吸をした。誰かに引き上げられて、海面に出たのだった。首を回せば、遠くない海面に松右衛門がいた。後ろには心配そうな兄の顔もある。

「おまえ、泳げると言うたやないか」

困ったような松右衛門の声。言葉に反して津祢が沈んで行ったので、彼も焦ったのだろう。すみません、と言いかけて体が沈み、また水を飲んだ。

船の上で大笑いが起きる。全員が乗り出すようにこちらを見ている。平兵衛が気持ちよさげに煙管をふかしていた。誰かが木挽唄を歌い出すのも聞こえてきた。

木挽き女房になるなよ妹　想う仲でも　サァ　引き分ける　ハーァヤーットナ

波の音に重なり、朗々と流れて行くその歌を耳にしながら、津祢は言った。

「うち、木挽女房にはなりません。うちはもう十七、船頭の嫁になりたいんです」

塩っぱい海水が、津祢の胸の中まで洗うように、秘めた思いをはじけださせる。

船頭の嫁は待つのが仕事。雨の中でも照り返す川の上でも、自分は待つ。蛇の目傘の女が何だ。彼に女が百人いようが子供がいようが、それでも待てる。なぜならこうして一緒に彼と海の洗礼を浴びた。そんな女が自分の他にいるなら出てこい、そう叫びたかった。

松右衛門は波をかき分け津祢のそばまで近寄ってきて、両腕で体を抱いてささえてくれた。津祢は慌てて大きく息をした。そしてその額の傷跡めがけて、このでぼちん、と指で弾いてやった。やられた、と松右衛門は背中から倒れるふりをし、ざぶん、と大きな波をたてた。むろんもう痛くはないし、そんなところに傷があったことさえ忘れていたのだ。

大笑いした。津祢も笑った。

波に浮かぶと空が広い。天の仕事はもう始まっていると実感した。一人でも向かっていける自信はあったが、二人でいればもっと愉快なことになるかもしれない。

「おっと、船頭なしでは船はいつまでも出航できん。――おまえ、昇ってみるか、船の上へ」

あれは女房でないと乗れない新造船だ。満面の笑みで答える津祢。

よし、とうなずき、松右衛門は腕を空に突き立てる。そして一声、船に向かって命じていた。

「帆を上げろ、海へ出るぞーっ」

おうー、と船で徳兵衛たちの声が応じる。待ちかねて、するすると駆け上っていく白帆。たちまちいっぱいに張って力みなぎり、それは空と海の青の間におのれ一個が在ることを示してみせる。

八幡丸はそのようにして海に乗り出していった。

第四章　北前船　越後出雲崎の巻

昨夜は大変な嵐だった。

冬の北前は荒れる日の方が多いが昨夜のそれはきわだっており、横殴りの雨に灰色に塗りつぶされた海は黒く逆巻く波しか識別できず、向かいの佐渡島も消滅した。

町では激しい雨が一晩じゅう戸や屋根を叩きつけ、時折、海から咆吼のような怒濤が響いてきた。港に舫ってあった船々は、押し寄せる波にいたぶられて、互いにぶつかりあっては悲鳴のような音をたてて軋んでいた。弟の家の一隅に厄介になっている八知は持病の咳が止まらず眠れなかった。恐怖心など心理的に打撃を受けるといつもこうなるのだ。

「庵主様、……庵主様。ご無事ですか」

取るものも取りあえず蓑を着て山を駆け上がり、西照坊の様子を見に来た。むろん山路はぬかるんで、折れた枝々や倒木があって行く手を邪魔していたし、下り落ちる水の流れで渓流ができているのも昨夜の雨の激しさを物語っている。尼ひとりが住むわずか三丈四方の小さな御坊では、風雨が入り口の椿の木から雪を払い落とし、枝先に咲いたあざやかな花を一輪、覗かせてくれた。

「八知さん、来てくれたの。今からおつとめを始めるところでしたよ」

庵主の妙喜尼は昨夜と今朝の間に何事もなかったかのように、持仏の前に端座していた。

「町はどうだったでしょうねえ。まあ海に出ている船はなかったでしょうが」

それが、と八知は今見てきた景色を思い出す。

住吉神社の参道を上がり、さらに石井(いわい)神社の高台に立った時、一息ついて背後を振り返ったのだ。そこからは鳥居越しに、海に面して細長く続く町が見える。

天明二年、まだ北国では雪が溶けない弥生三月の終わりのこと。吹きつける海風を避けるように海に対して直角に切妻を並べた町並みは冬姿のまま、甍(いらか)もすっぽり雪に覆われ、ただ白い。それら家々の前を北国街道が走り、さらに向こうは海である。今朝はあんな嵐の後とはとうてい思えないほど穏やかで、くっきり佐渡の輪郭が浮かび、いつもより近いような錯覚をした。

だが一点、鳥居が額縁のように限った景色の中に、あるはずのない白いものが現れたのを、八知は見た。――あれは、何？　目を凝らした。そうしているうちにも白い点はどんどん大きくなって、いつかこの眺めの主役になっている。船、だった。

二十反帆をゆうに超す大きな帆を張った弁財船、千石船だ。西からの追い風を受け、滑るように走ってくるのは、あたかもどこかから舞い降りた鳳(おおとり)のようだった。

だがまさか。上方からの船がやってくる季節は卯月に入ってからだ。北前の冬は気候も不安定で、とても船を出せたものでない。荒れ模様が続く時分は外から訪れる船などあろうはずはなく、それがいっそうこの地方を外から断絶された気分にさせているのだ。

しかし船はやがて舵を東に取って、帆を三分方下ろして船足を緩め始めた。この出雲崎に入港するのであろう。そうとなれば上方から来る今年一番の船になる。

いったい昨夜の嵐を、その船はどこでどのようにして過ごしたのだろうか。

ともあれ例年になく早くやってきた千石船に、きっと港の方でもざわついているだろう。

「ほう。もう一番船が来ましたか。奇特な船があったものじゃ。無事で何より」

西照坊は海も見えない山中の木立に山に埋もれるように建っているため、妙喜尼は遠いよそごととして片付け、灯明を上げる。修行を重ねた人には嵐であろうと地震であろうと、天がこの世に起こしてみせるわざに何の恐れもないのであろうか。

一度はこの庵主のもとで出家したいと願ったことがあった。だが、嵐の夜に一人で山にいるなど自分には無理だ。持病の咳が止まらなくなったら息が詰まって死んでしまう。庵主が八知の出家願いを一笑に付したのは、こういう弱さをお見通しであったからかもしれない。

あなたは若い、俗世を捨てるのはいつでもできるし、在家の姿のままでもみほとけに仕えることはできるのだからと諭しつつ、庵主はそのまま八知をここに置いてくれた。あれから二年、年が明ければ八知は二十五になる。

雨戸を開けると、さしこむ光が妙喜尼の顔に当たった。こんな山の庵に住まいする前は大寺院で修行を積み、全国行脚をしたと聞くが、肌は一度も日を浴びたことがないほど白くすべらかなのが八知にはふしぎでならない。たしか還暦をいくつか過ぎているはずだ。澄んだ瞳でまばたきもせずみつめられれば、その目が盲(めし)いていることを忘れそうになる。

「外からの船は、大いなるものをもたらしに来たのかもしれませんねえ」

妙喜尼は時々ふしぎなほどに、先に起きることを言い当てることがある。まるで、そこにあるものが見えなくなった代わりに、遠い先のことが見えるようになられたかのように。

たしかに、上方からの船は物資の面で宝の船だ。まして荒れる冬の波濤を超えてきた一番船は、人の気力を盛りたてる福の神でも乗ってきたかのように喜ばれる。

しかし八知には何か大きなことが起きるより、何も起こらず静かな日々が続く方がいい。二年前の深夜、一人で婚家を逃げ出し七里の道を歩いてここにたどり着いた時のことを思えば、今はようやく怯えや恐れから解放されて、木々の緑や野の花を楽しみながら静かに暮らせる毎日だった。これ以上、何を望むであろうか。

それでも町では嵐を突いてやってきた千石船の噂でもちきりだろう。

「見たか、こんな季節に上方の船が来たそうだ」

「見た見た。わしらではあんな嵐にとてもじゃないが船は出せん」

「嬉しいのう、乏しい蔵の中も、これでひといき、補給がかなう。やれやれじゃ」

北前（にほんかい）を往来する大船は、往路は港々に停泊して積荷を商いながら蝦夷地や陸奥に向かうため、春に母港を出れば秋の終わりまでもとの港に帰り着かないのが通例だった。蝦夷と上方を結ぶ北前航路はともかく長大なのである。よって、三月下旬頃に大坂や兵庫津を出港すれば、蝦夷地に着くのは水無月六月。帰りは文月七月下旬頃に松前を出発し、上方に帰港するのは十月下旬から十一月中旬というあたりだろう。従って、暖かい瀬戸内とは違って冬の気配が残るこんな時期に上方の船が越後に入ってくるというのは考えられないことだった。それも、あんな嵐を押して。

「兵庫津の宮本屋（みやもとや）松右衛門じゃと。あいつの船には何か特別なものが宿っておるのかのう」

「以前、能登の輪島であの船と一緒だったヤツが、追い越されて酒田に着くのが五日も後になったとか。あの船は夜間も走ることができるそうな」

松右衛門、松右衛門。――町ではその名がさんざん言い交わされていた。

ここ越後には、すでに江戸時代初期から近江商人による北国航路があり、丹後から越前、越後と、岸に沿った地乗り航法で松前をめざす船の往来はあった。しかし河村瑞賢（かわむらずいけん）によって西廻り航路が開発されると動線は大きく変わった。東北や北陸地方から上方へ物資を輸送するのに陸は通らず、山陰側の岸だけ見ながら通過し、九州本州の境目から瀬戸内に回りこむ、という壮大なものだ。距離は長いが、その方が圧倒的に運賃が安く、手間もかからない。

そのため、この航路に適した船が進化していく。大量の荷を積み込むことができ、本州の半分を行く長期の航海に耐えうる帆船。それが弁財船という大型船だ。瀬戸内で発展したこの船が北前にも出現し、越前や越後の沖を往来するようになったのは十七世紀末葉のことである。

沖を通過するこれら大型の船を見て、日本海沿岸の海商たちが指をくわえているはずはなかった。蝦夷行き、上方行きならここの港は中継点になる。こうして越前、越後の海岸沿いに多くの北前船主が生まれていくが、そうは言っても、船を造るにも進んだ船具を備えるにも、先端技術はすべて大坂にあったから、北前船が勃興してその性能を進化させ、明治中期まで大いに栄えることになるには「松右衛門帆」の普及を待たねばならない。

「聞いたか。松右衛門とやらの船には、何か特別な帆がかけられているらしいぞ」

「それは何じゃ。どんな帆じゃ」

「わからん。ともかく取り引き問屋が決まればすぐに売り立てが始まるじゃろう」

船はこの地方にとって垂涎(すいぜん)の的である木綿をどっさり積み込んでいる。寒冷な日本海沿岸では木綿は育たず、いまだに真冬でも紙子か麻の衣類しか着られない民は少なくない。ゆえに、松右衛門の船は恵みの船だった。その船は嵐で傷めた部分の修理でしばらく滞在するという。海商たちはもとより、妓楼のある表通りはそれだけでも賑わうだろう。

港で仕入れたそんな話は妙喜尼にも伝えたが、山に住む身には関心は薄い。翌日には八知も船のことなどすっかり忘れ、積雪に埋もれた山の畑で、採らずにおいた人参を掘り出すのに懸命になっていた。豪雪の越後では、秋に収穫すべき野菜をわざと雪の下で冬を越させることがある。そうすることで野菜たちが、生きのびるため必死で栄養分をたくわえ、甘みを増す。食糧が乏しくなるこの時期には願ってもなくありがたいものだった。冷たい手の先に息を吐きかけたところで、背後にガサリ、と人の気配を聞いた。と思ったらだしぬけに、木々の間から大きな男が現れたから、とびあがった。

「こんな山中に、どなたかお住まいか」

反射的に、八知は返事もせずに踵を返すと、人参を抱え、藪の枝を潜って逃げ出した。

「お待ちなされ、……」

歩き馴れた山中である。急な傾斜やぬかるんだ岩場を、滑りそうになりながらも走った。畑を荒らされたらどうしよう、一瞬、不安がよぎったが、振り返るたび、追ってくる男の姿が見え隠れする。どこかに身を潜めるより、このまま坊へ逃げ込むのが安全だった。八知は走って走って、裏口から台所へ駆け込んだ。

「ほう、こんなところに御坊が」

背後で男の声がした。結果的に、彼をここまで案内してしまったことになる。

山路から坊を隠す生け垣のようにこんもり茂った椿の木。積もった雪の間から常緑の葉を覗かせる枝の上に顔があるから、背の高い男であるとわかった。椿は、積雪以上には丈が高くならないものだが、雪深いこの山中では、八知の背丈くらいあるというのに。

「おたのみいたす。摂州兵庫津の宮本屋松右衛門と申す者ですが」

宮本屋松右衛門――。八知は竈の横に身を隠し、弾け出そうな咳をこらえて、その名を聞いた。

「何か御用でございましょうか」

いつのまにいたのか、縁側の先に立った庵主が受けて出た。男は身を低くして答えた。

「下の住吉神社に仲間の者らが参詣に来たのですが、私は一人、山歩きをしておりまして」

住吉神社は大坂に太古から鎮座する航海の神様だが、上方の北前船が他国に広め、この地にも分社があった。全国に末社が数千を超すというのも、船乗りたちの信仰の深さがわかる。航海の安全を祈願し、また海路が無事だったことに感謝をささげる神だ。この時代、日本海では、多数の船乗りが寄港先の神社に絵馬を奉納するのが流行っていた。どれも勇ましい千石船を描いたもので、大坂には専用の絵師もいるほどだ。

「たどり着いたのも何かのおみちびき、お参りさせていただければありがたく存じます」

なんとも奇特なことだ。ようやく八知は、そっと竈の陰から顔を出した。

「どうぞお上がりなされ。こんな小さい坊なれど、――八知さん、お茶でもさしあげて」

妙喜尼は八知がそこにいるのが見えているかのように、自然に命じた。

隠れていたのを見透かされたようで、はい、と答える声も小さくなる。走って逃げた非礼が今さらながらに恥ずかしく、八知はおずおずと立ち上がった。

「こちらへは？　ご商用でございますか？」

単刀直入に庵主が尋ねた。

「いいえ、あの嵐です。船を少し傷めましたので、ともかく手近な岸に寄せようと」

いわく、沖では帆をおろしたまま流されるつかせの航法を取り、舵がやられないよう堪え忍んだものの、積み込んだ伝馬船や垣立に損傷を受け、見かけが悪いので修理していくのだという。

「新潟にするか、柏崎にするか、迷ってはいたのですが、風が船をここへ連れてきたので」

まあ、と思わず妙喜尼が笑みを洩らした。

　行こうか柏崎　帰ろうか新潟　ここが思案の　ソーレ　出雲崎

まるでこの地の舟唄に歌われるとおりの情景だったからだ。

「実は古い知り合いが、父親が出雲にいると探していたんですが、以前から、どうも石州出雲のことではなく、ここ越後出雲崎ではなかろうかと睨んでいたこともあって」

彼が兵庫津で働き始めた頃からの知り合い、小浪のことであるとは、後で知る。

「当たらずも遠からずですよ。昔から出雲とは行き来があったようで、ここ出雲崎には大国主命の伝説がありますから、海の民である出雲族の圏内なのは間違いないのです」

ほう、と松右衛門はいたく興味をそそられた。四方を海で囲まれた日本では、神話の時代から神々や人間が行き交う海の道があったようだ。庵主の話は、北前には北前の歴史に裏打ちされた結びつきがあるのを教えてくれた。

「出雲は鉄の産地と聞きます。対して新潟は冬には何の仕事もない。鋼材があれば、釘の一本なりとも作る手だけは余るほどありますよ」

それは松右衛門の商いへの提案か。しかし理に適っており、彼は頭に留め置いた。後に三条、燕と、越後に優れた金物工業が定着するのは、彼らの船が材料を運び一役買った結果でもある。

八知はそっとお茶を出した。なぜ逃げたのだ、そう問われはしないか、彼と眼を合わさないよう下を向いた。すると、彼の腰に、何か、ある。

ひゃっ、と思わず声が出た。虫だ。

気づくが早いか、それを払ってやろうと手を出したのは客への親切心だ。だが、はたいても虫は動かず、逆に、彼の体に沿って大きく跳ねた。と思ったら、彼が片手でそれをおさえつけたから八知は目を丸くする。そして見せられたのは虫が貼り付いた土台であった。

「ははは、よくできているでしょう。フナムシの飾り彫りです」

松右衛門の手にあるのは四角い煙草入れで、虫はあたかも表面を這うようにできている。

造り物だったのか——。恥ずかしさでまっ赤になり、八知は後ずさって、小さくなった。

「失礼しました、私、てっきり」

「誰が見ても本物と間違えますよ。人がこれほどのものを作っては、神だ」

親しい兵庫の飾り職人の作だという。八知を騙せたと知って、松右衛門は愉快そうだ。

「おかげでお前様の声を初めて聞けましたよ」

そういえば八知は一言も喋っていなかった。慌てて会釈し、その場から消える。八知の不躾な態度のわけは、妙喜尼ならわかってくれる。案の定、さらりと流して茶菓を勧めた。

「して、お知り合いの父上というのはどのようなお方で？」

「たしか私と同じ船乗りで、えーと、蕨屋の朝日丸……とやらに乗っていたとか」

「蕨屋？　たしか蕨屋は破船が原因で離散しましたよ？　朝日丸とは、その破船した船ではなかったか。船頭は港近くで燕屋という船具の店をやっていたはずですが」

こんな山中にいながら、妙喜尼は町の事情に通じていた。お参りに来る町の衆や、観音講に集まるおかみさんたちの賑やかな世間話を、聞いていないふりをしながら耳に留めていたということだろう。ここに住んだ歳月の長さだけ、俗世の情報は詰まっている。

「なんと、こんなに簡単に判明するなら、もっと詳しく聞いてくるべきでした」

「ふふふ、次にまたここへ来る用ができましたね」

「船具屋というなら私もまんざら無縁でもない。一度訪ねてみますよ」

「それがよろしいでしょう。北風様にもみやげ話ができようことでしょうし」

松右衛門が驚きの表情を見せたのは北風の名が出たからで、俗世にあっても船の関係でなければ知る人も少ない。妙喜尼はなんでもないと言いたげに、

「荘右衛門どのは、お変わりないであろうかのう」

遠いところを見るかのように、見えない目をさまよわす。

「昔、全国を行脚していた時代に兵庫津にも行き、北風家でお世話になったのですよ」

そして、能福寺、法蓮寺、真光寺、来迎寺と、狭い兵庫の領域に二十を数える寺院すべての名を挙げていった。これなら北風家との縁も事実であろう。

「蕨屋も、北風様に雇われて荷所船（にどころせん）として動いておったのですよ。なにしろこちらは雪に閉ざされる間は仕事のない男らばかりですから、船に乗れば生計がたつわけで」

なるほど、そういうつながりであったか。話してやれば小浪は驚くだろう。

「これも、ここへ導いてくれたお前様のおかげですな」

松右衛門が感心しながら八知を見たが、彼女自身はそんなつもりはなかった。ただ山の中に現れた男を恐怖し、反射的に逃げただけのこと。そう、追っ手かと勘違いして。

その時、茶に添えて出した菓子を口にした松右衛門が、おっ、と小さな声を上げた。妙喜尼が町の信徒からお供えにもらった地元の菓子屋が作った落雁（らくがん）である。

「この味は、砂糖、では……」

松右衛門の驚きなど見えないはずなのに、妙喜尼はその反応を楽しむように微笑んだ。

「さよう、出雲崎にも砂糖くらいあるのですよ。和三盆とは少し味が違いましょう？」

こんな雪深い港町にも高価な砂糖が出回っているのかと、松右衛門はしみじみ味わい、

「船の修理に数日かかるので、そのうちにまたお邪魔してもよろしいでしょうか」

懐から賽銭を取り出すと、持仏に向かって楽しげに供え、手を合わせた。

「どうぞどうぞ。御朱印を授けますからしばしお待ちなされ」

妙喜尼が文箱を手探りするのがわかり、八知は筆を抜いて差し出す。

「ありがたい。女房へのよき土産になります。年に半分も一緒にいてやれない身ですが、信心深い女で、私にも常々、寄港地では必ず神仏を拝めと言うものですから」

彼が住吉神社に参った後に山路をかきわけここへ上がって来たのも、そういうわけか。

津祢という、鍛冶屋の娘を兄ともども浪華から兵庫津に連れてきたはいいが、自分はすぐ新造船で海に出て、夫婦としての暮らしもおざなりになってしまった。それでも留守を守り木綿の商いもしっかり務めてくれる。そんないきさつを、彼はかいつまんで話した。

「私がこんな居所の定まらぬ仕事をしているせいで、子宝には恵まれません。女房いわく、自分たちの子は海を行く船なのだから、いっこうにかまわないと言うのですが」

やはり周囲が彼女に、やれ子はまだか、やれ跡取りはいるぞ、とうるさいらしい。八知にも身におぼえのあることで、結果的には三年子なきは去れと言わんばかりの扱いに耐えかねて婚家を逃げ出した身だけに、彼の女房の、針の筵に座る思いには同情できた。

「恐れ多いが私は神仏をそれほど信じない質（たち）ですが、さすがに女房を思うと不憫で」

彼の寺社詣は、そんな妻のためにひそかに子授けを祈っているというのかもしれない。

「そうでしたか。ですが残念ながらここは尼寺。懐妊にご利益はありませんぞ」

そう言いながら妙喜尼が手渡す懐紙を、松右衛門は大事そうに手拭いで畳み、懐にしまった。それを渡した時の女房の顔を思うかのように微笑を浮かべて。

「今度来る時は、この椿の木を目印にすればよいわけですな」

あたりの木々がすっかり紅葉しても、常緑の椿の木なら変わらず緑のままでそこにある。冬はすべてが白く埋もれるが、それでも椿は咲いて、もうすぐ春が近いと教えてくれる。もっとも、春の椿を彼が見ることなどあるだろうか。お気をつけて、と妙喜尼が手を振る後ろで、八知は結局、一言も言葉を交わさないまま、松右衛門を見送った。

御影屋の沖船頭になって以来、松右衛門の活躍はめざましかった。しかしなんといっても松右衛門の飛躍は、かねて懸案の帆が完成したことだった。

「松右衛門帆」または単に「松右衛門」とだけ呼び習わされる画期的な帆が、とりあえず一本、織り上がったのは三年前だ。それまでどれだけの試作品が姿を現しては廃棄されていっただろう。まず「幻の糸」はできたのだ。おシカの協力のもと、これまでにない太さをもった特別な糸だ。しかしこれを織り上げるのがまた試練続き。従来のはたおり機で織り出せば、糸が太いことから織物も分厚くなって、厚みで機械の幅がいっぱいになってしまう。手撚りの糸は太いだけでなく節があり、機械で撚ったようには均等でないからだ。それをなんとか織り進めても、今度は重みに織機が持ちこたえらない。機械そのものが何度も壊れてだめになった。

「どこが『幻の糸』よ。これは鬼の糸ちゃうの？」

いらだつ津祢に、俺がやる、と松右衛門自身が織機に座るが、やはり不首尾に終わってしまう。

夜通し格闘したあげく、見守る津祢がつい睡魔に襲われうつらうつらした明け方、白みかける空の下で鬼気迫る表情の松右衛門が織機をばらばらにし始めた時は戦慄した。

「旦那さん、何てことしてるの、はたを壊したら元も子もないでしょっ」

止める声はほとんど悲鳴になっていた。だが彼は八つ当たりでそうしたのではなかった。

「津祢。糸がこれまでにない『幻の糸』なら、それを織る機械も、幻でないとあかんてことや」

呆然とする津祢の前で、松右衛門は注意深く機械を組み立て直し始める。トンカン、トンカン、どう見ても船頭ではなく大工にしか見えない男を、これが自分の亭主だったかしらと津祢は首をかしげた。しかし松右衛門の考えは明白だった。つまり、布の厚みも幅も従来よりも大きいなら、それに合った機械が必要なのだ。できあがりの布の厚みを割り出して機械の深さをふやし、また布幅の計数を足して機械の寸法を調整すれば、思い通りの大きさで織れる機械ができあがる。

「天才やな、旦那さんは」

しかし感心したそばから機械は重みにたえきれずガタンと落ちた。もう一度組み立て直すと、今度は布幅がぎゅうぎゅうになって進まない。そのたび彼は懲りず飽きず微調整した。その姿は、もう何かに取り憑かれているとしか思えなかった。今度こそ考案に不備はない、とまた試運転。鍛冶屋の善兵衛も呼びつけられて、機械の補強の金具を特注されては知恵を出す。松右衛門が何度もここをこうしろと注文をつけても、必ず実現させる職人気質はたのもしかった。

寝ても覚めても織機のことばかり。船で遠い海の上にいたって同じこと。夢の中でも工夫を考え続ける日々が続いた。食事の途中でさえも、何か思いついたら箸と茶碗を持ったまま機械のそばに駆けつけ、津祢にこうしろああしろと命じるのだ。おシカはここでネを上げた。

「津祢ちゃん、悪いけどなあ。これ以上は年寄りには無理や。膝が痛うてな」

長時間の作業は老体には酷だ。そうでなくとも地方では躄り機といって人間の体を機械の一部として組み込み、膝行しながら織り上げていく織機もあった。

「人が機械に使われてどないするんや。機械は人が楽になるためにあるんやろうが」

松右衛門はおシカの声を聞き漏らさなかった。楽な姿勢で腰掛けられる椅子式の形態にする工夫はそこから生まれた。これなら長時間でも織り続けられる。

「すごいな。旦那さん、やっぱり天才やったな」

あほか、と返されながらも、機械はできた。次は肝心の織物である。

「普通に織るなら普通の布や。なんせ幻の布やから、ふんわり、伸び縮みせなあかん」

糸を何本、どのように組んだら理想の伸縮性がもたらされるか。これも数え切れない試行錯誤が繰り返された。そしてついに、縦糸二筋、横糸二筋で丹念に織ったならきっちり目が詰まり、しぜんに伸縮性が出ることを突き止めた。

「ええのう、この感触や」

それを二尺五寸という大幅で織り上げるのだ。それは厚みとの絶妙な均衡である。

こうして本体部分の帆布はできあがった。特別な糸、特別な織り。思ったとおり、ざっくりとした風合いながら伸縮性のある、これまでにない布が現れた。楽しくて、津祢は一日中でも織っていたいほどだった。

「おう、これはみごとな。織り目には人の心根が現れると言うが、津祢さん、これは綺麗やぞ」

松右衛門は航海に出て留守だから、津祢はさっそくできあがりを丈吉に見せたのである。真に美しいものを見分ける飾り職人の丈吉がそう言うなら本当であろう。美しいものは神々も好む。そこに降臨して加護をいただくならば船乗りたちも嬉しかろう。

しかし航海から帰った松右衛門に弾むようにしてこれを見せると、

「あかん、あかん。そうやない」

たちまち顔をしかめて、はらいのけた。

「帆は、なんぼ綺麗でも役に立たんと意味がないのや。どうせ風雨や太陽にさらされ、いつか黄ばんで汚れてしまうんやしな」

何と夢のないことを。津祢はがっかりした。きっと喜んでくれると思っていたのに。

「お着物を作るわけやないのや。帆布だけを作るのでもない」

「そやかて、これが幻の布でしょう？　今までにこんな布があった？」

「俺は、幻の帆を作る、と言うとる。なんも布屋になるつもりはない」

言われてみればそのとおりなのだった。じゃあどないするん、と口をへの字に曲げる津祢から布を奪い、松右衛門はその端をさす。いわゆる布の「耳」と言われる、ほつれない布端の部分だ。

「これを帆柱にくくりつける時、綱を通すために布本体に穴を開けならん。しかし強い風や嵐に遭えば、そこから裂けてしまうんや。そやからここの端の部分だけ補強せなあかん」

言っていることはわかる。穴を開けても裂けないような、しっかりきつい織り目にすればいい。

「でも全体をそんなきつい織り目にしたら、重くて、どないも扱いにくうなりますで？」

「そうや。全体をきつく織る必要はない。端の部分だけ、きつかったらええんやから」

「ほな、端だけ、きつう織ったもんを縫いつなぐ？」

「あかんあかん。縫い目から破れる」

ではどうせよと言うのだ。津祢は布を投げ出した。

「そやからな、一枚続きの織りでありながら、端だけ二寸たらずを、縦糸一筋、横糸二筋のきつい織り目に変えるんや」

言いながら、松右衛門は、津祢が怒ったことに気がついて、語調を落とす。

「な？　できるやろ？」

「知らん」

あんたがやれ、と言いたかった。思えば船頭としての彼の稼ぎはほとんど帆の制作に費やされている。またそのためにあえて長期の航海は断り、近場の仕事のみを引き受けることで空いた時間をすべて試作に費やしたから、収入は激減した。そこまでしても打ちこむ彼だ。なのに津祢は文句一つ言ったことはない。だが今は別だ。せっかく織り上がった美しい布が無駄だったなんて。

「すまんな、津祢。俺はまた明日から海に出なならん。おまえしかたのめん」

そして、そっぽをむいた津祢を後ろから抱きしめる。

津祢は知っている。労働に明け暮れたその無骨な腕は、自分にだけはどれほど優しくなるか。白い布がふわりと舞って、ささくれた気持ちをくるむように、その腕の中で津祢は布よりしなやかに溶ける。この時を、この腕を、どれだけ長く待っただろう。この男のために一人でずっと糸を追いかけてきた。そして彼が船出すればまたもう一度、一人で糸と機に向かうのだ。彼が恋しくならずにすむだけの余熱を、この身に存分に注いでほしい。どれだけでも、もっと、もっと。

津祢は松右衛門の腕の中で分解される。

愚かと思う。ばらばらにされて、また織り上げげて。だがこれは自分にしかやりとげられない。ほどけた布の織り目の向こうに小さな太陽が透けて見えているのを、津祢は恍惚となって眺めた。

石州浜田に出航する松右衛門をふたたび見送った後、津祢ははたに挑んだ。

たしかに、織端の二寸だけをきつめに織れば、連なっているから裂けることはない。縫い合わせる手間もなく修理の面倒も減るだろう。彼は正しい。ならばこんなふうに織ってみよう。

そしてそれはとうとう、松右衛門が戻る頃にできあがった。

「おお。これや。――これなんや」

いつもは簡単には喜ばず、自分の目と手でこと細かく検分する松右衛門が、一目でそれを及第とした。そしてあろうことか、津祢を抱き上げ、大声を上げてその場で三回、回った。角力取り並みに力が強いから、津祢は窒息するかと思った。よほどうれしかったのだろう。彼は叫ぶ。

「津祢。おまえはほんま最高の女房じゃ。お前がおらんかったら幻の帆は完成せんかった」
むろん津祢への報酬は何もない。それどころか、この完成品を帆にする分量を早く織れと叱咤する。夜に日を継ぐ根気で織り上げると、今度はひったくるようにして飛び出していくのである。そう、幻の帆布を実際に船の帆柱にかけ、成果を確かめねばならない。

と思ったら、すぐ戻ってきて、疲れてぐったり織機の上で突っ伏している津祢の手を引き、弾むように言うのだった。

「ほれ、何しとる、津祢。早う来んかい」

そしてそのまま浜まで引っぱっていき、徳兵衛の船に乗り込ませる。百五十石積みの渡海船だ。

「兄ぃ。どこ行きじゃ？　荷は？」

「あほう。荷なんぞいるかい。金儲けのために船を出すんやないわい」

浜で二人を迎えた徳兵衛はきょとんとした。廻船問屋が金儲けをしないなら、どうなるのだ？

「どうでもええから、早（はよ）うこの帆を掛けろ。淡路の先あたりまででええ。試し乗りじゃ」

短距離輸送の渡海船には津祢も乗れる。はたして帆はしなやかに順風にふくらみ、驚くべき速さで真艫（まとも）に走り、また逆風でも間切（まぎ）ればしっかり風に押されて進んだ。

津祢は声を上げた。速い。

「何なんや兄ぃ。これは、どないしたことや？　なんでこんなに速いんや？」

信じられない目をして徳兵衛が叫ぶ。松右衛門帆をかけた船は、あたりに浮かんだ船を悠々と追い抜き、どこまでも帆走した。これほど快い走りを、松右衛門は経験したことがない。

「どうや津祢、これが幻の帆の実力じゃ」

「旦那さん、すごい。やっぱり旦那さんは天才やった」

今は亡き彼の両親(ふたおや)に、津祢は叫びたかった。あなた方の息子は大悪党どころか、世に二人といない君子です、と。

徹夜続きだからか太陽も帆も松右衛門の顔も何もかもがまぶしく、津祢は溢れ出る涙を抑えられない。少女の頃からずっと船に乗りたかった。それが今、かなった。今後は無数の船が自分の代わりにこの帆で走ることだろう。自分が織って松右衛門とともに世に産み出したこのたくましい帆で。

おシカにも見せてやりたかった。この帆は次の時代を生きる自分たちの愛し子だ。これまでの苦労はみんな波しぶきに散らされ、潮風にかき消されていく。

太陽を切り取る白い帆は、今、何者か見えざるものの力によって、確実に松右衛門と自分を一つにくるんでいた。

帰路、少し雨に当たったものの、帆が丈夫なためにこれまでほどの慎重さは必要でなく、上げ下ろしには急ぎだけを優先すればいい。一枚の織物だからすこぶる軽く、畳んで収納すれば嵩も低いし、また乾きが早いことも従来の帆からすれば目を見張るばかりだった。

松右衛門は小さな船の中央で立ちあがると、空を仰いで、大きく吠えた。

「うおおー。どないやーーーっ。俺の帆を、しかと、見たかーっ」

夢にまで見た幻の帆が完成した。次には体の底から笑いがこみあげた。そして止まらない。両手を広げると、風がいっせいに彼をくすぐってすぎる。どうだ、蒼穹のかなたの天帝よ。誰か知らんが全能の人よ。俺は風をつかまえたぞ。

それは、日本の海運史が変わった瞬間であった。

出雲崎でも、さっそくこの帆が注目を集めた。名前はない。絶対破れない帆、とでも名付ければよかったが、皆は松右衛門が作った「松右衛門帆」とだけ言えばその画期的な性能を知った。

「こちらが皆様がよくご存じの、従来の刺し帆です。間違いありませんね？」

見本を手に説明に立ったのは弟の徳兵衛で、今は八幡丸で知工を務めている。

まず取り出したのは従来の刺し帆。普通の木綿を重ねて縫い合わせたもので、出雲崎でも船はすべてこれを使っており、珍しくもない。

「刺し帆では、木綿を帆の厚さにするのに何枚も重ね合わせて刺し縫いし、手数がかかる」

うんうんと、居並ぶ商人たちがうなずく。

帆の繕いは、ふだんは浜辺の賤（しず）の女たちの内職仕事だが、海に出られない冬の間は大の男も浜に座ってちくちく縫い物をする。それはいじらしくも長閑（のどか）な姿だが、やっている本人たちには面倒きわまりない作業であった。けれども帆を丈夫にするには、やらざるをえない作業でもある。

「けど、手間の割には軟弱で、嵐に遭えば避けたり破れたり、普通に使っても長持ちしない」

そうそう、とこれにも皆が頷いた。

「作るも面倒、手入れも面倒、船の上でも扱いが面倒。それなら面倒のない帆を作ればいいじゃろが。——ん？　そんなもん作れん、と言うか？　作れぬならば、作ってみせようホトトギス」

このあたり、徳兵衛の口上は実に巧く、かたっぱしから皆を得心させていく。

「待たせたのう、ついに松右衛門が発明したのじゃ。面倒な作業が一切不要の、奇跡の帆を」

徳兵衛は皆の前にうやうやしく桐箱を捧げた。

「見よ、これが奇跡の松右衛門帆じゃ」

蓋が開かれると、皆は視線を吸い付かせた。取り出されたのは白く端正な反物だが、初めから三枚縫い合わせたほどの厚みがある。なるほど端から垂れ下がった糸が想像以上に太かった。

「皆の衆、三本の矢の教えは知っておろう？　あれと同じじゃ」

そのあたりまでくると、徳兵衛は講談師か香具師のようである。

「もとの木綿は選りすぐりの糸だが、いかんせん、一本では弱い。だが矢と同じで、三本束ねれば強く切れにくくなる。だから何本も束ね、一本の太い糸に撚り上げる。松右衛門は、どのくらいの太さでじゅうぶんな強度が出るか、三年かけて試したのじゃ」

おお三年も、と嘆息が漏れ、徳兵衛はまた、おうよ、寝食も忘れ、嫁に叱られながらも研究を重ねたのじゃと笑いを誘う。

「この特別な太糸を、縦にも横にも二本ずつ使って織る。そうじゃな、織ると言うより編み上げた、というのがよいか。ほれ、見るからに伸び縮みするのがわかるじゃろう」

そう言って生地を引っ張ってみせれば、分厚くともしなやかさが従来のものと格段に違うことが見てとれる。大きな帆になればなるほどその特性が活きることは明白だった。

「それだけじゃない。ここだここ、帆布の端をよく見てみな」

徳兵衛はいっそう声を高めた。そこは松右衛門の工夫がもっとも光る発明だった。例の、端っこの布耳の部分だけ、幅二寸たらずをしっかりきつく織るという独特の工夫がしてある箇所だ。

「この一手間が、端からばっかり裂けたり切れたりするあの悔しさを防いでくれる。ほれ。手にとって見てみな。こんなことが、他の誰にできようかい」

皆はわらわらと近寄って、帆布をみつめた。

「どうや！　これは神々の乗る天鳥船に掛ける帆か、はたまた夢の帆か」

説明を終えて徳兵衛が皆の反応を見るまでもなく、

「それで、値はいくらです」

問屋衆から声が上がった。

「さあ、それですよ。いくらだと思われます？」

値段の話は微妙である。高いと思うか安いと思うか、価値は人それぞれだ。松右衛門はずばり正確に言うよう徳兵衛たちには伝えてあった。競争相手のいない独占販売の品ではあるが、開発や製作にかかった費用から算出すれば、どう言われようがその値段になるからだ。

「ええっ、そんなにしますのか。刺し帆の二倍じゃないですか」

値段を知らされ、問屋らもさっきまでの熱が引いていく。しかしそんな反応は想定のうちだ。

「高いか安いかは考えよう。しじゅう破れて繕い直す手間をかけても刺し帆は使えてせいぜい一年。しかし丈夫な松右衛門帆は三年四年と使えますぞ。さあどっちが安いか？」

維持費や耐久年数を照らし合わせれば、答えは一目瞭然であろう。

「買いましょう、現物はございますのか」

「私のところももらおう。十反帆分でよい」

次々手が上がって買い手がついていく。丈夫で扱いやすく、しかも船足を上げる。これまでの難点のすべてを克服した松右衛門帆の性能を、彼らはすでに彼の船で目の当たりにしていたのだ。

出雲崎では旋風が起こったように、松右衛門の帆のことで持ちきりだった。

兵庫津であれば北風の湯があってどこの船乗りであれ一所に集まれたが、ここでは彼らが泊まっているところを訪ねることになる。松右衛門を招いた問屋へはもちろん、別の小さな船宿にいる徳兵衛ら水主のもとにも地元の船乗りたちが押し寄せて、船の話を聞きたがった。

「聞いたか。松右衛門さんは、問屋が持参した酒をすべて飲み干し、逆に問屋がつぶれて駕籠で運ばれて帰ったそうじゃ。前代未聞の酒豪らしいな」

問屋が二日酔いで寝込んだ翌日も、彼はけろりとして港に現れ、買い荷を積み込むそばには物見高く人だかりができた。そんな彼の噂話を、八知は弟から聞くことになった。

港近くの表通りの帆布屋「鍵屋」が八知の生まれた家で、今は二才違いの弟、良次の代になり、地元の漁師相手の商売を営んでいる。実家ながらも、いったん嫁して家を出た身だからこっそり裏口からの出入。食事も別だ。女の出戻りとは、一種、罪人のようだと身にしみた。

「うちもさっそく松右衛門帆を仕入れたよ。たしかに軽くて柔らかくてみごとなもんだが、さあこんな田舎の港で、どれだけ売れるかどうかだな」

航海の途中で波や潮で濡れないように、十反ずつ木箱に入れられているのがいっそう稀少で高価な印象だ。問屋が二百箱仕入れたうちから十反を回してもらったという。

「それはさておき、姉さん、今日は三条から、やっと荷が戻ったぜ」

良次の報告に、八知は溜め息をもらした。二年がかりで、やっと戻ったか。

「運賃はこちら払いだった。見てみなよ、荷は始めからその姿だったそうだぜ」

三条は、ここ出雲崎から七里あまり。八知が十七歳で嫁いだ先だった。五反の田畑を有する本百姓で、七歳上の夫は器用で野鍛冶もやった。近隣の百姓から鋤鍬の修理をたのまれることもあり、八知との縁談も出雲崎の同じ並びにある金物屋が持ってきた。八知は嫁として五年を務めたが、気性の激しい姑とは折り合いが悪く、しじゅう悪態で責められる日々は夫婦間にも影響し、子も授からなかった。ことなかれ主義の夫は無口で、当初こそ八知を庇うふうを見せてくれたものの、結局は母親と争う気力もなく酒に逃避した。

豪雪に一年の半分ちかくを閉ざされるこの地域では、姑と三人で暮らす家の中はまるで牢獄で、誰もが内に鬱屈をため込んでいた。姑から、子ができないことを声高に責められるのは日常茶飯事だったが、ある日、八知の何が姑を高ぶらせたか、法事の席で人前はばからず「このクズ嫁が」と打擲(ちょうちゃく)された。

自分に至らないところがあるなら努力もするが、子供は天からの授かり物、八知ひとりではどうにもできない。にじむ涙さえ姑には被害者ぶって映るらしく、怒りを増長させた。夫はその時も横目で眺め、酒を飲んでいた。雪国で暖を取るには酒が一番だが、酒量は増えて、酔えばがらりと人が変わって怒りっぽくなり、八知に暴力をふるうこともあった。そうなれば恐怖心から持病の咳が止まらず、窒息するかというほどの苦しさに陥る。まさに生き地獄だった。

だから這い出すように逃げたのだった。そういう時には咳が出ないのが不思議であった。嫁が逃げたとなれば世間への体面上、姑はなんとしても連れ戻そうと夫に追わせるに違いない。怯えながら山の中を走って走って、夜明けとともに実家に帰り着いたが、父母なき家は八知には冷たく、一度嫁した身に居場所はなかった。親戚には辛抱が足らんとなじられたし、婚家先からは夫の声として、勝手に帰ったのだから迎えには行かぬと冷たい返事が伝わった。謝るならば受け入れるとも言われたが、戻るつもりなら逃げたりはしない。

姑の性格上このまま放置してくれるとは思えず、どんな報復に出るかも知れない。怯えながらの毎日は、山で出くわした松右衛門の影にさえ驚いて逃げたというわけだった。

すでに終わった人生、何も未練はなかったが、出家を認められないとなれば衣食住を自分で切り開くしかなく、はたおり機だけは返してほしいと訴えていた。織機は簡単に買えるものでなく、織れば少しでも生計のたしになるし、自分たちの冬を暖かくしてくれる。

その愛着のはたおり機が、ついに戻ったのだ。

「だけど、ほとんど壊れて、焚き物寸前だぜ。なのに運賃も、こちら払いだ」

想像していたこととはいえ、荷を見た八知は悲鳴が出そうだった。それは弟の言うとおり、ただの木材も同然に壊れて折れて原型をとどめなかった。

「どうせそんなもん、使えんじゃろ」

この地域ではまだまだ木綿は高価で、どの家でも畑の隅に麻を植え、山のぜんまいを混ぜて草木で染めて織る。年貢代わりに納める上布もそれだが、家中の者の着物と合わせ、作るのは女の仕事で、雪に閉ざされる冬の間じゅう、来る日も来る日も織機に向かう。八知も、十になるかならずではたを織った。一から手間を教えてくれた母はもうこの世にいないが、丹念な手作業は一つ一つが思い出となって八知の手先にしみ通っている。織っている間はつらいこともすべて忘れて打ち込めたし、その意味で、はたは一生の友であった。それが、こんな姿でもどるとは。

おそらく姑が腹立ち紛れに打ち付けたのだろう。木製の歯車がはずれて転がっていた。夫にしても、無残な姿のままで返したところに悪意が見える。

しかし八知はこれで吹っ切れた気がした。姑も夫も、もう追いかけては来るまい。

「立て替えてもらった運賃は少しずつ返すから」

とはいうものの、残骸と化した織機を修理できるのか。今は収入どころか日々の飯さえ彼に食べさせてもらっている身。良次の溜め息が、やっかいな姉だと責めるように突き刺さった。

「おっと。松右衛門さんだ。船大工の桶屋に行くのかな。うちにも寄ってくれりゃいいが」

弟の声の調子が変わった。目を上げれば、たしかに表通りを行く大きな男は松右衛門だ。船の修理の具合を見に行くのだろう。ついでに船具屋にも寄って蕨屋の消息を尋ねるのかも知れない。

「姉さん、大根鍋でも炊いてくれないか。ありゃ美味いから、きっと上方の人の口にも合う」

弟の露骨さに呆れるより、八知はここにいるのを知られたくなくて背を向けた。出戻り、と言われるのはもう慣れたが、そんな理由で山寺に逃げ込んでいると知られた方が恥ずかしい。気づいたか気づかないか、松右衛門は、愛想をふりまく弟にだけ頭を下げて、通り過ぎた。

帆が完成し、これを大量に生産して商品化するまでには、実はあと少し、面倒があった。先に大坂の惣五郎に完成を知らせたところ、わがことのように喜んでくれたが、前に話した以上に、資金のことが具体的になってきたのだ。

「これができたとなると松どん、あとは量産じゃ。工場の用地、建物、雇い入れる人件費。初期投資にかかる銭は、全額、升屋が払う。松どんは何の心配もいらんぞ」

この先進的な男には、投資という概念がすでに頭にある。今までのように、商品に利鞘をつけて右から左へ流すのではなく、先で儲かると見込んだものを、手を掛け銭を入れて育てようと考えるのだ。それは、松右衛門の帆が確実に成功すると判断するからであろう。

「ありがたいことや。けどその前に、兵庫津に報告してもええか」

天下の豪商升屋の独占商売となれば、新商品への信用もつく。だが兵庫津をなおざりにはできなかった。彼らが松右衛門の発明を軽んじ、却下するなら、その時こそ惣五郎は大いなる助けとなってくれる。しかしまずは反応をみなければなるまい。そこで彼は、平兵衛を訪ねたのである。

「なんじゃい、おまえ、近場へちょろちょろ行くばっかりで、北前にはいつ行くのじゃ」

彼を見るなりの不平は、御影屋きっての沖船頭である松右衛門が、一航海で大きな利益をもたらす北前には行かず、帆の試作にふけって近海ばかりを往来していることにあった。

「船頭は船に乗って船を操るものやのに、おまえの場合は船の外で帆やら機やら作っとる」

「それを言われるんなら、おれは船卸しという晴れの儀式でも船の外にいたような男ですから」

ほんまやな、と笑ってくれるかと思ったのに、平兵衛はあほか、と一蹴、苦言が飛び出す。

「ほんま、このごろでは紀兵衛の方が稼ぎがええんやぞ、わかっとんのか」

朋輩の紀兵衛は先年から春日丸の沖船頭に昇格した。三月に蝦夷地めざして出港したのを、松右衛門も見送った。帰りは秋口になるだろうが、追いかけてでも彼の船にこの帆を届けてやりたいくらいだ。だがここまで平兵衛に言い張られると、帆のことなど切り出す余地がない。いい話にするためには、彼をいったん安堵させてから出直すべきだろう。

「わかりましたよ。では本日から荷積みを始めます」

売り言葉に買い言葉、帆の相談は後回しになってしまった。商人だから儲ける話が大前提なのはわかっているが、あれだけ儲け儲けと言われたらかえって苛立つ。松右衛門帆は目先の儲け以上に、国益といえるほどのものをもたらすというのに。

だがここは我慢だ。いずれ北前の海でも帆を試したいと思っていた。これはいい機会であろう。

「ああ行ってこい。今年は松前が豊漁やそうやから、魚肥を満載して帰ってこい」

あくまで魚肥の買いが目的で、途中たいして売りのために寄港しなくていいというのだから、往年の新綿番船のようなものだ。松右衛門は不敵に笑い、御影屋を出た。

「津祢。七百石分、かき集めろ」

「ええっ。またそんな急に、無体なことを」

突貫で津祢が織り上げるそばから木綿の反物を二十五反帆の帆に仕立て、八幡丸が兵庫津を出発したのが弥生の末。発明品の帆を掛けた最初の航海である。そして帰ってきたのが文月の頭だ。

昆布や鰊粕を満載していなければ、隠岐あたりで折り返してきたのかというほどの早さであった。

「はあ？　ほんまかいな。松右衛門は、ほんまに松前まで行ってきたんか？」

北風家の湯ではその話でもちきりだった。わずか三月あまりで北前を往復するなど、それまではありえないことだったからだ。

「おうよ、積んで行った木綿を空にして、魚肥はもちろん、ようさんの鮭を持ち帰った」

「鮭？　あんなもん、運んでる間に腐るやろうが」

「それが、松右衛門は、赤穂の塩を蝦夷地で売って、ふんだんに使って塩漬けにさせたらしい」

いわゆる新巻鮭（あらまきざけ）の発明である。

上方では早くから動物性蛋白源としての鮭に着目していたが、魚体が大きいだけに干し魚にもできず、手をこまねいていた。その点、播磨出身の松右衛門は瀬戸内沿いで生産される塩の精度のよさを熟知しており、塩を単品で売るほかに、蝦夷地の浜に簡単な小屋を建てて、加工させることを思いついたのだった。またしても松右衛門の工夫が活きた。

「言われてみれば誰にもできることやった。けど、誰もやってみた者はおらんかった」

発明とはそういうものであろう。塩は高価なだけに、魚を漬けるために使うなどもったいなくて、松右衛門以前には誰もやらなかったし誰も考えつかなかった。だが松右衛門以後には誰でも普通にやるようになる。

おかげで北海の鮭は関西人の食卓でも身近な魚になり、蝦夷地の漁師たちに新たに銭を得る道がついた。のみならず、運送期間が短縮されればさらに鮮度に価値がつく。常識を覆すこの帆であればこそ、可能なことだった。この調子で年に二度も往復すれば、その収益は莫大になる。

「信じられん。ほんまにやりおったんやな、松右衛門」

平兵衛は松右衛門の帰港を聞いて目を丸くしたが、膝を叩いた。それでこそ御影屋の沖船頭だ。なのに、平兵衛のもとにやってきた松右衛門は、居ずまいを正して頭を下げる。

「旦那、すみませんが、銭を出してくださいませんか」

あ？　と平兵衛は間の抜けた声を漏らした。次の利益を算段するならともかく銭を出せとは。

「おまえ、たった今、北前から戻ったとこやろ。おまえの積み荷はほれあの通り、岸に積んだ先から足がはえて走り出すみたいに売れよるやないか」

欲というものが欠けているのか、はたまた本物の阿呆か。この上、何のための借金なのだ。

「それが旦那、俺の作った帆はとんでもなく船足を変えてしまったようで」

やっと帆のことを切り出す機会がきた。松右衛門は言う。

「俺がこのたび作った帆は、千石船級の二十五反帆では、まるで風の前に一面の壁を立てたようなもの。真艫の場合、その速さたるや恐ろしいくらいでした」

いつになく神妙な松右衛門が、何を言うかと平兵衛は身構えながら相づちを打つ。

「ええことやないか。それで二度も北前を往復したなら、人の二倍の儲けじゃ」

しかし松右衛門は、いいえ、と首を振り、深刻な顔で後を続けた。

「これほどの帆が生まれたからには、どの船もこれを掛けるべきやと確信しました」

先に出航した紀兵衛には出会えず、北前のどこかの海で追い越してきたことになる。遅すぎるのだ、今の帆では。だが平兵衛は松右衛門の言っている意味がわからず、怪訝そうに彼を見た。

「そんなら、さっそくわしの持ち船全部に、掛けてくれたらええ」

御影屋は大小併せて六艘の船を所有するが、松右衛門帆で高速化するなら願ってもない。

「それはもちろん。けど足りまへん。おれは日本の船のすべてにおれの発明した帆を掛けさせたいんです。それにははたを一堂に集めて織場にし、大がかりにやらんと」

兵庫津だけならともかく、全国の廻船という廻船がこの帆に掛け替えたなら、世の流通は大きく変わるだろう。ひいてはそれが民の暮らしの安定につながる。今は津祢が、長屋の住まいを工房にして、近隣から女三人ばかりを雇って、糸つむぎから撚り、製糸、そして織りまで、一から分業なしでこなしているが、いずれそんな規模では世間の需要に応えられなくなる。

「織機は、あともう三、四台はないと追っつきません。それには大きな工場の土地もほしい」

惣五郎の提案では、織機は五台から始めるとのことだったが、ここは控えめに言っておいた。

平兵衛は呆気にとられていた。二十歳の頃から彼をひきたて、信頼して船もまかせてきた。それは心から航海を楽しむ彼の気風や私心のない忠誠を愛でたからで、彼が潤うならばそれもよしとしたかった。しかし彼は、自分一人が益するのでなく、すべての船頭の恩恵を言うのである。

彼が論語とやらを読めるのは知っている。高邁な思いは結構だが、この世知辛い世に通じるのか。松右衛門はいまだ長屋住まいで、女房ははたおりの他に近所からたのまれれば手伝いに出たりする働き者だが、彼が運ぶ京の荷から着物一枚、身につけるでなし、義兄の鍛冶屋にしたってあれだけの腕を持ちながら手狭な作業場に甘んじている。止めるべきか、押すべきなのか。

「松右衛門よ。その帆、北風様にご覧に入れねばなるまい」

論語読みには論語読み。北風様なら正しく判断できるだろう。たしかに彼の発明はたいしたものらしく、そういう宝を、北風家に黙っているわけにもいかないはずだ。

松右衛門にも異論があろうはずもない。船頭として出世街道を駆け上がって来た彼も、その出発点は、日本中の船乗りたちが必ず世話になるあの北風の湯だったのだから。

「旦那様にじかにお目に掛かって、とくと説明してくるがいい」

自分が北風様に、直接見せるのか？　平兵衛が持って行くのでなく？　目を白黒させる松右衛門に、

「あたりまえや。そないに儲かる帆を、わざわざ他人様のために作ってやるなんぞ、あほらしゅうて、わしから言えるかい」

憎々しげに平兵衛は言う。松右衛門は緊張で胸をそらした。

しかし北風荘右衛門の方では、松右衛門が何をしているかなどお見通しだったようだ。あの湯屋が、最新の情報収集の手段として機能していたからだ。現れた二人に、

「おう、松右衛門さんかい。おまえさん、何やら、たいした発明をしたそうだね」

開口一番、そう言った。いきなり本題になるとは恐るべき情報力だが、そもそも帆を発明するという斬新な働きがなければ、こんなふうに対面するなどありえない雲の上の人物である。

桐箱に入った見本の一反帆分を差し出すと、荘右衛門貞幹はそれを手に取り、裏返したりこすったり、鋭い視線でためつすがめつ検分した。松右衛門は全身から汗が噴き出す思いだった。そして静かに元の桐箱に戻し、松右衛門を見た。彼の口から出たのは、ただ賛嘆だった。

「なるほどなあ。みごとなもんやないか」

四面を海に囲まれたこの日本で、木をくりぬいて原始的な舟を創ったのは何千年前のことであろう。以来、先人たちが命を代償に改良を重ね、進化してきた船。その延長にこの帆がある。

「松右衛門。おまえさんの帆で、船の進化はここにきわまったようなもんやな」

荘右衛門の言葉はさすがに教養人らしく帆の本質を突いていた。鎖国を国是とし外航を禁じるこの国では、国土の周囲だけを航行する船しか作ってはならぬとの厳しい制限があったから、その枠の中でぎりぎり考えられる最終進化形が今の大型帆船だ。それがこれ以上進化できないとな

れば、考えられる工夫は、帆でしかない。松右衛門帆はそれをみごとにかなえたのだ。

「いや、ようやった。——さて、これをどこで、どう作るか」

松右衛門は全身から緊張がほどけた。荘右衛門の頭はもう次の段階に進んでいるのだ。

その時、犬のけたたましい吠え声がして、毛玉のような狆が飛び込んできた。荘右衛門が肩をすくめる。奥方のお出ましの前触れである。狆は吠えながら座敷を巡ったが、松右衛門の匂いを嗅ぐと、ちょこんと膝に乗って、つぶらな瞳で彼を見上げた。

「失礼しますよ？　お話、そこで聞いてました。旦那様、二兵衛(にへえ)にやらせたらどないです？」

仕事の話に茂世が口を出すことはほとんどないが、松右衛門に関しては別だった。たえず彼がどうしているか気に掛けて、折に触れ荘右衛門が取り立ててくれるよう水を向けてきたことは多くの者が知っている。同郷のよしみ、そして狆がつなぐ親しさであった。

「二兵衛に、か？」

それは北風家の筆頭別家の喜多二兵衛のことで、代々船具商を営んでいる。

「あの人やったら、腰も低いし、計算にも長けとってやから安心ですやろ」

升屋における惣五郎のような存在か。繁盛している商家には必ずそういう人物がいるものだ。松右衛門がそう解釈するより早く、荘右衛門は二兵衛を呼びにやらせる。

やがてその場に現れた二兵衛は、茂世が言ったとおり控え目な物腰の男だった。そして帆を手にするなり、それがどれだけ価値のあるものかを理解したようだ。畳の上に転がして広げられた反物は、したたかな厚みと重さを示していた。

「松どん、あんた、よう考えたな。みんなが、こんな帆ができるんを待っとったんやがな」

二兵衛は驚嘆の目を松右衛門に向けた。船具を専門に扱ってきた現役の商人だけに、この帆がどんな反響を呼ぶかも見えたのだろう。その反応を見て茂世は喜び、二兵衛に言う。

「二兵衛さん、あんたのとこの裏庭、空いてましたな。あっこに織場を作ったらどないです？」

喜多の家は港から遠からぬ下兵庫匠町にあり、裏には田畑にならない広い空地があった。

「まずは北風の船の帆を、全部、掛け替えななりませんのよ、そら大がかりにやらんとねえ」

北風の船、というなら、息のかかった船は全国津々浦々に百艘は下らないであろう。これをすべて掛け変えるだけでも膨大な反数が必要になる。そして松右衛門帆を掛けたそれらの船が全国の海に姿を見せれば、宣伝効果は絶大なものだ。惣五郎の升屋どころの力ではない。

荘右衛門は傍の手文庫を開け、封印紙で包んだ小判百両を三包、ぽんと松右衛門に差し出した。

「機械はまず十台あたりから始めますか。足らずばいつでも言ってきなさい」

惣五郎の提案は五台だったから、予想を超える協賛だった。

ははっ、と平伏する以外に松右衛門のとる態度はあったろうか。北風家という後援者を得て、松右衛門帆は経済的に何の心配もなく未来が拓けたのである。

「ねえ。そうなると、松さんの家も、二兵衛の家に遠からず近からずというのがいいのでは？」

喜ばしげに茂世が言う。おそらく根回しずみの話だったのだろう、荘右衛門がうなずき、

「そうやな。ちょうど佐比江に手頃な家がある。指示しておくから、そこに移りなさい」

二人は松右衛門がいまだ長屋住まいであることまで知っていたのだ。

「お津祢さんは文句の一つも言わへんようやけど、松さん、少しは考えてあげんとなあ」

茂世に言われて、松右衛門は首をすくめる。こんな形で彼女の苦労に報いてやれるとは、恥ずかしながらもありがたい。船頭として水主を集める上でも自分の家が必要なのに、そんなことにも気が回らず、帆のことばかりで突っ走ってきたことを、今あらためて反省した。

「ほんなら松どん、まずは織り手や。播磨からそっくり兵庫津に連れてくるか」

二兵衛が言った。素人では織れないから、すでに技術のある者を雇わねばならない。

「これは特殊な技術になるからな。職人は大事に育てて、帆の品質も守らななならん」

播磨の織り手というなら、千鳥のカネ汐を巻き込んでもよかろうと思われた。

実際この後、わずか二年後には注文に生産が追いつかず、二兵衛の裏庭の織り場では手狭になって、播磨明石の二見に工場を移転することになるのだから、結局はどのようにしても兵庫津だけで独占することはできなかったということになる。

「それにしてもこんな帆を発明したのが一介の雇われ船頭というのは、なんや軽いわねえ。平兵衛さん、どうなん？　松右衛門さんを御影屋から独立させるおつもりはあらへんの？」

とんでもない話が茂世の口から飛び出した。工場、家、それだけでも松右衛門にはありがたいのに、ここにきてさらに大きく飛躍し独立だなと、松右衛門は冷や汗をかいた。なのに荘右衛門は、それもそうやな、と平兵衛を見ただけだ。この兵庫津において彼の言葉というなら強制になるが、茂世からならば、それは一段階やわらいで伝わる。茂世は言った。

「どないなもんでしょ、平兵衛さん。八幡丸を、松右衛門さんに譲ってやるというのは」

思わず松右衛門は目を見開いた。浪華で松右衛門が材木の一本から選び、船魂様を呼び込んだ八幡丸。津祢や善兵衛という生涯の連れにも引き合わせてくれ、御影屋には多大な富をもたらした相棒だ。毎年修繕には金を惜しまず大切に手入れを重ね、まだまだ一緒に日本の海を走るつもりでいた。これまでは御影屋に雇われて乗り組んできたにすぎないが、今後は名実ともに自分のものになってくれるというのか。松右衛門は体が震えた。

しかし平兵衛は？　――怖くて顔を見られずにいると、彼は慇懃に頭を下げた。

「へいっ。わしもそう考えていたところでした。八幡丸を松右衛門に下げ渡そうと」

本当に？　驚きで、反射的に頭を上げた。しかし笑いながらの平兵衛の即答は、まんざら取って付けた話でないとわかった。

「船頭のくせに陸で機械いじりばっかりやっとる奴には、海商いうんが何やったか、やらせてみたら思い出しまっしゃろ」

おそらくこの話についいては事前に茂世から打診があったに違いない。その証拠に、屋号を彼の出自から宮本屋とすることもすみやかに決められた。すべて茂世の考えに違いなかった。

「それはよかった。八幡丸も建造から六年はたっている。安くしてやってくれ」

へへっ、と平伏する平兵衛も、実は複雑な思いであったろう。しかしこの兵庫津で商売を続ける限り、北風家の意向は何よりまさる。それを見抜いたように荘右衛門は、

「足らずの分は――そうやな、別件、松右衛門にはたのみたい仕事があるからその報酬で補おう」

まるで養い親のように申し出て平兵衛を慰撫する。荘右衛門はいったいどんな仕事を言いつけようというのか、松右衛門は身構えたが、

「ほかでもない、秋田で杉の大きなのを買い付けてきてもらいたいのや」

なんだ、そんなことなら朝飯前だ。あれから太閤杉をどれだけ研究してきたことか。

「やらせていただきます」

八幡丸の代金の補充であるなら、最高級の杉材で満足させてみせよう。松右衛門は即答した。

「宮本屋松右衛門さん――。高砂の親御さんがいらしたら、どんなに喜んだでしょうねえ」

狆を撫でながら茂世が微笑む。松右衛門は平伏した。ただありがたかった。

家に帰ってすべてを話すと、津祢はことの大きさが理解できないようだった。

「旦那さん、それって、旦那さんが独立したっていうこと？　お店を持ったっていうこと？」

これまで商人というより、まるで大工か職人のように糸や織物にかまけてきた亭主である。いきなりの独立を理解せよというほうが難しい。おどおどと顔を見ながらこう尋ねた。

「旦那さん、わずかなら蓄えはあるけど、お船って、いったいいくらするものなの？」

無邪気とさえ言える問いからは津祢が心から彼を案じていることが伝わった。松右衛門は無言で津祢を抱きしめた。帆を作るのに夢中になっていた間、入ってくる銭は木綿を買ったり織機の材木を買ったりにつぎこんだから、津祢にたいした蓄えなどあるはずがないのである。

「お母(か)んもきっとそんなふうに案じたんかな。ウドの大木に、そんな銭があるんかいな、って」

津祢は今では亡き母や父をしのばせる唯一の家族であった。

「兄ぃ。なんちゅうめでたい話ですやろか。松右衛門ほどの船乗りがいつまでも沖船頭として飼い殺しされるんはおかしいと思とったんやが、まさか宮本屋として独立とは」

徳兵衛は泣きながらこのしらせを聞いた。松右衛門一統として、苦難も手柄もともに分け合ってきた弟としては、兄が自分の船を持った直(じき)乗り船頭になれば、彼らの収入も倍ほども跳ね上がる。だがそれよりも、苦労をかけどおしだった父母を思うと涙が止まらないのだった。

朋友の紀兵衛も手放しで祝ってくれた。

「松どん。おまえはすごい男やなあ。俺ら船乗りに夢を作ってくれた」

松右衛門が、他の者が及ぶべくもない操船の巧者であることは数々の航海を共にしてきて誰よりもよく知っている。だからこんな異例の出世にも何の妬みもなかった。

「ほんまやぞ。雇い主に使われて終わる船頭にもこの先まだ上っていける道があると示してくれたんや」

つらく耐えがたいことが多々起きる船上勤めだったが、松右衛門のような成功者がいれば、誰もがいつかは自分も、と奮い立つ夢となるだろう。松右衛門は、今や兵庫津の伝説の男であった。


出雲崎では、まだ船の修理が終わらない。松右衛門は引き続き、いろんな人と酒を飲んだ。

「そうですか、宮本屋さんというのは独立なさったばかりの屋号でしたか」

「聞いた話では、松右衛門さんの船は、夜でも走れるんだとか？　本当ですか」

「それで、このたびはどちらに向けて？　へっ、秋田？」

質問責めだが注がれる酒はすべて飲み干しながらの応答である。

今回の秋田行きは春早くの出発になったが、ともかく荘右衛門との約束の杉の運搬を果たしたい。それも、同じ運ぶからには、あの上品な彼を驚かせたかった。すでに策も浮かんでいた。

「実はもう買い付けてあるんですよ。昨年は二度目もこちらへ来ましたからな」

北風家での会談のあと、彼は発明帆をかけてふたたび北前に出て能代（のしろ）まで行き、これという材木を選んできた。今回はそれを引き取り、持ち帰るための航海だったのだ。

「暗い夜も方角を見失わずに走ったのは、その時のことだったんですがね、……」

自分がとった航海法を話すのはやぶさかでないが、その経験には、苦い思い出もつきまとう。

杉を選ぶだけ選んで、急ぎ兵庫津にもどり、彼はそれを運搬する装置を作らねばならなかった。帰港を急がないと冬になる。霜月に入れば北前の海は荒れるからだ。ゆえに、松右衛門は秋田からの帰りは沖乗りで、隠岐まで一直線に北前の海を横切った。なんとか本州の尻へと達したところで雨天となり、日和待ちに石州浜田に入ったが、そこに厄介な船がいた。

「おい待て。ちょっと待ったれや、松右衛門」

停泊していたのは桐太の神吉丸だった。同様に秋田からの戻りで、兵庫津への帰港を急いでいるはずが、どっさり積んだ杉材が荷崩れし、一から積み直しをしていて出航が遅れたらしい。

「お前、えろう調子に乗っとるそうやないか。なんや、その船印は。宮本屋、ってか」

松右衛門の独立は、どこかの港に入った船から耳にしたようだ。海商の旦那にのし上がるために奉公先の娘を取り込んで婿に入った男だけに、そんなことをしなくとも自力で独立した松右衛門が腹立たしくてならなかったのだろう。

船縁に足を掛け、ほとんど空船の八幡丸を見下ろす桐太の顔は憎々しげだ。

「おう。よろしゅうにな」

そっけなく挨拶をして松右衛門は積荷の確認作業を続ける。彼にかかわっている暇は今はない。これから晴れが続きそうだから、水主たちにも、陸には上がらず出航の準備をさせている。

しかし桐太の方ではそれを、自分を避けるためだと解釈した。

「なんやなんや、同じ船宿に上がれんと言うのか。なんじゃい、偉そうに」

世の中にどうしても仲良くなれないヤツがいるというのは自分の欠陥だろうか。松右衛門は彼と会うたびそう思う。しかしさむらいの與之助や下っ端水主の山蔵など、敵対してきたのはそれぞれ小さな男だった。桐太には出身地の塩飽衆を率いる人望もあり、手段は何であれ海商の旦那にまでのしあがった力もある。そんな男が、なぜに自分を目の敵にする？　むろん松右衛門の方で親しく近寄らなかったことも一因だろうが。

「桐太よ、無事に帰って、兵庫津で会おうぜ」

いつかは兵庫津を代表する者たちとして桐太と手を携えなければならないだろう。独立したとはいえ、まだ自分の宮本屋はこの八幡丸を一艘、保有するばかりの小さな店でしかない。帰ったら、自分から誘って飲む場を設けよう。そう考えて、夜が明け切らない早暁に浜田を出航した。

　ところが珍しく松右衛門は天気を読み間違えた。本州の尻へ回り込む角島を前にして雲が動き、波が立ち始めたのだ。急ぐときこそ慎重にという基本の基本を怠ってしまったのであった。

「旦那ぁ。こりゃ波じゃねえ、次々と山がくり出されてくる。天帝がお怒りだぁ」

　水主たちは迷信にとらわれおののき騒いだ。事実、視界には山また山のような大波だけが現れ、船を持ち上げ揺らして翻弄する。けれども松右衛門には何度も体験したことだ。

「山が次々と来るなら、谷があるやろ。よう見てみい」

　落ちついた声に、水主たちはおそるおそる目を開けた。そして、山の次にはたしかに谷があるのを見届けた。

「ほんまや。これは大波や」

　恐怖が去り、大波がおさまった後は、流されまいと懸命につかして耐えた。だが、とうに陸地を見失い、日暮れてみれば余波に荒れる大海原のまっただ中だ。晴れてはいるが流されたことは一目瞭然。もしかして外海か？　水主たちがまた騒ぎ始める。

「松の旦那、流されたようです。これから、どっちへ進めばいいんで」

　騒然とした声を聞き流し、松右衛門は夜空を見上げている。掌には磁石があるものの、この波では小さな針は揺れに揺れ、方角は定まらない。だが彼は空を見たまま平然と命令を下した。

「水押しを未申（ひつじさる）の方角に向けろ。未申とは、こっちの方や」

　ヤマに立ち、松右衛門は腕を高々と指し示した。その声は確として、その方角が間違いなく未申であると信じさせた。いぶかしむ水主もいたが、命令どおり帆をその方角に向け、進み続ける。

二刻、三刻、夜は深まるばかりだが、いつか、はるかに陸地が見えてきた時、皆はそれぞれ目をこすった。夜に入り大気が冷えたためにそれはくっきり輪郭を描き、そこが長門（ながと）の目印山だと確かめられた。

「旦那、陸だ、長門が見えた。ほんまにこっちが未申やったんやなあ」

水主らは喜びの雄叫びを上げた。迷信深い彼らはそれぞれの神仏に感謝を捧げやまない。

「しかしなんでです？　なんで松の旦那には方角がわかったんです？」

若い水主の藤兵衛が訊いてきた。松右衛門を航海の神様と畏れをなす者は質問すらしてこないが、ものごとに理由があるのを知っているだけ彼は利口だ。松右衛門は空を指した。

「星や。――本物の星は、地上の者を導くために輝いている。ええか、北辰（ほくしん）をたどれ」

それは若い日、旧友の惣五郎に学んだ天文だった。空に柄杓の図を描く北辰をみつけ、そこから不動の一つ星を探し出せばそこが北だ。北が定まれば自分が進む方角もわかる。

松右衛門は夜でも遠く岸から離れて船を走らせることができる。そんな伝説はこの時生まれた。北風の湯ではこの経験が船乗りたちにも伝わるが、どれだけの者が我が身に引き寄せ役立てただろう。この後の時代も日本の船はおびただしい漂流者を出していくが、鬼神の存在を信じる俗論を棄てて天文が広く浸透したなら、そのうちいくばくかは防げたかも知れない。

難を乗り切り松右衛門の船は冬になる前に兵庫津に帰り着いた。だが、同じ頃出航したはずの桐太の船は帰らなかった。やはり角島あたりで大風に遭い、積荷ごと船は大破したのだった。

「桐太兄ぃの完敗です……」

知らせてきたのは彼の弟分であった紀兵衛だった。常々、合理的な考え方のできる松右衛門に批判的だった桐太だが、最期はやはり迷信に支配された水主たちを御しきれなかったのであった。

松右衛門には言葉もなかった。勝った負けたと競っていたつもりはないが、兵庫津にとって大事な男を亡くしたことがその時わかった。

秋田から立派な杉を運んでくる。それは荘右衛門に依頼された仕事ではあるが、今となっては桐太の弔いのための航海にもなろう。海の上に野望を描いて挑んだ男のためにも、自分は是が非にもみごとな船の仕事をなしとげねば。

「まあ、そんなわけで、今回は秋田から杉を運んで帰るつもりです」

客たちはしんみりと話を聞き、また次の酒を注いだ。

天気がいいので、石井神社から見える佐渡はいつもより近くに見える。

朝から裏山で薪拾いをしていて、八知はいつのまにか鎮守の森にまで降りてきてしまった。結界になっている渓流のそばからは、見上げるばかりの立派な木が数限りなく枝を広げて空を覆っており、どの木も神木と言うにふさわしかった。樹齢百年はあろうか。すべて檜(ひのき)の群生である。これほどの木ならばどれも人の暮らしを助ける見事な材木になろう。しかし禁足地であれば触れることさえ罪にもなる。そう思ったら溜め息が出て、集めた薪を横に置いて座り込んでしまった。

「なんとも重い溜め息ですな。どうなされたんや？」

そこへいきなりそんな声がしたから、どこかで神様に見咎められたかと飛び上がった。林の隘路から上がってくる一人の男がおり、よく見ればそれは松右衛門だった。

慌てて薪を抱え直そうとする八知に、彼は笑って言った。

「いやいや、もう逃げなくても。怪しい者ではありませんから」

そうではなく、神木を自分の欲で物ほしげに見上げていたことが後ろめたかったのだ。

「立派な木ですな、ここの森は。嵐のおかげで立ち寄った縁ながら、出雲崎はいろいろ興味深い港だ。庵主様の話では、石州出雲とここは同じ出雲族だとおっしゃっていたが、あれは――」

問いかけなのか独り言なのか、松右衛門はそこまで言って、八知を見た。

「あれは、ここ石井神社の謂われです」

昔、神話の時代に、葦原中国（あしはらのなかつくに）を平定しようとここまで来られた大国主命（おおくにぬしのみこと）が、この地まで来たものの佐渡に渡るのに船がないので困ってしまい、手近な井戸の水を撒いた。

「神社にあった、あの井戸のことか」

境内にある石囲いの古い井戸を見たならそれである。八知はうなずく。水を撒くと、地面からはたちまち十二本の大樹が生え、大国主命はそれで船を作って漕ぎ出し、佐渡を平定した。幼い頃から聞かされた話だから、八知は今ではすっかり語り部になって話せる。

「神様のために船を作ったのか――」

松右衛門は感心して社叢の樹を見た。鬱蒼と茂る神木はどれも堂々として、静かだった。

「不埒（ふらち）にも、この木で材木を採れば人が生かされるなどと考えて溜め息をついておりました」

「ほう。あなたが？　船乗りが船を作るならともかく、あなたが何に材木が必要とお考えか」

彼には先日、弟の家の裏口にいたのを見られている。残骸のような織機も見えただろう。

「はたを織る織機が壊れたので作り直したいのですが、取り替える木材がなくて」

すると彼は驚いたように八知を見た。

「織機――ですか。あなた、はたが織れるのですか」

何であろう、その感心した顔は。この地域の女であれば誰でもできる。そう、織機さえあれば。

越後では長い冬の間、はたおりは侮れない産業になる。とりわけ苧麻（ちょま）からつむいだ糸で織る上布は武士の式服にもなっていることから、十日町や塩沢、亀田など近隣の村では市が立ち、新潟の問屋らはこれを陸路、江戸向けに出荷する。それを木綿でやるならば、大量に運べる北前船は、一種、加工貿易を担えるだろう。

「見せてもらえませんか、その織機。直せるかもしれない」

思わず、ほんとですか、と目を輝かせた。無残に壊れていたが、諦めきれず納屋に入れてある。新しく買うあてもなく、せめてこうして森の木を眺めて、新しい織機に思いをはせていたのだ。

「俺は船頭ながら、こう見えていろいろ工夫したり考えるのが得意なのでね」

八知には彼が山に棲む神様の使いのようにありがたく、思わず手を合わせずにいられなかった。実家の納屋に案内すると、松右衛門は唸りながら壊れた機械を眺めていたが、すぐに大工道具を持ってこさせ、トンカン、叩いたり釘を抜いたり、修理にかかった。交換しなければならない材の寸法も測り、みずから機械を動かしてみたりする。しかも時折、

「なるほどな。この歯車は、こう使うんやな」

などと感心したりしている。彼が織機から船に転用できる仕組をあれこれ吸収しているとは知らず、八知はただ恐縮しながら彼の様子を眺めていた。驚いたのは弟の良次で、町で評判の松右衛門が納屋にいるものだから仕事も手に付かず納屋を何度も行ったり来たり。

「そんなガラクタ、はるか上方からお越しの宮本屋さんの手を借りるなんて」

良次としては松右衛門に、姉をかまうよりも店に来てもらって商品に箔を付けたいのだった。

しかし松右衛門は逆に目を丸くして彼に言った。

「何を言われる。あなたは帆布屋だろう。織機で帆布が織られると知ってるはずだ」

うっ、と詰まる良次に、さらに彼は言った。

「どうです、裏には空き地があるようだ、ここに織り手を集めて工場にしては？」

「は？　工場？　――ですか」

「そう、上方から売りに来る帆の入荷を待つだけじゃなく、この地でも作ればいい」

この人は何を言っているのだろう、良次は眉をひそめた。関西からの品は運んで来さえすれば売れるものを、現地で作ってしまえば彼らの儲けがなくなるではないか。

「ええのや、おれが発明した帆はともかくすごいものだから、早くみんなに使ってほしい」

良次はますますとんちんかんな顔をした。顔も知らない大勢が得をすればいいというのか？

「呆れた人だな。ですがね、港ではまだまだ刺し帆が売れるんですよ」

彼は反論する。たしかに松右衛門帆はすばらしいが、誰もが急に買えるものではない。良次の店ではなおも従来の帆が主流商品であるはずだ。漁師や船乗りの家々では、木綿をつなぎ合わせる作業も内職稼ぎで銭になる。松右衛門の帆が旧来の帆に取って代わればそんな作業は不要になり、村の女房たちが仕事をなくす。港の帆布屋も、売れない在庫を抱えることになる。

「そうですな、いろいろな考えがありますからな。――とりあえず、八知さんとやら。ここの軸木は取り替えなければ無理だ。船解場で、適当な廃材でもみつけてこよう」

これまでいろんな港でそういう抵抗の声に出会っていた。松右衛門は、それ以上の話はやめて、帰って行った。残された良次は呆気にとられたまま、

「上方では漁師も裕福なのかもしれんが、こっちではすぐに売れるか、わからんぞ」

自分の声が聞き入れられなかった不満を八知に吐く。しかし命がけで海に出る貧しい漁師も、この帆なら仕事が楽で、効率も上がるとわかれば借金をしても欲しがるだろう。

面と向かって良次に言えない分、八知は山にもどって妙喜尼に話してみた。するとこの老尼は、

「おやまあ八知さんにも、先のことが見えてきたようですね」

と、いつもの穏やかな声で笑った。

「考えてもごらんなされ。何日も座り続けて体を痛め、内職仕事でわずかな銭を稼ぐより、女であっても腕を磨いて一人前の仕事をすれば、ずっとずっと儲かりますぞ」

八知ははっと息を飲んだ。そうであった。八知が嫁いだ三条という町では男たちは冬の内職に金床に向かい釘を打った。材料は出雲から来る船が古い釘を運んでくる。釘は近隣でいくらでも必要で、それを専門にする鍛冶屋もあった。夫も、あんなに酒を飲むまでは野鍛冶の職人で、器用に農耕具の修理ができた。それらは生活のためであったが、手を抜くことなく丁寧な仕事をすれば、それぞれ家族を養う銭に代わった。女の織りも、一つの産業になるということか。

「松右衛門さんが、あなたのはたおり機を、直してくれればいいですねえ」

妙喜尼はなおも明るい声で言う。そう、あの織機さえ直れば、八知には仕事ができて、一人で生きる道筋がつき、実家にも世間にも顔向けできる。だが、自分に織れるのだろうか、あの松右衛門帆は、何やら特殊な発明品であるらしいのに。

八知の不安を知ってか知らずか、妙喜尼は墨染めの袂を翻し、持仏への勤行に入った。

出雲崎の船解場は規模は小さかったがけっこうな材木がみつかった。松右衛門はすでにこの港でも有名人だったから、店主も彼の求めにあれこれと応じてくれた。

帆布専用のはたおり機を作るについては、かつて津祢と、その改良にさんざん苦心を重ねてきた。ほとんど喧嘩になりながら試行錯誤した日もあった。何年も何年も、長かっただけに、今では寸法も部品もすっかり頭に入っている。それにしても、こんなところまで来てまた大工になって、と津祢が見ていたなら笑われるところだ。俺も酔狂なヤツだ。そう思いながら、なぜか八知のことから思いめぐらされるのは千鳥であった。どこかに似通う面影でもあるのだろうか。

北風の分家の二兵衛の敷地で工場をかまえることになった時、松右衛門は織り手を調達するために、高砂へ、カネ汐の店を訪ねていったのだ。木綿の取引は御影屋の番頭にまかせきっていたから、じかに彼女に会うのは、藤左衛門橋の再会以来のことだった。

病身の夫が亡くなり、店の存亡をかけて家業を木綿の扱いに切り替えた彼女は、よく健闘していた。姫路藩も明石藩も、ともに徳川家に近しい大名でありながら財政に困窮するのは他藩と同様で、近頃では米の代わりに木綿を奨励している。思えば時代は変わり、商売人を卑しい者と侮るさむらい達がいつのまにやら藩ぐるみで商人のまねをする世の中になっているのだ。しかしさむらいはしょせん商売には素人だから、商人にやらせて上前をはねる。それでも播磨にはうるさい株仲間の仕組みがないため、カネ汐も自由に競争できた。高砂周辺ではすでに問屋との取引が決まっている農家もあったが、新規に木綿を作る百姓には資金を貸し付けるなど、千鳥はまさに新しい産業を興すことに奔走した。傾いていたカネ汐が息を吹き返したのも、北前用に御影屋が播磨の木綿を大量に買い取る分が大きい。今後は宮本屋ともよき商売相手であってくれることを願っての訪れだったが、応対には当主の千鳥が出てきてくれた。

「これを織るのですか？　――あら、端は目が違う。ここだけ密に織らないといけないのね」

松右衛門が持参した見本の反物を手に、千鳥は食い入るように織り目をみつめた。

「密な部分と普通の部分を別々に織って、縫い繋ぐ、というのではだめですか」

同じ議論を津祢とも交わした。だが駄目なのだ。縫い継げばそこからほころび破れる。最高の品質を求め、松右衛門は妥協を許さずにきた。そして結局、津祢はそれを完成させたのだ。

「これとまったく同じものを作ればええだけの話です」

千鳥は黙りこんだまま、見本の布を縦に横にと引っ張っている。一度も切り離さずに途中で織りの目を変えるのだから相当な技術だ。こちらの女たちに織れるだろうか。

「この見本はどなたが織られたの？」

女房だ、と胸を張ってもよかったが、松右衛門はそれには答えず商談を先へと進める。

「手間賃は倍、払います。いや、できのいい品なら三倍、払う用意があります」

そんなに？　と千鳥は驚いたが、良き品なら当然だし、今は品が希少だけに高値がつくだろう。

「儲けたいなら、帆を織ることです。この『幻の帆』を」

もう立ち直っているはずの千鳥であったが、さらにカネ汐の経営を揺るぎなくするには、松右衛門の発明したこの帆に賭けるべきだ。それが彼にできる最大の援助であり、大量生産のための織り手を求める彼にとっても悪いことではない。つまり互いに利益になることだった。

「松右衛門さん、この帆、独占になさらないんですか？」

そのことは平兵衛にも、二兵衛にも聞かれた。彼女も商人、彼ら同様せっかくの松右衛門の発明が、彼やそれに連なる者の利益となるのかどうかを確認するのだ。

「いや、この松右衛門帆は、誰が作ってもええことにしたんですよ」

「そんな――。それでは誰もが真似をして儲けに走りますよ」

呆れたように千鳥が言った。あの時、北風家でも二兵衛は同じことを言った。

思い出す。当初、二兵衛はふふっとほくそ笑み、

――松どん、これはうちだけにしか作れんのやから、末代まで北風は左うちわですな。

と喜んだものだ。当然だった、二兵衛の頭にあるのは販売権の独占だ。他では手に入らないか

らこそ高くても売れる。商いとは、そういううまみがあるからおもしろい。

しかし松右衛門は、今と同じように、帆は誰が作ってもいいことにすると断言した。二兵衛の顔はそんなあほな、と驚きで固まったものだった。付き添ってきた平兵衛が、ほらまた言いよった、と目を閉じた。二兵衛はあきらめきれず、そんなことしたら、欲の深い連中が真似しただけの偽物が出回ることになる、と言いすがった。商歴の長い二兵衛には先で起こる不愉快な事象が見えていたのだろう。それでも松右衛門は動かなかった。

この発明は自分たちだけが利することなく、日本中に広めて船乗りに益をもたらさねばならない。人として天下の益ならん事を計らず、碌碌（ろくろく）として一生を過ごさんは禽獣（きんじゅう）にも劣るべし。——のちに、思想家の大蔵永常（おおくらながつね）が松右衛門の言葉として『農具便利論』にそう記している。人として世の中に役立つことをせず、ただ一生を漫然と送るのは鳥や獣に劣る、というのであった。

茂世はここの話に立ち入らず、黙ってそこに座っていただけだが、狆が突然、松右衛門の膝から跳び降りて吠え、重苦しい睨み合いを破った。つられて荘右衛門が高らかに笑った。

——二兵衛、かまわん。松右衛門が生み出したもんや、松右衛門の好きにしたらええ。

二人の間で、荘右衛門が楽しそうに笑えば、二兵衛は言葉を飲み込むしかなくなった。

——偽物はいずれその欠点から偽物と露見する。欠点のない品こそが正真正銘の松右衛門帆とわかれば、どんな遠くからでも兵庫津めざして買いに来ずにはいられまい。

それは荘右衛門が出した結論だった。君子の風格とは、まさにこの人のことを言うのであろう、荘右衛門を仰ぎ見ながらそう思った。本物は、誰に真似されようと貶められようと、おのずとその品性の高潔さで本物と見分けられる。

幻の松右衛門帆よ、永遠に本物であれ。神さえ降臨する聖き（きよ）帆であれ。大量に作られていく帆の一つ一つが本物であることを、彼は願わずにはいられない。

「そやからカネ汐さんも、本物だけを作ってください」

まっすぐに千鳥を見た。千鳥もまた、まばたきもせずみつめかえした。

「やらせてみましょう」

いちずなその目が松右衛門の心にふれる。ありがたい。幻の帆の完成、八幡丸の譲渡、そして宮本屋としての独立。船頭に昇格してのち、さらに次々成功していく喜びに、つい感慨がこみあげて思いが高じ、松右衛門は彼女の手を取らずにはいられなかった。

彼女が息を飲み、身を固くするのがわかった。そのことによって松右衛門は自分のとった行動に気がついた。いや、そんなつもりではなかった。なのに、手をまだ放せない。

目の前にいる千鳥を見ると、なおも感慨は尽きなかった。お互い四十を超えたが、千鳥の清楚なたたずまいは今も変わらない。昔の自分は何も持たない浦の漁師だった。とてもこんなふうにカネ汐の表座敷で彼女と対面できる立場になかった。それがようやく、自分の力でここまでたどりついた。十九の頃の、満月に泣いた若き日の自分にも、今日の日がくることを教えてやりたい。

沈黙は決して長くはなかったはずだ。

二人の背後の襖の外で声がしたのは救いか邪魔か。緊張が走り、二人同時に手を引いた。

「おっ母さま、よろしゅうございますか。わたくしでございます」

襖を開けたのは元服をすませた一人息子の新三郎だった。昔、浦で偶然出会って、松右衛門の船に乗りたいと無邪気に目を輝かせた少年。それが今は母をささえてともに立ち働いている。挨拶のために顔を出した彼は、大人たちの様子に気づいていたのかいないのか、はきはきと言った。

「まだまだ未熟ではありますが、母同様に、どうぞよろしくお引き立てのほど願いまする」

松右衛門はうろたえていた。昔、浪華の藤左衛門橋で千鳥と再会した時、かろうじて押しとどめた思い。それを今になって、どうしようとしていたのだ俺は――。

男とはどうしようもない自惚れ屋だ。今も千鳥が変わらず自分を待っているとでも思ったのか。突き飛ばされていたなら立ち直れなかっただろう。そっと新三郎に目をやった。

彼の知っている新三郎は元服することなくこの世を去ったが、この若者は、千鳥が人生をかけて育てあげ、ここまでになった。まっすぐな目を見るにつけ、松右衛門は額の古傷を叩かずにいられない。千鳥の方ではどうだったのか、何もなかったかのように、息子の後に言葉をつないだ。

「松右衛門さん、ご存じですか？　……昔、常磐塾にいた與之助さんのこと」

思いがけない名とは言えなかった。高砂といえば思い出す嫌な名前であった。

「今は大坂にいるそうです。養子に入った家が御船手の同心だそうで」

大坂には幕府から任じられた大坂城代が差配する町奉行とは別に、港湾水路を管轄する御船手という水都特有の役所が機能している。そこに勤める役人はほぼ現地採用の世襲であるため、上役の代官が替わっても動かない。だから彼とまた遭遇することがないか、千鳥はそのことを案じるのだろう。

「そうでしたか。しかし、当人がお奉行様というわけではありますまいから」

同心にすぎない與之助に何ら権力があるわけでないから、松右衛門は笑い飛ばした。

「それならいいんですけれど」

それは彼女の親身な気遣いであろう。かつて彼の兄に手痛い目に遭わされたが、今は寺請も兵庫に移し、すっかり高砂とは縁の薄れた松右衛門である。もう関わりはない。

不安げに顔をかしげる千鳥から目をそらし、松右衛門は新三郎に微笑んだ。

「おっ母さまは心配性じゃ。新三郎さん、大事になされや」

はいっ、と彼は律儀にうなずく。息子にとって母はどこまでも神聖だ。船乗りとして、同じ男としてこの俺を敬っても、母親を傷つけたなら許さないだろう。彼を敵に回すつもりは毛頭ない。それに、この帆を託したからには、新三郎の代になってもカネ汐は揺るぎないはずだ。松右衛門は新三郎に軽く会釈して辞してきた。

むろんそれ以来千鳥には逢っていない。満月は、逢わないからこそいつまでも欠けることはない。彼女の気持ちは今も聞かないままでよかった。


出雲崎には松右衛門は十日ほど滞在した。その間に、妙喜尼に教えられた船具屋を訪ねた。小浪に土産話を持ち帰りたいと思ったからだ。これは二十年越しの、彼女との約束でもあった。

思えばふしぎな縁だった。初めて廻船乗りになったそのしょっぱなに、いつか北前に行ったならと、とほうもない行き先を示したのは小浪だった。そしてはからずもその通りの道を歩んだ。当初は石州の出雲と思い込み、何度も寄港してはむなしく帰ったものだった。小浪との約束がなかったら、仕事以外でこんなふうに深く北前の土地に関わったりしただろうか。

帆布屋の良次が近くまで案内してくれたから、ツバメの絵を描いた燕屋の看板はすぐみつかった。よかったらうちで飯でも、と何度も誘うのを軽くいなして前まで行くと、暖簾はなく、代わりに麻綱で編んだ網が下げられた間口もさして大きくない店だった。だが、入ってみれば、並べてある品物は充実しており、長崎渡りの磁石や望遠鏡まで置いているのに驚かされた。松右衛門は急に親近感を覚えた。

当代の権左（ごんざ）は四角ばった顔の男だったが、切れ長のまなざしは小浪に通じるものがあった。ちょうど浮標を綱に取り付けている作業中で、松右衛門はそうした手作業を見るのも好きだったから、すぐ彼のそばの木箱に腰を下ろして作業を覗き込んだ。

「兵庫津の、小浪という女をご存じかい」

彼にはそう切り出すだけでよかった。町で噂の松右衛門が兵庫津から来たとは聞いていても、まさか見たこともない異母妹でつながるとは、奇遇すぎる。彼は驚き、親しみをもって迎え入れてくれた。一人で留守を守っている妻の津祢と小浪とは、困ったことがあれば醬油が切れたという程度のことでもたよりにしている間柄で、小浪の三人の子も津祢にはなついて我が子も同然だ。

話を聞きながら、権左は自分までそのつきあいの輪の中にいるかのように喜んだ。

「親戚同然、といえばいいのか、実はもうすぐ子供が生まれるんだがね」

「それはおめでとうございます」

「あんたの甥っ子だよ。だが俺の息子でもある。ってことは俺とあんたはどうなるのかな」

何のことか、首をかしげる権左の前で、松右衛門は苦笑しながら女たちの約束を話してみせた。

それは兵庫津を出航する前夜。荷積みを終えて帰宅すると、待ちかねたように津祢が言った。

「ねえねえ旦那さん、小浪さんに、四人目の子ができたって」

よかったじゃないか、とあくまでよその家のできごととして反応したら、津祢は語調を変えた。

「次も男の子を生んだら、うちにちょうだいって言ってあるの。いいでしょう?」

「はあ?　お前、猫の子をもらうみたいなわけにはいかんぞ」

出航すればまた半年は津祢を一人ぼっちにする。子が欲しいのは、寂しさからか、と思った。

「子なんかいてもいなくてもええやないか。跡取りなんぞおらんでも俺はかまわん」

「いいえ、そうはいかへんの。これは小浪さんに確約を取ってる話やさかい」

津祢には跡取りを生めないことが引け目なのだった。せっかく松右衛門が独立し、自分の店と船とを手にしたというのに、それを受け継ぐ者のないことが惜しまれるのだ。

結局、小浪や丈吉とも話し合うことになったが、すでに津祢とは相談ずみのことのようで、

「この年になってできた恥かきっ子やし。松さんのところなら、うちで育てるのも同じことやし、お腹のこの子にとっても、津祢さんと二人の母親がいるっていうのは悪くないんやない？」

などと当の小浪も言うのである。どうせ留守がちで父親らしいこともできない松右衛門だから、発言権はさほどない。すべては津祢が決めることだ。好きにしろ、と言い放つほかはなかった。

そんな冗談のような養子話が、まもなく実現する。

「聞くだけで愉快だなあ。異母妹（いもうと）はいい人たちに恵まれて暮らしているんですね」

父親が生きていたならさぞ喜ぶだろう、権左はそう言い、目を細めた。気のいい男であるようだった。腹違いの妹が兵庫津にいることは、彼もうすうす知っていたという。このあたりでは田畑が雪に覆われてしまう冬場、一家の働き手は出稼ぎに出るものと決まっていた。父梁吉（りょうきち）も、稼ぎは上方の方がいいというので家族を置いて兵庫津に出、北風家で仕事にありついたそうだ。

しかし破船が事情を変えた。船主に大損害を与えるようなことをしでかしたからにはもう船には乗れず、それで梁吉はこの地に戻って、女房とともに商売を始めたのだった。

「そして死の半年前に、知り合いの船に乗って上方見物に出掛けたんです。俺も、一生に一度ということで、ついて行った。ちょうど新綿番船の競争をやってましてね」

安治川の新綿番船か。松右衛門は遠い目になる。かつて彼が船乗りとしての名声を足固めしたあの華やかな場の陰に、過去への償いを抱えた男が一人、まぎれていたわけだ。

ところが船旅の疲れか心労か、父親は浪華の宿で中風を発症し、寝たまま船で連れ帰られるこ

とになった。元来無口な男で、何か話すといえばほとんどが海の話で、冒険譚あり苦労談あり、父の人生のほとんどは海で過ぎたことだったと彼は知った。

「親父さんはどういうつもりで船簞笥を上方へ持って行ったんだろうね。鍵は誰か別の人が持っていたってことかい？　それなら鍵だけ送ってよこせばよさそうなものを」

小浪が知りたがっていた船簞笥の謎を、松右衛門が彼女に代わって尋ねてみた。

「いや、鍵どころか、船簞笥そのものが海に消えてたんですよ。まさかそれが現れるなんてね」

父親は古物商から簞笥を買い取って、昔をしのぶ置物としてここに飾っていたという。ところが人生最後に、昔の仲間と一緒に眺めて感傷に浸ってみたくなったのだろうか。それとも二人で錠前を壊してこじ開け、記憶の象徴としての船簞笥を肴にして飲もうとでも考えていたのか。

「今となってはわかりません。小浪の母親が売り払っちまったそうで」

それで終わる簞笥の一部始終だった。俺が運んだ船簞笥は、いや、と否定した。

「あの船簞笥なら、縁あって私が使わせていただいてるよ。頑丈な、いい作りだ」

現状を話すのは父親への供養と思って言ったのだが、とたんに権左の顔色が変わった。

「まだ簞笥はあったんですか。――それなら、中の書きつけもご覧になったんですかね」

うなずくべきか否定すべきか、松右衛門は迷った。そしてそのために無言になった。それを権左はどう解釈したか、急に真剣な顔でこう言った。

「それを探している人を、ここに呼んでもいいですかね」

いやな予感がした。しかし駄目だと言っても、よけいに謎を残す。こうなったら小浪のためにとことん船簞笥をめぐる秘密を聞こうではないか。松右衛門が腹をくくると、権左はしばらく彼を待たせて、一人の老人を連れてきた。

ずんぐりとした猪首に蟇蛙のような面構え。足が悪く、歩くと右肩だけが傾く。松右衛門はどこかで見覚えがあるような気がした。

「北風の附船屋におりました番頭の亥助と申します」

そうだった、松右衛門はじかに口をきいたこともないが、小浪からは聞かされていた。丈吉が船箪笥の修繕を始めた頃、いつのまにか北風家から姿を消して、そのまま忘れ去られていた。

「まさか旦那がお持ちとは知らず、もしや権左が持ち帰ったかと、店を辞めてまでこちらへ探しに来たんです。いえ、元はこちらの出だもんで、人生最後に賭けてみたんですが」

兵庫津からいなくなった理由はそれだったか。すっかり髪も白くなった亥助は、体が縮んだように小柄な老人になっていた。ここでは甥が山の麓に小さな畑を耕して暮らしており、そこで厄介になっているらしい。体一つで海に暮らした船乗りたちの老後はおよそ似たり寄ったり、そういうものだ。しかし権左を訪ねてみれば、小浪の家に運んだきり知らないと言う。それなら小浪の母親があのままどこかに処分したのだと落胆し、あきらめをつけてきたのだった。

「だが住吉の神様はお見捨てじゃねえ。終わったとあきらめてたのに、あんたが現れるなんて」

彼は大喜びしているようだが、どこか邪さが漂うような彼の目つきを、松右衛門は警戒した。

「それで、松の旦那、船箪笥の中身ですが、本当はこの人に届けるはずだったものだ」

切り出したのは権左の方だ。目には、さっきとは違う熱が宿ってぎらついている。

「ご覧になったんですよね、松右衛門さんは船頭の残した帳面や、他の証文も」

亥助の小さな体が前のめりになった。しかし松右衛門は腕組みを解かないままでいる。

「わしらが破船で積み荷を横流ししたなど、とんでもない推測ですぜ。小浪の母親は俺に、証拠になる書きつけを回収したいんだろうと見当はずれなことを言ったが、悪事を働いたんなら、どうして後々まで北風様に手厚く面倒みてもらえたりしましょうかい。逆ですよ、逆」

松右衛門は目だけ動かして亥助を見た。逆とは何だ。どういうことだ。

「あの中に、紙の符牒(ふちょう)が入っていたでしょう。あれは異国と取引するためのものなんですぜ」

驚きは見せずにおいた。彼も噂では聞いたことがある。佐渡の沖を流れる対馬暖流の瀬で、時折、朝鮮国の船が難船し、付近を通りがかった船が救助をすることがあるという。そしてたしかに、彼が引き継いだ書類の中には、何に使うものかわからない朱印を押した符牒があった。松右衛門の頭の中で、点と点がつながるように、それぞれが結びついていく。

事実、市場を見ればおかしなことであった。大坂の市中には高価な薬品として朝鮮人参が出回っているが、それは長崎で唐人船から正式に買い受ける量をはるかに上回っている。また、妙喜尼の庵で出された菓子も、こんな北国では穫れるはずのない砂糖が使われていた。いったいそれらの品はどこから来たのか。

言われなくてもぴんときた。そう、抜け荷だ――。

つまらない悪事で兵庫を追い出された丑三、山蔵の顔が浮かんだ。思い出すことすらなかったが、ほんの身近な水主らにも、国禁を犯す者は後を絶たないのかもしれない。

「ははっ、松の旦那、尻込みしなすったかい?」

否定も肯定もしなかった。露見すれば身の毛もよだつ極刑が待っているのは誰でも知っている。

「だけどな、松の旦那。庶民は買いたいのだよ。異国の品をもっと多く、と求めている」

しわがれた亥助の声が耳にからみつく。彼の言う通りで、長崎から入る阿蘭陀船や唐人船が運んでくる積み荷は人気のゆえに右から左に売れてしまう。貴重な薬種、書物や、文人趣味の絵画に壺、それにみごとな彫刻の椅子や机卓などなど。なのに幕府は人々の声には蓋をして、取り扱う品目を限定し、量も年にこれだけととり決め、違反がないかだけに目を光らせる。大名たちが私的な貿易によって潤うことを禁じ、力を削ぐためだった。

砂糖も同じ。薩摩藩の船が時折海上で誰かを待つかのように沖掛かりして停泊しているという噂は、かなり前から船乗りの間で流布していた。薩摩藩の独占品である砂糖は、本来、大坂の蔵屋敷を通じて商人が扱い、お上にもその売上量は掌握されている。しかし世間で需要が大きいだけに、じかに売りさばけば直接大きな実入りになるだろう。

抜け荷が必要悪であることを、松右衛門が考え及ぶだけの時間を置いて、亥助が言った。

「幕府ご老中の田沼さまだって、異国との取り引きの利をよくご存じだ。松どん、あんただって、ほしがる人にほしい品を運んでやるのが廻船稼業の役目だとわかっているだろう？」

心がぐらつく。彼が言うとおり、貿易という商品流通の重要性を知らない幕府は馬鹿だ。

「お二人は、どういうつもりで俺に船簞笥の中の符牒のことをお訊きなさる？」

松右衛門は腕組みを解いた。朝日丸は抜け荷をしていた。そして露見する危険に瀕し、船主は証拠隠滅のためにわざと破船させた。なのに今さら、彼らはいったいどうしたいというのだ。

「松右衛門さん、俺も後で亥助どんから符牒のことを聞いた。あれは、大変なものだ」

興奮して言う権左には失望した。これだけの店を遺(のこ)されて、この上何を望むのだ。父親が何も言い残さなかったのは、足るを知れということではなかったか。松右衛門は静かに言った。

「権左どん、あれは親父さんが、長く会わない娘に届ける形見の品じゃなかったのかい？」

だから彼に背負わせ兵庫津まで運ばせたのだろう。そして彼もまた欲得なしに父の心を汲んだ。思い出してほしかった。小浪は簞笥にも中味にも執着しなかったが、遠くに去った父や、顔も知らない兄の思いを感じたはずだ。そして自分は一人じゃなかったと力づけられたはずなのだ。

言えば、権左は松右衛門のまなざしを避けるように俯いた。

表戸を閉ざした店内は暗かったが、権左が船にこそ乗らないけれど海に心を寄せる男であると示している。もとより強欲な男ではなさそうだ。ただ亥助に悪い夢でも吹き込まれたか。

彼の肩を叩こうとすると、待ってくれ、と亥助が嗄れた声をかける。

「きれいごとで片付けないでくれ。あんた、みすみすあの書類を棄てるつもりかい？」

目がぎらぎらと燃えていた。ふん、と松右衛門は顔をそむけた。

「いったい何年前の書類だと思ってるんだよ。あんなものは落とし紙にもなりゃしねえ」

話は終わった。彼は、ぽん、と両膝を手で叩いた。だが亥助はなおも食い下がる。

「通用しねえと思ってるなら大間違いだぜ、松どん。あれは今も生きているんだ」

「そうかいそうかい。そんなら今度来る時、全部持ってきてやるよ。心配するな。俺は口が固い。これまでだって黙ってたんだからな」

呆れたように立ち上がる松右衛門を、馬鹿な、と亥助が追いすがった。

「待ってくれ、わしは老いぼれだ。自分では何もできない。だから権左の父親みたいに、たよれる船頭が必要なんだ。あんたならもってこいだ。でっかい儲けができるんだぜ？」

よどんで黄色く濁った彼の目が必死に松右衛門に訴える。

「な、権左、おまえからも説得しろ。この燕屋が海商になって、船になんか乗らんでも、陸にいながらにして船を全国に差配し、蔵を並べて北風様のような豪気な屋敷に住めるんだぜ？」

なるほど、彼は亥助にそんな甘い話でたらしこまれたか。後年、越の国の海岸にそうした豪商が生まれるのは事実である。松右衛門はじっと彼の目を見た。

はたして船頭は、そんな海商たちの使い駒なのか？　彼の父も船頭だった。亥助の言葉の狡さを感じないか？　権左はうなだれた。

「待てよ松どん、それにな、俺がやろうと言わなくても、昔、俺らに抜け荷をやらせたお方が、この符牒が今もあるってことを知ったら、直接あんたに声をかけるかもしれないぜ」

一瞬、体が固まった。言われるとおり、梁吉や亥助はただ雇われた船乗りに過ぎない。報酬をちらつかされて動いただけのことだろう。だが依頼主は、おそらく彼らだけでなく、他にも船を雇って抜け荷を行っていたはず。でないと、一艘の船が破船しただけでも船主は大損というのに、梁吉や亥助の口を封じることもなく後生面倒を見たのだから、それはきっと公然の秘密であったに違いない。そんなことのできる者とは、いったい――？

頭の中に、得体の知れない人物の影がわき起こる。松右衛門は背筋に震えを感じた。

ふう、と大きく肩で息をし、気を静める。

陸に上がればこんなことばかり。地面に這いつくばった人間は、欲にかまけて狡いことばかり考えて動く。松右衛門の目に、そんな陸の人間すべてを憐れむような笑みがにじんだ。船は違うぞ、銭ではなく命のために働く。また生きて帰る、そして、ただ生きていることを祝うためだ。その喜びのために、何度も海へ乗り出すのだ。

「いろいろ親切にありがとうよ。だが忙しくてな。まず秋田に行かなくちゃならんのだ」

もう亥助の方は見なかったが、最後に権左だけを見て言った。

「兵庫津の異母妹には、今の話は抜いて、あんたのことを伝えとくよ。いい店だった、ってな」

そう、小浪への土産話には、この店の様子を伝えるだけでいい。もう互いに相まみえることはないだろうが、善意だけで成り立つ関係性はいつまでも持続する。権左は黙って頭を下げた。

「俺にあと二十年、寿命があったらな」

呻くようにつぶやく亥助の声を背中で聞いた。愚かな願いだ。人は、無限にたゆたう海にはなれない。一度限り、どこかの岸へとうち寄せる存在だからこそ、よく生きねばならないのだ。

ツバメの看板を後にした翌日、松右衛門は秋田に向かって出航した。暦ではまもなく弥生も終わる。まだ波の高い日もあるが、その日は晴天、風は真艫。沖で碇を上げて帆をいっぱいに張れば、八幡丸は心地よいほど疾走した。港で見送った者らは、まるで弓から放たれた矢のような船足の速さに、あれが松右衛門帆の威力かと目を丸くした。

八知はあのあと、良次が引っぱるようにして連れてきた松右衛門に温かい鍋をふるまった。急なことだし、具材はせいぜい雪の下から引き抜いてきた大根、人参ばかりだが、思いのほか松右衛門が野菜の甘さをほめてくれた。何やら憮然としていた彼の表情がほどけ、八知はそれがうれしかった。おかげであれから毎日、はたおり機の前に座って糸を掛けた。トントン、パタリ、という音は快く、納屋の中から外の通りまで響いた。

綿からとれた糸は優しくて、なのに丈夫でたのもしくて、布幅を一定にするための伸子(しんし)をピンと張れば自分もまっすぐ伸びる気がする。横糸が入った杼(ひ)を左から右に通し、次は右から左に。足を踏みかえて縦糸をパタリと交差させ、横糸をうちこんでまた杼を左から右へ通す。一回ごとに手前にトントン押し付けると、横糸がきゅっと敷き詰められて、また繰り返す。トントン、パタリ。最初に教えてくれた母が今も一緒にいるような気がした。

はたおりは、やることは単純だが、間違わないようにすることが難しく、生真面目さと忍耐が必要だった。同じ動作を延々と繰り返すため気力がないと体もついていかない。しかし今の八知は、こうして自分に仕事ができたことがありがたい。ことに松右衛門帆は、これまで八知が織った布とはまったく違う分厚い織物だけに難しく、同時に、難しいからこそやりがいを感じた。
以前は軸木が浮いていたのか縦糸がゆるんで機械を何度も調整しなければならなかったが、松右衛門の修繕はよほど確かであったらしく、機械は新品のようにがっちり確かであった。
機械は、もとのように着尺を織るためのはたではなく、大幅の帆布を織る専用の織機にしてもらった。

——銭を儲けたいなら、この帆を織りな。

まるで祭の夜に、香具師（やし）から万能薬を勧められて買ってしまった気分だった。傷を治したいならこの蟇（がま）の油を塗りなされ。そんなふうに勧められた薬はまったく効かなかったけれど、彼の言葉を信じてみたかった。

彼は薬の代わりに一尺の見本をくれた。彼の妻が織った純白の織物だ。糸が太くて膨らみがあるが、織り目はきっちり詰まって、永遠に続く模様が美しい。

「私、この帆布を織ります、松右衛門さん」

布をずっと眺めていると、そう言わずにはいられなかった。自分も織りたい。この布を。
一度は壊れて使命を終えた織機なのだ、どうせ復活させるなら松右衛門のために織ろう。織機が新しい命を与えられてよみがえるなら、自分ももう一度生まれ変わろう。そう決めた。
松右衛門はかすかに微笑んだ気がする。鋸（のこぎり）を置き、すぐに織機の改造に取りかかったのは、八知の選択がわかっていたのかもしれない。その後の作業はなかなか大変で、船の出航までの限れた時間で、彼がどれだけ根を詰めて仕上げてくれたか、八知はそばでずっと見ていた。お礼といえば良次と三人、晩飯を一緒にするくらいだが、

「いや、まいった。冬の越後がこれほど豊かとは」

雪国をどれほど食材の乏しい地だと思っていたことやら、彼はくり返しそう言って、雪室（ゆきむろ）から取り出した保存食の数々に感心したものだ。

トントン、からり。この軽やかな機械の動きは、彼が注いだ技の集大成に違いない。むろん良次は半信半疑で、八知の選択には諸手を挙げての賛成というわけではなかった。

「織り慣れた着物の布にすればいいのに、帆布とはね。勝手の違う機械で、急に帆なんか織れるのかい、姉さん」

彼が言うとおり、着物を織る方が家の者のためになるし、たくさん織れれば銭になる。なのに、あえて帆布に挑むからには、織れなければ時間の無駄だ。いや、だからこそ何が何でも織らねばならない。

「だって私たちのご先祖も、やったじゃないの」

神話では、大国主命（おおくにぬしのみこと）の佐渡遠征に石井神社の森から木を切り出して船を作って協力した民の子孫が自分たちだと伝わっている。以来、船造りにまつわる仕事が家業となった。船大工たちは自分たちこそその末裔と言うが、帆布屋もそうだ、綱屋も桶屋もそうだ。

「へっ、松右衛門さんが大国主命かい」

例え話であったのに、良次は笑った。何も言い返せなかったのは、大きな決断だった割には八知は何度も織りで失敗したせいだ。機械がいいのに織り目が緩んでしまうのは自分の腕が足りないからだ。もう一度糸を巻き直し、元に戻ってやり直す。こんなことではいつまでも反物はできず、一文の銭にもならないばかりか、日々の飯さえ弟の世話にならなければならない。八知は焦り始めていた。

「ごめん、きっといつか返すから」

八知の胸には、返さなければならない恩義だけが積もっていく。いつのことだとため息をつく良次だったが、彼の店では、仕入れた松右衛門帆はわずか一月のうちに売り切れた。しかも他にもほしいと買いに来た客がいて、彼は少し気が変わり始めた。

そんなある日、松右衛門の船が秋田から戻ってきた。

町では雪も溶け、漁や廻船の季節が本格化している水無月六月。北前に面した港々がようやくいきいき動く季節のさかりである。しかし出雲崎の港では、彼の船の姿をとらえるなり、蜂の巣をつついたような騒ぎになった。

八幡丸は前と同様、真っ白な帆をゆるゆる降ろしながら入港してきたが、その様子が尋常でなかった。なんと船の後ろには、太い年輪の断面を見せる大きな丸太が五本、筏のように綱でまとめてゆわえられ、小さな帆柱を立て、曳航されていたのである。

「ありゃあ何だい。破船したのを引いてきたかい」

「いやいや、もともと材木だけらしい」

波の震動で緩まないよう、綱は糸巻きのようにぐるぐる巻きの縛着(ばくちゃく)ぶりで、濡れると綱が筏の浮力を弱めるために、筏の周囲には空樽が結びつけられて浮かんでいる。帆を掛けた筏は、真艫(まとも)の風なら直進できるであろうが、逆風や横風の場合は抵抗が大きい。そのため筏には艪まで付いていたから、ほとんど船も同然の構造である。

珍しいものの到来に、皆は我先にと港に押しかけ水主らに声をかける。

「あんなので、よく来たなあ。これで上方まで帰るのか？　先は長いぞぉ？」

しかし松右衛門は笑ってこたえる。

「いやあ、船だけなら沖をつっ走っていくんだが、こいつがかなりお荷物でね」

それはそうだろう、たえず波を受ける海の上を、筏のように材木を牽引して走るなど前代未聞だ。海には川と違って波浪があり、天候も一定でない。曲がるというような進路でも、後ろに引いた材木が重りとなって邪魔をした。周囲の檣も末尾の艪も、水の抵抗が大きく速度を妨げる。相当な航海技術がなければ、こんなことは不可能なのは明白だった。

「だが関西に運べば秋田の杉の名声は上がるぞ。みんなが秋田の杉に感心する」

たしかに、こんなみごとな木を見せられたなら、将軍様でも城を造りたくなるかもしれない。なにしろ五本丸太はすべて寺社の心柱にも使えそうな立派な丸太なのである。

そもそもこの仕事は北風荘右衛門に命じられたものだった。御影屋から八幡丸を買い受けて独立するについて、足らずの額を補うためだ。彼としては、はるばる秋田から運ばせて材木に付加価値を附けようと考えたのだろう。それを松右衛門が奇想天外な方法でやってのけた。行き交う船は何事かと振り返ったし、港には丸太筏を一目見ようと見物人が集まった。航路が長いばかりに、どこに行っても繰り返され、噂は広がり拡散していった。

はたおりをする納屋の八知にも、良次を通じて丸太筏の噂がもたらされた。

「とんでもない人だな、あの人は。材木を五本、引っ張ってきたぜ」

八知は神話を重ね合わせて、ほらねと笑う。十二本ではなかったが、彼はやっぱりこの町を揺り動かす人だと思った。

しかし港に出て行ってそれを見るゆとりはなかった。太い糸の扱いになおも手こずっていたからだ。見本の布は一つの乱れもない完璧さだ。失敗した時、初めにたちもどって何度もその織りを眺めたが、見れば見るほど自分の織ったものとは違って美しい。

どういう人なのだろう、こういうものが織れる人は。八知の関心は織り目を超えて、織った人へ、彼の妻へと寄せられる。信心深い人だと言っていた、子はないと言っていたっけ。そしてその人と松右衛門が暮らす兵庫津とはどんな港なのだろう、などと。

遠い目をしてしばらく見本の布を眺めていた。だから、ふいに納屋の戸が開いて、良次が松右衛門を案内して現れた時は飛び上がりそうになった。

「精が出るじゃないか、八知さん」

前に会った時より松右衛門は日に焼けて顔がてかてか光っている。にこやかな顔は親しげに八知を見、そして機械に架かった織物を見た。

「まだまだです、とても見本どおりにはいきません……」

まだ誰も手がけたことのない織物だから、見本だけが八知の師匠だった。松右衛門は、なかなかいいじゃないか、とひとしきり布を眺めたが、しかしすぐにはそれを取り上げようとしない。逆に、新しい木綿の糸かせを数匁、持ってこさせて、はたおり機のそばに置く。

「最初からうまくやろうと思っちゃいけない。いいものができることが最終目的だから、試し織りの糸はたくさん使ってくれ。今は無駄に見えるが、やり方がわかれば後で取り返せる」

まるで何度もほどいて巻いてを繰り返していたことを見られたようで、八知は恥じ入る。結局、まだ買い取るほどの品質には届いていないということなのだった。

「いや、言うたやろ？　儲けたいなら帆を織れ、って。いい品ならじゃんじゃん儲かるからな」

慰めるように、彼は懐紙に包んだ銭を差し出す。買い取り分はないが当面の資金だという。自分がこれを織るのは儲けたいからではない。そう言い返したかったが、黙っている。

「うちの女房も最初はそんなふうだったんだ。意気込みが先走って、夜も昼もはたおりばかり。織り手が鶴のようにやせ細っては、反物が幸せじゃないからな」

納得できることだった。この織りを確立するのに、最初の人はもっと苦労した。

八知は、眺め続けた見本の布が妬ましくなった。もっと精進しなければ。早く、要望に応えられるような技術を身に付けなければ。八知はまた織機に向かう力が湧いてくる気がした。

「それで、松右衛門さん。帆が売り切れちまって、次の仕入れをたのみたいんですが」

揉み手をしそうに良次がすり寄っていく。

「ああ、そうやな。問屋衆にもせがまれたとこや。必ず次に兵庫津から運んでこよう」

「次って、あの丸太を運び終えてからでしょう？　もう年内は無理じゃないですか」

不平を隠さず良次が言う。丸太を曳航しての航海は、いつものように大胆に沖乗りはできない。それどころか、こわごわ岸に沿っていくしかないから時間がかかり、兵庫に帰るのは秋口になろう。としたらすぐに冬で、北前に来るのは来春になる。

「だから現地で作ってはどうだと提案してるんだよ」

ぴしゃり、松右衛門に言われて、良次は目をぱちくりさせる。

「儲けたいなら、帆を織ることや。松右衛門帆は儲かりまっせ」

材料の木綿糸なら他の上方船も運んでくるし、織り手は冬の間いくらでもいる。現地生産はじゅうぶん可能だ。ならば織るしかないだろう。松右衛門はともかく帆をいきわたらせたいのだ。

とはいえ、織りの難しさは、誰より八知が知っている。この見本のような品が織れるまで、織り子は技術習得に時間がかかる。その間、松右衛門のように支度金で保障することが弟にできるのか。なにごとも、新しい業を興すには並々ならぬ銭がかかるというのに。

「良次さん、参考になるかどうか、播磨ではたおりを始めた時には、こうしたんだが」

土地柄や人の考え方もあることで、遠慮しながら松右衛門は先例を語った。北風家のように一軒で出資できればそれに越したことはないし、惣五郎のような大商人に委託するのも苦労はない。だが、いずれも織り手たちの手元に入る銭はごくわずかでしかない。それより、村で頼母子のように銭を出し合い、工場の建設や材料の仕入れなど初期投資を集団でやってのければ、いずれ儲けが出た暁には、出資した額に応じて配当できる。千鳥が高砂の村々に足を運んで庄屋たちを説得して始めていったこのやり方は、今のところ破綻せずに回っている。ただ、播磨の農村は豊かであるからできたのだ。出雲崎ではどうなのか。

「よき話でございますなあ」

いつからそこにいたのか、戸口に立っていたのは妙喜尼だった。頭巾で頭を覆い、錦の袈裟を首に掛けた正装は、町の大寺で法要がある時のいでたちだ。ここしばらく八知が山に現れないので、帰る道すがら様子を見に来てくれたのであった。

「庵主さま、はたおりに躍起になって、つい無沙汰をしております、……」

はたおり機が戻ってからは、四六時中はたおりができるよう納屋で寝泊まりするほどで、山が遠のいていた。事情を詫びようとすると、笑顔でさえぎり、妙喜尼は言った。

「次の月には大寺で四万六千日（しまんろくせんにち）の法要があります。たくさんのお参りがありますよ」

皆はすぐにはどういうことか理解できずにいた。それは大寺で毎年夏の間に行われる観音様の縁日で、一日お参りすれば四万六千日分の功徳（くどく）があると言われ、町ではたくさんの人出がある。

「はあ。一生分のご利益がもらえるという、あの縁日ですかい」

一升枡（いっしょうます）に入る米粒の数が四万六千粒。一升（いっしょう）を一生にかけたこの縁日は、享保の頃から広まり、松右衛門も江戸行きの廻船に乗っていた頃、浅草寺での賑やかな縁日を見たことがある。どうやらこちら越後でも同じらしい。主催者の大寺では、寺総代始め村の名主もさまざまな奉仕に集まることから、そこで話を進めたらどうだと妙喜尼は言うのである。

「そんな、……誰が話をつけるんで？」

良次の顔が青くなる。一介の帆布屋ごときがそんな場で話などできようはずはないし、話したところで、誰も彼の言うことなど聞きはすまい。

「そこが頭の使いよう。根回しをすればよいのです、良次さん。しかるべき人から皆に持ちかけてもらえば皆が聞く。それが段取りというものでしょう」

すこぶる正しい提案だった。寺請け制度によって緊密に民を管理する村社会では、信頼される人が口火を切らないと何事も始まらないのを、妙喜尼は示唆している。

「そんなこと言ったって、おいらにそんなこと、……」

怖じ気づく良次に、妙喜尼は見えない目を向け念を押した。

「それは男の仕事ですよ、女にできることではありませんからね」

そっと松右衛門が笑ったのがわかる。妙喜尼があまりに上手に良次をけしかけたからだ。

「今度ここへ来るのが楽しみになったぜ、良次どん」

松右衛門が良次の肩を叩いた。そしてもう一度ささやいた。儲けたいなら帆を織ることや、と。

良次はうまく根回しできるのか。八知は肩をすくめる。いやそれよりも、自分はこの見本のようなみごとな布を織れるだろうか。今度彼が来る時までに。いつと知れない先を思って、八知は大きく息を吸い込んだ。


八幡丸が五本丸太の筏船を曳き、兵庫津に入ったのは文月七月の下旬だった。

北前でも瀬戸内海でもどの水域でも、千石船が丸太を曳いて海を行く姿は見る人すべての度肝を抜き、海上ですれ違う船は水主たちが鈴なりになって歓声を上げげたし、港に入る時には大勢の人だかりができた。皆は口々に、摂津兵庫の宮本屋松右衛門の五本丸太、略して「松右衛門の五本丸」と呼び、その珍風景は海を伝って津々浦々に知られていった。

その後、入津する港々で励ましの大漁旗や神社の幟が進呈され、捨てるわけにいかないから帆柱にくくりつけていったが、今では満艦飾というほど賑やかな彩りになっていた。

もちろん海の情報が洩らさず集まる北風の湯では、早くから、いま松右衛門の五本丸が瀬戸内のどこの港を通過しているか、こまかに情報が入ってきた。帰港の日も早々と知らされて、その日は港は祭のような人出になった。岸からは北風家から、酒樽を乗せた艀が遣わされてきた。

「やりおったな、松右衛門が。あいかわらず派手な男だ」

兵庫津の人々は、昔、松右衛門が二度目に挑んだ新綿番船で、三本も帆柱を立てた派手派手しい船で一番をとったことを忘れてはいない。あれは、松右衛門が、帆の能力を数か質か試すために試みたことだが、皆ただただ目を引く奇妙な姿で記憶している。

丸太が派手になったのは周囲の反響のせいで、松右衛門が望んだことではなかったが、長い航海をしてきた八幡丸の水主たちは人々の出迎えを見て、一種、英雄になったような錯覚をした。こうなったのも、丸太を曳いているせいでいつもより航行に時間がかかり、常より多くの人の目に留まることで噂が噂を呼んだのだ。

「たいしたもんだね、松右衛門さんは」

「おかみさんも、鼻が高いだろ？」

近所のおかみさんたちも大騒ぎで妻の津祢をもてはやした。照れながらも、やっぱり自分の亭主は並みの男ではなかったと、津祢も内心、誇らしい。小浪の家の男の子らに至ってはもうわが

ことのような騒ぎようで、長男の正太などは、

「今度生まれる弟が松どんの子供になるなら、おいらも松どんの子供ってことだよな?」

と、まだ見ぬ弟の養子話をうらやましがった。今、小浪の腹は臨月となり、いつ生まれてもおかしくない状態になっている。

船上では松右衛門も、懐かしい兵庫津を見てほっと胸をなでおろした。できれば早く岸に上がって津祢に無事な顔を見せてやりたかったが、ゆっくり上陸してもいられない。丸太は大坂の河口の木場が終着地だから、兵庫津では少しばかりの荷を降ろすだけで、潮の具合しだいですぐにも再出航しなければならないのだった。津祢とは荷揚場でわずかに言葉をかわしたきりだった。

「旦那さん、はたおり職人が三人ふえました。播磨の人だけど、いい腕をしてるよ」

津祢は早口でこまごまと報告した。河内へ木綿を買いつけにやらせた水主は不出来で、村に上がり込んで賭博をしていて庄屋さんから苦情が来たこと。織場では皆が慣れてきたこともあって一日の生産量はこれまでのうちで最大になっていることなど。

「そうか。こっちも積み荷は完売や。帆はまだまだ足らん。機械を増やして織ってくれ」

「あと二台増やせばぎりぎりで、それ以上は手狭になってしまいますよ」

そうかい、とうなずく松右衛門の頭には、出雲崎で八知の織機を作り直した経験から、新しい改良の発案もあるのだった。しかしまだしばらくは津祢にまかせるほかはない。帆は、男が操る船の一部でありながら、女の力にささえられて生み出される。天下の発明、松右衛門帆も、津祢の協力がなければこの世に生み出せなかった。この世で、男の力だけで生み出せるものはおそらく少ない。神話ではこの国の国土ですら男神女神が力を合わせて作り出した。そのことに思い至れば、松右衛門はどれほど帆を褒められても津祢に頭が上がらない気がした。

「津祢、これは出雲崎のみやげじゃ。後で小浪どんにもみやげ話があると伝えといてくれ」

懐から松右衛門が取り出した手拭いを受け取り、津祢は怪訝そうに中を開いた。毎回、航海に出る時にはお守り代わりに持たせる牛頭天王の手拭いだが、中には南無観世音菩薩と書かれたたおやかな文字の御朱印の符があった。西照坊、という朱印であった。

「小浪さんの子、今日生まれたっておかしくないのよ。男の子やったらええんやけど」

そうか、と答えながら、松右衛門はふいに感慨をおぼえた。若かりし日、一度だけ彼女を抱きしめたことがあった。自分が弱くて、小浪の優しさについ甘えた夜。だがそれからは指さえ触れないままに、もうすぐ小浪は俺の子を産む。そのことが、何やらとほうもなく深い縁であるように思われた。その子を介して、小浪と自分は、またどういう立ち位置をとっていくのだろう。

もっとも、養子に迎える子供は男の子と約束されている。女の子であれば津祢はあきらめるのだろうか。子供を産むか生まないかで女たちにこれほども心を痛めさせるなど、悲しく罪なことであった。そう言えばあの八知も、子に恵まれず婚家を去ったというのを思い出した。

しかしともかく今は先を急がねばならない。松右衛門は、ではな、と津祢に手を上げ、背中を向ける。いつものことだったから、津祢は文句も言わず見送った。

「たいしたもんやな、松どんは。兵庫津の名を一気に揚げたぞい」

「おう、兵庫津以外に、あんな五本丸を運べる船頭がおろうかい」

出航の準備が整いつつあるのに、見物客は港から帰ろうとしなかった。そこへ平兵衛からも船が出た。届けられたのは大小二枚の、艫帆（ともほ）にゆわえる日の丸の旗だった。

「これを掲げて大坂に入港せよと言うんかい」

ますます派手なことになる。だが、おびただしい船が行き交う浪華津では、何か目印をつけて船が丸太を曳いているとわからせた方が危険を回避できるのだ。そこで水主たちに命じて、大きい方は丸太にかぶせ、小さい方は帆柱にくくりつけてはためかせた。

見送る見物客は、潮に乗るかのように東へ漕ぎ出す八幡丸の後ろから、五本丸の日の丸が白い水しぶきを上げながら波を切っていくのを飽きずに眺めた。

大坂では、噂が先に到着しており、兵庫津よりもずっと大勢の見物客が港に押し寄せていた。松右衛門の五本丸を一目見たいからである。どよめきと歓声が起こり、かつて八幡丸を一緒に作った材木商有田屋から酒樽を積んだ小舟がやってきて、祝い用の日の丸扇子を掲げた。

「こりゃ天子様にも献上できるみごとな木や。神木でも切り倒してきましたか」

丸太は木場の水上で八幡丸の牽引を解かれ、以後数年間、浮かばせておく。しかしこれだけの宣伝効果であった、すぐにも予約はつくし、他の似た材木にも高値がつくだろう。北風荘右衛門にとっては想定以上の成果であった。知らないうちに松右衛門は、材木と航海技術、二つの優れ物を知らしめる任務を果たしたのだった。

達成感に満たされて、松右衛門が海風の中で煙管に火をつけた時だった。

「松の兄ぃ、大変だ、クジラだ。――川口番所の役人の舟が来ます」

知らせに来た徳兵衛の声が裏返っている。見れば仰々しく紋旗を掲げた伝馬船が木津川を下ってくる。紋所は葵。身構えるまもなく、その伝馬船は遠くから声を上げた。

「川口番所から、御用改めである」

舟には役人が三人、立っているのが見えた。松右衛門は急ぎ、煙草を消した。

勘助島田地の北端は幕府の御船蔵になっており、御番所が置かれて、通過する船の見張りも行っていた。おそらく松右衛門の丸太を見とがめ、すぐに安治川へ上って御船手に伝達されたものだろう。

「摂津兵庫津の宮本屋松右衛門の船とはこれか」

クジラにも見える漆塗りの陣笠をかぶった役人が船の舳先から訊いた。同じ船でも川舟と千石船では水面からの高さがはるかに違うため、松右衛門の立つ舳先からは役人の舟を眼下に見下ろすことになる。さらに八幡丸は西に傾く午後の陽を背負っていたため、三人いる役人たちは皆、まぶしそうに目を細めながら松右衛門を仰ぎ見ることになった。

「まちがいございません、こやつが松右衛門でございます」

役人の背後から、痩せた下っ端役人がすり寄って、船上の松右衛門を指さした。顔ははっきり見えなかったが、松右衛門はどこかでその声に聞き覚えがあるような気がした。思い出せないでいるうち、先頭の役人が言った。

「下船して御船手まで同行せよ。取り調べたき儀があるとのことじゃ」

鼠のような顔をした小柄な中年男で、取り調べるというのは彼自身の意志ではなく、命じられた仕事を疑いもなく遂行しにきただけであるのが見てとれた。いったい、さむらいというのはどうしてこうも覇気がないのであろうか。まだ航海の余韻に高ぶっている松右衛門は溜め息をつくしかなかった。

五本丸を見るため木津川橋に押しかけていた大勢の見物客は、思いも寄らない展開にますますその数が増えてきた。口々に何事が始まるのかとざわつきながら目が離せずにいる。

「松の旦那、いったい何なんだ？　ワシら、なんかいけないことでもしたかい？」

背後で松右衛門とともに長い航海をともにしてきた水主たちが怯えてざわめく。

「心配するな。何かの間違いだ」

まずは配下の者たちを落ち着かせておいて、松右衛門は衣服を整え、縄梯子を降りた。

「いったい何のお尋ねでございましょうか。この場ですむならありがたいのですが」

海商は彼ら役人のように暇ではない。この後、松右衛門は岸に上がって材木問屋や帆布屋との商談があったし、何よりこうしている間に津祢の待つ我が家へ帰りたかった。

「黙れ。身の程をわきまえよ。さっさとついてまいれ」

脇からしゃしゃり出るように声を出した部下とおぼしき役人。その時、気づいた。聞き覚えがある声と思ったが、松右衛門をまっすぐにらみつけるその顔は、與之助――。

あまりの奇遇に毒気を抜かれた松右衛門を、彼は不敵に笑って見上げた。

「久しぶりだな松右衛門。どうもお前とは悪縁が深いらしい」

そういえば、千鳥が彼のその後を話していた。縁あって今は大坂御船手の同心の家に婿入って浪華にいる、と。額に白鉢巻きの結び目を締め込んだその顔に刻まれた皺は、四十を超えた今となっては年を取った分だけ底意地の悪さが深くなったようだった。

「海の上ではずいぶんいい気になってるそうじゃないか。だが陸に上がればお前なんぞ何ほどの者でもない。そのことを、思い知るんだな」

彼らの耳にも、松右衛門の名は達していたのである。無理もない、全ての海は浪華に通じる。その海とつながり縦横に流れる川を治める御船手で働いていれば、嫌でも噂は入ってくるだろう。松右衛門は我知らず怖い顔で凄んだ。船上では鬼神もたじろぐと言われる形相である。それにおじけづいたわけではないだろうが、鼠顔の上司が與之助を叱った。

「四の五の言わず下船させよ」

鼠顔にとっては松右衛門を連行することだけが使命だから、衆目が見守る中で面倒は起こしたくない。與之助は口をつぐみ、代わりに松右衛門を睨みつけた。

これだからさむらいは。――小さくチッと舌を鳴らした。あれから数十年の歳月が過ぎ、お互い不惑といわれる年も超えたというのに、まだ私怨にこだわり言いがかりをつけてくるこの男。いったいこの歳月、彼は何をして生きてきたのか。困(くる)しみて学ばざるは、民これを下(げ)となす。昔、塾で学んだ論語の一文が耳の奥をかすめて通る。

風はなく、背中から西日だけが照りつけてくる。岸では人々がまるで波のように、松右衛門の乗った船の後を追って、揺れて動いた。

浪華の町では、その日、瓦版(かわらばん)が飛ぶように売れた。

――秋田から　荒波けたてて松右衛門　丸太五本が「御本丸」とは

荒々しい海浪の絵は北斎顔負けの大胆な構図で、八幡丸が曳航する丸太が浪に翻弄される様子を躍動的に描き、狂歌まで添えられていたから、松右衛門の五本丸は一度に巷(ちまた)で有名になった。

「五本丸太の何があかんの？」

津祢は大坂からの渡海船が持ち帰った瓦版を手に、ひとり憤慨した。誰も答えてはくれなかったが、御本丸とは江戸城をさし、五本丸が同じ音であるのが恐れ多いと言う。

暇なのか、役人は。――単なる語呂の問題だとは、呆れて続きの言葉も出ず、荒々しい手で松右衛門の着替えを整えた。大坂では宿をとるつもりで、長引くようなら北風様から手を回してもらわねばならないが、それは御影屋の平兵衛が対処してくれるだろう。

ところが店を出るまぎわ、平兵衛は突然倒れたのだ。

「どうもない、目眩(めまい)を起こしただけじゃ。お津祢はん、先に行け」

そして代理に息子の平吉を付けてよこした。平兵衛はこのところ痩せ方が著しく、どこか悪い疾患でもあるのではと皆に心配されていたが、生来の強気で「どうもない」とはねのけてきた。しかし弱っていることが明らかな老体に今回のような衝撃はたまったものでなかったのだろう、目を閉じ、息を鎮めながらも立ち上がれずにいる。

恩ある人だけに後ろ髪を引かれる思いだったが、今は松右衛門が先である。津祢は平吉や徳兵衛とともに午後の渡海船に乗り、北堀江にある材木商の有田屋に宿の世話になることになった。

生まれ育った木津川河口を舟で通過すると、過ぎた歳月が胸にせまる。兵庫津に出てから兄妹で僅かながらも父に仕送りを続けたが、数年前に他界し、権太が細々と鍛冶屋を続けているらしい。案の定と言うべきか、三輪は外に男を作って逃げたのだ。あの時父が切望していた初孫はまっ赤な嘘で、津祢たちを追い出すための三輪の口実だった。父はどれだけがっかりしただろう。自分が生んで見せてやりたいと願ったけれどそれもかなわず、墓参りさえ今のこの状況ではゆとりはない。

感傷もつかのま、宿に着くなり津祢は言った。

「ともかく着替えを届けましょう。そして旦那さんの元気な顔をこの目で見んとな」

長い航海から帰ったままの姿で連れていかれたのだ。万一放免になった時、あれだけ評判の五本丸の松右衛門が憔悴して出てきたなどと町の人に言われたくない。

浪華の町を縦横に走る水路は津祢にとっては庭のようなものだ。雇った川舟に徳兵衛、平吉とともに乗り込んで、船頭には津祢がどの進路をとるか的確に指示を与えて川筋を行く。おかげで陸を走る時間の半分ほどで番所に着いた。

「女房だと? ——ふん。そこで待っとれ。まもなく放免になる」

苦虫を嚙みつぶしたような顔の役人に言われた時は全身から力が抜けた。放免——だと？　結局、松右衛門には何の罪咎もなかったということか。

「宮本松右衛門。これより放免いたす。出よ」

もったいをつけた声が響いた。拘束された理由も定かでなかったが、出される理由についても何の説明もなかった。ただ勿体をつけての通告は、それで恐れ入る小心な者もあるからだろう。彼らが見せつけたいお上の威光とは何なのか。そんなものがまったく通じない海の上の世界を知る松右衛門には、やたら威張って構える役人たちが滑稽ですらあった。

「旦那さん、よかった。なんや知らんけどご苦労さんでした」

駆けつけた津祢の背後には、物見高い町人たちがついてきて番所の入り口を取り囲んでいる。下っ端の役人が竹竿で彼らを威嚇し追い払おうとするが誰も退かない。

「ええい、その方らも召し捕られるぞ」

どうやら声は與之助のようだ。いまいましさが滲んでいる。

用意してきた着衣を整え、津祢が油で鬢(びん)をなでつけてやれば、上背のある松右衛門はどこから見てもやつれを知らない海商の旦那であった。わが亭主ながら、津祢はほれぼれと横顔を見た。彼が出口に来るとどよめきが起き、竹棒で警護している與之助が悔しそうに顔をそむけた。

「ずいぶんとご苦労なこっちゃったな」

言ったのは松右衛門で、與之助は無言である。腰に大小を挿しながら毎日こんな狭苦しい番所で本当にご苦労なことだと思ったからだが、今は皮肉に聞こえたはずだ。稼ぎはせいぜい三十俵二人扶持がいいところ。それも自分で汗して作った米ではない。それを食(は)みつつ日常の仕事といえば平凡な日誌や味気ない報告書を書くぐらいか。今回は一瞬にせよ松右衛門のことでさぞ気も晴れたことだろう。人助けしたと思えば許せる気がした。

與之助はぎりぎりと拳を握った。人の生き方暮らしぶりはそれぞれの価値観による。松右衛門はおのれが海という広大な場所を生き場所にできることを幸運に思った。この後は海に出て、もう二度と彼に会いたくなかった。

「出てきたぞ、五本丸の松右衛門だ」

群衆から歓声が上がる。松右衛門、松右衛門、にわかに大坂の町に沸き上がる声は、いくら役人が制御してもおさまらず、松右衛門を囲んで移動していった。

「役人なんぞアホや。松右衛門さん、気にせんと、これからも世間を驚かせてくれや」

「そうや、弱い犬ほどよく吠える。あんなもんにかまわず、皆の目を覚まさせてくれ」
三、四十万もの町人を擁する大坂で、さむらいの人口はごくわずか。接する機会が少ないだけに馴染みが薄く、町人たちはさむらいについて言いたい放題だ。
「要は松の兄ぃを見せしめにしたということですかい」

徳兵衛が開口一番に言うとおり、今回のことは松右衛門があまりにも評判になったため、民心を攪乱する恐れありとの憂慮であった。五本丸がこれ以上もてはやされることがないよう、彼を懲らしめることで庶民の浮かれ気分を鎮めようと考えたのだ。

しかし結果的には逆効果だった。松右衛門の快挙はすでに大坂の町を席巻しており、宿には廻船問屋から酒樽が届いたり木綿問屋からは新しい羽織を贈って寄越したりした。升屋の筆頭番頭、惣五郎も騒ぎを聞きつけ、安土町で評判という鰻を手土産にして訪れた。

「とんだことやったな、松どん。しかしあんたの業績は町衆の皆が讃えている」

彼もあの瓦版を手にした一人であった。

「伊達さまもお耳になさり、松どんが江戸に来る際にはぜひ話を訊きたいとの仰せだ」

惣五郎が財政の立て直しを図ることになる伊達家は、秀忠の時代に欧州に派遣するほどの大船を造ったくらいの船好きであることから、かねて惣五郎から話に聞かされる松右衛門の発明帆に関心が深いらしい。

きっかけは何にせよ、こうして惣五郎と旧交を温められるのも、また浪華育ちの津祢を大坂に呼べたのも事件のおかげだ。今回のことはおそらく與之助の偏った内報が引き起こした禍いであろうが、結果としてこうして皆が笑っているのなら恨むことはない。松右衛門はやっと、皆と酌み交わす酒に酔うことができた。後にこの評判が大坂城代を動かし、彼を天下のために働かせることになるのだが、今はそんな想像の入り込む余地もない嬉しい酒だ。

そのとき、宿の戸を倒さんばかりにして駆け込んできた者がある。

「たいへんだ、松の旦那、姉さん、今、兵庫津からの渡海船で知らせが来た」

八幡丸はそのまま港に泊め置かれていたため、水主たちはいつもどおり船中や問屋の船宿に分宿していたが、さきほど到着した兵庫津からの知らせを急ぎ運んできたのだった。

「御影屋の旦那が、また倒れなすった」

脳卒中であるというが、まだ話せる状態らしい。

夜になっていたが、松右衛門はすぐに船を出させた。本当なら津祢には、後からゆっくり帰ってこいと勧めたかったが、彼女も一緒に帰ると譲らず、素早く身支度をまとめた。

「すまんな、津祢」

初めて言う松右衛門の詫びだった。

おや、と津祢は痘痕をほころばせて笑う。

「こんなことで謝っていたら、旦那さん、体がいくつあっても足りませんよ」

それはそうだ、これまで松右衛門の消息がとだえたこともあるし生死すらわからない時もあった。それでも気丈に若い水主たちを養い、船頭の妻として努めてくれた妻だった。少々のことでは驚かないし苦労のうちにも入らない。松右衛門は微笑みながらうなずいた。

兵庫津までは目と鼻の先、彼にとっては庭ほどの感覚だ。その夜は大潮だったこともあり、八幡丸は外海からの潮に押されるように、一刻とかからず兵庫津に帰り着いた。

「すまんかったな、松右衛門。あんな日の丸をつけさせたばかりにお上の目についた」

平兵衛は松右衛門の顔を見るなり詫びた。枕元には医者が呼ばれており、暗い顔をして誰とも眼を合わせないのが平兵衛の病状のすぐれないことを示していた。

「せっかく来てくれたんや、松右衛門、たのみを聞いてくれるか」

かつてみずから船に乗って江戸へ往復した直乗船頭とは思えない白い顔。衰弱ぶりは痛々しく、話すのも難儀なのか、平兵衛は荒い息の間に松右衛門を見た。

「松右衛門。御影屋をよろしくたのむ。すべて引き受けてくれんか」

この話は前にも聞いた。彼の子供が息子ではなく娘であったら松右衛門に嫁にやり、姻戚をもって御影屋を継いでもらうのに、と。あれからずっと平兵衛は真剣に考え続けていたに違いない。そしていい答えが出ないままに時間切れを迎えてしまった。

「船はもちろん、株もそっくり、おまえに譲る」

これには、えっ、と驚きを洩らしたきり松右衛門は絶句するほかなかった。以前、八幡丸を買い受けた時のようなこまかい話ではない。今回は御影屋の身上すべてを対象にしているのだ。つまり御影屋が所有する千石船二艘に大小三艘の渡海船、それに浜ぞいにある蔵二棟と本店と。その上、木綿を商う株仲間としての権利も付随する。

株仲間は兵庫津には十二軒しかなく、それを譲り受けない限りは商売ができない。これまでは宮本屋として独立したといっても御影屋や北風家の軒下を借りての商売に過ぎず、苦労して運んだ積み荷のうち少なからぬ割合を上納しなければならなかった。しかし今後はすべてが彼自身の蔵に入る。規模の大小に差はあっても立場的には北風家と同じ株仲間の一人になるのであり、船乗りとしてはこれ以上ない地位に上り詰めることになるのだ。

「わしはもうじき旅立つ。戻れない遠い海へ行く時が来たんや。息子どもにはよう言うてきかせてある。陸に上がって帳場周りの仕事でもさせてやってくれたらそれでええ」

御影屋の旦那になる？　この俺が？　――松右衛門はごくりと生唾を飲み下した。陸の商家であれば升屋の惣五郎のように、人柄や頭脳のすぐれた質によって筆頭番頭にまで出世する例はある。だが血縁もなしに他人が経営者にのし上がるなど、世間でそうそうあることでない。背後にそろった者たちも、誰一人、声も出なかった。高い地位は責任も伴う。みずから経営者となれば、これまでのように報酬をもらって航海だけ繰り返していればすんだ気楽な身分とは違う。水主たち全員の人生をまるごと背負いこみ、店の損益を第一に考えながら商売を保っていかなければならない。考えるだけでずっしり肩にのしかかる責任が感じられた。

松右衛門は、津祢を見た。この重責は自分一人では背負い込めない。

一統とは、自分を慕って集まる仲間や縁の者をまとめて統べる者がいてこそ一つになれる。海の上ではそれは自分の仕事だが、陸の港においてそれができるのは女房の津祢しかなかった。陸ではたえず人と物の出入りがあって騒がしくなる。彼女がその重荷を引き受けてくれるか――。

津祢は騒がず松右衛門をみつめ返した。それが答えだ。たった一つのたのみごとを託していく平兵衛を前に、ここで話し合うことはできない。それに話さなくてもわかっている。自分は松右衛門だけを待つ女。彼がどこへ進もうと、港となって控えるしかない。そっと、しかし大きくうなずいてみせた。

松右衛門は目を閉じた。

強い女だ。おかげでおれも男になれる。

一息ついてふたたび目を開け、松右衛門は平兵衛の目を見てきっぱり言った。

「わかりました。おれが引き受けましょう」

息子の平吉のことも、終身、面倒を見ていこう。それが平兵衛から受けた恩に報いる唯一の方法になる。謹んで、と枕元にひれ伏す松右衛門に、平兵衛は満足げにうなずいた。

「そうか。すまん。すまんな、松右衛門。――これで心残りはなくなった」

言い終えて、心から安堵したのか、平兵衛は目を閉じた。

その夜は静かに眠っているようで、皆はそれぞれ家に引き上げることになった。月が煌々と照らす浜辺を、松右衛門は津祢と並んで無言で歩く。昔、身一つで兵庫津に来た頃、自分には四十、五十という未来の年齢を考えることもできなかった。いつか海で死ぬかもしれないと、自分の命を安く見るのは船乗りの常であったし、妻を娶ることさえ想像の外だった。なのにこうして人並みに家庭を持ち、仕事でここまで出世するこんな日が来るとは。

「津祢。ますます面倒をかけるかわからんのう」

「ここまできたら、望むところですよ。――知らんけど」

彼女がそう言うのならやっていける。そっと肩を抱き寄せた。空では月が微笑むようだ。

そこへ、転げるように徳兵衛が追いついてきた。

「松兄ぃ。姉さん、小浪さんが、いよいよ産気づいた」

松右衛門と津祢、二人同時に顔を見合わせた。月が大空を巡るように、今宵、沖から流動してくる生命の潮は、この港町の上で二つの命を引き替えようとしていた。

みんなが帰った後に平兵衛は、眠ったままに七十六年の海商としての人生を終えた。そして小浪の家では静寂をうち破る元気な声を響かせて男子が誕生した。のちに二代目松右衛門となる子であった。松右衛門は四十で父となった。


今朝は海に靄がかかって、佐渡島が幻想的に島影を浮かばせている。

出雲崎ではまもなく冬も去ろうとしている。西照坊の庭先でも雪は確実に溶けて、雪椿の花が紅も鮮やかに開いた。沖に船が姿を現せば本格的に春が到来し、港が賑わう季節になる。北前のこんな港町では、春は海からやってくるのだ。

「庵主さま、……庵主さまったら、お待ち下さいませ」

大声で呼ぶと、妙喜尼は杖を波打ち際の砂地に挿して立ち止まり、声のする方を振り返った。

「おや、八知さん。もう出発の時ではなかったの？」

「はい。庵主様にお別れの挨拶をしたくて、探してまいりました」

これから八知は、馴染んだ出雲崎の町を出て新潟へ行く。今は天明六年、はたおり機を取り戻してから、あっというまに四年が過ぎてしまったことになる。

その四年のうちに、この国の状況も大きく変わった。幕府では、商業を重んじ北方の耕作地確保に乗り出した田沼意次が罷免され、代わって、昔ながらの重農主義で引き締めを図る松平定信が老中の座に就くことになる。しかし各地で飢饉が発生し、重税にあえぐ農村では一揆が多発、江戸や大坂でも打ち毀しが起こるというありさまで、内政は混迷をきわめている。

加えて外からは、まるで日本を窺うようにたびたびと異国の船が出没しており、林子平は『海国兵談』を著し、国防の必要を唱えている。妙喜尼が晴眼ならば、この日も沖合を行く異国船の船影を遠くに見たかもしれない。

出雲崎では、良次はあの後出資者を集め、小さな帆布工場を始めた。松右衛門帆は織っても織っても織る最中から買い手がついてまだ足りず、良次の帆布屋は繁盛した。出資の村も活気づいた。

銭を儲けたいなら帆を織ることや。――松右衛門の言葉は間違っていなかったのだ。

八知は八知で、一緒に働く織り手を探し出して育成することに心血を注いだ。織り手になりたいならば織機を貸すという方式をとったのだ。賃料は手間代から引かれるものの、織機はいずれ買い取ることもでき、織機持ちになれば収入も格段に上がる。むろん当初は特殊な帆布を織ることにためらいがあり、多くは従来どおり着物の反物を織ることに固執した。搾取されているとわかっていても、殿様やさむらいに献上する反物を織っているとの誇りにはかえられないのだ。それでも諦めず人材を求めて村を訪ねてくる八知に、女たちは関心を抱いた。離縁を乗り越え一人で生きる彼女は、誰より女の苦悩がわかる先達と見られたのか、農家の縁先で話し込めば、だんだん仕事を理解し意義を感じるようになってくれた。高価な礼装の布も大切だが、消費量でいえば帆布は比較にならない。しかも船は産業としてこの国を動かすのである。ひとたび心を決めてくれた者は、八知に希望を託して取り組んでくれるようになっていった。今では御影屋の商う松右衛門帆の北前部門で、八知がまとめる量は一位の割合を占めている。

そんな中、八知は松右衛門から次の提案を受けた。

「そろそろ越後に御影屋の出店を置きたいと思うが、八知さんに仕切ってもらえないだろうか」

彼が北前の拠点として選んだのは出雲崎の北、信濃川と阿賀野川が合流して海に注ぐ河口の港、新潟だった。水深もあり、千石船の入津がたやすいうえに、川の舟運を使って各地の物資がここに集散する。松右衛門の店はその一角にまず蔵を二棟並べてお目見えした。暖簾は「兵庫　御影屋」。初めて出雲崎に来た時は宮本屋松右衛門だったが、今は御影屋松右衛門。八艘の船を全国の海に差し回す海商の旦那である。この人はどこまで駆け上がっていくのだろう。彼が、北前のどこかの港に中継拠点を欲するのも発展の表れだった。土地の問屋にまかせるより、自身の支店があれば安心だが、事務方に長けた番頭を雇えばいいことなのに、彼はあえて八知を指名した。

「私などに務まりますか」

まず案じたのは兵庫津にいる彼の妻だ。見知らぬ女に支店をまかせたとあれば、心穏やかでないだろう。八知はよく兵庫津の彼の家を想像してきた。たえず大きく動く荷の出入り、勘定方の番頭や手代、帰ってきたばかりの水主たちにこれから出かけて行く沖船頭たち。そんな活発な海商の家を一人で守って差配する人、津祢。帆の見本布が示すとおり、まっすぐで、一生懸命な人なのであろう。一年のほとんどを海へ出て行く松右衛門が縦糸ならば、その人はどっかり幅を定める横糸のような存在であるに違いない。そんな妻女と同じ仕事を、自分が果たせるのか。

松右衛門は応えるかわりに一枚の手拭いを差し出した。牛頭天王のものである。

「女房からのことづかり物だ。はたおりの時に使ってくれと」

作業場では細かい綿埃が舞うため、これを鼻から下に巻いて覆面すればいいとのこと。八知がよく咳をすると聞いてのいたわりだった。会ったこともない松右衛門の妻の配慮が嬉しかった。

さらに津祢からはもう一つ、八知に贈り物があった。死んだおシカばあさんの織機である。松右衛門帆を生み出した始まりのはたを、津祢は彼女に託した。同志であることの証だった。

「なんで俺じゃなくて姉さんなんだろ」

良次は不満げだったが、この人選は正しく、数年後、彼はせっかくのはたおり工場をつぶしてしまう。松右衛門帆が売れるあまり利益優先で製作期間を縮めて乱造した結果、粗悪品の帆で漁に出た船が海難に遭い、その責任を糾弾されることになってしまったのだ。松右衛門の、人を見る目は正しかったと言ってよい。工房は出資者の一人が引き受け、今は地道に稼働している。

「越後で、またあらたな出発ですね。八知さん、あなたならやるでしょう」

妙喜尼の言葉はいつも予言だ。八知は深々とお辞儀をした。

「仏門に入れていただけなかったことを、今は心から感謝しております」

おかげで今日の、こんな旅立ちの日がある。

足元で、波がさらさらと砂地を透かしてまた引いていく。妙喜尼が微笑んだ。その視線の先に、白い帆影が一つ。ああ、今年も一番船の到来だ。

殿さ　帰りゃれ　夜が更けました　天の川原の　ソーレ　西東
どこかでおけさの歌が聞こえたような。八知は自分の胸の中にも、白帆がいっぱいに上がっていくような気がした。

第五章　異国船　恵土呂府（えとろふ）の巻

　空が一枚の天井画のように真っ青だった。そして陸地はいま、短い夏の盛りである。
　蝦夷地は広い。これほど延々と続く海岸線を、松右衛門はほかで見たことがなかった。
　北へ、北へ。古来、どれほどの船が北前の極限をめざして進んだだろう。神威岬（かむい）を出てからは、松右衛門は八幡丸の艫（とも）に立って水平線を睨んでいる。前はただ紺碧の海だ。どこまで進んでもやはり海。海しかない、と思いかけたところに、幻かと見まがう秀峰が、突然、海の彼方に現れた。天と海とを描き分けるかのように屹立する利尻富士だ。白い波頭が幾重にも重なる荒波の中で、来れるものならここまで来い、そう挑発するかのように立ちはだかる。

「帆を下ろせ。三分まで」

　土着のアイヌが神棲む山と仰ぐ峯。和人にもまた息を飲むほどの神々しさに、松右衛門はすぐさま水主らに命じて帆をおろさせた。風や天候によって生きもし死にもする船乗りたちには、どの海域に行ったとしても山は敬意を示すべき存在だった。

　こんなさいはての海域でも、行き交う船を数多く見たが、そのほとんどが松右衛門帆を掛けていた。今は寛政九年。発明から十五年がたっている。彼の帆は驚くべき早さで日本中の船に浸透したことになる。今や海上の船はもちろん、内陸を上り下りする川舟すら松右衛門帆を掛け、利根川では「マツイム」と訛って呼びならわされていたりする。松右衛門も、もう五十五歳。海の男としてたいていの修羅場をくぐり、御影屋当主としても多くの水主や使用人を率いて大過なくきた。蝦夷地のこの晴れやかさは、そんな彼のこれまでをすべて肯定してくれているかのように輝かしい。ただ一点、家族のことを除いては。

利尻富士を通り過ぎ、さらに北へと進路をとれば、のんびり漂っているような礼文島が視界に入る。短い夏を謳歌するかのように咲き乱れる礼文キスゲのはなやかな橙色が、あまりに明るく無防備で、この世のものでない錯覚さえ与える。

津祢よ、ここにいるのか。——思わず松右衛門はつぶやいた。その瞬間、はからずも目頭が熱くなるのをどうすることもできなかった。どうしたのだ、俺としたことが。

少年の頃、死者は西へ、西方浄土へ向かうと聞かされても信じずにいたが、今は、清らかなものはみんなここ、さいはての花畑に集まるのではないか、そんな気がした。

長年連れ添った妻の津祢が死んで十年になる。ずっと一緒にいてやれない船頭稼業、女房が病に冒されていることにも気づかなかった。帰宅すれば何でもない顔をして、松右衛門を中心にわがまま放題、したい放題を許して尽くしてくれた。海の上ではさまざまな我慢、艱難（かんなん）に耐えているのだからせめて家ではと、年は松右衛門より一回り以上も若いのに、まるで母親のようだった。

「松どん、あんた、しばらく船には乗らず兵庫津のお店（たな）に詰めることはできないの？」

無理とわかってそんなことを面と向かって言うのは小浪くらいだ。彼は無表情に、無理だ、と返して江戸廻りの船に乗って港を出た。松右衛門の考案になる新巻鮭を、新年を控え大口を開けて待っているあの大消費地に運ばなければならない。

津祢は、帰りの船を伊豆で風待ちさせている間に、静かに息を引き取った。虫の知らせか、松右衛門は早暁の船上で、明け初める陽に刻々と色を変えて姿を現す富士を見た。この世のものでないほど神秘的で、あれほど富士が目に焼き付いたことはない。

「だから船乗りなんか、嫌だって言うのよ」

帰ると小浪が泣いて松右衛門を責めた。四番目の子は松右衛門の跡取り息子長太(ちょうた)として津祢が育て、六歳のわんぱく坊主になっていたが、養母を亡くせばまたぞろ実母の小浪の世話になるほかない。津祢の顔に被せられた白い布を取り払ってももう話すことはできなかったが、きっと彼の帰りを待っていただろう。眠ったようなその顔は、今にも彼におかえりと喋り出しそうだった。

――大丈夫や、長太のこと、小浪さんにたのんでおいたから心配せんといて。知らんけど。

松右衛門は、陸の上で初めて泣いた。生きている間にしてやれなかったことへの悔いだらけ。弔いは、埋め合わすかのごとく最上を尽くした。彼女が信奉した極楽浄土へ行かせてやりたくて、「逍遥庵心月貞運大姉」と戒名を贈り、兵庫の永福寺に眠らせた。逍遥とは、浄土へのそぞろ歩きを願った文字だ。

小浪が言う通り、船乗りは愛しい者の死に目にも会えない罪業深い者たちだ。津祢は、こんな俺と一緒になって幸せだったのだろうか。ただ幼い長太の頭を抱きしめた。

陸でのことは、海に出れば忘れられた。それがこんな、目も覚めるような北の島で、はからずも妻を思い出すなど。

この先は樺太(からふと)だ。むろんここにも寛政二年には松前藩の交易地である「場所」が置かれ、歴とした松前藩の領土である。兵庫津からも御影屋だけでなく柴屋ほかあまたの海商が船を往来させている。港の奥には日本人が開拓した集落もあった。

今回も兵庫津からは木綿を満載してきたが、稚内でも、香深でも利尻の鴛泊(おしどまり)でも、そして樺太でも、想定量を完売し、代わって大量の昆布や鰊を買い積んだ。鰊は、早春に水揚げされて加工され、出荷できるのがちょうど今頃、五月である。どこの浜にも人がいて、どこの海にも船はおり、つまりどんなに北へ行こうと人の営みは行われている。蝦夷地は奥が深かった。

松右衛門は利尻で船を転回させてまっすぐ日本海を南下、やがて江差に碇を下ろした。

蝦夷地の南端にある江差は、正面に鷗島(カモメ)が港を守るかのように位置する天然の良港で、中世期以来、アイヌとの交易の拠点港であった。この時期は鰊めがけて各地から北前船が江差にやってきており、江差の賑わいは江戸にもないと謳われるほどの活況を呈していた。

「ほう、樺太の久春古丹(クシュンコタン)まで行ってこられたのですか。いい商売はできましたか」

江差での取引相手は近江屋で、屋号が示すとおり江戸時代初期に近江から出てきた商人である。松前藩に代わって蝦夷地での交易を請け負う問屋の一つであり、平兵衛の代から取り引きがあった。今夜の宿もここである。北風の湯ほどではないにせよ、大部屋では水主たちが雑魚寝で逗留し、情報の交流地となっていた。松右衛門も若い時には世話になったが、廻船問屋の当主となった今は、離れの客間で一人、近江屋のもてなしを受けている。

「それで、何かご覧にはなりませんでしたか。山と、花畑だけでしたか」

勘ぐるように酒を注がれては、松右衛門も正直に、見た、と目で答えるほかはない。

「やはり――。大きな声では言えませんが、ここ数年しょっちゅう出没しているのですよ」

彼は商人に似合わず包み隠しをせず、気になることにはたえず網を張っているようだ。

松右衛門は、樺太の留多加(ルタカ)という交易地へ入る時、遠い島影から現れた船影を思い起こした。今もくっきり目に焼き付いているその船には、遠くからでも見分けられる三本帆が突き出ていた。山を見ながら帆はどれも降ろさず、我が物顔に横切っていく。あれは、日本の船ではなかった。

「おろしやの船ですよ。樺太から礼文、利尻の海域は海獣の住処なので、毛皮を獲りにきます」

彼らの狙いは魚などにはない。欧州で宝石ほどの価値を持つ黒貂（くろてん）やラッコの毛皮を求めてタイガを横切り樺太や千島にやってくるのだ。加えて、凍らない港は魅力であろう。

「実は今から十八年も昔のことです。おろしゃの船がクナシリから厚岸（あっけし）までやってきたんです。むろん、いきなり武力で攻め込んで来たりはしません、交易を求めてきたのですが」

国後（くなしり）――。やがて松右衛門と深い関わりを持つ東蝦夷の島々は、この時はまだ位置と名前を知るのみだった。十八年も前といえば安永八年のことになる。

しかし松前藩は鈍かった。交易に野心はあるが貿易は長崎だけと決まっているし、アイヌを通じてならばよかろうと茶を濁して帰したのだった。ペリー来航の七十四年も前、こんな北辺の地で行われた外交である。よって、ロシアが出没するのも道理であった。彼らは松前藩に許されているのだ。

だが驚くべきことに松前藩は幕府に報告もせず、ひっそり隠し通すことにした。面倒事には蓋をして、見なかったことにすると決めたわけだった。日本にとっては最悪の選択であろう。

もっとも、いつまでも隠し通せるわけがない。その後もロシア船は蝦夷地東部の千島列島に接近し、たびたび住民たちと諍いを起こすようになった。もしもアイヌがロシアに馴化（じゅんか）され一緒になって攻めてきたら日本は大変なことになる。松前藩はことの重大さに焦り始める。

といって今になって幕府に相談すれば、これまでロシア人が迫っていたのに黙っていたことを厳しく咎められるだろう。さりとて、警備しろと命じられてもそんな力はない。そんなうやむやな状況の中で、当時の老中だった田沼意次はロシアとの交易の有益性に注目し、松前藩に任せることなく独自に蝦夷地探険に着手する。その後、政権は松平定信に移り、蝦夷地開拓は挫折に終わるが、近海に外国船が出没する状況は変わらなかった。

「去年は室蘭にまで、えげれすの船が来たんですよ。おちおち船も出せません」

近江屋の嘆きはもっともで、室蘭は箱館まで目と鼻の先だ。これではいつ外国船に遭遇しないとも限らないのである。

「松の旦那、もし海上で異国船に出会ったらどうしたらええんです？」

今回から片表（副航海長）に取り立てた藤兵衛が不安げに尋ねる。今年二十のこの若者は、平兵衛の姪の婿となった男で、なかなか血気盛んで仕込み甲斐があった。直系でないといえ一統には違いないから、松右衛門はいずれ彼にも船を持たせようと考えている。

その彼が不安に思うことは他の水主も皆同じ。船足に自信があっても向こうは三本帆、逃げ切れるかどうか。追いつかれれば、異国船との接触は国禁であり、想像を絶する厳罰が待っている。

「ともかく周囲の見張りを怠るな」

それしか手立てはない。早く見つけて逃げるに限る。自国の海域というのに面倒なことだった。

この翌日、松右衛門は江差を出て、南へ、箱館に向かって船を進めた。そこに、会っておかねばならない男がいた。


「松の旦那、松の旦那ぁ」

箱館に着き、作らせておいた新巻鮭の荷積みをしている松右衛門に、人なつこい声で駆け寄って来たのは嘉兵衛だった。松右衛門の発明になるこの商品は今や北海の特産である。

「おう、嘉兵衛か。蝦夷地の夏は、えらい賑わいやのう」

同じ兵庫津の船乗りだが、二十代半ばという若さで持ち船船頭となり、蝦夷地を往来して独自の商売で収益を上げている嘉兵衛は、すでに高田屋を名乗り、稼業を蝦夷廻船一本でいくと決めてこ箱館に拠点を移す構えであった。たしか妻のおふさも昨年来こちらの家に移ったはずだ。何より、彼が作った辰悦丸は千五百石積みという巨大な弁財船で、運ぶ荷の量も他の海商を圧倒した。

「いっぺんお前の船を見せてもらおうと思っていたところや」

松右衛門は上機嫌で言った。千石船といえば千石足らずでもそう呼ぶが、嘉兵衛の船はそれをゆうに一・五倍も上回る大きさなのである。港に入ればあらゆる人の目を引いた。

「それはぜひ。松の旦那がどう思われるか、聞きたいです。明日にでもいかがですか」

もとより船好きの松右衛門にとっては喜ばしい招きであった。

「松前から箱館の海はどうでした」

「天気がようて、蝦夷富士がみごとやった。岸線が単調やから沖乗りに限るな」

荷積み作業を監督しながらの立ち話だが、気心の知れた船乗りとの会話は弾む。とりわけ嘉兵衛は松右衛門を師匠のように尊敬し、心の底から慕っているのが全身から伝わってくる。年も二十以上も離れており、あらゆることを松右衛門から学びたがった。

たとえば嘉兵衛も北風家から材木を江戸まで運ぶ仕事を与えられたが、かつて松右衛門が名を揚げた五本丸太の功績を真似て、筏でやりとげたこともある。そのためどこをどう工夫したらいいか、松右衛門に相談するため日参したし、その熱心さにほだされ、松右衛門もさまざま工夫を授けてやった。荒波の海を筏で航行できる猛者は、おそらく当代、彼ぐらいだろう。

日本中の海という海で無数に稼働する船乗りの中で、松右衛門が傑出した成功者であるのは誰もが認めることであったが、それを羨むだけで終わる者、尊敬する者、協力する者、いろいろだった。だが嘉兵衛のように、自分を目標として追いかけてくる者は少なかった。難しい仕事も知恵と工夫で乗り越えてきた松右衛門に心服し、真似をしたり倣ったり、それでうまくいかない時には指南を仰ぎにも来る。失敗をおそれずついてくる嘉兵衛はいっとう特別な後輩といえた。

「あの海域では西北西（あなじ）の風がすぐに東南東（いなさ）の風に変わるんです」

「岸がまっすぐで、港まで距離があるから、帆を下げて待つことやな」

今も二人とも、この海域での舵の操り方、帆の上げ下ろしなど、航海術について話が尽きない。すでに「航海の神様」と評判のある松右衛門を相手に学ぼうという姿勢は他の誰より熱心だった。

「松の旦那は生まれながらの海の申し子なんですかい。俺もあやかりたいもんだ」

「違う、俺も、最初から知ってたわけやない。何度も死にそうになりながら学んだんや」

五十を過ぎて、生きた伝説のごとく言われるのは面はゆかった。しかも伝説は一人歩きし、ますます膨らんでしまうから困ったものだ。特に嘉兵衛は入れ込むあまり過大評価している。

そんな嘉兵衛は、兵庫津では他の問屋たちから目に余る存在になっていた。株も持たないくせに他の正規問屋の看板を借り江戸への廻船で儲けているし、今般は北前との取引で他の問屋を出し抜いているのも気にくわないのだろう。あの北風荘右衛門ですら、最初こそ松右衛門同様、かわいがり、大きな仕事の機会を与えたが、今では彼を抜け目ない存在として警戒し始めている。

けれども松右衛門は、彼への好意に変わりがなかった。嘉兵衛は腕も商才もある男であり、何よりその若さで一店の旦那に上り詰めた男だ。そろそろ引退が頭にちらつく松右衛門とは違って、まだまだ成長していくことだろう。

「松の旦那、この箱館の港はいかがです」

世間の評判など気にもかけず、嘉兵衛が明るい声で松右衛門を振り返った。

そもそも箱館の町は太古の火山噴火によってできた島と、それを繋ぐ砂州によって、中央部分がくびれた陸繋島という独特の地形の上に開けている。箱館山のふもとは古来アイヌが住む地であったが、後に本州から渡ってきた和人も住み始め、長い歴史の中でたびたび争いを繰り返しながら、現在は松前藩の支配となっていた。

「まずは海底にごろごろしとる岩をなんとかせなあかんのう。あれでは碇も投げ込めん」

多くの港を見てきた体験から、松右衛門が率直な印象を言う。

「おっしゃるとおり。松前みたいに百の船を呼び込むにはどんな船でも入りやすくないと」

「ほう。松前を出し抜くつもりかい」

そのつもりです、と大まじめに嘉兵衛がうなずくので、松右衛門は愉快になった。

「この大風呂敷め」

嘉兵衛が箱館に拠点を移す理由は二つある。一つは兵庫津の、自由なようで不自由な空気を避けるためだ。荘右衛門が立て直した頃の兵庫津は、株仲間でがんじがらめの大坂に対抗すべく、新興の湊として皆が競い合った。だが北風家の強大な力に守られるうち、抜きん出る者は秩序を乱すということになる。単に北風が制御できない存在だというだけで問題視されるわけだ。

出る杭が打たれてしまうなら、打たれない別天地に行くしかない。それが蝦夷地であった。

なにしろ米が穫れない北辺の地。縄一本、筵一枚生産できず、むろん木綿も酒も何もかも、上方からの輸送に依頼している。さむらいたちがそれを買うための収入も年貢ではなくすべて商業によっていた。船が港に入っても税、荷を買い込んでも売っても税。さむらいは、実際に汗を流してこの地を栄えさせてきた商人たちから運上金を搾り取り、それで藩の財政が成り立っている。とはいえ百年以上も続いたこの仕組みががっちりと固定されているため、城下のある松前や古くから栄えている江差では新参者が何一つ食い込むことはできなかった。

「その点、箱館はまださむらいが少ないし、これからいくらでも自由に創っていけます」

人のいないところ、人がやらないこと、そんな未踏の領域を好む気風が嘉兵衛にはあった。

「ええことや。たしかに箱館はええ港や。岬の先の箱館山が、両腕の内にすっぽり抱きかかえるような地形は安心感がある。丁寧に育てていけば、今に蝦夷地で一番の港になるかもな」

好ましげに笑う松右衛門に、またうれしそうに嘉兵衛は目を輝かせる。

「そうでしょう、ここは海岸線が長いから、町ができたらそれはみごとな港になるはずですよ」

港のあるところには必ず船大工や鍛冶屋、船熂場があるが、より多くの船を引き込むならば、そうした施設を充実させるべきだった。浪華がなぜあれほど賑わっているか、それは船にとって必要なものがすべてそろっているからなのだ。

二人で話せばいくらでも新しい夢が生まれ、案が浮かんで、時は尽きない。実際、嘉兵衛が夢想している「蝦夷地最高の港」に必要なものは、この後、松右衛門と組んで次々実現していき、後にペリーが来航した際には船上から箱館の町を見て絶賛することになる。その素地はまちがいなくこの二人が築いた。

それはさておき、今の彼らの現実問題は、やはり異国船のことだった。

「室蘭に、えげれすの船が今年もまた来たんですよ。これで二年続きだ」

それでも藩も幕府も動かない。いったい彼らには危機感というものがないのか、肌で異国の接近を感じる船乗りたちには焦燥が募る。

「五年前に、漂流しておろしやから命がけで帰ってきた大黒屋光太夫という船乗りは、今もどこにも出られず誰とも会えぬ幽閉の身とか」

嵐で流され異国に渡った光太夫は、不幸にも避けられない事故に遭ったというのに、罪人扱い。

しかも、ともに漂流した水主らのうち大多数が異国の地で亡くなっている。

「そんなことにはなりたくないし、俺の水主らをそんな目にも遭わせられない」

「船頭ならばみんな同じや。けど嘉兵衛、さむらいには民を守る気はないからな。そんなら自分の身は自分で守る。中国の兵法にもあるやないか、三十六計、逃げるにしかず、やぞ」

諭すように松右衛門がいい、嘉兵衛もまったく異論はなかった。しかし皮肉なもので十五年後という未来、嘉兵衛は自分の庭のような国後沖でロシア船に拿捕され、ゴローニン捕虜事件という国際問題に巻き込まれるのだ。今はその数奇な運命を誰も想像できないでいる。

「それより嘉兵衛、おまえ、近頃この箱館で、幕府のさむらいと懇意やと聞いたが」

嘉兵衛の噂を耳にするたび、ずっと気になっていたことだった。

近年になって幕府もさすがに北方防衛の必要性を感じ、蝦夷地に調査団を送り出していると聞く。名高いところでは最上徳内などが北辺の地に入って遠く樺太や千島まで踏査していることが知られていた。松前でも御用船が泊まっているのを見たし、城下のさむらいの中には江戸から来た幕吏の姿もたちまじっていたかもしれず、そのことで松前藩は疑い深く、まるで隠密がやってきたかのように警戒を強めている。つまり今の蝦夷地には松前藩のさむらいと幕府のさむらい、二種類がいることになる。そしてここ箱館に腰を据えるつもりの嘉兵衛は、どうやら藩ではなく幕府のさむらいの方に近づいたようだった。

松右衛門のまなざしに、彼は、はい、と首をすくめ、頭を掻きながら説明する。

「たしかに、松の旦那には重々注意されてきましたが、いま幕府から送られてきたさむらいは、真から国のために蝦夷地を調査し、よき土地にしようと考えているお方なので」

言い訳のように、今いるさむらいはこれまで松右衛門が嫌ってきた類の者とは違うと主張する。

「さむらいの種類で二者択一ってことか」

歯に衣を着せず松右衛門は言った。新しい土地では必ずさむらいが支配にかかる。何も生み出せない彼らにとって商人たちをおさえ運上金を取り立てることこそが「政治」なのだ。嘉兵衛としては、どうせ従わねばならない権力ならば、古くから蝦夷地に居着きながら何も発展させずにきた松前藩より、後から来た幕府の可能性に賭けたい気なのだろう。

その通りです、とうなずく顔には、高田屋は蝦夷地一本で行くと決めた時から、この地で有利な権力を見極め、そちらのお墨付きをもらおうとの算段があったことを窺わせる。

「松の旦那にも、お会いいただきたいお方があるんです。明日どうです、うちの船で」

彼の大船、辰悦丸を見せてほしいと言ってしまった手前、そこにやって来る者がたとえ彼の嫌いなさむらいであっても拒むことはできない。

「わかった。しかし嘉兵衛、くれぐれも気をつけろよ」

何に、とは言わず、松右衛門は刺すように嘉兵衛をみつめた。

言い返されて、松右衛門は背筋をただす。この蝦夷地においては、嘉兵衛の方が自分より経験が多い。なんといっても箱館を母港にしようという嘉兵衛なのだ。そのことに敬意を表し、松右衛門はちかりと片目を閉じて笑った。

「はい、お互いに」

佐渡島を背に面舵を切ると、なだらかな越後の海岸線が延々と続くさまが正面になる。

帆を下ろすと、岸では松右衛門の八幡丸を認め、曳舟が三艘、ゆるゆるとやってきた。

もう見慣れた港であったが、新潟を見て帰ってきたと思うようになったのはいつからだろう。

いつのまにかここは松右衛門の第二のわが家になった。蝦夷地から西回りの船で新潟へ。浜揚場からほど近い通りの一角に御影屋の支店と蔵があり、越後の各方面から仕入れに来る商人たちとの取り引き場にしていた。ここを、八知にまかせて久しい。

「おかえりなさい。兵庫津へはいつお発ちですか」

来たばかりなのに松右衛門が出発する日のことを訊くのはいつものことだ。このまますぐに兵庫津めざして帰ることもあったし、有力な沖船頭に後をまかせて彼一人ここにとどまり、次の船が戻ってくるまで待つか、別な船でまた蝦夷地へ折り返すということもあった。いずれにせよ長い滞在ではない。

「顔を見るなり帰る日を訊くとは、早く帰れという意味かのう」

意地悪く言うと、八知は口をつぐんでうつむいてしまう。松右衛門の船が去ったらまた心に穴が空くから、つとめて喜ばないよう弾まないよう戒めているのはわかっていた。

「冗談や。しばらく世話になるで」

笑い飛ばして肩を叩いてやると、ようやく八知も微笑んだ。

新潟からは一気に沖乗りで隠岐島まで走ることになるため、水主たちも寄港の間だけゆっくり休養したり神社詣でをしてみたり、中には馴染みの遊郭へ行く者もいる。もちろん海で百戦錬磨の松右衛門も、陸に上がって揺れない床で眠るのはここが最後になるわけで、体を休らえるだけでじゅうぶん活力をよみがえらせることができた。とはいえ、誰にも言ってはいないが、年をとったなと感じることはある。昔はもっと回復も早かったし疲れそのものも少なかった。そして何より、誰の世話にならずとも自分の世話ぐらい自分でできたものだが、今は誰かに世話してもらうことの心地よさを知ってしまった。屈強な彼も、何しろもう五十路なのである。

短いまどろみから目覚めた時に、いつも視界に八知の姿があって、冬には部屋が寒くないか、夏には風が通るか、実にこまごまと気配りを尽くしてくれているのを見ることがある。津祢を亡くし、ただでさえ女手のない船上で荒くれ男どもの統括者として暮らした時間の後には、言葉少なに立ち働く彼女の姿は癒やしそのものだった。

彼女が妻になったのは二人の意志というより周囲の認知度のせいであった。帆布のはたおりを地域の産業にまで広めた彼女はこの地域では一目置かれる存在だったが、そういう人が独り身というのはおさまりが悪く、いつしか世間が「御影屋のおかみさん」と扱うようになったのだ。

「すみません、そうじゃないと打ち消してはいるんですが」

松右衛門の耳に入って不快にさせてはいけないと、彼女の方から先に報告をしてきた。しかし松右衛門にはそれを打ち消さなければならないような不都合はなかった。彼は今や独身であり、八知の、御影屋支店の女将ぶりは周知のものだ。そこで松右衛門が、

「御影屋のおかみ、というほうが多少は世間の通りもよくなるんじゃないか」

正式な夫婦になることを、そんなふうに提案したのだった。すると八知は珍しく、

「私がおかみになるのは信用のためですか？　お店のためですか？」

鋭く訊いた。ふだんから寡黙で、めったに松右衛門に強くもの申す人ではなかっただけに、問い詰められた松右衛門の方が、いや、それは、とたじろいだ。それでも八知は松右衛門をまっすぐ見据え、まばたきもしない。結局、松右衛門は照れながら言うほかはなかった。頭を下げて。

「俺にはあんたが必要らしい。女房になってくれるんならありがたいが」

海ではあんなに豪胆なのに、その時ばかりはぎこちなく、後を笑いでごまかすばかりだった。

これに対する八知の答えは、ほころぶような笑みだった。まるで雪の後にみつけた一輪の雪椿

のように、松右衛門には彼女の素朴さが艶やかに見えた。

あれから三年。この年で再婚というのも気恥ずかしかったが、新潟では皆に受けいれられ、祝ってもらって今日に至る。ただ兵庫津では、八知の存在を知った小浪が噛みついてきた。

「何よ松どん、やっぱり船乗りは港々に女がいるってほんまやったんやね」

取って食ったりしないからここに八知を連れて来い、とうるさいが、越後生まれの彼女には上方は言葉も違うしいろいろ作法も異なる。どうせ年じゅう海に出ている松右衛門なのだから、待つなら彼女の都合のいい土地でよいと思った。

機会あるごとに目をかけてくれた茂世にも、八知を連れて来られないことを報告したが、

「あなたにはおかみさんが必要ですよ。よかったじゃない、いい人がいて」

と喜んでくれ、祝いの品として八知に、いつかと同じ、紅絹の縮緬を一反、用意してくれた。

「むろん殿方の下帯用ではありませんよ。女の厄は一生。これで裾除（すそよけ）でも作って守ってあげて」

津祢も生前はよくかわいがってもらい、子宝を授かるようにあれこれ衣類に気配りをもらったものだが、女は女どうし、こうした気使いでつながっていくのはまことになごむことだった。

「お目にかかれない分、こちらからお礼のお祈りをしておきます」

八知は八知で、遠い兵庫津の女性たちを思い、松右衛門のために感謝した。

「今回は越後で新しい船を造るから、能代（のしろ）まで行って、杉を選んでくるつもりや」

商売をまかせていることから、八知には荷積みの段取りや出入航の予定まで、こと細かく話す習慣ができている。だからつい次の仕事についても口が滑らかになった。

「船を、ですか？　今度はどのくらいの大きさで？」

「廻船ではない。ちょっと特殊な形の、工事船、っていうとこやな」

「工事の船？　いったいどこで工事をなさるんですか？」

訊かれて、松右衛門は肩で一息ついた。箱館で出会ったいかつい男の強烈な印象がよみがえる。

「蝦夷地に、港を、作るんや」

「港を？　それは、あの……、商人のする仕事なのですか」

八知が目を丸くするのも当然だった。彼の仕事は、まったくもってとほうもない。

箱館で、嘉兵衛が辰悦丸の船上で引き合わせたさむらいを、松右衛門は昨日会ったばかりのように思い浮かべる。角張った顔、自信と威厳にあふれた態度。近藤重蔵といった。

嘉兵衛の話によれば、彼は御先手組与力の家に生まれた幕臣で、先の政権である松平定信が人材登用のために行った湯島聖堂の学問吟味において最優秀の成績で合格した男だという。頭の切れるさむらいという印象そのままに、長崎奉行手付出役、江戸に帰参して支配勘定、関東郡代付出役と栄進し、近々では幕府に北方調査の意見書を提出したそうだ。

初対面の場では嘉兵衛が間を取り持ったが、さむらい嫌いの松右衛門は幕吏というだけで常にもまして無口になった。

だが話題が蝦夷地を幕府直轄とするといった重要政策になると、嫌でも耳を傾けずにはいられなかった。無言で聞きつつ、顔にはありありと、そんなことが幕府にできますんですかい、と書いてあるのも同然だったからか、近藤の方から彼に言った。

「どうだ、御影屋松右衛門。広大な東蝦夷を、松前藩がすみずみまで支配したりはできまい」

そのとおりだが頷かずにいる。さむらいを信用できないことは過去の経験で身にしみていた。

「といって幕府にも、魚を捕って売ったり運んだりなど、できようはずもない」

それも同感だがまだ頷かないでいると、嘉兵衛が言った。

「だから我々商人がお助けしようというわけですよ、松の旦那」

間に立った嘉兵衛のにこやかなその顔を、松右衛門はぎろりと睨んだ。我々、だと？　そこに自分を入れないでほしいものだ、そんな思いが顔に出てしまい、フン、と強く息を吐き出してしまった。おれは商人ではあるが本質はあくまで船乗りだ、そう言いたかった。

「お助けするにも私だけではとても足りないので、松の旦那の知恵をお借りしたいんです」

なおも言いすがる嘉兵衛を、松右衛門はもう一度、見た。いつからお前はそんなふうにさむらいにしっぽを振るようになったのだ。そう伝えるのに言葉はいらなかった。松右衛門の形相で嘉兵衛にはわかったはずだ。まるで叱られたように小さくなる。

そんな二人をかわるがわる眺めて、近藤が言った。

「商人たちが入るその前に、船を着ける港を作らねばならぬ」

その通りだ。このさむらいは、段取りの順番くらいはわかるらしい。ようやく松右衛門は彼をじっくり見た。口先だけでなく、蝦夷地探検の第一人者である最上徳内らとともに、この後、利尻や礼文まで踏破し、また根室や厚岸あたりまで調査をしてのける男だけに、気概はハッタリではなさそうだ。

「で、私に何をせよと？」

船上に遊びに来たわけではあるまい。公儀の吏員である以上、松右衛門に何か話があるはずだ。

「松の旦那に港を築いていただければ、後は俺が行って、拓いていきます」

微熱でもあるのかというような目をして、嘉兵衛が割って入った。

なんだ、その力の入れようは。それほど、箱館をはじめ、東蝦夷の商権に、公儀のお墨付きがほしいのか。松右衛門は見知らぬ男を見るような思いになった。

「松右衛門。そなたが択捉に港を築いてくれるなら、莫大な利潤が上がる」

静かな声で近藤が言った。さむらいから聞く利潤という言葉にはあまりにも違和感があって、松右衛門は思わず首をかしげた。そしてもう一つ、ひっかかる違和感を口にした。

「択捉？　――ですと？」

その名にあてはまる島を思い浮かべるのに、彼は激しく頭脳を回転させた。得撫島、国後島、色丹島、歯舞諸島――。蝦夷地の東端に位置する千島列島の島々は、彼にはまだ未知の海域であったが、西蝦夷に何度も乗り入れるうち、ほぼ正確に思い浮かべられるようにはなっている。

「その島嶼海域にも、おろしやの船が出没している。先に、我々がゆかねばならぬのだ」

今度は松右衛門が近藤の顔をじっとみつめる番だった。触れれば切れそうな鋭利な刃物のようなそのまなざし。一度狙えば最後まで放さない猛禽類の印象だった。

あの男ならやるだろうか。

松右衛門の追想をさえぎるように、八知が横からまた酒を注ぐ。

「そのお方が、お前さまにおたのみになったの？　お引き受けになるわけですね？」

言われて我に返った。

松右衛門は杯を飲み干した。何より好きな酒である。それも、八知がほどよく加減した熱燗。だから小難しいことを考えながら飲むのは損だ、そんな気がした。

「引き受けるも何も、まだたのまれてもいない」

「え？　だって嘉兵衛さんはそのために松さんをおさむらいに会わせたのでは？」

嘉兵衛はそのつもりでも、何千両と工費のかかる事業を近藤個人の一存では始められない。

「択捉は夢の夢としても、箱館はなんとかしなくちゃならんだろう。船はこちらで作った方が安いし、箱館に拠点ができれば蝦夷地へ行くにも近いからな」

嘉兵衛のあの勢いでは、私費を投じてでも箱館築港はやりたいらしい。松右衛門としても、それを助けるのはやぶさかでなかった。箱館に立派な港ができれば、上方や北前からの船はみな、こちらに着く。松前藩はおもしろくないだろうが、それはひいては天下のためになる。

だが公儀のことはそれとは別だ。松右衛門が言う「天下」とは、けっして幕府の政道のことではなく、ひろく何にも所属しない万民のことを意味していた。そう、船で乗り出せば見える海と空、あの世界こそが天下だった。海上にいる者たちにはどんな身分も違いもない。

「嘉兵衛さんには、えらく肩入れされているんですね」

指摘されて、松右衛門は初めてそのことを認識した。たしかに、嘉兵衛には嘉兵衛の正論があって兵庫津と袂を分かち、蝦夷地で公儀役人と組もうとするのであって、その是非はともかく、松右衛門はこのたのもしい後輩船乗りを、できるだけ助けてやりたいと思うのだった。

「そういう松さんだから、嘉兵衛さんも慕ってくれるのでしょうね」

そうかもしれない。これまでも嘉兵衛には、あまり目立つことはするなよ、と諭すこともあれば、周囲から妬みを買って落ち込む彼を、気にするな、と励ましもしてきた。彼に足りない社会性を、先に旦那となった先輩として、補うように他の旦那衆との間を取り持ったりもした。それでも嘉兵衛の勢いは北風家にすら疎まれた。だから嘉兵衛が、松右衛門がいるという他にはたいして居心地がいいわけでもない兵庫津を去った理由もわかるのだ。

「とはいえ、俺が嘉兵衛同様、ご公儀のさむらいに従うかといえば、それは話が別だ」

嘉兵衛には嘉兵衛の道があり、松右衛門には松右衛門の道がある。それだけのことだ。

「さて次は、いつここへ戻れるかのう」

さすがに酔いが回って、心地よい睡魔が松右衛門の体を包む。ごろりと横になって、松右衛門は八知の膝枕で眠りに落ちた。

長大な西廻り航路を経て上方へと帰ってみれば、兵庫津では荘右衛門が待っていた。積み荷を蔵へおさめるそばへ使いが来て、松右衛門に早く来いと言う。すでに隠居し頭を丸めて定入と名を改めていたが、いまだ北風家の実権を握っていることには変わりはない。

　松右衛門は着物を改めた。さむらいはもとよりたいていの人に頭を下げない彼が、荘右衛門だけを特別とする証である。それは何も荘右衛門が先代御影屋の平兵衛と同様、若き日の松右衛門をかわいがってくれたからというような甘やかな理由ではない。兵庫津の主ともいえるその男に、松右衛門はとうていかなわぬ畏れを抱いているからであった。

　思い出す。あれは出雲崎との縁ができて何度か往来していた頃、荘右衛門に呼び出された日のことだ。いつものように茂世がいなかったのは、法事で高砂へ帰っていたからという事情もはっきり覚えていた。二人きりの座敷で、荘右衛門はおもむろに言った。

「出雲崎にはよく立ち寄るそうやな」

　例によって、北風の湯に集まる船乗りたちからの情報であろう。

「はい、嵐の後に偶然に立ち寄ってから、親しい縁ができまして」

　そこで誰と会って何を知ったか、荘右衛門はおそらく松右衛門の方から報告があるのを待っていたのだろう。けれども松右衛門は何も言い出さず、荘右衛門の言葉を待った。

　天候に導かれるように入ったその湊で、八知と出会い、そして小浪の異母兄とも出会って、さらにはかつて北風家の息のかかった朝日丸に乗っていた亥助にも会った。彼があまりにしぶとく抜け荷にこだわっていたから、松右衛門は船簞笥の中にあった書類をもう一度ひきずりだしてみたのである。そして、恐るべき事実を知ったのだ。

黙り続ける松右衛門にしびれを切らしたように、荘右衛門の方から口を開いた。

「ではおまえに尋ねたい」

先に切り出したのは荘右衛門の方で、松右衛門は彼の目を見返すことができずにいた。

「先祖代々預かった兵庫津をさかえさせるためなら、わしは多少の汚れ仕事も厭わずに来た。おまえはどうや、松右衛門」

屋敷の静寂を震わすような語気だった。どう答えれば彼が気に入るか、長いつきあいのことで、松右衛門にはわかっていた。自分もまた荘右衛門にならい、兵庫津のためならどんなことも厭わない、そう答えればよかった。なのに松右衛門は、そうは言えなかった。

「私は兵庫津のことはどうでもいいのです」

荘右衛門の顔色が変わるのがわかった。松右衛門は慌てて言葉を補う。

「いえ、兵庫津にはすでに北風様という守り神がありますので」

だから自分が兵庫津のことを考える必要はない。自分には他に、自分の領分がある。

「やっぱり私は船乗りですから」

ゆえに兵庫津の者の利益だけにこだわらず、船に乗る者みながひとしく栄えるために働きたいと思う。そう言いたいのにうまく言葉がみつからず、後が滞った。

「ほう。——兵庫津よりも、天下と言うか」

荘右衛門が言った。天下。そうかもしれない。自分一人が楽になっても何ほどのこともないが、天下が改まればそこで暮らす庶民がこぞって楽になり、大きな福となる。

「では銭は、金は、富はどうだ。欲しくないというのか」

少し考え、松右衛門は首を傾けながら答えた。

「そのようであります」

元来、船乗りが富を有したとして、海の上では何もならない、使えもしない。富は地上のものなのだ。それより、元気で船に乗れれば、海はこの上もなく愉快な空間だったし、機嫌よく女房が待っていてくれれば陸の上もすこぶる楽しい。それでじゅうぶん満ち足りているのが船乗りだ。

こわばっていた荘右衛門の表情がゆるんだ。

「最初に会った時からお前さんは変わった男やったよ」

そしてしばし目を伏せ、次に目を見開いた時には別人のような力強さで、告白した。

「お前さんにだけは話しておこう。――お前さんとわしが座っているこの座敷の畳の下には、六十万両という金を隠している」

ぎょっとして、思わず松右衛門は尻を浮かせた。

「どうや、そうと知れば、強請（ゆすり）もよし、たかりもよし。お前さんはわしの大きな秘密を握ってるんやからな」

そしてじっと見つめられたあのまなざしの鋭さ、怖さ。強請もたかりも松右衛門には無縁であると知っていたからこそ言うのであろう。

秘密を裏付けるあの書類。亥助が欲しがっていた、船簞笥の中の抜け荷の符牒だ。松右衛門もしかと見た。そこには北風の息の掛かった仕事をする者なら必ず目にする花押があった。間違いなく、それは北風荘右衛門の印だった。まさかと目を疑い何度も見たが、まぎれもなかった。印は語る。亥助や小浪の父親を使って抜け荷を行わせていたのは、この荘右衛門だった、と――。

かつて浪華と競うほどの勢いで発展した兵庫津。しかし幕府の政策で壊滅的にさびれた時、莫大な私財を投じて復興させたのは北風だった。それに要した資金の出所は、誰もが疑問に思いながらも突き詰めずにきた。どうして北前に行く船を何艘も建造できたのか、その金はどこにあったのか。

だがそれはこういうことだった。北風は、抜け荷の収益によって大坂から株を買い戻し兵庫津をよみがえらせた。兵庫津の今日の発展は、それでなければいくら北風でもなしえなかった。うすうす気づいていた者もいたかもしれない。だがそれは幕府に代わって行われた公共の事業であったから誰もが口を閉ざした。小浪母子や亥助が必要以上に丁重に扱われたのもそういうわけだ。言うなれば皆が確信犯。だからこそ丑三や山蔵が抜け荷の容疑で捕まった時も、町全体であれほどもすみやかな対応ができた。それはいつ自分の身に降りかかるかしれない嫌疑であり、皆の中では何度も予行できていたのだろう。

「そう、お前さんが知ったとおりだよ。時の権力者が何をしてくれる？　自分の土地は自分で守る。それがこの北風家のやり方だ。そうやってこの兵庫津で何百年と生きてきた」

経済の力は武よりも大きい。交易や物流こそが人も世も動かすことを、荘右衛門は身をもって知っている。そして彼にとっての地面は兵庫津であり、天も、兵庫津の空なのだ。この北風家が守護神として港に坐す限り、自分たちは安穏と暮らしてこれた。これからも。

松右衛門は打たれたようにひれ伏した。

「この金は、いざ事ある時のために備えた金だ。わしはどんなことがあっても兵庫を守る」

彼の思いに比べれば、天下などとうそぶく自分がどれほどお気楽者か。

痩せて、枯れ木のような荘右衛門の体から、青白い火が上り立つような気がした。事実、幕末になって、彼の子孫はこの金を、西から兵庫津めざして上ってくる倒幕軍に惜しみなく与えて後押しし、この国に維新を呼び起こすことになる。

結局、船簞笥にあった書類はそっくり荘右衛門に返した。彼は松右衛門の目の前で火を付け、燃える書類を火鉢に棄てた。その後、亥助は老衰で死に、抜け荷の秘密は闇に消えた。

荘右衛門に呼ばれるのは、あれ以来だ。松右衛門が緊張したとしても無理はない。

邸宅へ入ると、白に黒の斑がある狆が飛び出してきた。最初に松右衛門が見た犬からは代替わりして三匹目の狆である。犬の生涯はたかだか十年。死んだ時には子でも死んだかというほど沈んだ茂世だったが、そのつど次の犬を飼い直すことで喪失の悲しみを埋めてきた。津祢も、たびたびと屋敷を訪ねて茂世の気ばらしに努めたものだ。おかげで今でも狆にはなつかれている。

「松さん、ようお越し。蝦夷地はどんなだす？　おろしやの船が出没しよるそうやないの」

犬を追って出てきたのは茂世である。こちらも髪がすっかり灰色となり、夫の出家に合わせて落飾していたが、浮き世の風に当たることなく邸宅の奥で暮らした女性というのは、年をとるのも緩慢なのか、華やぎが失われても品のよさは失わなかった。

「奥様のお耳にまで入っておりますのか。それはもう、頻繁にやってきている模様ですが」

この調子では、北風の湯では寄るとさわると異国船の話だろう。

「偉い学者の先生が、早うから気づいて本に書いてはったらしいやないの。なんでそのときに手を打たんかったのやろ」

それがさむらいたちの怠慢であった。泰平に慣れ、海防の必要も警鐘も、戯言を言うな、と著者を厳罰に処して黙らせる始末。船乗りたちだけが現場で異変を感じたわけだった。

「おう、御影屋さん、来てくれたか」

そこへ姿を現したのは荘右衛門である。店の屋号で彼を呼んだのは、これが相談ごとであり、立場上、松右衛門がすでに対等な株仲間の一人であったからである。

「困ったことや。兵庫津から、蝦夷地へ船を出さなあかんようになった」

苦り切った顔で荘右衛門は言った。茂世も犬を抱いて隣に座る。松右衛門は平伏した。

蝦夷地は、兵庫津からはすぐに思い浮かばないほど遠いさいはての地だが、国防の状況はさしせまり、さすがに幕府もこれまでのように悠長に構えてはいられなくなっている。そして北風家に難題をぶつけてきたというのがその様子から見て取れた。

「現地に行くにもまず船がいるやろ。幕府にはそんな船もあらへんからな」

蝦夷地への荒波を渡るには五百石積み以上の船でなければ不可能だが、さむらいは百年以上前に定められた大船禁止の令によって、必要な船も持ってはいない。

「自分にでけへんことは何でも商人におしつけなさる。困ったもんやで」

南北朝時代から勤王派としてその名を知られる北風家からみれば幕閣のいかに生え抜きのさむらいといえど新興にすぎず、荘右衛門の視線にもさむらいたちを上から見下ろす気風がある。そのためこれまでも幕府から少々の地位や褒美をちらつかせられてもしっぽを振ることなく断り続けてきたが、今回だけは国防にかかわることにつき、そうもいかないのだった。

「船は大坂商人が牛耳っとるし、造船も操船も大坂が中心やからな。大坂町奉行さんが動くしかなかったのやろ。ほれ、大坂町奉行さんといえばあの五本丸の時に……」

そうだった。松右衛門が秋田から曳いてきた五本の丸太が大評判になりすぎて、とんでもない目に遭わされた。しかしあの一件で、兵庫衆は海の巧者、という評判が天下に広く定着した。荘右衛門の狙い以上の結果だったといえよう。ところがその評判は今の町奉行の耳にも洩らすことなく入ったというわけだ。

戦国時代の兵庫城が、今は大坂奉行所の出先機関として「御屋敷」と呼ばれ、代官を在任させている。そこの役人を通じ、蝦夷地探索の人材や船の徴用が北風家に申し渡されてきたのである。はははあ、と表面上はかしこまったものの、荘右衛門の本心は別にある。幕府のために働いても、どうせ雇船としての船賃にしかならないのだ。同じ時間で買積船として走れば百倍の金が稼げるというのに、誰が引き受けたがるだろう。

案の定で、町名主らの寄合で諮ってみたが、皆、困った顔をするばかりで反応は鈍かった。

――北風様が兵庫津に不利なことは請け負われないだろうが、どうなさるおつもりか。

結局は荘右衛門の判断にゆだね、自分にお鉢が回ってこないことを願っている。

そんな中での、松右衛門の召還だった。

「どう思う、御影屋さん。近藤重蔵という切れ者がおってな。蝦夷地経営の進言をなさったのが、このたび取り入れられたのやそうや」

あっ、と声を上げそうになったのを松右衛門は寸前で飲み込む。箱館で嘉兵衛に引き合わされた、鋭い目をしたあのさむらい。彼の意見が、正式に採用となったのか。

「まず大々的な調査団を送り込むそうやが、一度関係ができてしまえば、次々、面倒事を押しつけられるとわかった仕事や。調査がすめば港や町を作ることになるやろし」

松右衛門はほとんど唸りそうになりながら考えた。近藤は、択捉を拓くと言っていた。まずそこに港を築くのだと。

松右衛門の頭に、嘉兵衛のために箱館の地に築港しようと構想した工事船が立ち上がり、右へ左へと動いて進んだ。あれを、現実の物として動かし試す時が、もう来たのか。

「おさむらいを運んであげるだけならともかく、降りる港も築いてこいとは、ご公儀のお偉い方々は、商売人が土建や土方もできると思うてなさるんやろか」

犬を撫でながら茂世が言う。その通り、自分にできないことはみな商人へ丸投げだ。

松右衛門はそっと荘右衛門を窺い見た。滔々と話し続けるものの、断ってしまうつもりなら松右衛門を呼んだりすまい。ということは、彼は幕府に協力するつもりか。彼なら、誰もが引き受けたがらない難題は、裏返せば成功への大きな勝機でもあることを知っている。過去に何度も兵庫の名を高めてきたのは、どれも危険で誰もがやらないことばかりだった。今また彼はこの大任を、兵庫が誇る船乗り松右衛門にやらせようというのだ。兵庫津のために荘右衛門がこの床下に何を隠しているか、その深遠な志を知っている唯一人の男、松右衛門に。

「二人とも、どないしたんです？　怖い顔やこと」

茂世が膝の上の狆を撫でながら言う。ふっ、と二人の緊張が解けた。

「御影屋さん、幕府の申しようは自分勝手に尽きるが、北方の守りはやはり大事だ。これは国のため、我々の船の安全のためと言わざるをえないでしょう」

松右衛門はただ荘右衛門を見つめ返した。彼の壮絶な、そして高邁な志を思い出せば、今、兵庫津のために幕府の仕事を請け負うことなど何でもない。彼の頭にはすでに諾の返事が押されているではないか。ならば松右衛門はこう答えるしかない。

「旦那様。私は、行ってもよろしゅうございます」

あまりに大きな声だったからか、狆が驚いて二度ワンワンと吠えた。

思えば誰にもできる仕事ではない。自分の店の経営が一番と思う者には幕府の用事などにかかずらわっている場合ではないだろうし、安い謝金でもいいという者は未熟で結局は役に立たない。

荘右衛門が見込んだとおり、松右衛門を除いては適任者などいないだろう。

四十年にもおよぶ長い船乗り暮らし。松右衛門帆で成功し、また御影屋の旦那として経営も順調だ。後継者たる若い世代も育っている。弟の徳兵衛には実家の宮本の名で帆布の商売をさせているし、御影屋ではかつての同胞紀兵衛が主力となって働いてくれている。近く、藤兵衛を別家として建てる算段もあった。そして、津祢が亡くなった時わずか六歳だった長太は小浪のもとで育てられて、十六歳の少年に育っている。早く船に乗りたいと嬉しいことを言うので、次の航海に乗せてみようと考えているところだった。長太の兄の正太はとうに一人前の男になり、没落した父丈吉の実家宮川屋を名乗って帆布屋を営んでいた。血縁の少ない松右衛門だったが、これら若い連中が縄を綯うかのごとく「一統」を成し、松右衛門を中心に堅い絆で結ばれていた。

おかげで双六で言えば上がりに達した身ともいえる。この後、彼の人生に望みがあるとしたら、隠居という後退ではなく、働きづめで味わうことのできなかった家庭というものを改めて持ってみたいという願いだけだ。だがそれは、この仕事を終えてからでも遅くはない。忍耐強い八知ならば、きっと待っていてくれることだろう。

「ほんまに、行きますのか？」

茂世が素っ頓狂な声を上げた。いざ本当となると北辺の島は恐ろしく思えるのだろう。

「軽々しゅう言うけど松どん、築港でっせ？　船を造るのとはまたわけが違いまっせ？」

大量の礎石や材木を運ぶだけならいいが、どうやって海中に設置する？　茂世の疑問は当然で、船を操ることしかできない船頭であれば、ここまででお手上げだろう。

ところが松右衛門はにやりとした。長い船乗り暮らしで全国の湊々を出入りし、ここに波止があればいいのにとか、もう少し深さがあればいいのにとか、船乗りにしかわからない湊の利点欠点を無数に見てきた。お節介にも見捨てておけない性分で、そこはこうしたらどうかと工夫の案を授けて嘴を挟んできたのが経験値になっていた。その知見を活かせば船乗りにとって理想の湊を造れることは間違いない。これは自分を試すめったとない好機のように思えるのだ。

「考えがございます」

その年になっても、彼の中の自由な発想力と少年のような挑戦心は衰えていなかった。松右衛門はもう一度、不敵な笑みを浮かべた。

解決法は簡単だ。工事専用の、独特の機能を備えた船を造ればいいのである。建材にする岩を運んでくる船や、杭を打つ船、海底の岩を取り除く船など、用途に合った船があれば工事はたやすい。しかもそれらは嘉兵衛と約束した箱館でも活用できる。船は、すでに形を成して、もう彼の頭の中で動き出している。

「されど工事は何年もかかりますやろ。蝦夷地に足止めになって、商売はできまへんで？」

なおも茂世による最後の念押しであった。

「奥様。商売の方は、私が行ってもいつもと同じ航海でおもしろみもないが、択捉なんぞという未知の土地なら、何をするにもおもしろいではありませんか」

新しい道具を工夫し発明し、誰もが思い及ばない工事をやってのける。そのことが楽しくてしかたないというふうに、松右衛門は微笑んだ。

二人のやりとりを聞いていた荘右衛門は、やがて大きな声で笑って腕組みをした。

「やっぱりお前さんはおもしろい男やなあ。こんなこと、まあ、お前さんにしかできまいよ」

それを言うなら、松右衛門をこれほどたやすく動かせる人間は彼の他にいまい。二人は無言のうちに互いをみつめあった。

内心、荘右衛門は、もし松右衛門が断れば幕府に対し、兵庫津に誰も人はいない、商人に土建はできませんのでと、体よく断る言葉も考えていたのである。懐に余裕のある船持ちなら、兵庫津でなくとも最近では日本海側にも少なからず勃興している。御殿のような大きな屋敷を建てて大儲けらしいから、そちらを推薦すれば角も立つまい、と。だが兵庫津で引き受けるならこれを最高の手柄とせねばならない。

「まあ。松どんが出ていくなら真打ち登場。兵庫津としても、全面的に応援しないといけませんわね」

横から茂世が言ったが、荘右衛門は早くも、御影屋の積み荷を何割か北風で受け持つ算段を始めている。他の町衆にもいくらか協力させねばならないだろう。

こうして松右衛門は、北風荘右衛門の推挙を受け、兵庫津を代表して幕府からの要請を受けることになった。大坂奉行所から正式な召還を受け、兵庫御屋敷へと出向くことになったのは、それなりに準備をすすめ、二月ほどが過ぎた日のことである。

「御影屋さん。たのんだよ。まずは仕事を受けてきてくれ」

北風家からの報せで、松右衛門は身支度をした。役所はあいかわらず彼にとっていい気持ちがしない場所だったが、背に腹は替えられず、顔がいかつくなるのはいたしかたない。子曰わく、君子は泰にして驕らず。小人は驕りて泰ならず、だ。——胸の内でつぶやきながら登場した松右衛門は体から殺気を放つばかりの強面で、出迎えた役人たちは思わず後ずさりしたほどだ。

松右衛門はさむらいを見て、ますます肩を張る。またここで侮蔑的な態度をとられたり、さむらいの馬鹿さ加減を見せられたら、おとなしくしていられるだろうか。いやいや、自分はもう大人だ、少々のことは聞き流してやろう。そんな葛藤とともに奥へ進んだ。

ところが奉行のいる座敷まで進んで、松右衛門は拍子抜けした。

「なんや、おまえ」

そこにいたのはさむらいではなく——あの嘉兵衛だったのだ。

そういえば呼び出しのある前日、辰悦丸が帰港したのは知っていたが。

「はい、本日は、松の旦那に幕命をお渡しするお役目を承ってまいりました」

幕命、などと言う以上、彼もかしこまって紋付きの羽織など着込んでいる。だが松右衛門の視線は彼の腰のあたり、二本挿しの大小に吸い寄せられる。

「これは、ですね。幕命をお伝えするのですから、一介の船頭では務まらぬということで、この日のために士分にお取りたていただいた次第で」

へっ、と松右衛門は息を吐き出した。あいかわらず、彼はさむらいに媚びるあまり自分までさむらいのまねごとをして喜んでいるのか。嘉兵衛が帯刀を許されたとしても、おそらく兵庫の皆々は誰一人として褒めはすまい。逆に蔑みの目しか集まらないはずで、もともと士分である北風家などは鼻で嗤うにちがいない。荘右衛門があらかじめ松右衛門にこのことを伝えなかったのも、嫌悪の念しかないからだろう。馬鹿な男だ。そう思った。

「いえ、こうでもしないと、松の旦那はさむらいには頭を下げないだろうとのご判断で」

誰の、と訊かなくても、松右衛門の気性を見抜けるのはじかに会ったさむらいだけだ。

「近藤さんに、命じられたんだな」

念を押すと、恥ずかしそうに黙り込む。松右衛門はもう一度、へっ、と嗤った。

たしかに、仰々しい奉書にくるまれた幕府からの下命書を、身分なき者が手にすることは許されない。もっとも、この日のためにとは言うが、彼は先に、幕府が求めた択捉試乗の船頭にみずから応募したと聞く。今後、蝦夷地では彼が十分であることはいろいろ便宜をもたらすはずで、その損得を、あの頭の切れる近藤が熟慮した結果であろう。

「お前、さむらいには気をつけろとあれほど教えたのに」

松右衛門が渋い顔をするのは当然で、幕府に雇われて調査用の機材や人員を運んだとしても、せいぜい運賃をもらえる程度のことなのだ。

しかし嘉兵衛はそんなことは重々承知。それでも北方調査に肩入れしなければいられなくなっているのであろう。

「松の旦那、本当なんです、択捉ほど良好な魚場は蝦夷地でも他にありませんよ。あそこを開けばアイヌもおれたち和人も、ますますゆたかになれる。松の旦那がそのお知恵で、船がどんどん入ってこられる湊を造ってくだされば、完璧でさあ」

まるで蝦夷地に恋したような話しぶり。松右衛門は呆れて、彼をしみじみと見た。

嘉兵衛はすっかり蝦夷地という未開の大地に入れあげ、何よりあの近藤に惚れてしまっている。惚れてしまったのならその人のために、とことん力を尽くそうというのが人情であろう。

「まったく難儀なヤツだ。俺まで巻き込むとは」

択捉行きについては納得の上だったが、役所のさむらいの態度いかんでは座を蹴って帰るようなこともありえた松右衛門だ。ゆえに、使者を周到に選んだ近藤に利があった。

「行くか、嘉兵衛。択捉へ」

「はいっ。松の旦那、何とぞ、かの地によき港を」

目と目で決意を確かめ合うと、松右衛門のこわい顔もふとほころんだ。遠い千島のすさぶる海が、兵庫の穏やかな海風の中で育った男たちを呼んでいた。

そうとなればとことんやるのが松右衛門だ。翌春、彼は江戸で八幡丸に幕府掛官を乗せて蝦夷地へ向かうが、その船の賑々しさは品川の浜の衆を驚かすことになる。八幡丸の艫には幕府の御用船の印となる葵紋の幟を立て、水押しの先にはかつて新綿番船で競った時のごとく弥帆を立てて旭日大旗を悠々とひるがえさせた。のみならず、舷側に多数の小旗もはためかせている。素朴な白帆一本が通常である和船においては、まさに満艦飾の威容であった。

その派手派手しさを、一人の幕吏が、恥ずかしい、と眉をひそめた。松右衛門は、

「なんの、これしきは序の口。国家を代表して来る朝鮮通信使の船の賑々しさをご覧(ろう)じろ」

けろり、反論するのだった。朝鮮通信使などと言われても、話にしか聞いたことのない東国出身の幕吏には何のことやら。だが実際、陸で見送る者も海上ですれ違う者も、この船の華やかな威厳には敬意を持って頭を垂れた。それ以後はどのさむらいも船上で胸を張るようになった。

石狩で彼らを降ろし、松右衛門はただちに資材の調達や測量の準備にとりかかる。

一方、先に北方探索に向かった近藤は、配下の最上徳内らとともに択捉に渡っていった。そしてその土の上に、「大日本恵土呂府(えとろふ)」の標柱を建てたのであった。

根室沖に連なる千島列島――国後、色丹、歯舞、択捉――まぎれもなく日本の領土はここまで、と大地に記した、歴史的な標(しるべ)であった。

択捉は東西に細長い島で、ちょうどくびれたようになっている東側の有萌湾が築港に選ばれた。ここに紗那(しゃな)という土地があり、湊ができた暁には幕府会所が置かれ、正式な管轄の拠点とされることになっていた。

「択捉は、これ一島で、石高に直せば十五万石、というところでしょうかな」

と嘉兵衛は豪語したが、けっして過大評価でない。八幡丸で紗那に入ってみると、森はしげり、近海は鰊だけでなく鱒や鮭の魚群であふれるばかりのゆたかな漁場であった。アイヌたちはこれを原始的なモリや手づかみで捕まえるが、まともな網や漁具を導入すれば彼らの効率も著しく上がるだろう。この島を制することは、商人にとって少なからぬ利益が期待できるのは間違いない。同時にさむらいの側にも大きな意義を持っていた。

「おろしやにたらしこまれて、ここらのアイヌがきりしたんになってしまえばおしまいだ」

ロシア人が上陸してアイヌをロシア正教に教化し、ロシア人としてしまったなら、日本は身の内に未知の隣国を抱えることになってしまう。いくら標識を建てても、実際にそこで日本の民の暮らしが営まれていなければ本当に領土であるとは主張できないのだ。

だからこそ松右衛門の工事が不可欠であった。港ができれば船が入り、家が建ち、町ができる。両者の利害は一致していた。

「たのむぞ、松右衛門。そなたがたよりだ」

近藤が頭を下げる。松右衛門の心の中にふしぎな変化が起きていた。それまではさむらいを、搾取することしかできないくせに態度だけ大きい輩として侮り、見下していた。それがつい態度に表れて面倒も起こしてきた。なのに今、どんな連中であれ幕府という大きな為政者の組織が自分をたのみとしていることが、たとえようもなくいじらしく思える。

そうか、俺の知恵と創意工夫を必要とするのか。――そう考えると、もとよりたよられればたのもしく応える兄貴気質、蝦夷地の海に生きるすべての人間のために一肌脱ごうという気になる。それが天下のための仕事であるならなおさらだった。

彼がまず取りかかったのは海底の岩を取り除く作業である。千島列島は火山によって形成されたために、海底には尖った岩が潜んでおり、入港するにも船底が擦れて座礁の危険があるからだ。岩は予想以上に大きく多く、若い男たちを水中に潜らせてのいきなりの難工事となった。これには松右衛門が考案した石釣り船が活躍した。岩に頑丈な綱を掛け、轆轤（ろくろ）を回して船で引くのである。三月かかった。次いで、取り除いた岩をそのまま石釣り船で沖に積んで波止を築く。これがまた大変な工事だった。松右衛門は入念に行った測量をもとに、たえず船上から指揮をとる。

しかし松右衛門の気負いとは裏腹に、工事は最初からつまずいた。技術面でのことではない。言葉が通じず、人を動かせなかったのだ。現地ではアイヌを労働力として雇ったが、石一つ運ばせるにも、ここからここへこのように、といちいち体で例を示さなくてはならない。通辞（つうじ）には熊吉という野辺地（のへじ）出身の男を雇ったが、これもひどい東北訛りで、同じ日本語というのに松右衛門らには何を言っているのかわからない。一つの作業を始めるのに、絵を描き、物まねでやりとりするので、指示だけで半日かかった。やっと作業が進行し始めたと思ったら、極東の島の日没は早く、何もできないうちに一日が終わってしまう。

もっと困ったのは、ここではあまりに冬が早く訪れるということだった。せめて基礎工事だけでも今年のうちに終えたいと計画していたから、あと少し、もう少し、と粘るうちに本格的な冬将軍の訪れとなった。連日、海は時化で荒れ、とても船は出せない。どうやら帰る機会は逃したようだ。結局、いちばん望まない択捉での越冬となった。

それは瀬戸内育ちの松右衛門にはただごとではない。これまで海ではさまざまな荒天を経験したし、越後との縁で多少の積雪も知っていたが、ここは髭さえ凍る零下の世界。松右衛門や工事人が寝泊まりする簡素な小屋は吹雪に容赦なく襲われ、アイヌたちの小屋は凍てついて使い物にならない。時折クマも出没し、身の危険にさらされることもしばしばだった。想像を絶する択捉の冬は、なかなか終わる気配もみせなかった。

それでも雪が止んだ日にはささやかな楽しみもあった。乏しい食料を補うため皆で魚を狙うのだが、松右衛門はそのへんの材料を使って器用に道具を作ってやる。何も水中に入らずとも岸にいながらたやすく魚が獲れる仕掛けは彼らを仰天させ、またその釣果の大きさに歓声を上げさせた。マツノダンナ、という和語は、まるで神でもあがめるような尊敬がこもり、アイヌたちに浸透する。

そして何より嬉しいのは、春が来たことを知る時だった。日ざしが和らぎ風はぬるく、雪解けの水が小川を作ってせせらぎだすと、島全体が音をたてて蘇生するような明るさが満ちる。松右衛門は小屋から出て頬被(ほおかむ)りをとり、体いっぱいに森の精気を浴びた。おそらく兵庫津にいたなら、これほどの喜びは知らなかっただろう。極寒に耐えたからこそ、春がこれほどまぶしく美しい。そしてまた力いっぱい工事を始められる。

越冬する間に段取りを練ったおかげで、再開してからの工事はなめらかに進んだ。言葉の壁を乗り越え、皆との信頼ができたことも大きい。ただ、松右衛門は次の冬には兵庫津に帰り、気心の知れた職人たちを呼んでくるつもりだった。

暖かくなると何度か嘉兵衛もやって来た。前のように腰に大小を挿していなかったのは、船の上では船乗りであることを自覚しているのだろう。

「ご苦労様でした、松の旦那。いやはや、近藤様もお喜びです」

そんな言葉で嬉しがる松右衛門ではない。ふん、と嘉兵衛を流し見る。あいかわらず幕府の役人に尻尾を振る犬のようだ。おそらく松前藩のさむらいや他の商人たちからも警戒されていることだろう。なのに彼はそんなことは意にも介さず、ひたすら明るい。

「松の旦那なら絶対、やってくださると信じていましたよ」

嘉兵衛は無防備なほどにうれしそうな顔を向ける。松右衛門はしみじみと嘉兵衛を見た。

不羈独立とはこの男を言うのであろう。生国の淡路では極貧の生まれであり、狭小な農村の縄張り意識のために陰湿ないじめを受けて、はみださざるをえなかった。また兵庫津では、船乗りとしての能力を発揮し、たぐいまれな出世の道を駆け上ったが、それゆえに同業者からの妬みを買って、またはみだした。それでも懲りることのない独立心。飽きることのない挑戦心。松右衛門は、もう少し自分が若ければ、一緒にもっとおもしろいことができたのではと惜しくなる。たとえ彼がさむらい好きであっても、彼への親近感は消えなかった。

「次の船で、石狩から建材を運ぶつもりです。ニシンの加工場を作らないとね」

嘉兵衛の構想では、加工場ではアイヌも和人もなく働かせ、賃金も差別しない。それまでの松前藩の支配ではアイヌに対しては人間相手とも思えないほどのひどい搾取が行われており、かねがね嘉兵衛はそれを極限の悪事と思っていたのである。

「そういうと、適当な材料で魚を捕れる仕掛けを作ってやったら、えらい感謝された。いったい松前様は、漁業のやりかたも畑の作り方も、アイヌに何も教えなかったのか？」

「その通りです。文字や米の作り方を教えれば、彼らが賢くなってしまいますからね」

ひどい話であった。松前藩はアイヌを日本人として教化することは一切せず、家畜のように底辺に置いて支配し、ただ搾取してきたのだ。

「アイヌも和人も同じ人間ですよ。しかもこれからは同じ日本人になってもらわないと」

さむらいがやろうとしなかったことを、嘉兵衛はやろうとしている。産業を興せば人が住み着き賑わいが生まれ、アイヌも和人もともに栄える。なにしろ鰊は日本の農業にとって不可欠な金・

肥であるのだし、獲っても獲っても足りない商品だ。港が完成すれば、そこに出現する嘉兵衛の新しい地が、松右衛門には見える気がした。

「嘉兵衛。択捉には大船を繋ぐ湊も大事だが、小舟が安全にたどりつく航路も大事だぞ」

自分や嘉兵衛が乗る千石船ならいい。北方の荒波も、また択捉との間にさかまく海峡も、なんとか無事に乗り切ることができる。だがアイヌや地元の民たちは、比べ物にならないような粗末な船しか持っていない。丸木船でも安全に択捉へ到着できるのか。流れが急で、転覆することはないのか。願わくは、安全が確証された航路を開けないだろうか。

「岸から何里、何を目印にどこを行けば岩礁もなく危険がない、というふうに、定まった道筋があれば、誰の船も安心してやってこれるんだがな」

たちまち嘉兵衛が顔を曇らせた。実は彼自身、苦い体験があった。水先案内にアイヌを雇おうとしたら、怖がって船を出そうとしなかったのだ。重ねて松右衛門は提案する。

「難所と言われるところには、きっと海流に原理があるはずだ。それをみつけることだ」

船乗りならば誰でも知っている来島(くるしま)海峡の例を引けば、彼も理解した。航海術では松右衛門の方が経験豊富だが、今は工事にかかりきり。嘉兵衛がやるしかないのである。

「わかりました。きっとみつけてみせますよ」

二人でいると他愛なくも次から次に発展的な展望がとびだすから楽しい。

「越冬中に考えたんだが、人も道具も集まったから、箱館も同時進行で築港するか」

距離こそ離れているが、船を使えば何ほどのことはない。工事の過程はだいたい同じだし、択捉で終了した船を箱館に回せば手順が体験として生かされ、経費も安くつく。

「実は新潟で、こんな船を作らせている」

松右衛門は懐から図面帳を取りだした。そこに描かれた絵図に、嘉兵衛は息を飲んだ。

「なんです、この奇っ怪な船は」

船の真ん中は生け簀のように枠が空き、海水が覗く。

「これはな、今の石釣り船に改良を加えた運搬船だ。船の真ん中で海中に石を吊って重心をとり、そのまま運んでいく」

「この、杵みたいなのがいっぱい付いてる船は」

「杭打船だ。梃子の原理で海の上から海中に杭を打つ。その隣は底巻船だ。轆轤を使って海底の土砂を浚って積み込む」

嘉兵衛は何も言えず、ただ口を開けたまま図面を眺め続けた。まるで子供の夢想を絵にしたような船ばかり。これら松右衛門の考案になる専用船の数々は、後に、江戸の三大農学者に数えられる大蔵永常にも高く評価されている。彼が著した『農具便利論』の中にずらりと登場し、当代の日本の最先端土木技術の記録として広く紹介されているのだ。

「難工事ならそれに応じた特殊な船が必要だ、ってことよ」

帆を発明した時もそうだったが、これまでにないものを生み出すには並の発想でこと足りるはずがない。嘉兵衛は唸った。

「さすがは松の旦那だ、誰もこんなもの、考えたりできない」

やっと松右衛門は嬉しそうに胸をそらした。船は新潟で新造させて連れてくるつもりだ。これらの船があれば、箱館でも一気に工事がはかどるだろう。

「よろしくたのみます、松の旦那」

やはり松右衛門は知恵のかたまりだ。幕命として彼をこの築港工事にひきずりこんだことは間違いなかった。嘉兵衛は震える思いで、図面を眺め続けた。

北方の海は、盆を過ぎると波が立ち始め、秋をとばしてすぐ冬になる。工事をそれ以上続けるのは不可能だから、二度目は早々にきりをつけて引き上げた。

兵庫津には一年ぶりの帰港になる。港では松右衛門の船を見るなり問屋衆が荷揚場に集まって、大々的にねぎらってくれた。

「ご苦労やったな、御影屋さん。どうでしたかい、択捉は」

陸に囲まれた穏やかな瀬戸内の港でも、遠い北方のその島の名が意識されるようになったのは、松右衛門の仕事の功績だった。北風の湯では例によって、その日のうちに松右衛門の帰港が知れ渡り、寄ると触ると築港の話で水主たちは盛り上がった。

「あれまあ。知らん人のお帰りだよ。もう兵庫の家のことは忘れたんかと思ってたわ」

佐比江の自宅に回ると、そんな皮肉で出迎えたのは隣家に越して久しい小浪だ。津祢がいなくなってからの我が家というのは抜け殻にも等しく、一人でいれば津祢を思い出して後悔に暮れるのがおちだったから、彼女がいた頃のように勇んで帰ることはなくなった。しかし今も御影屋の船宿として小浪に後をまかせていたし、いずれ息子に渡すべきものだった。

「さ、親父(おやじ)様にご挨拶なさい」

小浪に背中を押されて出迎えた長太を見て、松右衛門の目尻が思わず下がる。津祢の死後、生みの母である小浪に戻されて大きくなった長太であるが、小浪は他の兄弟とへだてない愛情を注ぎながらも、御影屋松右衛門の跡取りとしてきっちり線を引いて育ててくれている。年に数度しか会えないが、兵庫津に滞在中は彼も時間を惜しまず長太とともに寺社をめぐったり、文字の読

み書きなども みずから教えるなど、できるだけ一緒に過ごす時間を持ってきた。長太の方でも、物心ついた時から松右衛門がどういう男であるかを周囲から聞かされ、幼いながらに尊敬とあこがれを抱いて育っていた。

ところが今は松右衛門とろくに話も交わさず、ぷいと奥の座敷へ引っ込んでしまった。もう背丈も一人前になり声変わりもし、難しい年頃になってきたと小浪は言う。

「ごめんね松どん。実は丈さんとつかみ合いの喧嘩になって、あの子、腕を折ったの」

「なんや、無愛想やったんは怪我のせいか。かまへん、男は怪我して成長するもんや」

心配させまいとする小浪の心中を察し、笑って答えたが、しかしまたなぜ父子喧嘩など？

小浪が言いにくそうに一部始終を話すには、ある日長太が、俺はいったい誰の子なんだ、と食ってかかったことが発端だった。松右衛門には似ず体が小さいことを誰かにからかわれたらしい。いつの時代もつまらないことを言うヤツはいるものだ。もちろん松右衛門の息子だと答えたところ、じゃあおふくろは二人も旦那がいるのかと食い下がる。見かねて丈吉が割って入ったのが火に油を注いだ。長太は意地になり、どうして松右衛門の言いなりに俺を養子に出したと丈吉を責めたのだ。丈吉はその言いようにカッとして拳を上げた。むろん手加減したが、殴り返した長太は全力だった。丈吉がよけたために拳が壁に命中、骨折したというわけだ。

「あはは。男の子らしくて、ええやないか。また喧嘩のやり方も教えてやらんとあかんな」

「松どん、笑い話やないわよ。あの子には根深い問題なんやから」

それを言われると返す言葉もない。彼の人生を変えたのは自分たちだ。正確には、死んだ津祢が彼をわが子にと望んだからだ。周囲は彼を松右衛門の跡取りと見なして評価する。松右衛門は数々の武勇伝とともに誰もが憧れる立身を成し遂げた男だから、息子であることを誇ればいいが、妬みまじりに比較もされて身の置き所のない彼のつらさは理解できた。それに丈吉だって、津祢亡き今は、自分の女房と松右衛門とが両親面で息子を案じるのは複雑だろう。

「すまんな、松どん。どうもあいつ、俺に似たようだ」

なのに丈吉にまで謝られ、松右衛門は窮した。親になるとはなんと難しいことだろう。親として、松右衛門にできるのは自分の子として正式に元服させることぐらいだ。烏帽子親は荘右衛門にたのみたい。

むろん荘右衛門は快く引き受けてくれた。そしてあらためて彼をねぎらってくれた。

「ほんま、ご苦労さんやった。択捉は寒いやろ。酒でも送ろか」

伊丹や灘の酒樽をしこたま積んで行ったのに、松右衛門が大盤振舞いし、すぐに底を突いてしまったことは北風の湯の笑い話になっている。そうでなくとも蝦夷地では美味い酒は造れず、兵庫津から積み出す酒はどこに持って行ってもひっぱりだこなのだ。

「なんなら旦那様、いっそ新酒番船をまるごと蝦夷に走らせてくださいませんかな」

この権力者と冗談で笑いあえるのも、若者を前にした平和であろうか。冬に茂世を亡くしてからは、荘右衛門の周辺を和ます者がいなくなり、松右衛門にはここにも択捉のような冬を感じてしまう。死に目にも会えなかったが、茂世は同じ高砂出身という縁でずいぶん贔屓にしてくれ、荘右衛門との絆を深めてくれた。長太の元服も、茂世ならどれほど騒いだことか。残された狆が荘右衛門の膝でおとなしくしているのもやはり哀しいことだった。

それでも、長太の元服は厳粛に取り行われ、松右衛門はもちろん、列席した丈吉や小浪も胸に迫るものがあった。津祢はどれほどかこの日を見たかっただろう。当の長太もいつもの反抗的な態度はどこへやら、さすがに緊張で顔をこわばらせている。

この日、彼は名を長兵衛と改め、成人の男となった証の烏帽子を授かった。

その姿をしみじみ眺め、松右衛門は腹をくくった。こいつを海に連れて行こう、と。

かつて自分も体験したことだ。陸で悩んだいやなこともつらい記憶も、あのおおらかな海に出ればなんと小さなことでくよくよしていたことかと笑い飛ばせる。それで彼がやっぱり船に乗るのが嫌いなら、人生を選び直せばいいことだ。大人の勝手でねじまげたことは申し訳なかったが、松右衛門はどこまでも彼を見守っていくつもりだ。小浪も丈吉も、この子を船乗りにすることは初めから覚悟していたことで、反対はしなかった。

行くか、と聞いたら、長太は意外にもさからわなかった。彼にも変化があったらしい。

北前へ。彼の歳なら松右衛門はとっくに船には乗っていたが、北前に出たのはこの兵庫に来てから、二十を過ぎてのことだった。若者は先人である親を踏み台に、また上へその先へと昇っていく。長太が男として何かをつかんでくれることを松右衛門は祈るばかりだった。

船出の準備を進めるうち北風家からまた呼ばれた、またも御屋敷からお招きだという。

「今度は大坂奉行からの召し出しだ。嘉兵衛はいないようだから、心して行ってみなさい」

嘉兵衛はまだ箱館のはずだから当然だった。それでもわざわざ名を出すのは、やはり彼が荘右衛門に疎まれている証であろう。今なお兵庫津の問屋衆が、嘉兵衛が大きな顔をするのが気分が悪い、と陰口をきいているのは松右衛門の耳にも入っている。

しかし松右衛門の心中は別だ。嘉兵衛が使者でないなら、さむらいと直に対面することになる。ここは決して諍いを起こさないようにせねばならぬ。心して、訪ねていった。

「そのほうが御影屋松右衛門か」

案の定で、勤番与力というこの役所で最高職のさむらいが現れ、居丈高に松右衛門を見下ろした。身分上、ここは松右衛門が両手をついて頭を下げねばならない。

役人は、珍しいものでも見るように、神妙にしている大きな男を見下ろした。

「このたび、そのほうに、幕府から、択捉での苦労をねぎらう褒美が下賜された」

は？　と耳を疑った。何だ、それは。荘右衛門はこのことを知っていたのか。知っていて、めでたくもないと黙っていたのだろうか。ともかく、かしこまって再度、頭を下げる。

金参拾両。紫の袱紗を敷いた三宝の上に、封印もあたらしい小判の束が三つ積まれているのを、役人は重々しく膝行してきて松右衛門の前に置く。

三十両。役人の目は、どうだこんな大金、うれしいだろう、と言いたげだ。しかし工事の代わりに北前を一往復すればその数十倍もの金を稼げる松右衛門にはどうという額ではない。なのにどうしてであろう、彼の胸に、かつて味わったことのない思いが満ちた。

これは、前人未踏の工事に挑む彼を、幕府という組織が理解し、評価した額なのだ。

思えば少年時代から、自分を正しく評価してもらったことなどあったろうか。全身潮に濡れながら小さな渡海船を操ったことも、汗ぐっしょりで菱垣廻船に荷を積み込んだことも、どの労働も神聖だったが、それにじゅうぶんな対価が付随したとは思えない。だがこんなふうに見てもらえるならば、苦労を押してもまた働くための動機になりうる。

「ははっ。ありがたき幸せ。謹んで拝受いたしまする」

言い慣れない礼を言い、しなれない様子で頭を下げた。役人が目を細めながら、いっそう励んで湊を仕上げよと肩を叩いてくる。この男にも、択捉の工事の大きさがわかるのか。

自分でもあきれるような感慨を胸に御屋敷を出た。空までが、来た時とは違って大きくなったような気がした。

ところが店では、北風家の番頭が青ざめた顔で待っていた。

「御影屋さん、大変だ。旦那様が、お倒れになった」

なんということ。長太の元服ではあんなに元気で、若者の未来を喜び合ったのに。

駆けつけたが、間に合わなかった。年老いた狆が松右衛門をみつけ、居場所がないかのように寄ってきたのを抱き上げて、松右衛門の目にもおさえきれないものがあふれた。

兵庫の守護神、北風荘右衛門、没す。

まるで水平線に巨星が落ちて沈んだように、兵庫津では入津してくる船、舫った船、船という船のすべてが帆を三分まで下ろし、荘右衛門の逝去を悼んだ。葬儀は七宮神社の祭礼かと見まがうばかりの弔問客であふれ、弔意を表す樒は西海道にまで延々と並んだ。

松右衛門も兵庫津株仲間衆の一人としてこの盛大な葬儀を取り仕切る側にいたが、初七日が明ければゆっくり兵庫津に留まってもいられなかった。後のことは徳兵衛はじめ信頼の置ける一統にまかせ、八幡丸を蝦夷地に向けて出航させねばならない。北方の海の季節は短く、悲しみが癒える時間を待ってはくれないのだ。

あれだけ大きな力を持った荘右衛門が、もういない。なのに海では、北風家の船の姿が絶えることはないようだ。荘右衛門と茂世に子はなく、偉大な荘右衛門の志と莫大な遺産は、養子が受け継ぐことになる。少なくとも松右衛門は兵庫衆の一人として、それらが正しく兵庫津に引き継がれるのを後見して行こうと思う。

海はこの日も、二十歳の頃に見たそのままに、たえまなく波打ち、不滅であった。

寄港した新潟で、松右衛門は八知に言った。

「今度は湊を竣工させるまでは帰らないつもりだ。この長兵衛をよろしくたのむ」

元服し、初めて松右衛門の率いる八幡丸に乗って、初めて北前の湊々をめぐってきた。松右衛門は、息子だからといって特別扱いはせず最下級の炊(かしき)からやらせたが、現場では彼の扱いにとまどいながら手取り足取り指導した。船では新入りいじめが当たり前というのにそうもできない彼らに代わり、松右衛門は皆の目の前で叱り飛ばしたし、蹴り上げもした。それでも泣いたり反抗的にもならずここまでの航海を終えたのはまず及第点といえた。松右衛門の見るところ、特別優れているということもないが、辛抱強いし機転も利くから、船乗りとしての資質はじゅうぶんだった。これで船が嫌いになりさえしなければいいが、岡回りの機会も与えてやりたい。それには八知が何よりの指南役になるはずだった。

「八知でございます。ふつつかですが、どうぞよろしくお願いいたします」

小浪より一回りも若いが、八知は「もう一人の母」として接してくれるだろう。長太はぺこりと頭を下げると、はにかんで顔を伏せた。

「どうした、何を照れている?」

思春期の少年だけに、何を思うか気になったが、初航海で父親らしい優しい言葉の一つも掛けてやれなかった分、八知には甘えさせてやってくれとたのむつもりだ。すると長太は航海を通じていくぶん打ち解けた松右衛門に対し、偽らずに言った。

「高砂の、新造さんに似てますね」

不意を突かれた気がした。高砂の新造とは、木綿商カネ汐の女主人千鳥をさす。古い取引先だから、長太も何度か、小浪が親しく出迎えるのを見てきている。

「あらまあ。それって、喜ぶこと?　怒ること?」

新造、と聞いて、八知が男性の名と思い込んでくれたことは幸いだった。まさか上方言葉で奥様の意味であると知ったら複雑であろう。松右衛門は思わず長太を睨んだ。

「その様子では、怒るべきことなのね。でもいいわ、私は私で、また別人ですから」

八知がにこやかに流してくれたのが救いであった。しかし松右衛門は今になって思い知る。初めて出雲崎の山中で八知と会った時、なぜ追いかけたのか、自分でも気づかなかった理由を知らされた気がした。そう、八知はたしかに、若い日の千鳥に似たおもざしがある。

「長兵衛、つまらんことを言わず、おまえはこの人にたくさん教われ」

父親らしく、頭ごなしに言ってみる。すると長太は澄んだ目で八知を見つめ返し、

「何とお呼びすればいいのでしょうか？」

と突っ込んできた。またしても言葉に詰まりながら、松右衛門は八知を見た。

「それは、……おっ母様、と呼べ」

今後彼が船に乗るならこの地での八知との関係は重要になる。

「わかりました。おっ母様、長兵衛にございます。家族でありますからこれまでどおり長太、もしくは長さんと呼んでいただいてけっこうです」

きちんとした挨拶だったが、松右衛門は背中から汗が噴く思いだった。まったく、陸の人間関係もいろいろあるが、家族というのがまとめ上げるにはいちばん難しい。

「兵庫津では小浪様が、長太さんをあのようにしっかり育ててくださったのですね」

後で二人になった時、八知が言った。実の子でありながら、いずれ松右衛門の跡取りとなるべき男児を、大切な預かり物のように育ててくれた小浪への心服であった。

そうだな、と受けながら、小浪との長い縁を思う。彼女がいてくれたからこそ、こんな身勝手

な自分も家族を持つことができた。小浪には、感謝の思いばかりだ。

「お二人に、男と女としての時間はなかったのですか？」

「あ？　小浪と、か？　——阿呆か。何を言う」

思いがけない八知の問いに、松右衛門は思わず声を荒らげた。

「あいつは、はなから船乗りは寄せつけんかったのじゃ」

華奢な飾り職人丈吉とは似合いの夫婦だったし、彼の没落した生家宮川屋が再起したのも小浪の力だ。まったく、たいした女だった。

「ごめんなさい。ただのやきもちですから」

珍しくそんなことを言う八知がいじらしかった。しかし今になって思い当たるが、長太の反抗も、同じく小浪との仲を疑ってのことだったかもしれない。

やれやれ、男ばかりの船で暮らしている松右衛門には、男女の仲もまた難しい。ここは笑い飛ばすしかないだろう。

笑いに誘導されて八知が小さく咳きこんだ。気管が弱く、季節の変わり目にはよく咳をする。松右衛門は彼女の肩を抱き寄せ、その背中をさすってやりながらしみじみ言った。

「いつか一緒に兵庫津に帰ろう」

咳が出るのも北国の冷たい空気のせいだろう。ひどいときは咳が止まらず高熱も出し寝込んでしまう時もある。そんな持病も温暖な兵庫津ならいくぶん軽くなるのではないか。そう思い、さかんに兵庫津のよさを語るのだが、いつか彼の話は自分が生まれ育った浦がどれほど美しいかに移ってしまう。松の林が続く白砂の海岸や遠浅の浜について、八知は何度聞かされたことか。出会ったときは兵庫津の船頭と思い込んでいただけに、彼の故郷が別な地であったことが意外でもあったが、その名前は遠いおとぎ話に出てくる国のように輝いて響く。年を経て、彼も故郷が恋しくなっているのだろうとは察していた。

「おまえにはよくがんばってもらったが、いずれ新潟は良次にまかせて自由になればよい」

出雲崎の義弟は、松右衛門帆の粗悪品を乱造したせいで店をつぶしてしまい、今は八知の新潟店で働かせていた。特に事業を拡大するのでなければ、小さな支店は彼でもやっていけるだろう。

むろん八知は即答しない。彼女が一から開いた店から離れる寂しさもあったが、松右衛門の糟糠の妻が築いた輝かしい本拠地に、自分が収まることに躊躇するのであった。会ったこともない津祢は、はたおり時代から今もずっと、八知の心の師匠のような存在だった。

「まあ考えておいてくれ」

今すぐ結論を出すことでもない。その話はそこまでにして、杯を傾けた。

翌朝の出発は日の出より早い。それでも八知は松右衛門より先に起きて朝餉（あさげ）を仕度し、店の前で燧石（ひうち）を打って邪気を払って送り出すのはいつもどおりだ。この妻がいて、松右衛門は御影屋旦那としての体裁が整う。

船が滑り出したところで朝日が昇った。赤い大きな太陽であった。帆の先がわずかに赤く透けて大きく膨らみ、松右衛門はそこに宿った見えない力に目を細める。

新潟を後にし、新造させていた船を引き取って、一路、箱館へ。そこではまたしても嘉兵衛が待っていた。

「松の旦那。みつけましたよ、択捉の海路を」

目を輝かせての報告は、松右衛門にもうれしいものだった。島と島の間に、どうやら複雑に潮流が交差するようだ。これを詳しく突き止めれば、それぞれの干潮時を目安に航路を開ける。とすればその功績は甚大だ。

「これは負けられんのう」

今年一年中に、いや正確には冬が来るまでに、港は完成させたかった。

海底の岩はほぼ除去できている。今度は杭打船を導入し、船を泊めるための係留杭を海中深く何本も打って、船だまりを造るのだ。さらに紗那だけでなく、他に内保湾に波止も築立し、外海の影響を少なくする工事も行った。

こうした係留設備の整った湊のことを「潤」というが、択捉の紗那に完成した整然たる湊は、長く「松右衛門潤」と呼ばれ、地元の漁師や船乗りたちから賞賛された。

「なんという男だ。松右衛門とは、アイヌどもが言うとおり、土木の神か」

幕府の吏員たちも、択捉に出現した新しい湊に、賛嘆の声を上げた。彼らも内心、北辺のこんな未開の浜が最新の設備をもった潤になるとは、期待していなかったのである。

「あほかい。こんなヨレヨレの神がおるかい」

褒められた後で、松右衛門は小さく毒づく。完成した潤は自分で見ても輝かしいばかりだが、見えているのはほんの一部だ。潜って海底を見てみろと言いたかった。彼らは水の下に、一面に敷き並べられ揺るぎなく積み重なった、整然たる礎石を見るであろう。これができあがるまで、どれだけの泥や汗や苦労の思いがあったことか。子曰く、生まれながらにして之を知る者は上なり。学びて之を知る者は次なり。困しみて之を学ぶは又その次なり。——若い日に習った論語にもさからうが、人は完成の前には上も下もなく、ただ苦しんで工夫を重ねるしかないのだ。

「やってくれたのだな、松右衛門」

はやばやと松右衛門潤へと船を着けてきた幕府の御用船には近藤が乗っていた。彼もまた驚嘆しながら彼を褒めたが、そんなことで喜ぶ松右衛門でないのはわかるようだ。

「さてここからはわしらの働きどころじゃ」

立派な港ができたからには、紗那を択捉の中心とし、東蝦夷を直轄地として拓いていく幕府の計画が押し進められていくことになる。その実践者としての役目を与えられたのが近藤なのだ。

「ここは日本の大事な領土。母なる地面じゃ。おろしやなんぞに盗られまい」

外国を意識したこの壮大なる計画が、やがて尻すぼみに頓挫していくなど、この日は誰も考えもしない。執拗なまでのロシアの来航を経て、幕府はだんだん面倒になったか、東蝦夷を投げ出し、ふたたび松前氏を呼び戻して丸投げする。推して、それが当代のさむらいの本質といえよう。

しかし、嘉兵衛も暗い数年先の未来を知るよしもない。この時点での松右衛門の功績はたとえようもなく輝かしく、偉大であった。

兵庫津に戻った松右衛門は三度目、御屋敷から召還された。今度の主旨は、褒賞である。

「恵土呂府築港の功績により、幕府は松右衛門に名字帯刀を許すものなり」

思いも寄らない評価であった。姓は、工夫を楽しむ者、という意味の「工楽」。これより彼は工楽松右衛門と名乗ることとなる。享和二年のことだった。


出航の時はなすべき作業に追い立てられてもの思うゆとりもないが、船が附船から放たれ、沖で帆がいっぱいに風をつかんで膨らむと、さあまた海の旅だという気がわき起こる。今度も蝦夷地が目的地だ。

兵庫津を出て以来、どの港でもそんなことはしなかったのに、新潟でのみ、彼は港へ入る船の上で大小、二本の刀を腰に挿してみた。浜では遠眼鏡で船上の彼をみつけてざわつきだした。

「見ろ、松の旦那だ。旦那が、二本差しになった」

ここでは兵庫のようにさむらいを侮る風潮はない。古くから幕府直轄の佐渡があり、むしろ幕領であることを誇りに思うほどである。ゆえに、さむらいの証である大小を挿して現れた松右衛門に、皆はどよめいたのだ。

「松さん、どうなさったんじゃ、それは」

誰も表だっては訊けないのに、義弟の良次だけが不躾に訊いた。もともと誰に対しても配慮が乏しい男なのである。松右衛門は一瞬、不快そうに顔をしかめ、わざと権高に言った。

「松さんではない。今後は工楽様と呼べ」

良次は仰天し、ははーっ、とかしこまったから、松右衛門は声を上げて笑った。

「阿呆。冗談じゃ」

そして店に入るや、二本ともぞんざいに腰から抜いて、迎えに出てきた八知に渡した。先に兵庫津から来た船にこのことを知らされていた八知は、町の飾り職人に注文して刀掛けを作らせており、艶やかに磨かれた漆の鞘を汚さないよう、うやうやしく袖の袂で受け止めそこへ納める。

「はーっ。そんなものが、ありがたがられるとはのう」

船を降りてから店まで、皆は松右衛門に声をかけることもできず一歩下がって敬ったのである。

「これが、刀というものでございますか」

出迎えた長太は、珍しがって床の間へすり寄り、真新しい拵え(こしら)の大小を眺めては、ちょっと手を伸ばして艶めく漆に触れたりした。ここでの暮らしもすっかり馴染んだようだ。

まったくもって、他愛のない。——松右衛門はこれ以降、刀を挿すのはさむらいと接する時だけにしようと決める。町人や船乗りに見せたところでおのれの驕慢の材でしかなく、素朴な人々の前では単に身分を区切るものでしかないと知ったからだ。

「それよりこっちの方がありがたかろう」

　みやげに積んできたのは和歌山で穫れた皮鯨の塩漬けだ。こちらでは生息しないだけに珍重で、根菜をたっぷり入れた八知お得意の汁にすれば、近隣からも碗を持ってもらいに来るほど評判だ。いつしか「鯨汁」と呼ばれ夏の暑気を払う郷土料理として定着したのは北前船の功績であろう。

「それで？　まだ蝦夷地に行かれますのか？」

　択捉の工事が終わったからこそ褒美もいただいたのであろうに、幕府御雇いの仕事は終わらないのか、との語感がこもる。それは松右衛門も同感なのだが、箱館奉行所はなおも彼を放さず、人や物を運ぶために廻船を出させていた。むろん船賃だけの雇船であり、八知も店の者も、早く彼がもとの北前航路で商売の陣頭に立ってほしいと願っている。

「まだ嘉兵衛との約束が残っているからな」

　言い訳のように松右衛門は言う。箱館では、択捉と同時並行で港の工事を行っていた。海底に散在する岩を取り除いてやらねばならない。夏場でないとできない作業であり、今回の船には熊野から潜水に長けた者たちを選んで乗せてきていた。

「わかりました。引き続き、藤兵衛どんにしっかりやってもらいましょう」

　旧主の平兵衛の親戚筋にあたる藤兵衛は、御影屋の主軸として欠かせない存在に育っている。八知は彼と連絡をとりあいながら北前の商売をやりくりしていた。

「どうじゃ、八知も一緒に箱館に行くか」

　また咳をしているのが気になり、声をかけた。築港工事は完成までに一年も二年もかかるだろう。八知とはこれまでもずっと離れて暮らしていたのだし、新潟より北にある箱館に行っても咳がおさまるとは思えないが、近くにいたなら気には掛けてやれる。

「そうですね。北国育ちには箱館の方がなじむかもしれませんねえ」

八知はやんわり聞き流す。やはり兵庫津は嫌なのか。松右衛門は口をへの字に曲げた。


箱館では、嘉兵衛はもちろん、近藤がいかつい顔をゆるませて待っていた。

「ますます奇妙な船じゃのう」

言い放って、慌てて「工楽どの」と付け足し腕組みを解いた。択捉築港の成功を見て、近藤は松右衛門という天才に無条件で信頼を置くようになっている。

彼が新潟から引き連れてきた船は、たしかに奇妙な構造の船で、船体の中央に大きな轆轤がしつらえてある。海底の岩を綱で結わえ、船上の轆轤を巻いて動かそうというものだ。

「船がひっくりかえらんのか」

「そのために、碇はこのとおり特大で造らせました。他に、艫を親船にしっかり繋ぎます」

彼には計算ずみの工事船だった。一年をかけて海底の岩が除かれた時点で港は安全になったが、彼は本格的に理想の港を築きたかった。ここに、広く平坦な岸辺がほしい。

「近藤様。次はここに、陸地を造りたいと思うとるのですが」

松右衛門が指さす沖のあたりを目で追いかけて、近藤は目をこすった。

「あの海に、陸地を？　それは、島を築くということか？　そんなことができるのか」

何のことはない、松右衛門の本拠地兵庫津には六百年も昔に平清盛が作らせた築島（つきしま）の例があり、特に目新しい工事という感覚は彼にはない。経島（きょうのじま）という伝説付きの築島だが、江戸中期となった今はすっかり地続きの陸地に飲み込まれている。さらに、全国の海辺で潮の引いた浜辺を入念に見てきた松右衛門は、埋め立ての技術については熟知していた。後に高砂でも、何里にもわたる広大な遠浅の浜を陸地に変えるのはその集大成だった。

「しかし幕府は金は出せんぞ。なにしろここは松前藩の領域だからな」

言い訳をする時の近藤は、相手の目を見ない。見られない、というのが正しいだろう。さむらいの狡さを引け目に思いつつも、自分でどうすることもできないことへの焦燥だった。

「恐縮ながら、そんなものは当てにしてはおりません」

松右衛門は言い切る。これはすべて自費でやる気だ。幕府は邪魔さえしてこなければそれでいい。そうでなければいいものは造れない。ここに平地を生み出せば、蔵や店が並び立ち、兵庫津に劣らぬ町並みになるであろう。それは自分のためでなく、広く天下のためになることだった。

「よかろう。そこもとならばできるのだろう。ここの海辺に、新しい陸地を見せてくれ」

最終的には近藤がこれを推した。築島は箱館奉行による幕命という形になった。

工事は海が比較的穏やかな夏場に限られる。冬が来る前に皆を故郷に帰してやらねばならないからだ。松右衛門の工事計画は綿密だった。工期が遅れそうになると人を増やして押し進める。松右衛門のことはすでに蝦夷地でも広まっており、近隣から人夫を簡単に集めることができたのは択捉での苦労のおかげだ。アイヌもおり、漁をするより手早く現金収入があると知って、大がかりな計画もみるみる姿を現していく。

「松の旦那、今日もあのさむらいが見にきてますぜ」

今では親しく話が通じる通辞の熊吉が目配せする。離れたところからずっと工事を監視するようなそのさむらいのことは、松右衛門も気づいていた。おそらく松前藩の吏員であろう。彼らはこれまで何らこの地を育てなかったにもかかわらず、松右衛門が私費を投じて成果を出していくのが気になるのだ。現場では時折、姿の見えない嫌がらせもあり、工事が妨げられることもあった。松右衛門は工夫たちが興奮しないよう目配りしなければならなかった。そういう陰湿な松前藩を刺激しないためには、たしかに嘉兵衛が言うとおり幕府の庇護がある方が役に立った。

「なんとも立派な港だ。松の旦那、松前様もこれを見れば、ほぞを嚙んで悔しがりますぜ」

その嘉兵衛は、やがて地蔵町の寄洲（よせじま）に出現した島を見て小躍りした。海だった場所に立派な陸地ができたのだから魔術にも等しい。松前藩は自分の利益を独占することだけに終始して新たな港を開くことはおろか道一本つける努力もせず、アイヌを搾取する商人におぶさってきたが、これほどゆたかなものが蝦夷地にもたらされてはぐうの音も出まい。

新しく創出した陸地——一万坪の築島の所有者は当然ながら松右衛門であった。ここには北風家の船をはじめ兵庫津の廻船がこぞって入港し、誘われるように北前からの船が後を追って白帆を並べた。いちばん多く面積を占めることになったのは高田屋で、屋号を配した白壁の蔵が何棟も建ち並ぶさまは、北風家の蔵が建ち並ぶ兵庫津の景色をしのいでいた。

やがて全国から蝦夷地に向かう船は松前でなく、まっすぐ箱館をめざしてくるようになる。係留しやすい平坦な岸であることはもちろん、新しい陸地だけに既成の藩の力が及ばず、箱館奉行という幕府支配下で入津料やさまざまな運上金も格段に安く設定されていたことが大きい。

「見よ。これが箱館の港じゃ。新しい大地じゃ」

箱館山の高みに立って眺めれば、出船入り船で賑わう海と、商人たちが店や家を建て始める陸とは一望の下だ。二人が夢想したとおり、箱館はまたたくまに殷賑（いんしん）を極めることとなっている。

「次に欲しいのは何だ、嘉兵衛」

「はい。ここに熮場（たでば）を造ってもらえたら」

即答である。船を海水に浸けっぱなしにすると虫がつき、食われて船底に穴が開いたら致命的な浸水を招く。そのため虫が生息できない淡水の川に引き入れて駆除を行うが、水主たちが裸で水に潜って船底をこすらねばならなかった。しかし船体ごと陸に揚げてしまえるなら作業は簡単。ともかく船の維持は海商にとって何より大事なことなのだ。松右衛門の八幡丸は建造して二十年になるが、毎年、新造船なみの修理費をつぎ込むことでいまだ最前線を航海できている。

「しかしここには大きな川がないからな。そうか、いっそ船を陸に引き上げて熮を行うか」

こうなるととことん便利にしたい。普通、熮場は潮の干満差という自然作用を利用して水に浸けたまま作業を行うが、松右衛門は、船体をまるごと陸に引き上げられる船渠（せんきょ）を考えていた。後世で言う乾船渠（かんドック）である。

「そんな熮場、見たこともありませんぜ。松の旦那、また驚かしてくれるんですかい」

嘉兵衛が身を乗り出した。だが問題はある。船を据える台座にする巨岩をどこから持ってくる？　松右衛門は考えあぐねた。石の山地は東国にもあるが、これといって胸に響くものがない。全国の港を駆け巡って、土地、土地の情報に長けている松右衛門でも決めかねていたのだ。

この間（かん）、松右衛門は他からも指導を乞われている。豊前（ぶぜん）から来た廻船の居船頭が、松右衛門が択捉で行った工事を目の当たりにし、知恵を借りたいと言ってきたのだった。

「工楽様はたいしたもんじゃ。わしらも故郷（くに）の水路をなんとかせんと」

霊山として名高い英彦山（ひこさん）から海へと流れる英彦山川を開削すれば、大型の船が往来でき、瀬戸内に出ることができる。それには川幅を広げる工事が不可欠で、久しく頭を悩ませていた。

「人足さえおるんなら、この石釣り船を貸してやるが？　この船ならいっぺんに問題解決じゃ」

「それはありがたい、願ってもない」

商人たちが私費を投じ、松右衛門が協力したこの工事は、次の工事へと縁をつなぐ。豊前の廻船問屋衆は、続いて伊田川の開削を松右衛門に依頼し、砕石工事が行われることになるのだ。

「なんとまあ、箱館に漻場を作りながら九州でございますか」

蝦夷地から九州豊前まで。陸地を介せば気の遠くなる長距離も、船ならたいしたことではない。天の下、大海原を活動の場とする松右衛門の面目躍如というべきか。

それに、箱館でも豊前でも、工事は何も彼自身が手を汚して働くわけではなかった。事業の全体像を構想し、工期を組み立て、そしてそれに合った材料と人を集めて働かせる、というのが彼のやる仕事だ。石積みには和歌山の職人衆、掘る仕事では四国瀬戸内衆と、それぞれの分野で抜きん出た巧者を集団で招く。彼らはそれぞれ専門分野で部分的に仕事するだけだが、それを松右衛門が全体像を見ながら指揮をした。後の時代で言うゼネラル・コントラクターに相当するやり方といえよう。

「それはようございますが、お店も、時々は思い出していただかないと」

八知の語調に皮肉がにじむのも無理はなかった。今に始まらないが、彼の不在は長すぎる。

「わかっとる。商売を忘れとるわけやない」

松右衛門は何か言い訳しようとする。自分同様、自腹を切って公共事業を押し進めようという同朋たちを、ほうっておけないだろう、そう言いたいのだ。しかし松右衛門が工事で留守をしている間、店も船も商売も、全部人にまかせたままである以上、大きなことが言えない。

八知は苦笑しながら彼の肩に綿入れ半纏を着せる。帆布ではなく、八知が娘のころから親しんだ北国の紬(つむぎ)で仕立てた、松右衛門専用の大きなどてらだった。

「お前さまのおっ母さまも、さぞ大変でしたでしょうなあ。まともに仕事をやらない息子では」

いちばん痛いところだった。漁師の息子でありながら、釣りの道具や船の工夫にばかり没頭し、あげくは塾で知り合った惣五郎に聞く天文の話に気を取られ、父親との漁にはあまり身が入らなかった。死んだ津祢との暮らしもそう。せっかく沖船頭に出世したのに、船で遠方へ稼ぎに出ることよりも、金槌や鑿（のみ）を持って織機の工夫に精を出した。大の男が徹夜で糸繰機（いとくりき）を回しながら、太いの細いの、糸ばかりみつめている姿は、今から思えば滑稽であっただろう。だが本業が嫌いだったのではない。他にもっと彼を夢中にさせる面白いことがあっただけなのだ。そして海商の旦那となった今もまた、店のために銭儲けするより、大自然がなすがまま波に洗われているこの国の海岸に、港を築き町を拓く大事業が、彼を駆り立ててやまないのだ。

「お前さまはいつも、幻を追いかけているんですねえ」

「なんだ、幻とは」

それは松右衛門自身がよく知っているだろう、そう言いたげに八知は微笑む。そのやわらいだ微笑の中に、自分が許されていることを彼は感じる。

杯をあおりながら、彼の目にはたしかに見えた。彼が追いかける幻とは、これまで地上に存在せずにいたものたちだ。そしてそれらは、人をこれまでになく快適に、働きやすく解放する。

一つ幻が現実になれば、また次の幻が浮かび上がって彼を呼ぶが、前の幻と苦闘した経験が彼に知見という斧を与え、次なる困難を乗り越える道具とする。おかげで人は松右衛門を生まれながらにすべてを知った工の天才などと言うが、そうではない、試行錯誤とたゆまぬ工夫、人が持てる力を最大限に注いでやっと太刀打ちできる。それほどに幻とははるかに高く遠く、どこまで追いかけてもなお清らかに輝いて彼に距離を置くものであった。

「長太は、どないや？」

「はい、父(とと)さまに似ておいでです。自分が何を仕事にするか、もう迷いはないようですよ」

父とは松右衛門と丈吉、どちらを指すのか、しばし考える時間がいる。どうやら土木工事への彼の関心は、船に対するそれより大きいようで、箱館にも豊前にも進んでついてきた。

「そうか。商売が二の次やというんは、どっちに似ても、しゃあないのう」

名字帯刀は子々孫々まで許されたものだったから、長太は当然のように「二代目」と呼ばれている。当の松右衛門は工楽様と呼ばれながらも松右衛門のままだったから、初代と二代目、松右衛門が同時に二人いるかのような現象が生まれていた。松右衛門が兵庫津にいると聞いたばかりなのにもう新潟で船に乗っている。そんな具合に。

幻を追う工事は北で、西で、進んでいた。


頻繁に蝦夷地と九州を往来していたその期間、兵庫津ではめったに上陸しない台風が町にちょっとした傷を残していった。

「大変です、旦那。寺の本堂の瓦が飛んで、御影屋の墓石も倒れちまいました」

報告したのは一統の藤兵衛である。御影屋の墓守も松右衛門が引き受けた仕事だったから、急ぎ、寺には寄付を届け、墓の修繕を行うことにした。しかし迷信深い連中の中には、

「これは先代の平兵衛旦那が、松の旦那に何かもの申したいことがあるんやないか」

などと囁く者がある。迷信のたぐいは一切信じない松右衛門だが、狭い町のこと、不安に思う人をなだめておかねばよくないことになるとは知っていた。そこで墓の修理と並行し、前から考えていた御影屋別家を実現に移すことにした。

「藤兵衛、お前に御影屋の暖簾(のれん)を分けてやる。船も、天神丸を譲ってやる」

松右衛門の八幡丸と同格の八百石積みで御影屋の主力船である天神丸は、いつかこの日を想定し藤兵衛にまかせ仕込んできた船だ。

「本当ですかっ。松の旦那、ありがてえ。今後はいっそう精進いたします」

舞い上がらんばかりに奮い立つ藤兵衛を見ていると、遠い日、八幡丸を譲り受けた時のことが思い出された。あの時、自分はこれほども喜んだだろうか。いや、帆の完成をみて、船より、工場を持つことの方に前のめりだった。船乗りでありながら、自分の船を持つ以上の夢に燃えていたのだ。我ながら、変わった男だったのだと思うしかない。しかしそのことは言わず、

「お前が別家すれば、他の船乗りたちにもええ目標ができる。しっかりな」

笑顔で藤兵衛の肩を叩いた。盛大に祝宴を催したことも励みになろう。いずれ長太のこともたのまなければならない。本家と別家、それぞれ栄えていけば御影屋一統、孫子(まご)の代まで安泰だ。

「平兵衛の旦那、これでよろしいかい？」

迷信深い町衆もこれで口を閉ざすだろう。墓前にこの慶事を報告しながら、松右衛門はあたかも平兵衛の顔をなでるように、墓石をなでた。そしてはたと気がついた。

「藤兵衛、この墓石は、御影石やったな」

「へえ、そうです。御影屋の屋号にもなった石です。石屋が、これがええと言うもんで」

たしかに墓石は近場の六甲で採れる御影石が一般的だが、選べば他にも石はあったのではないか。そういえば故郷高砂には、幼なじみの惣五郎と一緒に昇った生石(おうしこ)神社の竜山(たつやま)石があった――。

かつて大和の大王たちの墳墓としても運ばれていった巨岩である。それより前には拝火教の神殿だったともいうから、火にも耐えるのはまちがいない。墓石はともかく、彼がこれから築こう

とする船燐場では、虫をいぶし出すため何日も火を使うから、台座は少々の火でも変質しないことが求められる。ならば竜山石はもってこいではないか。

「おい、行くぞ。石、買いに行くぞ」

思い立ったら、彼はいぶかしむ藤兵衛を急かして天神丸をすぐさま西へ航かせ、竜山の採石場を訪ねた。そそりたつような石切り場は健在で、大人になった今でも見上げるばかりの巨岩に圧倒される。これを人の力で切り出せるなら、どんな土木工事も可能であろう。

「これや。これしかないやろ」

船乗りとして海商として全国の港をめぐり、各地のすぐれた物産や技術を知見してきた。それが今になって役に立つ。最高のものは、幅広い知見の中から選ばれるべきなのだ。

ふと墓の下から平兵衛の声が聞こえた気がした。

――松よ。お前は、わしの墓石を見てさえ、ものを作ることばっかり考えとるのやなあ。

そう、こういうことを考えていると楽しくて仕方がない。松右衛門は平兵衛にも蝦夷地の工事を見せてやりたかった。

「けど、松の旦那、石は買い付けましたが、これ、どないして蝦夷地まで運ぶんです?」

「あほう。わしらは船乗りやないか。海路、船で運ばんでどないするんじゃい」

石屋の親方は、松右衛門の頭がおかしいのかと疑った。これほどの巨石を岩山から切り出して瀬戸内へ降ろし、船に積み込む作業は並大抵のことではない。ましてそれを、瀬戸内を曳航して本州の西端から北前へ回り、越前越後の沖を通ってはるばる蝦夷地まで運ぶなど。

だが松右衛門の考えは違う。もともと弁財船というのは木や板でできたお椀のようなもので、均衡をとるためわざと船底に石や瓦を積んで重心を低くする。だから、おもりと思えば岩を積むのは少しも奇妙ではない。ただ普通でないのは、松右衛門の船の容量のほとんどが巨岩で占められることだった。船の中央、ヤマと言われる位置に、文字通り山のように突き出た岩石を見て、寄港するたび見物人が群がったのは、かつて筏で材木を運んだ時と同じくらいの珍事であった。山、海を動く。――そんなふうに世間の耳目を集めた松右衛門の工事は、こうして石の運搬から鳴り物入りで始まった。

「また派手なことですな、松の旦那」

択捉はじめ各地への往来でなかなか箱館にじっとしていない嘉兵衛であったが、松右衛門の燗場建設には人一倍思い入れが強く、何度も工事を見にやってきては感心していく。

やがて完成した乾船渠は、どこにもない設備として知られていき、これをもって箱館は、蝦夷地でもっとも船が集まる良港としての地位を確立した。文化元年のことだった。

新潟を中継点に、この頃の松右衛門は箱館と小倉とを行き来する生活だった。小倉藩主の小笠原忠固(ただかた)は播州安志藩のご分家だから、会ったこともないのについ同郷の殿様というほどの親しみが涌く。また小倉のある関門海峡は、瀬戸内から北前に出るには必ず通過する場所だけに、あらゆる船乗りが関心を持って工事を見ていた。おかげで松右衛門の力も入るのだった。

そして工事を終えて箱館に戻ったのは、北前船の季節が復活した六月だった。蝦夷地には短い夏が訪れる一年でもっとも美しい時期である。

ところがどうしたことだ、半年ぶりに訪れた港はいつもと違う緊迫した空気で、さむらいも商人もどこかぴりぴりしている。松右衛門は船を降りるや、急ぎ御影屋の店に入って事情を聞いた。

「旦那、実は択捉で、どえらいことが起きまして……」

支店の番頭どもは震えている。そもそもは、日本に外交を求めてやって来た正式なロシア使節のレザノフに対し、幕府は非礼な態度で応じ、ロシア側の反感を買っていた。そしてそれを恨んだロシア兵フヴォストフが松前藩の樺太を襲撃する、という震撼すべき事件が起きていたのだ。しかも幕府がそのことを把握したのは、一年もたった今になってからだというのだった。

「樺太では、民家が襲われて食い物を奪われたり船を焼かれたり、アイヌの子供が攫われたり」

フヴォストフは日本の領土を荒らし回って暴れた。「文化の露寇」と言われる事件である。

驚いた幕府は慌てて松前奉行を設置し、警備のために津軽藩はじめ秋田藩、南部藩、庄内藩から三千人もの兵を集めて対処に臨んだ。

「ところが、大きな声では言えませんがね、松の旦那。このおさむらいたちは全然役に立たず、戦う前に逃げ出してしまったんですぜ」

声をひそめながら話すのは、店で松右衛門を待っていた通辞の熊吉である。

黒光りのする陣笠、綾や錦の陣羽織。古色蒼然とした大砲まで引き出してきた警護隊のさむらいたちは、見かけこそいかめしかったが、なにしろ関ヶ原以来、どれも使われることなくしまいこまれていた武具であった。なにより二百年間続いた平和のうちに、彼らはそれらの使い方さえ忘れていた。むろん戦い方など教えられていない。

大挙して浜辺で陣形をとったまではよかったが、ロシア船が姿を現すや、一発の大砲も撃つことなくいっせいに退却。山に隠れていた指揮官は捕らえられて捕虜になった。

なんというふがいなさだ。呆れてものも言えない松右衛門だが、このことは堅く箝口令が敷かれていた。のみならず他のことで笑ってもこの件に関する侮辱とみなされ罰せられるのだ。

「ケッ、さむらいなんてそんなもんよ」

「旦那、声が高い。聞きとがめられたら大変ですぜ、……」

港に漂う緊張はそういうことであったか。しかし、本来は択捉にいるはずの熊吉がその次もまた箱館で松右衛門を待つことになったのは、彼にとってもっと落胆すべきことを知らせるためだった。

「実は旦那、落ちついて聞いてくださいよ？　今度の露寇で、紗那の港はむちゃくちゃにされちまったんです」

厳寒の中、松右衛門が二年を費やして築いた紗那の港は、町もろともフヴォストフによって破壊された。叡智を尽くし、どこの港より整備された「松右衛門澗」も、壊滅的な被害を受けた。住人たちは命からがら逃げてきており、戻る目算は立っていないという。

「なんちゅうことや……」

自分が幕府に認められ名字帯刀まで許される業績となった択捉が、破壊されて、失われた――。諸行無常とは言うが、それは大自然の偉大な力を前にした場合に用いる人間側の敗北宣言だ。ところが今は、たかがちっぽけな人の暴力で損なわれた。そのことが、やりようもなく口惜しい。なのに、また嘉兵衛が訪ねて来たのだ。さすがに彼の顔も沈んでいる。

「松の旦那、このたびは――」

おそらく嘉兵衛は、紗那の港の再建と択捉の復興を松右衛門に持ちかけてきたのだろう。彼にとっても日本にとっても択捉の豊かな漁場を失うことははかりしれない損失なのだ。

しかし松右衛門は、彼が口にするより先に首を振った。

「嘉兵衛、何も言うな。俺は上方に帰る」

今度という今度はさむらいたちには辟易した。彼らは目先の都合にかられて松右衛門ら商人を利用し、あれだけの港を築いたというのにそれを外圧から守り切ることもできない。そんな腰抜けどものために働いて、あたら残り少ない人生の時間を無駄にしたくない。

「松の旦那、待ってください、たのみますよ、旦那の力が必要なんです」

それでも言いすがる嘉兵衛に、醒めた視線で松右衛門は言う。

「高田屋嘉兵衛、おれのことは、工楽様と呼ばんかい」

子曰わく、君子は器ならず。俺は権力者たちの道具ではない。自分を君子と驕るつもりはないが、他にもっと自分を必要としている人たちはいる。

「これは申し訳ござりません工楽様」

松右衛門の強いまなざしに、嘉兵衛は言われるままに身を縮め、頭を下げた。松右衛門はわずかに笑った。これまでそんなことは言ったこともないのに、今さら言うのは置き土産のつもりだ。

「お前はそうやってさむらいに頭を下げておれ」

痛烈な皮肉だったが、嘉兵衛は悪びれず快活な笑顔で返す。

「はい。頭を下げておれば何事もするすると運びますゆえ」

逆にそれは、さむらいに頭を下げられないばかりに痛い目に遭ってきた松右衛門への皮肉かもしれなかった。嘉兵衛は蝦夷地で、藩のさむらいには憎まれない程度に頭を下げ、また近藤のようなな幕府のさむらいには心服しながら新事業へと食い込んだ。次に来る世代はそのようにして、前の世代の失敗を学ぶ。願わくは長太もそうであってほしい。だが俺は頭を下げないぞ。これからは幕府でも藩でもないただ広い天の下、残り少ない日々を一人の海の男として生きていく。そんな決意にも似た堅い思いが胸に満ちた。

「おれは年や。もう蝦夷地のことはお前がやれ」

蝦夷地にかける彼の情熱に巻き込まれ、ついつい首を突っ込み、気づけば九年が過ぎてしまった。だが松右衛門もとうに還暦を過ぎ、彼のようには動けない。老兵は去るのみだ。

老齢を理由に、松右衛門は奉行所には蝦夷地雇いを解いてもらうよう願い出た。文化四年の夏である。

「また会おう、嘉兵衛。気をつけて生きろ」

これ以上たのみこんでも無理と悟ったか、嘉兵衛が肩を落とすのがわかる。

型は違うが同じ志の船乗りが二人、遠い兵庫津から北の果ての蝦夷地へ来て、さむらいたちにはできないことをやりとげた。船乗りの仕事で、これにまさる快挙などあろうか。

これが二人が会った最後だった。その後、嘉兵衛はロシアの捕虜となって連れ去られ、外交力のない幕府に代わって孤軍奮闘、ゴローニン事件を解決するという、あまりに劇的な運命を受け入れることになる。さらに後日、弟金兵衛に引き継がれた高田屋は、この国最多の廻船を動かす豪商に上り詰めるが、幕府によっていきなり闕所（けっしょ）を言い渡され、財産を没収されてしまう。もっともそれは、松右衛門の死後のことである。

そうとは知らず、二人の偉大な船乗りたちは、箱館の浜に立って、寄せる波の音に身をゆだねていた。夕陽が、沈みきるのを惜しむように、男たちの頬を染めていた。

第六章　蒸気船　鞆ノ浦の巻

年をとることは衰えと思っていた。昔のように相撲取りを相手に力を自慢したり、早飛脚を相手に桟橋までの駆け比べをしたりはもうできない。積荷を確認するにも帳簿に小さく書かれた文字では駄目だ。何より、どれだけ寝ても昼飯をとって腹がふくれればすぐ眠くなる。

「そりゃしかたございませんよ、お前さま、自分が今いくつだとお思いなんですか？」

ふんわりと八知に笑われ、そりゃそうだなと納得する。文化四年、松右衛門はもう六十五歳。世間ではとうに隠居の年である。実際、店の仕事はほぼ二代目に引き渡した。

なのに、土木の仕事は蝦夷地で終わりとはならなかった。数々の難工事を現実のものとしてみせた松右衛門は、どんな学者が書き連ねるより現実的な方法論を持っていたし、どんな器用な職人よりも効率的に実現できる体験があった。

「年をとるというのは、力を得るということ。時間を味方にできたということやったんや」

若造だった頃の自分に、今ほどの知見があったか、手足となって動いてくれる船乗り職人たちの信頼があったか。新しい策を提案するにも、航路の直線距離を走る沖乗りでさえ却下された時代を思い出せば、思いついた妙案をすぐに実験できるのは、この年になったからこそではないか。

「では高砂の浦のことも、お引き受けになるのね？　せっかく蝦夷が終わったというのに」

八知は彼が故郷について特別な思いでいるのを知っている。今度は長く離れることになるかもしれない、そう覚悟した。

それというのも、小倉から兵庫津に帰った松右衛門を、紋付の羽織袴の旦那衆が仰々しく連れだって訪ねて来たのだった。文化五年閏六月の下旬であった。

「工楽さまにお願いの儀、我ら高砂の川方世話役町うちそろってお伺いにまいりました」

名を聞けばそれぞれ高砂を代表する旧家の衆で、かつて漁師の小倅にすぎなかった松右衛門に、ささいな渡船を申しつけてはわずかな日銭を与える側にいた面々だ。代は変わっていたが、彼が川口番所の役人といざこざを引き起こした時には、父や母は地面に額をこすりつけて彼らに息子牛頭丸の救済を仰いだのだ。そして息子に町を去るよう暗示したのもこの人たちだ。松右衛門は、我知らず緊張した。彼らの方ではどうだったのか、丁寧に頭を下げて、切り出した。

「工楽さまにお願いの儀は、河口の浚渫と波止の築立でございます」

ここでも小倉と同じく、加古川が河口に土砂を堆積させて、船の身動きがとれなくなっていた。川上には幕府直轄地もあるというのに年貢米が積み出せず、代官所が姫路藩に対して高砂湊の土砂浚えを命じている。しかし藩ではこれを、人力でできる仕事でない、とつっぱね続けていた。

「ほう、人力ではできない、と申されますのか」

松右衛門は聞き返した。さむらいの言いそうなことだった。

たしかに自然の力は大きい。川は悠久の時を費やして山を削り続け、はるかな距離を流れて、海に達して土砂を解き放つ。けっして止まることのないその摂理を、人が止めることは不可能か。

「いえ、相応の金をかければできないことではございません。されどなにぶん、姫路藩も財政難のご様子で」

旧友惣五郎が御用達を務める伊達藩を思い出すまでもなく、この時代、どこの藩でも財政は逼迫(ぱく)していた。姫路藩も例に漏れず、西国大名への抑えとして代々将軍家譜代の大名が置かれてきたが、その体裁を保つための入り用は莫大で、借金の総額は藩の収入の七年分にあたる七十三万両ともいわれている。それでも港は藩にとっても大事なはず。嘆願は何年も続けられていた。

「そしてこのたびやっと、諸方勝手向(しょほうかってむき)さまがお聞き届けくださることになりまして」

財政改革のために河合隼之助(じゅんのすけ)という経理に明るい者が諸方勝手向に登用され、起死回生の策としてこの工事を裁可したのだった。

三年がかりであったが、もしも諸方勝手向という特別職が設けられなければこの工事は認められず、人は自然の前にただ無力にひれ伏し、多くの産業を失っていた。同時に、ここに工事の妙手松右衛門が存在しなければ、かなうことのない大事業であった。

彼らは小倉での成功をよく知っていた。松右衛門帆の松右衛門が、どえらい開削工事をやったらしい。おかげで小倉は今までと違って、らくらく通れる港になっとったぞ。——関門海峡を通る北前船のすべてが工事の成果を目撃し、船から船へ、港から港へ伝わっており、今ではどの港でも工事巧者の工楽松右衛門のことを知らない者はなかった。

「機はすべて熟したのでございます。どうか、我々の願いをきいてはくださらぬか」

松右衛門は、町衆の顔を見回した。

お母(か)ん、これは、どうするべきじゃ？　——生きていたなら母親にまっ先に訊きたいところだった。

自然がなす運動を人が阻止することは難しい。仮に今、完璧に土砂を浚(さら)えることができたとしても、自分たちの死後何十年もたてば、ここはまた土砂で埋もれることになるだろう。そうなれば皆はどうするのか。誰より自然の偉大さを知り抜いている彼だからこその確認だった。

「仮に私が工事をお引き受けしても、数十年しかもちませんぞ」

しかし切羽詰まった町衆には長い視野での仮定は不要のものだ。数十年ならじゅうぶん。いや、今、希望が持てるならそれでいい。彼らはともかく目の前の支障が取り除かれることを願っていた。悠久という時間の概念はよくわからないが、彼らが何年も困ってきたことは確かな事実だ。

ほうっておいてそれがこの先勝手に止むとは思えない。他の旦那衆も膝を進めて言った。

「このまま手をこまねいていては、高砂の者は海があるのに海に出られないことになりましょう。高砂が湊として役に立たなければ、高砂はいずれさびれてしまいます」

高砂の湊が活きるか滅ぶかはこの工事にかかっている。そのため町衆は、しぶり続ける藩を動かそうと、半額を町方で負担するとまで申し出ていた。そして絶望の一歩手前で藩から了解を引き出したのだ。こうなればあとは工楽様になんとかしてもらおうと切望している。

差し出された書状に目を落とすと、連判の中に松右衛門は懐かしい名前をみつけた。西田屋新三郎。――年寄らの背後に控えるように座っている四十格好の旦那がそうらしい。

「お若いお方もいらっしゃるな」

つい、居並ぶ面々の顔をまじまじと見た。筆頭名主が彼を振り返り、紹介をする。

「こたびのお役目から我らに加わってもらうことになりました、カネ汐さんのご当主です」

すぐに本人が両手をついて挨拶した。

「カネ汐西田屋新三郎です。以前、お目に掛かったことがございます。何卒よろしく」

きちんとした動作が心地よい。覚えているとも。そう言いたくて松右衛門はうなずいた。

蝦夷地や北前にかかりっきりになっている間にカネ汐との取り引きは徳兵衛らにゆだねてしまい、久しく会わずに過ごしたが、千鳥はいつなんどきも、松右衛門にとっての故郷であった。彼女がここにいるから、彼は高砂という浦を忘れずに来た。

最後に会ったのはいつだったか、木綿のことで立ち寄った時、「おばばさま」とささやいて彼女のそばに来た小さな少年を見て、松右衛門は息を飲んだものだ。――新三郎、いたのか。思わず叫びそうになった。大人たちを窺いながら松右衛門をそっと見上げるその瞳。当代新三郎の子で、千鳥には孫にあたる少年だとは、少ししてから腑に落ちた。

あの子も大きくなっただろう。時代はめぐる。先の世代が老いて去っても次の世代が生まれてまた伸びてくる。まるで、たえることなく消えては生まれて寄せくる波のように。

思えば千鳥とは、一人の少年の死を介して巡り会った。一つの命がともに白髪の翁と姥とになるまで結びつけたのだ。謡曲高砂に歌われる老いた男と女は、夫婦であってもなくても、そうやって心の中に住み続けた存在であるなら、老いはどれだけ豊かであることか。

そんな千鳥が亡くなったのも、松右衛門が豊前に行っている間のことで、訃報を聞いても駆けつけることができなかった。それでも、思い出はなおもこうして生きている。

「それはいい。湊は未来に引き渡すもの。若いお方に加わっていただけたのは何よりです」

言葉を選んだ後に、そういえば先日、町を歩いていてなつかしい常磐塾を訪ねたことを思い出した。師匠は亡くなっていたが、多江が婿養子を取り、百人を超す門弟を抱えるまでになっていた。故郷がありがたいのはそのように、波が引いてもまた返すように、どこか新しくなってめぐり来て、循環するがごとくにふたたびあいまみえられることだった。今目の前にいる名主たちも、松右衛門を見下す者は誰一人なく、ただ一心に彼の協力を乞い希っている。

「わかりました。河口は浚(さら)えましょう」

町衆みずからの熱い声が、彼を動かさないわけがなかったのであった。

しかし彼からはさらなる提案をしておく必要があった。

「この大工事、川を浚えるだけでは不十分かと思われますぞ」

松右衛門は簡単な高砂の湊の地図を持ってこさせ、町衆の前で広げながら意見をなげかけた。

「満潮時には東からの波が川を押し返します。湊にとっても打撃を与える大波だ。どうでしょう、この位置に、大波止を築いては」

自然にさからう大工事に手を染めるなら、不安は一度に取り除いた方がいい。地図を覗き込む年寄たちを見回しながら、松右衛門は、カネ汐新三郎の顔をみつめた。そこの河口でかつて幼い命を散らした少年がいたことを、今の当主は聞かされているだろうか。彼自身が名前をもらった叔父であり、生きていれば今こうして町衆を率いて松右衛門に会いに来たのは彼だったはずだ。

「いったい、どのような波止をお考えなのです？」

代表の年寄が訊いた。松右衛門は、地図の中の波濤の中に、扇子の先で一本の線を引いた。

一文字堤。打ち寄せる大波をまっすぐ一本で受け止める波止である。

「そして川口番所の先には波止道を造り、こちら側には東風請の堤を築きます。一文字堤と三つ合わせて、その内側が、新しい高砂の湊となりましょう」

あまりに壮大な計画に、皆は唸った。これにはいったいいくらかかるのか。銀百貫では足りないだろう、二百、三百、あるいは……。

言い出した手前、見当もつかず名主たちは押し黙る。

「若い衆らが、この先も高砂の栄えを享けられる未来の工事です」

知者は惑わず、仁者は憂えず、勇者は懼れず。松右衛門の言葉に揺らぎはない。

名主らの後方、新三郎がまっ先に、頭を下げて手をついた。彼にも子があるからこそ賛同できるのだろう。諾、の意である。

それを見て、他も動いた。筆頭名主が、思慮深い顔でうなずいた。

「さよう、工楽さまのおっしゃる通り。わしらは未来に賭けねばならぬ」

海の中に、真一文字に岩で線を積む。だがいずれそれも波に飲まれていくかもしれない。それでも人は、今この刹那のために、波に抗い、流れにさからい、よりよき生を試みずにいられない。

「やってくだされ、工楽さま」

皆がその場で同意した。たとえ千年後には姿を消すとも、人は波に飲まれてはならない。

承知した、と松右衛門は扇子を開いた。黄色い地に赤い○に金の印。はたはたと扇げば、金比羅さんの歌が響いてくるような気がした。


「ということで、しばらく新潟には帰ってこられん」

八知には覚悟していたことだが、松右衛門にはっきり言われると呆然とした。

「人助けや。どうせ暇やし、隠居仕事と思ってくれ」

世の隠居が縁側で盆栽をいじるようなものだ、と八知を言いくるめ、またもや職人たちを満載し、新潟を出航していく。ものものしい石釣り船や杭打船の、どこが盆栽なのだと責められたなら返す言葉に詰まるところだが、八知は黙って燧石を打って送り出してくれた。

工事に二年を費やす高砂の大事業が始まった頃、また別な使者が松右衛門を訪ねてきた。

小倉での開削工事の成功に喜んだ殿様が、思いも寄らない依頼をもちかけてきたのだ。なんと、船を作ってほしいと言うのである。

「船？　船というのは、お殿様が乗られる船か？　して、どんな――」

これには松右衛門の血が騒いだ。武家が造る船といえば、松右衛門がこれまで卸してきた商用の弁財船というわけにはいくまい。さむらいはさむらいでも殿様は武門の長だけに、まさか、大安宅船と言うのではないだろうな――。

身構えた時、すでに松右衛門にはやる気があったといえるだろう。

はたして依頼は、驚くべき船だった。他でもござらぬ、と使者はかしこまった。言葉に同じ播磨の訛りがある。

「来年、朝鮮通信使が日本を訪れる。それに際し、当藩はその航路上にあることから、饗応の上使役をまかされているのでござる。その警護のための船を、そこもとに作ってもらいたい」

思わず松右衛門はのけぞりそうになった。

朝鮮通信使だ、と?

第十一代将軍家斉がその座に就いたことを祝うために、朝鮮王の国書を携え、やってくる大船団である。それを小笠原様が饗応なさる、その折の御用船だという。

松右衛門が身震いしたのも無理はない。若き日に長崎で見た異国の船。兵庫津で迎えた使節団の錚々(そうそう)たる行列。すぐさま彼の頭の中に、大小の船を連ね、鳴り物や楽曲を響かせながら進んでくる派手派手しい船団がよみがえった。

通信使が乗るそれら異国の船を警護して進む日本側の船も、その壮麗さといったら比類ない。藩の威信と日本国家の誇りをかけて出航する船だ、ものものしくも総勢二千人の大行列となる船団の中で、自藩が見劣りしたくないのは当然だろう。

思い出す。あの時はまだ松右衛門は二十代だった。ふるさとを追われ何も持たずこの海に出たばかり。何の夢も目標も持たず、ただその日を食べて、生きていただけ。だがいつか幻の帆が、彼を迷わせ困らせ苦しめて、日本の海を北から南へと駆けさせた。そして行き着いた先が今この時ならば、引き受けない選択肢などありえようか。自分は海の申し子、これまでの船乗り人生はこの船を建造するためにあったのかもしれない。そう思った。

「承知しました。殿様のお心に沿い、みごと上使のお務めが果たせる船を造りましょう」

八知がいたらまた呆れられたかもしれない。引き受ける声も、いつになく震えた。

「そう、造るなら、威厳をもった外装はもちろん、緊急事態が起きても船足が衰えず、悠々と先頭で波をかき分けていく性能を持ち、……」

松右衛門の夢想は止まらない。殿様の船である以上、船団が迷いなく従っていける信頼感を備え、かつまた、朝鮮の人々の目を驚かすような存在感も必要だ。いわば最高級の外観と最新の性能を併せ持つ、至高の大型船。これを幻の船と呼ばないならば何と表現できるだろう。

「材は檜。その大きさも、上使様なら船団の先頭を航くのですから、一千石積みはほしいところでありますな」

だが松右衛門のこの提案には船大工の棟梁が慌てた。

「松の旦那、それはあきませんで。武家で五百石積み以上の大船は、禁じられとります」

わかっている。そのようなつまらぬ法度がこの国にあるために、造れる技術があってもそれを発揮することができない。松右衛門は唇を噛んだ。いつか来るのだろうか、この国に、はるか外洋を渡り、唐、朝鮮にも航ける幻の大船を造る時代が。

「よっしゃ。そんなら間をとって七百石積みでいこう」

待てない。国の法度を決めるのはさむらいだから、松右衛門が生きている間に、彼らに変革の必要がわかるとは思えなかった。

考えてみればいい。嘉兵衛の辰悦丸など廻船でさえ千五百石積みというのに、殿様がゴマメみたいな小さい船に乗ってどうするのだ。覚悟は決めた。どうせさむらいどもはやや大きいなと思うくらいで五百石か七百石か見分けはつくまい。駄目と言われるならば、自分も士分の端くれとして腹を切るまでだ。

棟梁は松右衛門の気迫に震え上がったが、従うほかはなかった。瀬戸内ではどこの湊にも無数の造船所があるのに、彼はここ高砂の造船所を選んでくれたのだ。これは銭金（ぜにかね）によらず、願ってもない腕試しの機会であり、ひいては地元の産業を振興させ、若い者に技術を伝承することにもなる。艤装にも、彼は人脈を生かし全国から最高の匠を集めた。もちろん兵庫津から二代目も呼び、つぶさに見学させた。松右衛門のもと、彼らが持てる技術を惜しみなく注ぎ込もうという志がありがたかった。無理もない、彼らは松右衛門の年齢を考え、これが最後の仕事になると思ったのだ。

水押しは漆で、金蒔絵で龍の絵をほどこした。これは飾り職人丈吉の最高傑作となった。龍はあたかも生きてのたうつように鱗を光らせ、波濤を睨む。船体に比して長い朱房を垂らせばきわだって麗々しく、豪快さで鬼を描いた朝鮮の船に譲らない。

戦国の世からすでに二百年。もはや軍艦を造るという発想は支配する側にも支配される側にもなく、平和とゆたかさとを象徴する日本最高水準の船が、ここにみごとに完結して、水面に降ろされていった。

「船は相生（あいおい）丸と名付けよう」

言わずと知れた名高い歌枕、高砂の浜にある松の名前だ。雄松と雌松が一株から生えたという和合の象徴でもあった。

「どうだ、八知。そのまま船霊様を表すような名前であろうが」

遠くにいて、船の完成を見ることのできない八知のために、松右衛門は手紙で知らせた。

「年を取るということは、こういう仕事ができる、ということなのだ」

子供の頃には絵で描くしかなかった幻の船は、彼を得意の絶頂に押し上げていた。

藩主小笠原忠固は相生丸の竣工をことのほか喜んだ。松右衛門は小倉へと呼び立てられて、わざわざお褒めの言葉をいただくためにお目通りすることとなった。士分のはしくれになったとはいえ、殿様にお目見えがかなう身分ではなかったが、忠固はこだわらなかった。どうしても、これだけの船を造った男を見たかったのだ。

「かまわぬ、近う寄れ。——そうか、その方が工楽松右衛門か。みごとである」

高貴な身分の殿様にお目見えするなど、幼い日の牛頭丸を知っている者なら腰を抜かすに違いない。しかし身分によらず、この国に生まれたならば大船に憧れる心は同じ。自分もしかり、幼くして死んだ新三郎しかり、息子の長太しかり、そしてこの殿様もしかりであった。大海原に乗り出す船は、へだてなく人の心をかきたててやまない。

船に乗る日が待ち遠しゅうてならぬ、と忠固ははしゃぎ、松右衛門を小倉藩御用達格に取り立て、上布で仕立てた裃を贈った。これなら殿様を案内して船に試乗もかなうのである。

「どうじゃ、八知。丸に九枚笹の工楽家の紋も入っているぞ。堅苦しいのは好かんがな」

これも、手紙に記した報告だった。

並行して、高砂の造堤工事も形を現し始めていた。

河口の川口番所から百軒蔵まで、三里の長さに及ぶ流域に彼が考案した浚渫船を動員し、人の力ではできないと言われた川浚えをやってのけたのだ。それだけでなく護岸には磐礫（いわつぶて）で修理をほどこし、上流からの土砂を食い止めるため川の中に多数の杭を打ちこみ、堰も増設した。

百軒蔵の上流にある平岸堤の対岸には砂防の目的のみで剣先土砂除堤（けんさきどしゃよけつつみ）を築き、下流では川口番所を基点に波止道を完成させて、東風請が築立されればそこに多数の船の係留が可能になる。

――だが、金が足りん。俺の命も足りん。

これまで彼が行ってきた中でも最大規模、そして最高水準の工事であった。総工費の試算では、松右衛門は銀二百五貫と見積もっていたが、費用は大幅にはみ出し、銀三百五十貫。不足分は、町の未来に賭けた町衆が引き受けねばならなかった。

「申し訳ないことや」

松右衛門は心から詫びた。理解してくれる者ばかりでないことはわかっていた。工費が莫大すぎると不服に思う者もいたし、これだけの費用をかけながらまた土砂が積もっていけば、無駄だったじゃないかと批判する者も出るだろう。いや、元にもどせ、などと無茶を言う者も現れるかもしれない。公共の事業において万人を納得させることは難しい。だからといって手をこまねいてはいられないのが人間なのだ。自然が前に立ちはだかるなら、その時その時に知恵を出して戦っていくのが文明の力であろう。松右衛門は、やるしかなかった。

工事が完成し、高砂の湊の風景は一新された。

同じ年、朝鮮通信使がやってくる。相生丸も含めた大船団は、玄界灘の波濤の上に勢ぞろいし、隣国の船団を出迎えた。

もっとも、従来どおり江戸まで行くことはかなわず、通信使としてはこれが最後となった。両国にとって、派遣と接待にかかる費用は膨大で、その額は年間の国家予算に匹敵する。そのためどちらも負担を回避したい意向を持っていたのだが、日本では近年、凶作が続き、近海に出没するロシアに警戒を要するなど、内外ともに緊迫した事情が生じていたことが決定打となった。ついに、この第十二回朝鮮通信使は対馬で差し止められてしまうのである。

上使の船が率いていく船団を、松右衛門もまた船を海に浮べて見物した。みずからが手がけた小倉の港のかなたを、悠然と沖を航行していく船団。相生丸はそれらの中でも群を抜いて壮麗だった。三層の屋根は艶やかな本漆。垣立は精巧な光悦垣で、戸をすべて開け放った船体は小笠原家の紋の入った幔幕に取り巻かれ、艫には朱の吹き流しが揺らめいている。

忠固は家臣たちが制すのをはらいのけて船上に出て、松右衛門の船をめがけて日の丸の扇をゆらゆらと振った。相生丸という器が彼の度量を大きくしたのであろう。法度にそむいて七百石積みにしたおかげで、外海に浮んでもその船は少々の揺れにも動じない。伴船からも、松右衛門に敬意を表し、総出で彼に向かって帆を三分まで下げた。

少年の頃の夢の満願。松右衛門にとってはこのまま死んでも悔いない晴れの日だったであろう。しかし殿様といえばもう一人、高砂の浦に完成した一文字堤を姫路藩主酒井雅楽頭が視察に訪れるとの知らせが届いたのである。その際、松右衛門みずからが御座船の舵取りをして案内せよとのお達しである。殿様は飾磨津から引き回された華やかな御座船に乗り、海上から現れた。松右衛門は裃に帯刀の姿でうやうやしくも軽やかに舵を切る。水面を滑るがごとく進む御座船に、川口番所の役人たちが全員、頭を下げて敬意を表し見守った。さてその中に、今も松右衛門を目の敵とするさむらいがいるのかいないのか。いたとして、もう松右衛門に対し何も手が出せないのは周知の事実であった。

「ううむ。みごとなり、松右衛門」

晴れやかな海の青を、一線で区切って波を止める石の堤に、酒井雅楽頭は目を細めた。そしてその場で褒美を取らせた。永代五人扶持、ならびに金十両を子々孫々にまで賜与。御水主並（おかこなみ）として、一代限り姫路藩士として召し抱える、というものだった。

——お母（か）ん。どうや、聞いたか。

陽光の中へ、松右衛門はそっとまぶしげな目を向ける。すると潮風が強く吹いて帆がはためき、調子に乗るんじゃないよ、このウドの大木、と叱り飛ばす声が聞こえた気がした。そして思い起こされたのは、昔、家島の群島で座礁した御用船のことだった。藩の御水主並となった以上、さむらいたちにもみずから操船できるよう指導をせねばならん。早くも次なる命題が思い浮かんでいた。

潮騒が聞こえる。奇しくも彼が生まれた時に拝み屋の婆が予言したとおり、あの牛頭丸は、このように世に名を残す者となったのだった。

屈強な肉体を自慢としていた松右衛門が、その年、珍しく風邪をひいて新潟の家で床に就いた。むろん、寝てなどいられるかと彼は強がったが、押さえつけるようにして八知が寝かせたのだ。熱めの燗で酒もたっぷり飲ませると、倒れたようにそのまま半日寝床を出てこなかった。疲れが溜まっていたのだろう、汗をかいて時々寝返りをうつ松右衛門を、八知は枕元で見守った。

今夜は酒は五合。彼にしては少ない方だ。昔は灘の酒でないとだめだと言っていたのに、近頃では越後の酒もいける、と目を細めるようになった。彼と出会って三十年。思えばお互い、働きづめだった。高田屋の嘉兵衛はまだ四十半ばだが、松右衛門はもう七十手前。八知も六十を前にしている。あらゆる工事が世間に認められ、褒美までいただいて完成したなら、彼もここらで本当に隠居として、少しゆっくりしてはどうだろう。

なのに世間は彼をほうっておかない。次にまた、福山藩の殿様のお声がかりで鞆ノ浦の築港を依頼されていた。老齢を理由に一度は断ったのに、粘り強くたのみこまれ、腰を上げるしかなかった。

この時代、どこの港でも川が堆積させた土砂で水深が浅くなり、大きな船が入ってこれなくなっている。日本の港はたいてい川の河口にあるからだ。船が入らなければ町民には仕事がなくなり、ひいては港がさびれてしまう。福山藩としても、港が機能しなければ関所に入る船から税を徴収できなくなる。港からの運上金は藩の大きな収入源なのだ。

しかしこれまで各地でやってきたように、浚渫するだけでは一時しのぎにすぎない。松右衛門は百年の時を見据えて、港の入り口の海中に大波止を築くことを提案した。高砂では沖合に一文字堤を築いたが、古代からの天然の良港である鞆ノ浦では、海へと突き出し両側から港を抱え込む腕のような波止にする。それはまさに、太古から土砂を運び続けた川の力や、止むことなく寄せては返す大波の摂理に抗う人間の挑戦になろう。

費用はざっと三千両。さむらいたちはあまりの額にのけぞった。だが、町衆は違った。

「百年も保(も)つなら安いものです。こうなったら腹をくくり、半分は自分たちが出しましょう」

松右衛門はその意気に打たれた。まさに港の整備は、人々の存亡をかけた事業なのである。よりよき土地を築いて継承していくのは権力者たるさむらいではない、ここでも町人の力なのだ。

むろん松右衛門も無報酬のつもりだ。藩の役人たちは、そういうわけにはゆかぬ、ともったいぶって、三宝に載せて三両の金を持参したが、松右衛門は苦笑しながら辞退した。

八知はその構想を聞きながら、今度の工事こそが彼の集大成になるであろうと予感した。

なのに彼には以前の体力はない。としたら、やはり瀬戸内に拠点を移した方が楽だろう。八知は、彼の寝顔を見ながら考えた。ならば、自分が決心するだけか。

その夜は清か（さや）な月夜だった。昔、彼が、新潟では月が背中から上ってくると驚いたことがあった。彼の故郷では左手から上ってくるという。山の位置と港の位置が、越後と瀬戸内では向きが違うらしい。彼の故郷の月はどんなだろうか。八知は一晩じゅう一人で月を見上げ続けた。

ゆっくり眠ったおかげで穏やかな顔つきで起きてきた松右衛門に、八知は言った。

「お前さま、私も、瀬戸内の海で月を見てもようございますか」

なんのことだ、とぼんやり聞き返した後で松右衛門ははっとした。それは兵庫津の月のことを言うのか？

八知は黙ってうなずき、松右衛門を見た。その笑顔が胸に響いた。

「よし。そんなら高砂の浜に生い立つ相生の松も見せてやろう。尉（じょう）と姥（うば）の伝説がある常磐木（ときわ）だ」

まさか自分の老齢をいたわっての提案だとは思いもよらず、松右衛門は、胸の持病がある八知が温暖な瀬戸内で養生できると喜んだ。早く八知と二人で故郷を眺めてみたかった。

「俺も年をとった。鞆ノ浦の工事を最後に、おまえと二人、兵庫津で尉と姥になろうかいよ」

広範な海を往来し続ける彼には居場所は一つに定まらなかったが、それでも、八知がお帰りなさいと出迎えてくれる港こそが「家」なのだ。これでようやく自分の根っこも北から帰る、そんな気がした。

戻りたくなったら戻ればいいと、何度も松右衛門は八知に言い、店のことを皆にたのみおく。

八幡丸が新潟を出たのは秋風が立ち始める九月だった。北前の海はこれから冬の様相になり、廻船は上方に帰れば次の春まで戻れない。寒村から来た十四歳の女中のお清を一人連れたほかは大した荷物もなかったが、店の者らにそれぞれ残していく品が、まるで形見のごとくに思い入れの深いものであったのは、後になって思い当たることだった。中でもはたおり機は特別で、

「おかみさん、あたしがこれをいただいて、よろしいんですか」

　譲られた女は、責任の重さにたじろいだ。かつて津祢を介して八知が受け継いだ河内のおシカの織機である。

「ええ、あんたなら大丈夫。あとはたのみますよ」

　当代一の織り手に託したからには、八知にはもう何の心残りもない。彼女がこの地で育てた綿織物は、今では女たちの手から手に、普遍の広がりを持った地場産業になっている。

　船では、ふだん松右衛門が使う船頭室を八知と女中のお清に使わせた。八知は珍しげに船簞笥や松右衛門愛用の茶道具、船旅の慰みの蔵書や書画などを眺めて過ごし、凪の日には上に出て沿岸の山並みを眺めたり、夜は満天の星を仰いだり、退屈する様子はなかった。

「船乗りさん方は、こんな景色を独り占めしていたんですね」

　月の明るい夜には、舳先で酒を酌み交わす水主らをほほえましく見守りながら、これまで知ることのなかった松右衛門の表舞台を堪能しているようだった。

　そんな彼女の体調に異変が起きたのは、北前から下関を回って瀬戸内に入り、来島(くるしま)海峡にさしかかった頃だった。そこはただでさえ流れが速く慎重に船を進めなければならない海域だったが、八知を乗せているだけに松右衛門は用心深く日和(ひより)を選んでおり、船は驚くほどなめらかに進んでいる。にもかかわらず八知の咳が激しくなって止まらなくなった。お清は背中をさすったり水を飲ませたりと介抱するものの、不安になって、何度も松右衛門を呼びに来る。

「旦那さん、来てくださいよぉ。奥様が、咳が止まらねえんだ」

激しい咳で呼吸ができず、顔色は真っ青。身もだえるばかりに苦しげだ。

「どうする、備前で岸に上がるか。船宿で数日、休んでもよいぞ」

八知は飯も口にせず、みるみる弱っていくばかりだ。床に伏しているのを見舞ってみれば、咳が周囲に聞こえて響かないよう、顔の下半分を布で覆っている。それが、昔、先妻の津祢が彼女に贈った牛頭天王の手拭いであることに気づき、松右衛門の胸に迫った。

「大丈夫。播磨はもうすぐなんでしょう？」

手拭いの上から口を押さえ、八知が訊く。播磨はもとより、好天が続きそうだから明日にも兵庫津に入れるだろう。そこには気心の知れた医者もおり、休ませる自分の家もある。しかしそれが正しいのか、これだけの長距離に女性を乗せたことなどないから、松右衛門も判断に困る。

船の上では船頭である松右衛門がすべての領域での専門家であり、水主たちの体調についても経験から判断を下す医者のような役目もする。それで言えば、八知は一刻も早く船から降ろして休養させねばならない乗員であることだけは確かだった。

「松の旦那、どうします、無理にも船を岸に着けますか」

水主たちまで心配してくれるありさまだったが、ここまで来たならあとはわずかな海路だ。水押しの先に、青々と松の林が見えてきたのを、松右衛門みずから八知に知らせてやる。

「八知、来たぞ。あれが高砂だ」

室の外に連れ出そうと、松右衛門は彼女の肩に手を回した。そして、愕然とした。

「お前、……」

あとの言葉が続かないほど、八知の体が細かった。うっすら目を開け、八知は言った。

「お前さま。私を、高砂で、おろしてください」

さっき咳がおさまったばかりなのか、覆面の下の息が激しく、きれぎれの言葉だ。松右衛門は思わず八知の手を握りしめた。八知は、万一の場合を思って船を降りると言っているのだ。そう、万一自分が死ぬことを察して。

船乗りは穢れを嫌う。だから絶対に船では死ねない。けれども高砂の浜を、松右衛門の故郷を見て死にたい。その思いが、今の八知の命を燃やし続けている。

羽織を脱ぐと八知の体をくるんでそのまま抱き上げ、松右衛門は船上に出た。

「八知よ、見てくれ。俺の故郷だ」

おおらかな風が吹いて、船は鏡のような海上を滑るように走っている。背後にはきらめく波の表がこまやかな細工を敷き詰めた青畳のように累々と広がり、そして前には、古来、あらゆる人の心をとらえ続けてきた白砂の浜と松林が続いていた。

かつてこの美しい浜を追われるように出て行かなければならなかった少年の日が脳裏をよぎった。せせこましい地上の論理が、天の下で自由に生きたい牛頭丸を追い打ったのだ。そしてまた、輝かしくもこの地を統治する殿様にこの上ない褒美をもらう栄光に浴したのもここだ。

「なんて美しいの。お前さまの生まれたふるさと、私、ついに、見たんですねえ」

松右衛門の目頭に熱いものが滲んだ。

目立つばかりに誰からも憎まれ目の敵にされ、安らぐことのできなかった少年時代。むろん自分も至らなかった。全身に棘が突き立ち、相容れぬ者とぶつかり続けたのはおのれの落ち度だ。しかし今、古希を迎えて、松右衛門は多くの人から敬われ慕われる者になった。それにも増して、命を燃やしてはるばるここまでついてきた女を得た。

「たのむ、八知。酒の燗は、お前がしてくれないと不味くてたまらん」

こんな時にそんなことしか言えない自分が情けない。

「こんなに美しい場所を、私、見られて、よかった……」

言い終わると同時にまた咳の発作が始まった。松右衛門の腕が、激しく波打つ八知の背中を懸命にさする。しかし咳は止まらない。顔をしかめ、八知はみるみる青ざめながら身をよじった。

死ぬために、八知は来たのか。松右衛門の故郷で死ぬために。涙がこみあげる。船旅でこれほども悪くなると知っていたら新潟に置いていただろう。苦しい咳の間に八知は言った。

「ありがとう、松さん」

出会った頃のままに、松さんと呼んで、八知はまっすぐ彼を見上げた。

「どうか、ふるさとを大切に」

　願わくは　きみが故郷の土となり　永遠(とわ)に守らむ相生の松
私をあなたの故郷の土に埋めてください。そしたら私は生まれ変わって相生の松になって、一つの幹に雄株と雌株、二つで一緒に生い立つという伝説の松のようにずっとあなたを見守るから。

——新潟の弟に残した八知の歌がみつかるのはずっと後である。

赤々と熟し海のかなたに落ちていく太陽。まるで雪の中に咲く一輪の寒椿の花のような。

いつか船上では帆が三分までおろされて、水主たちも静かに松右衛門と八知を取り囲んでいた。

もうそこに、命を吹きこむ風はない。夕凪の海の面(おもて)も波さえたてず、松右衛門は岸で松林が遠慮がちに枝を鳴らす錯覚をする。いや、もしかしたらそれは、浜で誰かが歌う謡曲か。

　高砂や　この浦船に帆を上げて——。

この地で八知と、ともに白髪の尉と姥になって生きたかった。かなわぬ思いが胸を締め付ける。

帰り船が足繁く行き交う播磨灘で、松右衛門の船だけが影のように動かなかった。

西へ、西へ。自分の人生の持ち時間も、あとそれほど長くないだろう。焦りはしないが、松右衛門には覚悟ができた。

あっぱれにも、八知は船では死ななかった。彼がその手で造成した一文字堤を越え、碇を投げ込んだ高砂港の船宿で、三日を生き抜き、旅立ったのだ。一輪の椿が散るより短い時間だった。

八知を高砂で荼毘（だび）に付した後、松右衛門はこの町へ帰ることにした。八知が最後に見て死んだ、自分が生まれた故郷である。この地に埋めて欲しいと言った八知の心を汲んで、人別帳をもとの十輪寺に移すことにしたのである。父母も津祢も、皆、この地へ還（かえ）す。生前、先妻が築いた兵庫津の本拠地には最後まで帰りたがらなかった八知なのに、松右衛門をふるさとに帰してやりたくて我を殺した。その心根が不憫でならなかった。

出雲崎へ西照坊を訪ねてもみたが、妙喜尼は八知が新潟に移ってまもなく他界しており、大寺の許可を得て、雪椿の木の下に分骨してもらった。

店は二代目松右衛門こと長兵衛にすべて譲り、船のいくつかも、別家させた御影屋藤兵衛に譲った。最後に残ったのは広大な蝦夷箱館の埋め立て地だが、二回に分けて高田屋嘉兵衛に譲り渡した。箱館築島の土地は百七十両で、その翌年に譲り渡した船燗場は百五両。まさに彼が海の中に創出した、この世でもっとも上級なあぶくであった。だが嘉兵衛なら、これをそのままあぶくとはせず、大切な基盤としてさらに箱館を栄えさせていくだろう。

すべてを手放してみると、すべての荷を降ろしたようにほっとした。八知が彼に与えたかったのはこうした時間なのだろう。

――そうですよ、ゆっくりお休みなさいませ。

八知の声が聞こえる。だが俺ひとりにさせてどうするのだ。

残るは、鞆ノ浦の大工事だけである。これを終えたら自分もそっちに行こう。どうか成功させてくれ。どんな嵐にも祈ったことのない松右衛門だが、この工事では何度も海のかなたの西方に祈った。そして今、それは見事に完成した。

瀬戸内海のほぼ中央にあって、外海の入り潮引き潮の関係で海面の干満差がもっとも大きい場にあるこの入り江は、遠くに落日を見送った今、静かな凪の中にある。

岸にはひたひたと潮が満ちて、夕波に洗われる大波止をちょうど正面に見ることができた。入り江の内から両腕を伸ばすような、左右二つの石組みの大波止である。どちらもなめらかに石を亀甲に並べ、海に対してわずかに曲線を描きながら波濤へ伸びていた。これが、松右衛門が築いた大波止だった。それは、刻々と暗さを深める空の下で、まるで海に向かって進む花道みたいに見える。

松右衛門はゆっくりと、その上を歩いた。石畳を突端まで進んで行くと、海はすぐ目の前で彼を手招きするようだ。

この海から、一人でやってきて、今また一人で帰って行く。空にはもはや残照の色もない。

そのとき、波と空とが融けゆく水平線のあわいから、一艘の船が姿を現すのを松右衛門は見た。

昔、惣五郎が言ったとおり、帆柱のてっぺんから現れて、だんだん全貌を定かにしてくる船。ゆうゆうと帆桁いっぱいに白い帆布の壁を張り、音もなく波浪の上にそそり立っていく。

一艘ではない。五本丸太に八幡丸、石釣り船に杭打船、満艦飾の御用船まで。後から後から、帆柱を現してくる。どれも、松右衛門の視界に入るや、しずかに真白い帆を上げていく。

ああこれこそは幻か。

帆という帆、どの白布の上にも光は宿り輝き、神々しいまでに海と空とを切り分けていた。波とも違う、潮とも違う、まるでその白だけが人の手になる造形物だと、ことさら示してみせるように。松右衛門の目を思いがけなく熱いものが堰を切ってしたたり落ちる。

船という船が掲げる帆こそは自分がこの世に生み出したものである。だが時が移れば、あらたな船の時代が来るだろう。愚かな政策の制限を取り払い、もっと自由に知恵を駆使できるなら、その形態も動力も、大きく変わっていくに違いない。そして自然はそのつど、大きく立ちはだかるだろう。しかしそれでも人は、一歩でも前進するために工夫をやめたりしないはずだ。たとえ数年後に波に覆われ姿を消していくと知っても、それでも今この刹那、そこに何かを築かずにはいられない。なぜならそれが生きることだからだ。

楽しめ、工夫を。その人生を。よりよくするため人は幻を追い続ける。松右衛門は濡れる頬にかまわず歩き続けた。

やがて船は、星明かりにきらめきながら、彼の視界を横切っていく。

吸い取られてしまいそうな無限の海。波だけが、ざざざ、ざざざと鳴り止まない。


その後百年、松右衛門帆を掛けた日本の商船は明治中期まで、北前航路ほかで隆盛をきわめるが、押し寄せる西洋文明の中、化石燃料による蒸気船などに取って代わられ衰退する。

松右衛門帆も、和船の終焉とともにその役目を終える。

●参考文献
和船Ⅰ　石井謙治著　法政大学出版局刊
和船Ⅱ　石井謙治著　法政大学出版局刊
高砂市史　第二巻　通史編　近世　高砂市史編さん専門委員会編
高砂市史　第五巻　史料編　近世　高砂市史編さん専門委員会編
工楽家文書調査報告書　高砂市教育委員会刊
工楽家文書目録　高砂市教育委員会刊
安田荘右衛門『北風遺事　残燈照古抄』（私家版）１９６３　喜多善平
「新修　神戸市史～生活文化編」　新修神戸市史編集委員会
大阪の歴史　第七十三号　大阪市史編纂所刊
大阪歴史博物館　館蔵資料集六　澱川両岸勝景図会　大阪歴史博物館編
朝鮮通信使と民画屛風　辛基秀コレクションの世界　大阪歴史博物館編
海を超える司馬遼太郎　遠藤芳信　フォーラムA刊
日下村長右衛門日々多忙　享保年間の庄屋日記からよみとく　河内の村と庄屋　浜田昭子著　風詠社刊

●取材協力
高砂市教育委員会
よみがえる兵庫津連絡協議会
神戸大学海事博物館
大阪市歴史博物館
国土交通省近畿地方整備局　大阪港湾・空港整備事務所
出雲崎町教育委員会

本作は書き下ろし小説です。

著者紹介

1956（昭和31）年、兵庫県生れ。神戸女学院大学文学部卒。1987年『夢食い魚のブルー・グッドバイ』で神戸文学賞を受賞し、作家デビュー。2009（平成21）年、『お家さん』で織田作之助賞受賞。主な著書に、『天涯の船』『銀のみち一条』『自分道』『虹、つどうべし』『ひこばえに咲く』『負けんとき―ヴォーリズ満喜子の種まく日々―』『天平の女帝　孝謙称徳』『花になるらん』『姫君の賦　千姫流流』などがある。

帆神（ほしん）　北前船（きたまえぶね）を馳（は）せた男（おとこ）・工楽松右衛門（くらくまつえもん）

発　行……2021年8月25日

著　者……玉岡（たまおか）かおる
発行者……佐藤隆信
発行所……株式会社新潮社
〒162-8711　東京都新宿区矢来町71
電話　編集部（03）3266-5411
　　　読者係（03）3266-5111
https://www.shinchosha.co.jp
装　幀……新潮社装幀室
印刷所……株式会社光邦
製本所……加藤製本株式会社

ISBN978-4-10-373717-9　C0093